墓標なき街

逢坂　剛

集英社文庫

墓標なき街

プロローグ

前を行く男の首筋を、じっと見つめる。

あの盆のくぼに、千枚通しを柄《つか》もとおれと突き立てたら、どうなるだろう。細く、鋭くとがった先端が延髄を貫き、男はほとんど苦痛を感じる間もなく、死ぬに違いない。

それを考えると、自分も首筋がぴりぴりしてくる。

男が、ふと足の向きを斜めに変え、歩道の建物側に向かった。

その背中に、かすかな緊張感が漂うのを感じ取って、すばやく手近の立て看板の後ろに、滑り込む。

看板の陰から、男を見つめた。

男は、メニューのスタンドをのぞき込みながら、目の隅でそれとなく背後の人通りを、うかがっている。

もしかすると、尾行の気配を察したのかもしれない。

だとすれば、いい勘をしているとほめてやりたいところだが、こちらも簡単に見破られるほど、まぬけな駆け出しではない。

男が背を向け、ふたたび歩き出す。

背の緊張が解けたのは、気のせいだと思ったからだろう。

腹の中でほくそ笑み、また男のあとを追い始める。

高速道路の下にはいった。

男は歩調を緩め、ゆっくりした足取りで、歩き続ける。ほどなく、信号のある広い交差点に、差しかかった。

男は、横断歩道を通りの反対側に渡り、また高速道路の方へもどり始めた。

ときどき、腕時計を眺めるところをみると、尾行の有無を確かめるというよりも、単に時間を調整している、という雰囲気だ。

高速道路の下にもどると、男は一度足を止めて軽く身繕いをし、左側にあるレストランに、はいって行った。

三十秒ほど間をおき、あとを追って中にはいる。

とたんに、うるさいラテン音楽が、耳をついた。

男は、脱いだコートを椅子《いす》の背にかけ、壁際の模造暖炉の前のテーブルに、一人ですわっている。

1

首筋に、ふと視線を感じる。

田丸清明《たまるきよあき》は、さりげなく歩道の建物側に身を寄せて行き、小さな和食屋の前に立った。上体をかがめ、店頭のスタンドに載ったメニューを、のぞき込んだ。目の隅で、今歩いて来た背後の歩道を、さりげなくチェックする。

急いで物陰に隠れる者も、不自然な格好で立ち止まる者もおらず、人の流れは変わらない。

ほっとして、体の力を緩める。気のせいだったようだ。

田丸は、ふたたび歩き出した。

考えてみれば、いまたずさわっている編集の仕事で、あとをつけられるような覚えは、まったくない。かつて、新聞社で修羅場をくぐっていたころでさえ、つけられたことは一度もない、と思う。

なぜ、急にそんな不安を覚えたのか、分からない。かつての部下を呼び出し、危ない相談を持ちかけようと、肚《はら》を決めたせいだろうか。

きっと、そうに違いない。

にわかに、古傷が痛むような気がして、ため息をつく。

春先とはいえ、まだ気温は低い。もう少し、厚手のコートを着てくればよかった、と思いながら田丸は道を急いだ。

指定した店は、地下鉄の京橋駅と銀座一丁目駅の、どちらから歩いても六、七分の中間距離にある。高速道路の下の、昔なじみのメキシコ料理店だ。約束は、午後十時。

腕時計を見ると、まだ十分ほど間がある。

田丸は、意識して歩調を緩めた。

呼び出したのは自分だが、あまり早く行くのも体裁が悪い。なんといっても、こちらは相手よりだいぶ年長だし、以前は上司でもあったのだ。

高速道路の下をくぐり、ぶらぶらと京橋の方へ向かう。

交差点まで来ると、通りを渡って反対側の歩道に上がり、ゆっくりと引き返した。目当ての店は、そちらの側にある。

高速道路下までもどったとき、ちょうど十時になっていた。

すぐ左側に、緑の地に赤い字で〈ソンブレロ〉と書かれた、やぼったい電飾看板が見える。

新聞社に勤めていたころ、打ち上げで部下をよく連れて来たものだが、最近はとんとご無沙汰《ぶさた》したきりだ。

中にはいると、なつかしくもにぎやかなメキシコ音楽が、耳に飛び込んできた。店主がラテン音楽の愛好家で、興味のない人間には迷惑なくらい、大きな音を流す癖がある。

当時、それをうるさいと思わなかったのは、記者連中が音楽に負けないほど野放図に、おしゃべりに熱中したからだ。

雑然と置かれた、いくつもの木のテーブルのいちばん奥に、模造暖炉のついた壁際の席がある。

そこが、かつて定席になっていたテーブルだった。今夜も、予約しておいたのだ。

店主の姿はなく、ウエイターも入れ替わったとみえて、知っている顔がない。

コートを脱いで、それをいつものように椅子の背にかけ、腰を下ろした。

ほどなく、だれかがはいって来た気配を感じて、田丸は振り向いた。

残間龍之輔《ざんまりゅうのすけ》が、テーブルのあいだを縫いながら、やって来るのが見える。

そばに来ると、残間は最敬礼をした。

「すみません、お待たせしてしまって。ご無沙汰しています」

田丸も立ち上がり、挨拶《あいさつ》を返す。

「おれもたった今、来たところだ。こちらこそ、忙しいのに急に呼び出したりして、悪かったな」

残間は、古びたトレンチコートを脱いで、もう一度頭を下げた。

「どういたしまして。お変わりありませんか」

「うん、相変わらずだ」

おざなりに応じて、向かい合わせに腰を下ろす。

田丸は続けた。

「おまえさんは今、編集委員をやってるようだな。遊軍のキャップも、社会部のデスクも卒業した、ということか」

残間は、困ったような笑みを浮かべ、軽く肩を揺すった。

「デスクを素通りして、編集委員になったんです」

「ほう。そういうことも、あるんだな。おまえさんが、ほかの委員と交替で書いてるコラムを、ときどき読ませてもらってるよ。やはり、事件ものが多いようだが」

社会部上がりだから、いきおいそういう傾向になるのだろう。

「ときどきは、政治ネタや経済ネタも、書きますよ」

残間が応じたとき、ウエイターがやって来る。

田丸は、残間に聞いた。

「何を飲む。メキシカン・ビールか」

「いいですね。あのころはいつも、それだった。料理の方は、お任せします。この店は、田丸さんの方が詳しいでしょう。わたしは、最近ずっと来てなかったので」

「おれだって、似たようなものだ。店の連中も、全員若返ったようだしな」

田丸はウエイターに、ビールとつまみをいくつか頼んだ。

残間が言う。

「田丸さんは、まだ〈ザ・マン〉の編集長をしてらっしゃいますよね」

「ああ、相変わらずだ。雇われ編集長だから、なんの権限もないがね」

別に、謙遜《けんそん》でもなんでもなく、事実だった。

だいぶ前の話だが、田丸は東都ヘラルド新聞社で社会部長を務め、残間はその下で働いていた。

当時、田丸は民政党《みんせいとう》の幹事長だった馬渡久平《まわたりきゅうへい》の、陰のブレーンの一人だった。

民政党は、内部のごたごた続きで国民の支持を失い、新たに結成された保革連合の民主中道連合に、政権を奪われていた。

しかし、馬渡は新政権に対しても隠然たる影響力を持ち、民政党出身の幹部に睨《にら》みをきかせる、陰の実力者だった。

馬渡の依頼で、田丸が部下にちょうちん記事を書かせたり、逆に上がってきた記事をボツにしたりしたことも、二度や三度ではない。

そうした状況下で、残間はとかく田丸の指示に反発する傾向があり、扱いにてこずったものだった。

ことに、例の百舌《もず》事件の際は原稿を差し止めるのに、ひどく苦労した覚えがある。

そんなこともあって、馬渡が長崎県の鷲ノ島《わしのしま》で警察庁の特別監察官、津城俊輔《つきしゅんすけ》に撃たれて死ぬと、田丸は後ろ盾を失ってしまった。

なんとなく社内で浮き上がり、上層部から露骨に圧力をかけられたりして、結局は退社を余儀なくされた。

そのとき元民政党の副幹事長で、民主中道連合の官房長官を務めていた茂田井《もたい》滋《しげる》が、新しい勤め先を紹介してくれた。

それが、右翼色の濃いオピニオン誌〈ザ・マン〉の、編集長の仕事だった。

茂田井は、もともと馬渡の古くからの盟友、と見なされていた。

それが、大方の驚きをよそに民政党を飛び出し、新たに保守の真政党《しんせいとう》を立ち上げた。しかも、急激に力をつけた中道左派の民主同盟と合体して、民主中道連合を興《おこ》す挙に出た。

当時は無節操な野合《やごう》と、さんざんに叩《たた》かれたものだ。

実を言えば、この筋書きは馬渡と茂田井が裏で示し合わせ、巧みに練り上げた茶番劇だった。少なくとも田丸は、そのように理解していた。

茂田井の変節の真意は、民主中道連合を内部から空中分解させ、民政党の単独政権を復活させる、というところにあった。

田丸も、側面からそうしたもくろみを応援するよう、馬渡からひそかに要請を受けていた。

しかし、その野望も馬渡のスキャンダラスな死によって、ついえたかに見えた。

幸か不幸か、一度は政権を奪取した民主中道連合も、うまく上昇気流に乗ることができず、次の総選挙で民政党に敗北を喫した。

民政党はふたたび、政権の座を奪い返した。

馬渡の死後、茂田井は行き場を失ったかたちになり、民政党への復帰を画策した。そのため、ひそかに後継の幹事長三重島茂《みえじましげる》に、接触を図った。

三重島は、馬渡とのあいだのいきさつを知りながら、茂田井の復党談判をはねつけた。

そのため茂田井は、引退を余儀なくされたのだった。

田丸にしてみれば、今の仕事への斡旋《あっせん》が茂田井の置き土産《おみやげ》、ということになる。

本心は、東都ヘラルドをやめたくなかったのだが、馬渡に関わる不透明な噂《うわさ》があだとなって、地方の支局長に転出するか依願退職するかの、二者択一を迫られたわけだ。

さすがに、地方へ飛ばされるのはプライドが許さず、茂田井から持ち込まれた再就職の話を、受け入れるしかなかった。

新聞社の退職金は、家のローンを完済することで、そっくり消えた。

一人娘はすでに嫁いでおり、妻と二人きりの生活を維持するくらいの収入は、新しい仕事でなんとか確保された。

とはいえ、これで終わるつもりはない。

もう一花咲かせなければ、気持ちが収まらない。

ビールとつまみが来て、田丸は残間とグラスを合わせた。

一口飲んだ残間が、妙に真剣な顔つきで切り出す。

「声をかけていただいた、わたしの方から話を持ち出すのは気が引けますが、勘弁してください。実は、ずっと以前から知りたかったことが、ありましてね。先に、そのことをお尋ねしても、いいですか」

田丸は、少し身構えた。

「なんだ、あらたまって」

「田丸さんが、うちの社会部長をしていたあのとき、百舌と呼ばれる正体不明の殺し屋による、一連の事件が発生しましたよね」

ぎくりとする。

のっけから、目下最大の関心事になっている一件を、先に持ち出されるとは思わなかった。

もっとも、それを顔に出さないくらいの経験は、積んでいる。

田丸は煙草《タバコ》を取り出し、残間の方に開いた蓋《ふた》を向けた。

「やるか」

残間が、首を振る。

「いや、けっこうです。だいぶ前に、やめましたので」

「そうか」

田丸は煙草に火をつけ、勢いよく煙を吐き出した。

「ああ、百舌の事件のことは、よく覚えてるよ」

覚えているどころではない。

今日残間を呼び出したのも、そのことと大いに関係がある。

もしかして、残間もそれを何かのきっかけで予感し、先手を打ってきたのではないか、とさえ思える。

残間は続けた。

「そもそも、百舌と呼ばれる殺し屋による最初の事件は、あれよりずっと以前のことだった、と聞いています。たぶん、田丸さんは社会部の筆頭デスクになったばかりで、わたしがまだ地方にいたころじゃなかったですか」

「たぶん、そのころだろう」

「最初の、稜徳会《りようとくかい》病院事件と呼ばれた一件では、問題の殺し屋の正体は姓名も含めて、いっさい明らかにされなかった。百舌という呼び名すら、公表されませんでしたね」

「ああ。縮刷版でも、引っ繰り返してみたのか」

「ええ、隅から隅までね。裏に、政治的陰謀がからんでいたために、事件そのものが隠《いん》蔽《ぺい》され抹殺された、という印象でした。その後に起きた一連の事件でも、同様の結果に終わっています。田丸さんが社会部長になったあと、百舌に関わる人間が次つぎに殺されたあの事件では、とうに死んだはずの百舌が復活したように、受け止められていました」

「それは、一連の事件に関係のあった連中のあいだで、というだけの話だろう」

「そうです。あのときも、百舌という呼称はいっさい公表されず、したがって新聞でもテレビでも、報道されなかった」

残間は一度口を閉じ、ビールを飲んだ。

田丸は居心地が悪くなり、椅子の上ですわり直した。

残間が、なおも続ける。

「ところが田丸さんは、当時違法カジノの潜行取材をしていたわたしに、もっとおもしろいネタがあると言って、興味深い話をしてくれました。つまり、あの前後に起きた複数の元警官殺しは、百舌という殺し屋のしわざらしい。追ってみたらどうだ、とわたしをけしかけたんです。覚えておられますか」

田丸は、煙草をもみ消した。

「ああ、覚えてるよ」

「わたしはそのあと、事件の渦中にあった元警察官の大杉良太《おおすぎりようた》氏や、警察庁の監察官だった倉木美希《くらきみき》警部から、百舌と呼ばれる殺し屋と事件の詳細を、聞き出しました。当事者以外だれも知らない、という事実も含めてね」

残間は一度言葉を切り、それから付け加えた。

「ちなみに、倉木警部はその後昇進して、今は警視になっています」

倉木美希に会ったことはないが、当時から優秀な監察官だという噂は、田丸も耳にしていた。

　残間が、話を進める。

「そこで不思議なのは、当事者でも関係者でもない田丸さんが、なぜ百舌の一件を知るにいたったか、ということでした。いったいどこから、百舌の情報を入手されたんですか」

　田丸は、時間稼ぎに新しい煙草に、火をつけた。

「情報源を明かさないのが、新聞記者のルールだろう」

　残間は、皮肉な笑みを浮かべた。

「今さら、ルールもないでしょう。しかし、答えていただくまでもありませんよ。馬渡久平から出た情報だ、ということくらい子供にだって、分かります。田丸さんは、あのころ民政党の幹事長だった馬渡の、懐刀の一人でしたしね」

　田丸はビールを飲み干し、テキーラを頼んだ。

「その点は今さら、否定するつもりはない。おかげで、馬渡が殺されたあとおれは干されて、退社に追い込まれたんだからな」

「田丸さんにけしかけられて、わたしは当事者の一人だった大杉さんから、詳しいいきさつを取材しました。それをもとに、百舌の一件を原稿にしたわけです。自分でもよく書けた、と思えるくらい出来のいい原稿だった。ところが、田丸さんはこれでは記事にならない、とダメを出しましたね。取材しろ、とわたしをたきつけたくせに、握りつぶしてしまった。情況証拠ばかりで、説得力がないと言って」

「事実、そうだったろう」

田丸が突っぱねると、残間は苦笑した。

「まあ、そう言われても、しかたないでしょう。しかし、あの原稿に書いたリポートが、すべて事実だったことは倉木警視も、大杉さんも認めています。田丸さんは、ひそかに馬渡の指示を受けて、わたしに百舌の情報を吹き込み、調べるようにそそのかした。しかしそれは、百舌の一件を記事にするためではなく、わたしを通じて倉木警視や大杉さんが、どの程度裏の事実を把握しているかを、突きとめるためだった。違いますか」

2

田丸清明は、運ばれて来たテキーラを一口あおり、テーブルに肘《ひじ》をついた。

「だからどうだ、と言うんだ。馬渡は死んだし、今さらおれに言うことはない。確かに、おまえさんの原稿はよく書けていた。ストーリーとしては、抜群におもしろかったよ。しかし、どっちみち記事にはできなかった。全国紙じゃあないが、東都ヘラルドはれっきとした日刊紙で、赤新聞でも週刊誌でもないんだからな」

質問の答えに、なっていなかった。

しかし、残間龍之輔はそれ以上追及せず、ビールを飲み干した。

「おっしゃるとおり、あのままでは記事にできなかったでしょう。紙面にするなら、原稿に倉木警視と大杉さんの名前を出して、証言を載せるしかなかった。しかし、それをすれば二人は圧力をかけられて、社会的生命を奪われる恐れがあった。ひょっとしたら、殺されるかもしれなかった。だから、田丸さんに原稿を突っ返されたとき、わたしもあえて食い下がらずに、おとなしく手を引いたわけです」

田丸は少し落ち着き、くすぶっていた煙草をもみ消した。

ウエイターを呼び、うずら豆のスープとタコスを、注文する。

「まあ、おまえさんにも不満はあったろうが、当時はああするしかなかったんだ」

残間は何も言わずに、残ったつまみに手を伸ばした。

そのまま、少しのあいだ沈黙していたが、やがてまた口を開く。

「あのあと、わたしは青森支局へ飛ばされたんですが、幸い一年ほどでまた社会部に、復帰しました。それからほどなく、またまた警察官がらみの不祥事が発生して、それに関わるはめになった。その事件は、ご存じでしょうね」

田丸は、テキーラをなめた。

「ああ、知ってるよ。洲走《すばしり》かりほ、とかいうしたたかな美人の女刑事が、キャリアの警察官をたらし込んで、暴力団と内通した事件だろう。二人とも、死んじまったよな」

残間の顔が、微妙にゆがむ。

「東都ヘラルドには、そんな風に出ていましたね。ほかの新聞も、似たりよったりでしたが」

「人ごとみたいに言うな。あの記事は、おまえさんが書いたんだろう」

「そうです。例によって、情況証拠しかなかったために、あんな風にしか書けませんでした」

「真相は違う、と言いたいのか」

「ええ。キャリアの警察官は、当時警察庁生活安全局の理事官だった、朱鷺村《ときむら》という警視正です。朱鷺村琢磨《たくま》。ご存じないでしょうね」

「直接は知らないが、おまえさんの記事にその名前が出たのを、見た覚えがある」

「朱鷺村の背後には、民政党幹事長の三重島がついていた。ご存じのように、そのころ民政党はすでに、政権を取りもどしていました。茂田井は、三重島との復党交渉がうまくいかず、引退に追い込まれた。ただし三重島も、首相の座を太田黒武吉《おおたぐろぶきち》にゆずって、自分は幹事長の地位にとどまった。その構図は、今も変わっていません」

　残間の話に、冷や汗が出るのを感じた。

　さすがにこの男は、的確に状況を把握している。

　田丸が、残間を呼び出した用件はまさに、今話していることと関連がある。ありすぎるほどだ。

　残間は、おもむろに続けた。

「三重島は、朱鷺村を使ってキャリアの警察官を手なずけ、将来的に警察省を創設するに当たっての、協力集団にするつもりだったようです」

「警察省」

おうむ返しに言って、田丸は残間の顔を見直した。

「そうです。朱鷺村によれば、どの官公庁にもその組織を統括する、所管大臣がいる。ところが警察には、それがいない。警察庁長官は大臣ではないし、国務大臣に当たる国家公安委員長も、警察に対して直接責任を負うものではない。そこで三重島は、警察を統合管理する組織として、警察省を創設する気になったのです。検察庁の上に、法務省があるように」

そこへスープと、タコスが運ばれてくる。

田丸は、テキーラをなめた。

警察省の話は、初耳だった。

かつて馬渡は、警察庁を刑事警察庁と治安警察庁に分ける、という構想を持っていた。治安警察庁は、全警察の警備・公安・生活安全の三部門を核に、内閣情報調査室と公安調査庁を統合して、一つに組織化したものとする。

つまり、馬渡は日本の治安をつかさどる機関をすべて、傘下に収めようとしたのだ。

しかし三重島は、その構想にさえ飽き足らなかった、とみえる。

そうでなければ、警察庁を省へ昇格させようなどという考えは、出てこないだろう。

わざと、興味のなさそうな口ぶりで、田丸は応じた。

「おもしろい構想だが、一朝一夕にはいかないな。警察庁の幹部連中も、そこまでは望んでないだろう」

「気運さえ盛り上がれば、実現不可能ではないでしょう」

「気運とは」

田丸が聞き返すと、残間は一呼吸おいて言った。

「朱鷺村は、洲走かりほを使って悪徳刑事につなぎをつけ、暴力団から拳銃《けんじゅう》や麻薬を巻き上げて、キャリアに恩を売るツールにしていました。警視庁管内で、警察署の署長や幹部を務めるキャリアに、ストックされた拳銃や麻薬の摘発をお膳立《ぜんだ》てして、点数を稼がせる。そうすれば、彼らが警察庁に引き上げられるにあたって、プラス評価になるでしょう。その上で、朱鷺村が三重島の警察省構想をぶち上げれば、恩を受けた彼らは当然それに同調して、強力な推進母体になります。朱鷺村はただ、洲走かりほにたらし込まれたわけではなく、自分もかりほを取り込んでいたのです」

田丸は、汗をかいた手のひらを、ジャケットの裾《すそ》でふいた。

スープを飲んで言う。

「そう単純に、物事が進むものかね。現に、そのもくろみも朱鷺村が死んで、失敗に終わったわけだろう」

「ええ。三重島の野望は、死力を尽くした倉木警視と大杉さんの奮闘によって、打ち砕かれたわけです。少なくとも、その時点ではね」

「おまえさんが、今しゃべったことを立証する証拠が、何かあるのか」

田丸の問いに、残間の口元に自嘲《じちょう》めいた笑みが浮かぶ。

「わたしは大杉さんの指示で、朱鷺村と洲走かりほが不用意に口にした、陰謀の詳細をひそかに無線受信して、テープに隠《かく》し録《ど》りしました」

田丸は、唇を引き締めた。

「そんなテープがあったのなら、もっとましな記事が書けたはずだぞ」

残間は、タコスの皮にひき肉を詰めながら、残念そうに首を振った。

「そのテープは、当時の社会部長から編集局長をへて、社長の手に渡りました。そして最終的には、警察に提出されたはずです」

田丸は、鼻で笑った。

「警察に提出した、だと。信じられんな。何を考えてるんだ、今泉《いまいずみ》は」

今泉俊哉《としや》は田丸の一年後輩で、そのころ東都へラルドの社長を務めていた男だ。

「警察との友好関係を、維持するためでしょうね」

「おまえさんのことだ。渡したのは当然、コピーしたテープだろう。マスターテープは、どうしたんだ。まさかそれまで、警察に提出したわけじゃあるまい」

含み笑いをしたものの、残間はすぐに真顔にもどって、そっけなく言った。

「オリジナルは、当時警察革新評議会の議長を務めていた、帝都新報の菅沼《すがぬま》社長に渡しました」

田丸は驚き、背筋を伸ばした。

警察革新評議会は、そのころ相次ぐ警察関係者の不祥事を食い止めるため、臨時に設置された諮問機関だった、と記憶する。

評議会の議長を務めたのは、帝都新報の社長菅沼善助《ぜんすけ》だった。帝都新報は、いわば東都ヘラルドのライバルにあたる、古手の新聞社だ。

菅沼が議長に据えられたのは、新聞界での発言力が大きいことのほかに、警察との結びつきが強いからだ、といわれた。

評議会はすでに解散したが、しぶとい菅沼は今もなお帝都新報の、社長の座にある。

「よりによって、ライバル会社の社長に証拠品を渡すとは、正気の沙汰とは思えんな」

田丸が言い捨てると、残間はため息をついた。

「ライバル会社の社長ではなく、警察革新評議会の議長としての菅沼氏に、渡したつもりでした。警察組織の、改革を進めるための切り札になる、と思いましてね。菅沼さんは、わたしの大学のサークルの先輩でもあるし、わたしを青森支局から社会部へ呼びもどすのに、陰の力になってくれた人なんです」

田丸は、失笑した。

「おまえさんは、もう少し骨のある男だ、と思っていたがね」

残間も、苦笑を返してくる。

「ブン屋の仕事は、東京でやってこそやり甲斐《がい》がある、というものでしょう。田丸さんなら、分かってもらえると思いますがね」

田丸は、タコスに手を伸ばした。

「若いころに比べると、おまえさんもだいぶ丸くなった、ということだな」

「とがってるだけじゃ、情報はとれませんからね」

残間が、紙ナプキンで口元をぬぐい、あらためて言う。

「すみません、勝手にこっちの話ばかり、しちまって。そろそろ、わたしに声をかけてきた用件とやらを、聞かせていただきましょうか」

田丸はタコスを食べ、テキーラで流し込んだ。

残間はそのあいだ、辛抱強く待っていた。

田丸は肘をつき、上体を乗り出して言った。

「単刀直入に言おう。今日の用件というのは、先ほど来おまえさんが話してきたことと、大いに関係があるんだ」

残間は虚をつかれたように、口元を少しこわばらせた。

「というと」

「おれの雑誌に、原稿を書いてもらいたいんだ」

「原稿って、何を書くんですか」

「百舌の一件を、洗いざらいさ」

言ってのけると、残間は今度こそ度肝を抜かれた体で、顎《あご》を引いた。

言葉を失ったように、つくづくと田丸の顔を見ていたが、ようやく口を開く。

「それは、どういう意味ですか」

「言ったとおりの意味よ。一連の百舌事件に関して、おまえさんが知っているすべての事実を、余さず〈ザ・マン〉に書いてもらいたいんだ」

残間は疑わしげな目で、田丸をじっと見返した。

「あのとき、わたしが書いた記事原稿をボツにした田丸さんが、今度は洗いざらい書いてくれと、そうおっしゃるんですか」

「そのとおりだ」

「しかし、わたしが把握しているのは情況証拠、伝聞証拠ばかりで、具体的な証拠は何もない。それは昔も今も、変わりませんよ」

「おれの雑誌は、東都へラルドじゃない。具体的証拠がなくても、原稿にそれなりの説得力があれば、それでいいんだ」

残間は、ゆっくりと椅子に背をあずけて、腕を組んだ。

「そんな記事を書いたら、わたしは東都へラルドにいられなくなりますよ」

「別に本名で書け、とは言ってない。偽名を使えばいいだろう」

「たとえ偽名を使っても、読む人が読めば分かってしまう」

田丸は、わざとらしい薄笑いを、浮かべてみせた。

「ぶるってるのか。それとも、あのとき書いた原稿を処分しちまって、思い出せないとでも言うのか」

「あの原稿は、田丸さんに手渡したきりで、もどしてもらってませんよ」

「コピーを取っただろう」

「取りませんでした」

田丸は、残間をじっと見た。

「あれは確か、ワープロ原稿だったよな。当時はまだ、社会部にパソコンの配備はなかったが、ワープロは導入されていた。だとすれば、データを記憶させたフロッピは、残ってるはずだ。違うか」

残間の喉《のど》が、微妙に動いた。

どうやら、図星をついたようだ。

腕組みを解き、逆に聞き返してくる。

「それより、田丸さんに渡したオリジナルの原稿は、どうなりましたか。手元に、残ってないんですか」

田丸は、ちょっとたじろいだものの、すぐに応じた。

「残ってない。正直に言うと、あの原稿は馬渡に回しちまって、それきりになった。コピーも取らなかった」

残間の口元が、皮肉っぽくゆがむ。

「人のことは、言えませんね。田丸さんだって、もう少し骨のある人だと思っていた」

さっきのかたきを取られた。

話を進めるために、思い切って言う。

「そのフロッピだけで足りなきゃ、もう一つ別の材料を提供してもいい」

好奇心をくすぐられたように、残間の目が光った。

「材料って、なんですか」

「さっき、朱鷺村と洲走かりほのおしゃべりを、隠し録りしたと言ったな。実は、そのテープと思われるものが、おれの手元にあるんだ」

言い放つと、残間はのけぞるように、体を揺らした。

「ほんとうですか」

「ほんとうだ」

残間は喉を動かし、不信感をあらわにして、田丸を見返した。

「わたしが話をしたとき、毛ほどもそんなそぶりを、見せませんでしたね。とぼけるなんて、ひどいじゃないですか」

詰問されて、田丸は少し引いた。

「あれは、一連の百舌事件と直接関係がないし、とりあえずはおまえさんの話を聞いてから、と思っただけだ。気を悪くしたなら、謝る」

残間は、不満げに肩をゆすり、なおも追及してきた。

「どうしてあのテープが、田丸さんの手元にあるんですか。警察筋から、手に入れたんですか。それとも帝都の、菅沼社長の筋ですか」

「その質問には、答えられんな」

突き放すと、残間は疑惑の色を満面に浮かべて、また腕を組んだ。

「どちらにしても、あれが田丸さんの手元にあるというのは、穏やかじゃないな」

「曲がりなりにも、おれは東都ヘラルドの社会部長を、務めた男だ。まだ、それくらいのルートはある、ということさ」

そう言って、胸を張ってみせる。

残間は、少しのあいだ田丸の顔を見つめてから、腕組みを解いた。

「菅沼さんと田丸さんには、そういう意味での接点はないはずだ。あいだにだれか、はいってますね」

田丸は答えず、唇を引き締めた。

残間にも、それに気づくくらいの頭と経験は、あるだろう。

「その質問にも、答えられんな」

そう応じたものの、それは肯定の返事をしたようなものだった。

残間は、思慮深い顔をして言った。

「あのとき、革新評議会がまとめた〈警察革新への提言〉は、その後全国の管区や警察本部で、個別の改革案に取り入れられた、と聞いています。ただ、どれだけ効果が上がったかは、分かりません。あれによって、警察官の不祥事が激減したわけじゃないし、今後もなくなることはないでしょう。その流れが、ふたたび目に余るような事態になったとき、菅沼さんはあのテープを切り札にして、警察組織に爆弾を投じるつもりでいたと、わたしは理解してるんですがね」

「警察の浄化なんてものは、絵にかいた餅《もち》だよ。このところ、さしたる不祥事が目につかないのは、単に連中の隠蔽工作がうまくなったから、というだけにすぎんさ。ここらで一発、警鐘を鳴らしておかないと、取り返しのつかないことになる。それを、おまえさんにやってもらいたい、と考えてるわけだ」

田丸が言い切ると、残間は問いかけてきた。

「田丸さんは今日、そのテープを持って来られたんですか」

「いや、持って来なかった。おまえさんの承諾を得る前に、あんな危ないものを持ち歩けるものか」

残間は、またしばらく考えていたが、やおら口を開いた。

「話はもどりますが、津城警視正は鷲ノ島で亡くなる前、馬渡と渡り合った際の現場の模様を、8ミリビデオで隠しどりしていました。わたしも事前に、二人が密会する部屋のテーブルの裏に、小型のテレコを仕掛けていたんです。この二つは、馬渡の陰謀を立証する貴重な証拠に、なるはずでした」

田丸は驚いたものの、顔に出さない努力をした。

「なるはずでした、とは」

聞き返すと、残間はからになったビールのグラスをすすり、咳払《せきばら》いをした。

「大杉さんは、その二つのテープを現場から回収して、わたしに託しました。現場検証が終わった段階で、わたしは長崎県警の刑事の要請に応じて、それらのテープを提出したんです。ところがあとになって、県警はそうした証拠物の提出を受けた記録はない、と言い出しましてね」

田丸はあきれて、首を振った。

「ばかを言え。おまえさんは、そのとき預かり証をもらったはずだし、どの刑事に提出したかも、覚えているはずだ」

「そのはずだったのに、預かり証はすでに使われなくなった古い書式で、提出物を受け取った刑事の署名も、県警に実在しない人物の名前でした」

これには失笑したが、すぐに指摘する。

「しかし、顔は分かるだろう」

「そのつもりで、県警刑事課の連中を全員面通《めんとお》ししたんですが、見つかりませんでした。わたしは実在しない男に、だいじな証拠品を渡してしまったんです。あのとき、わたしも負傷していましたし、血の巡りが悪くなっていた。まあ、言い訳にはなりませんがね」

残間は、情けなさそうに自嘲めいた笑みを漏らし、新たにビールを注文した。

田丸は腕を組み、考えを巡らした。

あの鷲ノ島の事件のおりに、そうした理不尽な出来事があったとは、知らなかった。

その前後のいきさつを、あらためて調べる必要がありそうだ。

ビールが来ると、残間はグラスについで一気にそれをあけ、息を吐いて言った。

「まさか、田丸さんはそのテープまでお持ちだ、と言うんじゃないでしょうね」

「持ってないよ、そんなものは」

田丸は即答したが、内心ぎくりとしていた。

残間は、田丸がそれを手に入れるルートを持つ、と考えたのだろうか。

この男は、いったい利口なのかばかなのか、よく分からないところがある。

田丸が、またタコスにひき肉を詰め始めると、残間は言った。

「もし、あのテープが手元にもどって来たら、かなりいい原稿が書けると思いますがね」

そうだろうとも、と田丸は思う。

そんな証拠がだれかの手に落ちたら、とんでもないことになるだろう。

「そこまで、欲張らなくていい。おれの、手持ちのテープだけでも、話題性は十分だ。ぜいたくを言わずに、とりあえずはそれでまとめてくれ。万が一、その行方不明のテープとやらが手にはいったら、第二弾としてやればいい」

そうしたテープが実在するなら、別の意味でもぜひ手に入れなければならない。

残間は、しばらく黙ったままでいたが、やがて言った。

「とにかく、原稿を書くかどうかは、保留にさせてください。今日のお話で、田丸さんがなぜかあの朱鷺村事件の、決定的な証拠物を持っておられることと、そうしたものを入手する、特別なルートをお持ちだということが、よく分かりました。わたしとしては、そのデータを提供していただいた上で、ちゃんとした記事を書けるものかどうか、判断したいと思います。倉木警視と大杉さんにも、了解をとる必要がありますしね。これで、答えになっていますか」

田丸は、とりあえず考えるふりをしてから、おもむろにうなずいた。

「いいだろう。返事は、なるべく早く頼む。フロッピのデータをチェックすれば、おまえさんもやる気が出るだろう」

「分かりました」

残間はうなずき、それから探るような目を向けてくる。

「それにしても、今さらわたしに百舌の一件を蒸し返させようとは、どういう風の吹き回しですか」

「おれも年だし、死ぬ前にもう一花咲かせたい、と思うくらいの色気はあるさ」

正直に言い、自分でもうなずいてしまう。

とはいえ、もし残間が原稿を書いたとしても、そのまま載せる気はない。換骨奪胎、とまでは言わないが、相当筆を入れる必要があるだろう。

残間は、もう一度じっと田丸を見つめてから、急に腕時計に目を落とした。

「おっと、社へ上がらなきゃ。今夜はこれで、失礼しますよ」

椅子を立って、コートを取り上げる。

「いいよ。おれは、もう一杯やっていく。勘定はいいから、行ってくれ」

「それじゃ、ごちそうになります」

田丸に手を振り、残間はコートに腕を通しながら、出口へ向かった。

田丸はウエイターを呼び、テキーラのお代わりを頼んだ。

*

男が、店から出て来る。

通りの反対側からでも、乱れた白髪にふくらんだ赤ら顔が、よく見えた。

あれだけ飲めば、いいかげん酔ってもよさそうなものだが、足元は意外にしっかりしている。現役時代に、相当鍛えたのだろう。

男は左右を見渡し、薄手のコートの裾をはためかせながら、京橋の交差点の方へ向かった。

来たときと違って、京橋から地下鉄に乗るつもりらしい。

どのルートを使っても、帰るところはいつも同じ世田谷区宇奈根《せたがやくうなね》の、自宅以外にない。

あの家の近辺は、電車の便が悪いだけに開けておらず、空き地や雑木林が多い。

何が起きても、人目を引く気遣いはない。

男を目で追いながら、京橋の方へ歩き出す。

3

毎朝十五分の、ラジオ体操の日課を終えると、少し体が温まった。

大杉良太は、でき上がったコーヒーをカップに注《つ》ぎ、ソファに腰を下ろした。

何年か前、体に撃ち込まれた銃弾《じゅうだん》が脊髄《せきずい》をかすめ、危うく車椅子生活になるところだった。

また、それ以前には肩を撃たれたこともあり、ほとんど満身創痍《まんしんそうい》といってもよい。

今は、なんとか八〇パーセントまで回復したが、あまり無理はできない。

ふと、リビングとキッチンを分けるカーテンに、目を向ける。

それはずっと以前、倉木美希が仕事と私生活を同居させてはだめ、と言って勝手に吊《つ》るしたものだ。

なるほど、応接セットで依頼人と仕事の話をするとき、キッチンの流し台や冷蔵庫が目にはいるのは、確かに落ち着かない。カーテンで仕切って、初めてそれが分かった。

今、そのカーテンは片側に寄せたままだが、だいぶ薄汚れている。

美希に指摘されて、何度かクリーニングに出しはしたものの、どうやら耐用年数を過ぎたようだ。そろそろ、替えどきかもしれない。

美希に言って、一緒に買いに行ってもらおう。

そう思ったとき、デスクの上の電話が鳴った。

カップを置き、受話器を取り上げる。

「大杉調査事務所です」

「東都ヘラルドの残間です。ご無沙汰しています」

「おう、あんたか。どうしてる。元気か」

久しぶりに、残間龍之輔の声を聞いて、声が高くなった。

「なんとか、やってます。大杉さんも、お元気そうで何よりです」

しばらく、そんなやりとりをしたあと、残間は口調をあらためた。

「ところで、ちょっとご相談があるんですが、午後からでもお時間をいただけませんか」

「相談ごとね。おれに時間をとらせると、金がかかるぞ。なにしろ、それで飯を食ってるんだからな。ただ、お茶を飲みに来るだけなら、まけてやってもいいが」

「わたしも手ぶらでは、行かないつもりですから」

大杉は、壁の時計を見た。

「冗談はともかく、これから昨日までやっていた信用調査の、リポートを書くんだ。四、五時間で終わると思うから、三時に来てくれればだいじょうぶだろう」

「分かりました」

電話を切ったあと、ロビーへおりてメールボックスから、東都ヘラルドを取って来た。

義理立てするわけではないが、残間と知り合ってからほかの新聞をやめて、東都ヘラルド一本に絞った。むろん、取材網は大手の全国紙にかなわないが、警察ネタや事件ものに強いのが、取り柄だった。

社会面の下の、〈あとを絶たぬ警察の不祥事〉という見出しが、目にはいる。

警察庁が発表した、前年度の警察官や警察職員による不祥事の、リポートだった。

それによると、相変わらず三百人を超える警察関係者が不祥事を起こし、懲戒処分を受けているという。

かつて、相次ぐ警察関係者の不祥事を根絶しようと、警察改革要綱がまとめられたりしたが、ほとんど効果が上がらぬようだ。

捜査資料を外部に漏らしたり、暴力団から金を受け取ったりする警察官は、いまだにあとを絶たない。痴漢、盗撮、強制猥褻《きょうせいわいせつ》といった罪状で、逮捕されるにいたった者が、百人近くもいる。

大杉が警察にいたころも、そうした不祥事は珍しくなかった。

ただ、よほどひどい刑法犯でないかぎり、ほとんどおおやけにされなかった。まして、仲間内の不祥事を定例発表するなど、考えられないことだった。

それを思えば、こうして実態を公表するようになっただけでも、進歩したというべきかもしれない。

記事の最後を見ると、〈編集委員・残間龍之輔〉とある。相変わらず、この分野は残間の専門らしい。

信用調査のリポートは、意外に早く上がった。

最近は、何年か前に入れたパソコンを、かなり使いこなせるようになった。

おかげで、だいぶ仕事が効率化された。かつては、そんな自分を想像することすら、できなかったのだが。

残間は、ちょうど午後三時にやって来た。

土産に、ワインらしきものがはいった木箱を、ぶら下げている。

「大杉さんには、焼酎《しょうちゅう》か日本酒の方が似合ってると思うけど、たまたま取材先でもらったものですから」

そう言い訳して、木箱を作業デスクの上に置いた。

初めて会ったときと比べても、残間の体形はほとんど変わっておらず、わけもなくほっとする。もともと背丈のある男だから、これでへたに太りでもしたら威圧感どころか、暑苦しさを覚えるだろう。

「編集委員になったら、スーツにネクタイか」

大杉がからかうと、残間はネクタイの結び目に手をやり、照れ笑いをした。

「しかたないですよ。取材で外を駆けずり回るより、お偉いさんに会いに行く方が、多いものですからね」

「朝刊の、警察の不祥事をまとめた記事に、あんたの名前が出ていたな」

「ああ、警察庁の発表ものね。あれだけ改革、改革と騒いだわりに、なかなか実効が上がらないのが、つらいところでしょう。倉木警視も、頭が痛いに違いない」

美希は今も、長官官房の特別監察官室に所属し、監察の仕事を続けている。死んだ夫の倉木尚武《なおたけ》や、かつての上司津城俊輔の、衣鉢《いはつ》を継いだかたちだ。

あらためて、コーヒーをいれる準備をしながら、ふと思いついて聞く。

「あんた、まだ独身か」

残間は、とまどったように、瞬《まばた》きした。

「ええ。そろそろ四十だし、一人暮らしに終止符を打ちたいですけどね。三十代の、独身女性があまりたくさんいるので、目移りがするんですよ」

「三十代の女は、扱いにくいぞ。いっそ、二十代の若い娘の方が、いいんじゃないか」

残間の目が、いたずらっぽく動く。

「もしかして、お嬢さんをわたしに押しつけよう、としてませんか」

「まさか。おれは、自分の娘を新聞記者の女房なんかに、したくないよ」

「わたしだって、女の刑事を女房なんかに、持ちたくないですよ」

残間に言い返されて、大杉は苦笑した。

コーヒーをいれつつ、なんとなく感慨にふける。

だいぶ前、妻の梅子《うめこ》と別れて持ち家を慰謝料にあて、自分は事務所で寝起きするようになった。

梅子は、娘のめぐみを連れて実家へもどり、老母のめんどうをみている。仕事一筋で、ほとんど家庭を顧みない大杉に、愛想をつかしたのだ。

めぐみも、そのせいか中学生のころぐれてしまい、手に負えない不良娘だった時期がある。

当時、大杉とめぐみのあいだには反抗期特有の、越えがたい壁が立ちはだかっていた。その壁が突然崩れ去り、二人がごく普通の父娘《おやこ》にもどったのは、最初の百舌事件のさなかに起きた、ある出来事がきっかけだった。

あのときのことを思い出すと、大杉はいつも胸の詰まる思いがする。

ともかく、離婚してから大杉と梅子、めぐみの関係は劇的に改善され、暇があると食事をするようになった。

だからといってよりをもどせば、元《もと》の木阿弥《もくあみ》になるのは明らかだから、復縁の話はいっさい出さない。

大学を卒業したあと、めぐみは大杉にひとことの相談もなく、国家公務員一般職試験を受けて、あっさり合格した。その上、こともあろうに、警察官になってしまった。

それを知ったとき、大杉は喜んだりとまどったりする以前に、がんと頭を殴られたような、ひどいショックを受けた。

父親の仕事を嫌っていためぐみが、よりによって同じ警察官の道へ進もうとは、考えもしなかった。

「大杉さん。コーヒーがあふれますよ」

残間に注意され、大杉はあわててコーヒーポットを、もとにもどした。

「すまん。うっかりしていた」

最近考えごとをすると、まわりが見えなくなることがある。

コーヒーを、テーブルに運ぶ。

一口飲んで、残間は言った。

「相変わらず、うまいですね。これは、大杉さんの特技だな」

「いい豆を、ブレンドしてるからな」

残間は、カップの上で鼻を左右に動かし、香りをかいだ。

さりげなく言う。

「お嬢さんは確か、警視庁の生活安全部でしたよね」

「うん。生活経済特捜隊にいるらしい。どんな仕事か知らんが」

「生活経済となると、麻薬や拳銃の取り締まりとは、違うんですかね」

「違うな。せいぜい、質屋回りとか風俗関係とか、そんなもんだろう」

「それより大杉さん、体の方はどうですか。これまで、数え切れないほど拳銃の弾を食らって、生きてるのが不思議なくらいなんだから」

「おれも、一時は車椅子生活になるかと思ったが、なんとかもとにもどった。まあ、全盛期の八〇パーセントくらいだが、よくそこまで持ち直したと、医者に感心されたよ。今はむしろ、頭の老化の方が心配だ。だから、ぼけないうちにあんたの相談とやらを、聞こうじゃないか」

大杉が促すと、残間は椅子の上ですわり直した。

「相談というか、これは正式の調査依頼になりますから、社がきちんと料金をお支払いします」

「それは、ありがたいな。どんな仕事だ。新聞社の調査能力をもってしても、及ばない仕事か」

「というか、非常に微妙な仕事なんですよ。実は、十日ほど前うちの遊軍のホットラインに、ある男から電話がはいりましてね。たまたま、わたしがそこにいて受けたんですが、話の中身からして内部告発じゃないか、と思われるんです」

「内部告発ね。どんな話だ」

「ある商社が、輸出を許可されていない武器を、海外に売っているというんですよ」

「許可されてない武器。核兵器か」

大杉が聞き返すと、残間は吹き出した。

「まさか、それはないでしょう。武器というのは、通常は拳銃とか自動小銃とか手投げ弾とか、そういったものを指します。でかいものなら、火炎放射器とかバズーカ砲、大砲とか地雷。焼夷弾《しょういだん》とか、TNT爆弾なんかも、はいりますが」

「それは武器というより、兵器だろう」

残間は、大杉の問いを無視した。

「直接人を殺さない武器、たとえば地雷探知機とかレーダー、各種計測器といった器械類も、武器に準ずるものとみなされます」

「武器の講釈は、ほっといていい。どっちにしても、そういったものは武器輸出三原則によって、輸出を禁じられてるんじゃないのか」

残間の頰《ほお》が緩む。

「武器輸出三原則を、ご存じですか。それなら、話が早い」

「それくらい、おれだって承知しているさ。その昔、佐藤栄作が総理大臣だったころ、共産圏や紛争中の当事国には、武器を輸出しないと決めたやつだろう」

「簡単に言えば、そうなりますね。ただし、これは法律じゃない。政府の見解にすぎないんです。そのために、解釈を巡っていろいろと議論があるし、まだ最終決着はついていません」

虚をつかれて、大杉は眉《まゆ》をひそめた。

「法律でないとしたら、武器を輸出しても罰せられない、ということか」

「いや。特定の種類の貨物の輸出については、外為法《がいためほう》と輸出貿易管理令の規定によって、経済産業大臣の許可が必要になります。これは法律ですから、許可なくそうしたものを輸出すれば、罰せられるわけです」

「特定の種類の貨物、とは武器を指してるわけか」

「該当するものは、ほかにもいろいろあると思いますが、武器もその中に含まれている、ということです。規定によれば、国際的平和と安全の維持を妨げるものは、輸出を許可しないとなっています。いわゆる、弾の出る武器だけじゃなくて、たとえば化学兵器や細菌兵器なども、それにはいるでしょう」

大杉はコーヒーを飲み、残間の顔をつくづくと見た。

「ずいぶん、詳しいじゃないか」

「その男からの電話のあとで、ずいぶん勉強しましたからね」

「そいつが言う、武器を売ってるある商社というのは、どこなんだ」

「それが、おどしてもすかしても、言おうとしないんですよ。だから、自分の会社のことかもしれない、と思ったわけで」

大杉は、首を振った。

「それじゃ、話にならんな。なんのために、電話してきたんだ」

「新聞記者が興味を示すかどうか、手ごたえを探るためだと言いました」

「それであんたは、興味を示してやったのか」

「もちろんです。日本は、憲法第九条によって戦争を放棄したので、武器を必要としないわけです。少なくとも、他国から攻撃を受けないかぎりはね。それなのに、他国が戦争に使う分にはかまいません、と言って武器を輸出するのはおかしい。そう思いませんか」

「理屈はそうかもしれんが、ビジネスとしてはありうるだろう」

残間が、指を立てる。

「たとえば、仲のいい夫婦が隣の家の夫婦喧嘩《ふうふげんか》を見て、どちらか一方またはその両方に、包丁を渡したりしますか」

大杉は苦笑して、両手を上げた。

「分かった、分かった。それでおれに、何をしてほしいんだ」

残間はコーヒーを飲み干し、もう一度すわり直した。

「わたしもその電話で、相手の名前と武器輸出をしている商社名を、しつこく聞いたんです。相手は、商社名は勘弁してほしいと言って、自分の名前だけ教えてくれました。スズキ・イチロー、というんですがね」

「ふん。例の大リーガーか。そうでなければ偽名に違いないな」

「ええ。それきり、相手はまたかけると言って、電話を切っちまったんです。切る前に、わたしの名前を聞きましたから、実際にまたかけてくると思います」

「かけてきたら、どうするつもりだ」

「とにかく、会って詳しい話を聞かせてほしい、と頼むつもりです。会った上で、相手の素性と告発する商社が分かれば、すぐに取材を始められます。しかし、相手をうまく説得できるかどうか、予断を許さない状況でしてね。もし説得しそこなったら、相手はたぶん二度と、接触してこないでしょう。そこで、その男がわたしと話して別れたあと、大杉さんにそいつを尾行してもらって、素性を探ってほしいんですよ。そうすれば、相手が黙秘したり偽名を使ったりしても、正体を突きとめられますからね」

「おいおい。そんな単純な仕事は、あんたの会社の若いやつでも、できるだろう。そうすりゃ、金を遣わずにすむじゃないか」

「たとえ簡単な尾行でも、失敗を許されない仕事ですからね、これは。やはりここは、大杉さんのようなベテランに、お願いしないと」

「おれもそれほど、仕事に困っちゃいないぞ」

「別に、人助けのために来たんじゃありませんよ。本心から助けてもらいたい、と思って来たんです。引き受けてくださいよ」

右手を上げて、拝むしぐさをする。

大杉は、少し考えた。

「そんな、違法の武器輸出の告発なんかが、新聞ネタになるのか」

「なりますって。太田黒首相は、このところ右傾化した発言が目立つし、経済界でも武器輸出三原則を見直してほしい、と要求する声が上がっています。三原則が、すでに事実上崩れていると分かったら、これはゆゆしき問題でしょう」

残間の口調は、真剣だった。

大杉はまだ、乗り気になれなかった。

「ただの、いたずら電話じゃないにしても、なんとなく会社に対する不満が高じて、内部告発のまねごとをしてるだけ、という気がするがね」

「それでも、いいんです。実際に、その会社が武器を輸出しているなら、告発する意味は十分にありますからね」

大杉は、ため息をついた。

「どちらにしても、ただ尾行して素性を突きとめるだけじゃ、たいした金にならんな」

「まあまあ、そうおっしゃらずに。諸経費別の、十万でどうですか。たいした額じゃないですが、一日だけの仕事なら悪くないでしょう」

しぶしぶ、うなずく。

「分かったよ。それで、そいつからはいつごろまた、電話がかかりそうなんだ」

残間は、ほっとしたように口元を緩め、耳の後ろを掻《か》いた。

「白状しますが、今日わたしが外回りに出ているとき、一度かかってきたらしいんです。それで、あしたの午後四時にかけ直すから、かならず席にいてほしいという伝言が、残されていました。そんなわけで、あしたの夕方以降いつでも動けるように、あけておいてほしいんです」

「こいつ」

大杉は拳《こぶし》を固め、残間に突きつけた。

残間は、おおげさにそれをよけるしぐさをしてから、急に真顔にもどって言った。

「実を言うと、これまでの話は前段でしてね。もう一つ、本題の相談があるんですよ。今度は、ほんとうに殴られるかもしれませんが」

大杉はとまどい、残間の顔を見直した。

「まだあるのか」

「ええ」

小さくうなずき、真剣な表情で続ける。

「また、例の百舌がらみのややこしい話が、持ち上がってるんです」

4

大杉良太は、コーヒーをいれ直した。

カップを二つ、テーブルに運ぶ。

残間龍之輔は、また拝むようなしぐさをした。

「すみません」

そう言って、ちらりと大杉の反応をうかがい、話を続けた。

「どう思いますか、この話。やっていいものかどうか、ご意見を聞きたいんです」

大杉はコーヒーを飲み、残間に聞かされた話を反芻《はんすう》する。

一連の、百舌の事件を蒸し返すような仕事を、残間に依頼する者が現れるなどとは、予想もしなかった。

「田丸は、なぜ今ごろあんたにそんな古い話を、書かせようとするんだ」

田丸清明と会ったことはないが、当時残間の口からしばしば名前が出たので、どういう立場の人間かは、分かっている。

田丸はもと、東都ヘラルド新聞社の社会部長で、残間の上司だった男だ。同時に、すでに死んだ元民政党幹事長馬渡久平の、民間ブレーンの一人でもあった。

残間は、眉根を寄せた。

「わたしも、それを知りたいと思ってるんですが、田丸氏は理由を言わないんですよ。ただ、死ぬ前にもう一花咲かせたいから、と言うだけでね」

「しかし、〈ザ・マン〉みたいなマイナーな雑誌に、そんなかびの生えた話を載せたところで、花が咲くとは思えんがね。あんたが、東都ヘラルド本紙に署名入りで書くのなら、いくらか話題になるだろうが」

残間が、首を振る。

「うちの新聞じゃ、記事にできませんよ。原稿を書いたところで、上の方からストップがかかって、紙面には載らない。大杉さんや倉木さんに、迷惑をかけることにもなるし」

倉木の名前を聞くと、いつも美希ではなく死んだ夫の方を、思い浮かべてしまう。

倉木尚武はずいぶん前、警察庁特別監察官の職にあったとき、非命の最期を遂げた。

美希は、今や亡夫と同じ地位と職務を得て、そのあとを継ぐ立場にいる。

「おれも彼女も、迷惑にはなれてるけどな」

大杉が言うと、残間は人差し指を立てた。

「それに、もうひとつ。〈ザ・マン〉は、マイナーな雑誌には違いないですが、政財界ではけっこう読まれてるんです。古い話でも、内容がかなりスキャンダラスですから、そこそこ話題にはなる、と思いますよ」

「所詮《しょせん》、マイナーはマイナーだろう。掲載されたからといって、大新聞があとを追うようなことはないだろうし、週刊誌だって今さらそんな古い話を、蒸し返したりしないさ」

残間は、しかつめらしい顔をして、指を立てた。

「それにしても、百舌のことをおおやけにしたら、政界や警察がどんな反応を示すか、ちょっと興味がありませんか」

「カーバイドのかけらを、水の中に投げ込んだ程度の反応でもあれば、上々ってとこだろう。一連の事件を覚えてるやつは、もうほとんどいないしな」

大杉が言い捨てると、意外にも残間は体を引いた。

「そうですね。みんな、死んでしまいましたからね」

少し拍子抜けがして、大杉はコーヒーを飲んだ。

自分で言っておきながら、あらためてそのとおりだ、と思う。

しかし、全員が死んだわけではない。何より、自分自身がまだ生きているし、美希も健在だ。

それに政界にも警察にも、多かれ少なかれ百舌の一件に絡んだ人間が、何人か残っている。完全に風化した、とは言い切れないだろう。

大杉は聞いた。

「あんたが、当時田丸に渡した原稿のオリジナルは、フロッピに残っていたのか」

残間は、あいまいなしぐさで、肩をすくめた。

「まあ、残ってることは残ってるんですが、もはやそれを読み出すワープロが、ないんですよ。シャープの〈書院〉という、すぐれもののマシーンでしたがね」

「会社のどこかに、保存してあるかもしれんだろう」

「倉庫を掻き回してみましたが、一台も残っていませんでした」

大杉は、少し考えた。

「ワープロがなくたって、パソコンで読み出せるんじゃないのか」

「何年か前までは、パソコンにもフロッピ用のスロットがついていて、読み出しができたんですがね。今はもう、フロッピなんて記録メディアは時代遅れで、スロットそのものがなくなりました。CD-ROMだって、そろそろ消えるかもしれない。いずれは、メモリーカードかUSBメモリーでないと、受け付けてくれなくなりますよ」

「おれは使ったことがないが、フロッピのデータをパソコンで読み込む、外づけのドライブやらソフトやらがある、と聞いたがね」

「そうらしいですね。今、総務部に頼んで、ネットで探してもらってます。それが手にはいったら、すぐにパソコンで読み込んで、プリントアウトするつもりです」

「おれもぜひ、読んでみたいな。どっちみち、おれがぶちまけた話が、中心になってるんだろう」

「ええ。文中には、大杉さんの名前も倉木さんの名前も、出してませんがね。そのままでは使えませんから、〈ザ・マン〉用にリライトするつもりですが、やはり名前は伏せることにします」

「おれは、名前を出されても、かまわんぞ。商売の宣伝にもなるしな」

「取材が殺到したら、仕事にならなくなりますよ」

残間に指摘されて、大杉は首の後ろを掻いた。

「それもそうだ。少なくとも、倉木美希の名前は出さないようにしろよ。警察に、いられなくなるからな」

「分かってます。そんなことをしたら、わたしも警察庁筋の重要な情報源を、失うはめになる」

大杉は、コーヒーを飲み干した。

話をもどす。

「ところで田丸は、例の洲走かりほ事件のときに、おれたちが隠し録りした、例のテープをどこかで手に入れた、という話だな」

残間が、渋い顔をする。

「ええ。さっき、お話ししたとおりです。当人が、そう言ってました」

あの当時、大杉が残間から受けた報告によれば、残間はそのテープをコピーして、田丸の後任の社会部長に託した、ということだった。

ところが、社会部長はそのコピーを編集局長に届け、局長は局長でそれを今泉なんとかという、当時の社長に預けてしまった。

そして今泉は、重要な証拠物となるべきそのテープを、警察に提出したらしい。

残間は、決定的証拠が闇《やみ》に葬られる可能性もあると思い、マスターテープを当時の警察革新評議会の議長、菅沼善助に託したという。

万が一、警察が事件をうやむやに終わらせた場合、革新評議会が答申する提言書の切り札として、そのテープを活用する含みだったそうだ。

しかし、東都へラルドのライバル紙、帝都新報の社長でもある菅沼は、捜査が中途半端に打ち切られたにもかかわらず、その切り札を使おうとしなかった。

提言書を発表し、警察革新評議会が役目を終えて解散したあとも、菅沼は沈黙を保ったままだった。

さらに、その後も帝都新報の社長の座にすわり続け、現在にいたっている。すでに八十歳を超え、老害といわれながらも意気軒昂《いきけんこう》で、引退の気配はまったくない。

残間は、何度かテープの返却を求めたらしいが、菅沼はそのつど言を左右にして、要求に応じないという。

田丸が、手に入れたと称しているのは、そのマスターテープなのか。

それとも、コピーの方なのか。

あるいはまた、コピーのコピーなのか。

大杉は、その点を問いただした。

「田丸は、問題のテープをどちらの筋から、入手したんだ。警察筋からか、それとも菅沼の筋からか」

残間は首を振った。

「わたしもしつこく聞いたんですが、田丸氏はどうしても入手先を明かしませんでした。どちらかであることは、間違いありませんが」

大杉は残間の胸に、人差し指を突きつけた。

「今さら言っても遅いが、あんたは詰めが甘すぎるんだ。そういう重要な証拠物を、会社の上司やライバル紙のトップに、軽がるしく渡すばかがどこにいる。あんたはよほどのお人よしか、そうでなければやつらとぐるなのか、そのどちらかだぞ」

残間が、肩をすくめる。

「一言もありませんね。たぶん、お人よしなんでしょう」

「お人よしにも、ほどがある。もっと前、例の長崎の鷲ノ島での事件のときも、あんたは証拠のテープを、警察に提出しちまったじゃないか」

「あれは、手渡した相手が刑事を名乗っただけで、県警とは関係ないやつだった。だれかは分かりませんが、少なくとも警察の手には渡ってないはずです」

「そうは言っても、警察に提出する意図で手渡したことに、変わりはないだろう」

「まあ、それはそうですが」

「それに、最終的に警察の手に渡った可能性も、なくはないぞ。その偽刑事が、警察の回し者じゃなかったという保証は、どこにもないんだからな」

残間は、両手を広げて大杉に向け、全面降伏した。

「分かりました、分かりました。いいかげんに、勘弁してくださいよ。今日は、お願いと相談に来ただけで、大杉さんにお説教されるために、来たわけじゃないんですから」

大杉も、少し言い過ぎたかもしれないと考え直し、口をつぐんだ。

しかし、残間はさしてこたえた様子もなく、コーヒーを飲み干す。

やれやれ、と思いながら大杉は腕を組み、また話をもどした。

「それで結局、どうするんだ。〈ザ・マン〉に、原稿を書くのか」

「大杉さんは、どう思いますか」

「まず、あんたの覚悟を聞きたいんだ」

残間はむずかしい顔をして、しばらく考えた。

「とりあえず田丸氏には、問題のテープを聞いてから返事をする、と言ってあるんですがね。洲走かりほの事件は、百舌の一件と直接には関係ないわけですが、ノスリとかいう鳥の暗号名が使われて、どことなく共通するものがある」

大杉はうなずいた。

「そのとおりだ。百舌の事件と並べて書いても、さして違和感はないだろう」

「ええ。しかも、あのテープには大杉さんや倉木さん、それに民政党の三重島幹事長の名前も、出てきます。マイナーな雑誌とはいえ、そうした名前をそのまま出したら、相当反響があるでしょう。どんな事態に進展するか、予断を許さない。それに、書き手がわたしだとばれたら、めんどうなことになる。本来の仕事の、武器輸出三原則がらみの取材なんか、吹っ飛んでしまいます」

「こいつは、武器輸出三原則よりもはるかに、重要な問題だ。公表されたら、民政党があたふたして、つぶしにかかるかもしれんぞ」

「ただ、民政党も一度政権を奪われたせいで、だいぶおとなしくなっています。したがって、刺激せずにこのままそっとしておいた方がいい、という気もする。やばい原稿を書いて、寝た子を起こすような結果になったら、かえっておもしろくないでしょう」

「もう一度、大掃除するチャンスかもしれんぞ。ともかく、過去のあくどい陰謀を暴かれて、三重島が青くなることは、間違いない。もしかすると田丸に、だれが書いたか教えろと、圧力をかけるかもしれん。田丸に、あんたを三重島から守るだけの、根性があればいいんだがな。そのあたりが心配だが、おれは基本的にはあんたが原稿を書くことに、賛成するよ」

「分かりました。ともかく、近いうちに田丸氏から、問題のテープを受け取ります。久しぶりにそいつを、一緒に聞こうじゃないですか」

そう言って、残間はにやりと笑った。

5

翌日。

残間龍之輔が電話してきたのは、午後四時を十分ほど回ったころだった。

大杉良太は、メモ帳を引き寄せた。

残間が言う。

「約束どおり、例の告発者からついさっき電話が、はいりましてね。なんとか説得して、今夜会う約束を取りつけました。渋るふりをしてましたが、最初から会う覚悟でかけてきた、という感じでした」

「場所と時間は」

「時間は、午後六時半。場所がちょっと、変わってましてね。桐《きり》ヶ谷《や》斎場《さいじよう》なんですよ」

「桐ヶ谷斎場。品川区の火葬場か」

「ええ。どういう発想か、分かりませんが」

「向こうはあんたを、どうやって見分けるんだ」

「野球帽をかぶって、サカモト家の通夜の列に並んでほしい、と言われました。そうしたら、自分の方で見つけて声をかけるから、と」

「野球帽なんて、持ってるのか」

「うちの野球部のやつに、借りるつもりです。お通夜に、野球帽をかぶって行くやつはいないから、見分けがつきやすいことは確かでしょう」

「サカモト家って、通夜に行列ができるほどの家柄なのか」

「知りません。ともかく、その男とはなんのゆかりもない、と思います。ゆかりがあったら、身元がばれる恐れがありますからね」

大杉は、少し考えた。

「分かった。駐車場があったはずだから、おれは車で行く。あんたは言われたとおり、サカモト家の通夜に並んで、相手が接触してくるのを待つんだ」

一呼吸おいて、残間が言う。

「その男は、スズキ・イチローと名乗っていましたが、いかにも仮名でございますって感じで、インパクトがない。何か別の名前を、つけませんか」

「いいだろう。ミスターXでどうだ」

大杉が応じると、残間は笑った。

「それじゃベタすぎて、スズキ・イチローと変わらない。どうですか、桐ヶ谷斎場にちなんで、キリタニでは」

「桐の谷で、桐谷《きりたに》か。イージーだが、まあいいだろう。その桐谷が接触してきたら、念のため野球帽を一度脱いで、かぶり直してくれ」

「了解。それにしても、桐谷はどこでわたしと、話すつもりかな。斎場から、どこかへ移動するんですかね」

「どこへ移動しようと、ちゃんとついて行くから、心配するな」

「こっちも、なるべくあとを追いやすいように、工夫します。桐谷と別れたあと、よろしくお願いしますよ」

「あんたと会ったあと、桐谷がどこへ向かうか分からんし、正体まで突きとめられるかどうかは、五分五分ってとこだな。少なくとも、勤務先かどこに住んでるかくらいは、特定できるだろうが」

「とりあえずは、それでかまいません」

「結果は、あとで連絡する」

通話を切り、村瀬正彦《むらせまさひこ》の携帯電話に、かけ直す。

村瀬は、すぐに出た。

受話口の向こうから、駅のアナウンスのようなものが、聞こえてくる。

「どうも。大杉だ。今、どこにいる」

「地下鉄丸ノ内線の、御茶ノ水駅《おちゃのみずえき》のホームですけど」

「そうか。実は、今夜手伝ってほしい仕事があるんだが、何か予定があるか」

「別に、ありませんけど。これから、家にもどるところです」

「よかった。あまり時間がないんだ。できるだけ早くもどって、車を出してもらいたい。遅くとも、六時過ぎには桐ヶ谷斎場に、着きたいんだ」

「桐ヶ谷斎場ですか。池袋からだと、渋滞状況にもよりますけど、四、五十分あれば行けるでしょう。五時には、マンションにもどりますから」

「用意ができたら、電話をくれ」

「分かりました」

通話を切る。

村瀬は、大杉の事務所と同じここ〈クレドール池袋〉に、両親と一緒に住む独身の男だ。父親の正一郎《しょういちろう》は弁護士で、都心に事務所を開いている。

息子の方は、何年か前にお茶の水の美術学校を卒業して、母校に勤め口を求めた。今は学生たちを相手に、造形美術を教えている。もっとも、当人によればただの粘土細工、だそうだ。

それでも、村瀬はときどき名もない展覧会に、出品することがあるという。

そろそろ三十になるが、子供のころから探偵ごっこが好きだとかで、何かというと大杉の手伝いをしたがる。

運転がうまく、速度の出る外車を持っているので、大杉はだいじな尾行のときなど、村瀬に声をかけて運転手を務めさせ、小遣いを稼がしてやるのだ。たいした額ではないが、粘土代くらいにはなるだろう。

五時を過ぎたころ、村瀬から電話がはいった。

大杉は事務所を出て、下のパーキングタワーの出入り口に、おりた。

待機していた、村瀬のグレーのポルシェに乗り込む。

村瀬は、赤と紺のチェックのカッターシャツに、ジーンズをはいていた。

「すまんな。今回はたいして、時間がかからんはずだ。最低基本料金とガソリン代で、がまんしてくれ」

つまり、一万円プラスアルファ、という意味だ。

「いいですよ。また、いい粘土が買えますから」

ひょろりと背の高い、風が吹けば飛ばされそうな華奢《きやしや》な男だが、手だけは体つきに似ず大きく、ごつごつしている。粘土をこねるせいか、握力が異常に強いらしい。

マンションから、表通りに出る。

信号で停《と》まると、村瀬は聞いてきた。

「今日は、どんな仕事ですか」

「桐ヶ谷斎場で、おれの知人と会う相手のあとをつけて、身元を突きとめる仕事だ」

大杉は、匿名電話や武器輸出問題など詳しい事情を省き、残間から聞いた通夜の行列の話だけ、ざっと伝えた。

村瀬は、ナビに桐ヶ谷斎場を入れた。

高速道路を避けて、車を山手通《やまてどお》りに回す。

たいした渋滞にも引っかからず、四十分足らずで西五反田《にしごたんだ》五丁目にある、桐ヶ谷斎場に着いた。六時には、まだだいぶ間がある。

しばらく来なかったが、斎場には何度か足を運んでいるので、とまどうことはない。

この日は通夜が多いとみえ、ハイヤーやタクシーがひっきりなしに、出入りしている。

入り口をはいり、中庭の駐車場をぐるりと一回りしてみたが、どこにも空きがない。

地下にも駐車場があるが、そこだといざというときに間に合わないだろう。

大杉は、村瀬に指示して表の通りにもどり、左折して中原街道の方へ向かった。そのあたりを一回りして、桐ヶ谷斎場の入り口が正面に見える路地に、車を停めさせる。

「ここで、待機してくれ。この位置なら、通りの右にでも左にでも、すぐに動かせるだろう。六時半から、十分くらいのあいだに、動きがあるはずだ。もし動きがなかったら、しばらく長引くかもしれん。そのときは、ケータイで連絡する」

そう言い残し、車をおりて斎場にもどる。

目立たないように、大杉自身も黒っぽいスーツを、身に着けて来た。

正面ホールの奥にある、大きめの式場に〈阪元家〉と書かれた、表示板を見つけた。

同じサカモトでも、かなり珍しい組み合わせの名字だが、会葬者の数からするとなかなかの家柄、と思われた。

ガラスドアの近くに立ち、人待ち顔で会葬者の列の動きを見張る。

残間が姿を現したのは、六時十五分だった。

残間は迷わず、長くなってきた阪元家の列の、最後尾についた。濃紺のスーツ姿だが、同じ色合いの野球帽がなんとも場違いで、笑いたくなるほどだ。

しかし、残間はまるで気にする風を見せず、列とともに少しずつ前に進んだ。言われたとおり、あたりをきょろきょろ見回すこともなく、ただの会葬者を装っている。

六時半になったとき、急に残間の体が動いた。陰になった向こう側に、だれかが立ったらしい。

残間が、わざとらしく野球帽を取り、頭を下げるのが見える。相手の男は、時間ぴったりに接触して来たようだ。

列を離れた残間は、人込みを掻き分けてエスカレーターの方に、移動して行った。相手の男は、まだ残間の陰に隠れたままだ。暗い色のスーツを着た、小柄な体のごく一部がちらちらと、のぞいて見える。

ホールの、エスカレーターの横は地下から二階まで、吹き抜けになっている。

その奥に、コーヒーショップと思われる、簡素なスペースがあった。

二人は、その中にはいって行った。

大杉は、会葬者の列を分けてあとを追い、二人が奥のテーブル席に着くのを確かめた。

かりに、桐谷と呼ぶことにした相手の男は、大杉に背を向けてすわった。そのため、顔を確かめることはできなかったが、頭のてっぺんが円く禿《は》げているのが、よく見えた。肩が細く、悪くいえばかなり貧相な体つきだが、スーツの仕立てはよさそうだ。

大杉は外へ出て、村瀬に連絡した。

「尾行の対象は、中のコーヒーショップで、話を始めた。少なくとも、三十分から一時間は、かかりそうだ。そのつもりでいてくれ」

村瀬は文句も言わず、了解と短く答えた。

とにかく、辛抱強くて好奇心も強いくせに、よけいなことを聞かないのが、村瀬のいいところだ。

残間と桐谷が動きを見せたのは、それからおよそ一時間後だった。

大杉は、数がだいぶ減った会葬者の陰から、二人が席を立つのを見届けて、ふたたび外に出た。

横手のタクシー乗り場に、行列ができている。

ただし、空車が次から次へと回って来るので、待ち時間はさほど長くはない。

ほどなく、ガラスドアから出て来たのは、桐谷一人だった。

ようやく、顔が見えた。

眼鏡《めがね》はかけていない。体つきは貧相だが、顔の造作はしっかりしている。口が大きく、唇が厚い。眉が濃く、口の脇《わき》に深く刻まれた法令線が、頑固そうな印象を与える。

見た感じでは、五十代後半から六十代前半、というところか。

そのまま桐谷は、タクシーの列に並んだ。

大杉は、村瀬にそろそろ出て行くと連絡し、通りに面した出入り口の近くまで、移動した。

そのあたりをぶらぶらして、桐谷の順番が来るのを待つ。

桐谷が、ときどきガラスドアの方に目を向け、様子をうかがうのが見えた。残間が、あとを追って来ないかと、気にしているようだ。

そのとき、残間から電話がはいった。

「今、どこですか」

「斎場の入り口のあたりだ」

「よかった。桐谷を、確認できましたか」

「うん。あんたと、コーヒーショップにはいるのを、この目で見た」

「桐谷は、ちょっと前に出て行きましたが、今どうしてますか」

「ホールから外廊下に出て来て、タクシー乗り場に並んだ。あんたはどうした」

「まだ、コーヒーショップです。十五分残ってくれ、と言われましてね。尾行を警戒してるんでしょう。わたしだけじゃなく、別の人間に尾行される可能性もあり、と睨んでるようです。気づかれないように、よろしくお願いします」

「心配するな。おれは、出口のところで、待機している。桐谷がタクシーに乗ったら、車であとをつける」

「もう少ししたら、わたしもここを出ます。あとで、電話をもらえますか」

「分かった」

大杉は通話を切り、桐谷に注意をもどした。

桐谷は順番待ちをしながら、自分の後ろに延びていく列を、ときどき振り向いて見た。

残間本人か、その回し者らしい人間がいないかどうか、確かめているようだった。

やがて順番が回り、桐谷がタクシーに乗り込む。チェッカー模様の、オレンジ色の車だった。

大杉は、念のため四桁《けた》のナンバーを覚え、村瀬の車のところへ駆けもどった。

村瀬は、すでにエンジンをかけ、待機していた。

助手席に乗り込み、斎場の出入り口に顎をしゃくる。

「オレンジ色の、チェッカーのタクシーだ。あと十五秒ほどで、出て来る」

桐谷の乗ったタクシーが、中庭をぐるりと一回りして、通りに姿を現した。

左へ曲がり、中原街道の方へ向かう。

村瀬はアクセルを踏み、目立たぬようにゆっくりしたスピードで、通りへ乗り出した。

斎場から、一台遅れて出て来たタクシーをあいだに入れ、桐谷の乗った車を追う。村瀬は、大杉の下で何度も経験を積んだから、尾行のこつは心得ているのだ。

車は中原街道を突っ切り、さらに第二京浜《けいひん》国道もそのまま越えて、東へ走り続けた。

やがて、JR大崎駅の南に延びるりんかい線にぶつかり、その線路に沿って南下する。

途中でガードをくぐり、さらに走ると左側に品川区役所があった。

タクシーは、その先の十字路を越えてしばらく走り、ほどなく停車した。

村瀬も、いち早くヘッドライトを消し、三十メートルほど後方で、車を停める。

その通りは比較的広く、きれいに整備された町並みだ。背の低いマンションや、小さなビルに交じって、戸建ての家も何軒かある。商店や飲食店は、あまりないようだ。

「しばらく、待っていてくれ」

大杉はそう言って、車からすべり出た。

街路樹の陰からうかがうと、車をおりた桐谷はあたりに目を配り、すぐ左手の小さなマンションに、はいって行った。

大杉は、急ぎ足でマンションの入り口へ向かった。通り過ぎながら、玄関ホールを横目で見る。

桐谷が、オートロックを解除してガラスドアを開き、中にはいるところだった。

回れ右をして、もう一度前を通り過ぎる。

もはや後ろを気にすることなく、エレベーターホールにはいった桐谷が、呼びボタンを押すのが見えた。

それ以上、あとを追うことは、不可能だった。

大杉は、桐谷がエレベーターに乗るのを待ち、ホールに駆け込んだ。

ガラスドアの端に立って、斜めの位置から昇降口の表示盤に、目をこらす。

かろうじて、ランプの数字が最上階の5で停まるのを、確認した。

次に、メールボックスのコーナーにはいり、五階の郵便受けの表示をチェックする。五部屋あったが、名前が出ているのは五〇一号山岸、五〇二号梶間一郎、五〇四号石島敏光の、三軒だけだった。あとの二軒は、表示がない。

それをメモして、外に出る。

玄関の外のプレートによれば、マンションの名前は〈フェドーラ大井町〉。比較的新しい、煉瓦造《れんがづく》りのマンションだ。

近くの住所表示を確かめると、品川区大井二丁目と分かる。

車にもどり、助手席に乗り込んで、残間に電話した。

残間はすでに、大手町《おおてまち》の本社にもどっていた。

「桐谷は、京浜東北線の大井町駅に近い、フェドーラ大井町というマンションに、住んでいる。そこの五階に、上がって行った。愛人のマンション、という可能性もないじゃないが、自宅とみていいだろう」

「愛人がいるタイプには、見えませんよね。名前は、分かりましたか」

「特定はできなかったが、手がかりだけはメモしてきた」

大杉は、メールボックスで調べた結果を読み上げ、残間にメモさせた。

残間が言う。

「ついでですから、あしたの出勤時間にもう一度桐谷を尾行して、勤務先を調べてもらえませんか。ギャラを少し、上乗せしますから」

「いいだろう、乗りかかった船だからな。ところで、あんたと桐谷との話し合いは、どうなったんだ」

「それはまた、あらためてお話しします。電話じゃ、あれなので」

通話を切ったあと、大杉は明朝付き合ってもらえるかどうか、村瀬に確認した。

村瀬は残念そうに、美術学校の授業があるのでだめだ、と応じた。ただし、車を使うのならキーを渡す、と付け加えた。

「いや、車はいい。たぶん、相手は電車を使うだろうから、おれ一人でだいじょうぶだ」

大杉が言うと、村瀬は少し考えた。

「でも、相手が車で通勤することだって、あるでしょう。同僚に代講を頼んで、お手伝いしますよ」

「そこまでしなくていい。ここで、タクシーに乗って待つことも、できるからな」

村瀬は、残念そうに言った。

「いっそ、大杉さんの事務所で、助手をしたいな。大杉さんに、ぼくの給料を払えるくらい、稼ぎがあればですけど」

「美術学校で、どれだけもらってるか知らんが、おれの払える給料よりは高いだろう。小遣い稼ぎで、がまんしろ。ともかく池袋へもどって、飯でも食おうじゃないか」

6

翌朝、大杉良太は早起きして、大井町へ向かった。

昔は、山手線《やまのてせん》の品川で京浜東北線に乗り換え、四十分ほどかけて行ったものだ。今は、池袋から埼京線《さいきょうせん》とつながる、りんかい線一本で乗り換えなしに、大井町に直行できる。電車に乗っていた時間は、二十五分足らずだった。

地図を確かめながら、フェドーラ大井町まで歩く。

駅から七、八分の距離で、七時半を少し回ったころには、もう着いてしまった。

電車通勤という勘に賭《か》けて、タクシーで待機するのはやめにした。

ただ、桐谷の通勤パターンが分からないので、多少の不安は残る。

勤務先が遠いとか、出張などのためにとうに家を出た、という可能性もないではない。

さほど人通りがないので、一カ所に立ち止まっていると、どうしても目立つ。かといって、コーヒーショップがあるわけでもなく、時間のつぶしようがなかった。

大杉はしかたなく、フェドーラ大井町の向かいの歩道を、行ったり来たりしながら、時間をつぶした。

しばらくのあいだ、マンションを出て行く者はだれもおらず、はいる者もなかった。

たまに出て来たと思うと、小学生か中学、高校の学生服姿だ。

八時を回るころ、出勤するらしい男女がちらほらと現れ、足ばやに駅の方へ向かった。

しかし、桐谷の姿はなかった。

通常、会社は九時に始まるから、一時間以内の通勤圏なら八時か、せめて八時十五分くらいには、家を出るはずだ。

八時半になっても、桐谷は出て来なかった。すでに出勤したのか、それとも今日は遅出なのか。

ともかく、九時までは待とうと決めたとき、待ち兼ねた桐谷の姿が現れた。

ちょうど、マンションの斜め向かいを、北に向かって歩いていた大杉は、そのまま通りを渡って、桐谷の後ろについた。

桐谷は、前夜と同じものらしいダークグレーのスーツに、黒いビジネスバッグをさげていた。一夜明けると、さすがに尾行の心配をする様子はなく、落ち着いた足取りで歩き続ける。

桐谷は、JR大井町駅から横浜方面行きの、京浜東北線に乗った。

東京方面と逆に、乗客の数は多くない。

大杉は、桐谷とドア二つ離れた同じ車両に乗って、さりげなく監視した。

桐谷は吊り革につかまり、新聞や本を取り出すこともなく、ぼんやりと窓の外を眺めていた。

桐谷は、早ばやと一つ目の大森駅でおり、東口へ出た。

駅前広場から、桜新道と標示の出た広い通りを渡って、三十メートルほど先の左側にある、小さなビルにはいった。駅から、ほんの数分の距離だ。

腕時計を確かめると、ちょうど九時五分前だった。

電柱の住所表示によれば、その付近は品川区南大井三丁目、となっている。

ビルの前を通り過ぎながら、さりげなく表看板を見た。

三京鋼材《さんきょうこうざい》株式会社、とある。

少し先で通りを渡り、問題のビルの向かい側まで、引き返した。

そこは、大田区大森北二丁目と表示されており、通りが品川区との境のようだった。

ビルの屋上に、〈三京ビル〉と読めるネオンが見えた。雨ざらしで、夜になっても点灯するかどうか、心配になるようなしろものだ。

桐谷は、大井町のフェドーラ大井町なるマンションに住み、品川区のほぼ南端にビルを持つ、三京鋼材という会社に勤務しているらしい。

それだけは、なんとか調べがついた。

あとは、桐谷の本名と勤務先での地位、ないし肩書が分かれば残間龍之輔も、満足するだろう。

それを調べる方法が、なくもなかった。とはいえ、あまり気が進まない方法だ。

自宅と勤務先が知れた以上、残間が桐谷の人物を特定することも、むずかしくはないだろう。

しかし、ここで手を引くのはいかにも中途半端で、心地が悪かった。

肚を決め、立ったまま携帯メールを一本打ってから、大森駅に引き返した。

駅に隣接したホテルにはいり、コーヒーショップで朝食をとりながら、自宅から持って来た東都ヘラルド紙に、目を通す。

民政党の元閣僚が、大東亜戦争は西欧諸国の植民地支配から、アジアを解放独立させるのに貢献した、とどこかの講演会でぶち上げたことで、物議をかもしていた。

残間の署名記事は、見当たらなかった。

ポケットで、携帯電話が震えた。

「一分後に、かけ直す」

大杉は短く答え、すぐにレジで勘定をすませて、外へ出た。

めぐみは、最初のコール音で出た。

「おはよう。調子はどうですか」

声がこもっている。トイレかどこかだろう。

「おはよう。可もなく、不可もなしだ。お母さんは、どうしてる」

「肩凝りに、腰痛と膝《ひざ》の関節炎以外は、元気よ」

「おれと同じで、満身創痍ってとこだな」

「それより、あと十五分で会議が始まるの。長話はできないわよ。さっきのメールだと、何かわたしに頼みたいことが、あるんですって」

「そうなんだ。仕事のことで、めぐみの力を借りるのは気が引けるが、今回は特別でね」

「特別って、どんなこと」

「めぐみのルートで、品川区大井二丁目のあるマンションの住人の、氏名と年齢、勤務先といった個人情報を、調べてもらえんかな。所轄署管内の交番に、巡回連絡カードがあるはずだから、それをチェックすれば分かるだろう」

「父娘のコネを利用するのは、あまりほめられたことじゃないよ、お父さん」

口をとがらせた顔が、目に浮かぶようだ。

「それは分かってるが、これは残間の仕事なんだよ」

「残間さんて、東都ヘラルドの」

「そうだ」

「だったら、美希さんに頼めばいいのに」

めぐみは、残間のことも倉木美希のことも、よく知っているのだ。

「彼女に、こんなことを頼めるものか。かりにも、警察庁の特別監察官で、警視だぞ」

「どうせわたしは、巡査部長ですよ」

そう言ってから、めぐみはおおげさにため息をつき、続けた。

「それで、だれのことを調べればいいの」

「すまん。相手は、フェドーラ大井町の五階に住んでいる、六十がらみの男なんだ」

「フェドーラ大井町」

おうむ返しに言っためぐみの声が、にわかに緊張したように思われた。

「そうだ。五〇一号室から、五〇五号室までのどれかに住んでることは、もう調べがついている。ただ、部屋番号と名前だけが、特定できてないんだ」

大杉は、メモを取り出して続けた。

「メールボックスをチェックして、一部判明したのは次の連中だ。五〇一号が、山岸《やまぎし》なにがし。五〇二号が、梶間一郎《かじまいちろう》。木偏の梶に、あいだと書く梶間だ。もう一人、五〇四号が石島敏光《いしじまとしみつ》。石にふつうの島、それに敏捷《びんしょう》の敏、光るという字で、トシミツと読むんだろう。名前が出ていたのはその三軒だけで、あとの二軒は表示がなかった」

少し長い沈黙がある。

やがてめぐみは、硬い口調で言った。

「残間さんは、なんでその人のことを、調べているの」

声の響きに、大杉はふだんと違うものを感じて、携帯電話を握り直した。

「おれも、詳しいことは聞いてない。聞いたとしても、依頼人の依頼内容を外に漏らすのは、ご法度なんだよ」

「たとえ、父娘のあいだ柄でも」

そう詰め寄られて、ちょっとたじろぐ。

「まあ、そういうことだ。父娘のよしみで、ものを頼んでおきながら、申し訳ないが」

また少し、沈黙がある。

「その人って、どんな外見の人」

「さっきも言ったが、五十代後半から六十代前半、というところだろう。頭のてっぺんが、円く禿げている。小柄で、肩が細くて、見た目は貧相な男だ。ただ、顔つきはかなりずぶといというか、濃いめの造作をしていた」

めぐみが黙っているので、大杉は先を続けた。

「けさは、ダークグレーのスーツを着ていたが、仕立てがよさそうに見えたから、吊るしじゃないだろう。勤務先はたぶん、南大井の三京鋼材という会社だ。ついさっき、そのビルにはいって行くのを、確認したばかりでね」

「フェドーラ大井町から、尾行したの」

「そうだ」

めぐみは、今度こそ通話が切れたかと思うほど、長いあいだ黙っていた。

「どうした、めぐみ。何か、思い当たることでも、あるのか」

呼びかけると、めぐみはようやく口を開いた。

「その人は、三京鋼材の総務部長をしている、石島敏光よ。年齢は五十八歳。フェドーラ大井町の五〇四号室に、奥さんと大学生の末娘の三人で、暮らしているわ」

大杉はあっけにとられ、一瞬言葉が出なかった。

「ちょっと待て。どうして、そいつのことを知ってるんだ。偶然にしちゃ、話がうますぎるぞ」

めぐみは、ちょっと言いよどんだ。

「わたしは、本庁生活安全部の生活経済特捜隊に、在籍しているのよ」

「そんなことは、分かってる」

言い返してから、ふと気がついた。

「もしかして、特捜隊でもその石島ってやつを、マークしてるのか」

「そういう質問には、答えられないわ。お父さんと一緒よ」

考えを巡らす。

「石島は、どんなヤマに絡んでるんだ」

「だから、言えないって言ったでしょう」

大杉が警視庁に在籍していたころ、生活安全部という呼称はまだなく、保安部と呼ばれていた。

しかも、近年生活犯罪が多様化したため、どんどん新しい課や係が増えていき、とても覚えきれるものではない。

めぐみが所属する、生活経済課というのもその一つだし、特捜隊なるチームが何を捜査するのか、見当がつかない。

いずれにせよオレオレ詐欺とか、金融犯罪のたぐいを取り締まる班だろう。

大杉は言った。

「かりに、めぐみが石島に目をつけているとすれば、どこかで残間が関わりつつある事件と、つながりがあるかもしれんな」

「残間さんは、どういう理由で三京鋼材の石島部長を、調べているの」

さりげなく問いかけてきたが、その口調には好奇心があふれていた。

「残間は、まだその男の正体を、知らないんだ。だから、おれにそれを突きとめてくれ、と頼んだのさ」

「ふうん。どういうことかしら」

「込み入った話になるし、おれの口からは言えないな。ただ、お互いに情報交換をする気があるなら、あいだを取り持ってもいいぞ」

「残間さんから、情報をもらうのは大歓迎だけど、こちらからは何も提供できないわ。捜査上の秘密だから」

大杉は苦笑した。

「おまえもだんだん、おれに似てきたな」

「おあいにくさま。わたしはお父さんみたいに、猪突猛進型《ちよとつもうしん》じゃありませんから」

「分かった、分かった。それは別として、近いうちに晩飯でも食おうじゃないか」

「いいわよ。一段落したら、電話するね」

「ともかく、情報をくれてありがとうよ」

「分かってると思うけど、今の情報がわたしから出たことは、内緒ですからね」

「分かった。お礼に、ごちそうするからな」

通話を切り、時間を確かめる。

午前十時になろうとしていた。そろそろ残間も、出社したころだろう。

残間も、まるで大杉の電話を待っていたように、最初のコール音で出た。

「おはようございます。首尾はどうでしたか」

のっけから、急《せ》き込んでいる。

「上々だ。もう出社してるのか」

「ええ。九時半には、来てましたよ」

「おれは、今朝六時過ぎに起きて、七時半にはフェドーラ大井町に、着いていた」

「それはどうも、お疲れさまでした。さっそくですが、その上々の首尾とやらを、早く聞かせてくださいよ」

「桐谷の本名は、石島敏光だ」

「イシジマ・トシミツ。石島敏光。ああ、ゆうべ桐谷がはいったマンションの、五〇四号室の男ですね」

「そうだ。石島の年齢は、五十八歳。女房と、大学生の末娘の、三人暮らしだ」

「さすがですね、そこまで探り出すとは。ちなみに、末娘というとほかにも子供が、いるんですか」

それについては、めぐみは何も言わなかった。

「いるかもしれんが、独立したか別居してるか、どちらかだろう。ぜいたくを言うな」

「すみません。ほかには」

「石島は、南大井の三京鋼材という会社に、勤務している。数字の三に、京都の京。鋼はハガネ、材は材料の材だ」

「三京鋼材ね。どんな会社かな」

「そこまでは知らん。鋼材というからには、武器製造と関係ありそうに思える。どっちにしても、あんたが調べた方が早いだろう。所在地は、品川区南大井三丁目だ」

「了解。会社四季報で調べます。まさか、三京鋼材で石島がどんな仕事をしているか、までは分からないでしょうね」

「石島の肩書は、総務部長だ」

「ほう、総務部長ね。すごいじゃないですか。会社概要でも、もらってきたんですか」

「会社概要には、そんなことまで載ってないよ」

「それじゃ、どうやって調べたんですか」

残間の声には、驚きの色があった。

「餅は餅屋、というだろう」

「それにしても、桐谷、というか石島のあとをつけ始めてから、まだ十数時間ですよ。よくそこまで詳しく、突きとめられましたね。そのノウハウを、教えてくださいよ」

「そう簡単に、教えられるか」

大杉は応じてから、さりげなく続けた。

「ところで、その石島とやらが告発しようとしている、武器輸出について経産省とか警察とか、官憲の動きはないのか」

残間は笑った。

「官憲なんて、言うことが古いですね」

「官憲は官憲だ。もし、三京鋼材が武器輸出に関わってるとしたら、関係官庁がチェックを入れたとしても、不思議はないだろう」

残間は、少し間をおいた。

「その官憲とやらが、三京鋼材に目をつけている気配があるとか、そんな情報をお持ちなんですか」

残間も、なかなか勘がいい。

「それについては、ノーコメントだ」

「昨日と今日の仕事で、二十万お支払いしますから、教えてくださいよ」

「教えなくても、それに値する仕事はしたつもりだ。もっと教えるとしたら、二十や三十じゃすまんぞ」

残間はしばらく、考えていた。

「分かりました。今回はこれで、精算させてもらいます。銀行口座を、教えていただけませんか」

大杉は、それを教えた。

残間が続ける。

「二、三日中に、おとといお話しした田丸氏と会って、例の洲走かりほの盗聴テープを、受け取るつもりです。たぶん、原稿を書くことになりますから、そのつもりでいてください」

大杉は、ちょっと迷った。

「活字になったあと、外からどんなリアクションがあるか、それにどう対応したらいいかを、考えておく必要があるぞ」

「匿名で書きますから、矢おもてに立つのは田丸氏ですよ」

「だったら田丸に、よく言っておけ。肝を据えてかかれ、とな」

7

翌日の夜。

大杉良太は、約束した時間より三十分以上も遅れて、午後九時過ぎに小川町《おがわまち》の駅に着いた。

前の仕事の相手が、同じ都営地下鉄新宿線の東大島だったので、楽に間に合うと思ったのだが、予想外に手間取ってしまった。

残間龍之輔と待ち合わせたのは、駅から近い神田《かんだ》美土代町《みとしろちょう》の〈花乃碗《はなのわん》〉という、下町風の西洋料理店だった。基本はイタリア料理らしいが、その界隈《かいわい》では昔ながらの洋食の店として、よく知られている。

残間にも店にも、三十分ほど遅れると連絡しておいたので、不都合はなかった。

店にはいると、当の残間はまだ姿を見せておらず、逆に待たされるはめになった。

ほどなく、残間がトレンチコートの裾をひるがえしながら、やって来た。

「すみません、お待たせしちゃって」

「いや、おれの方こそ遅くなって、悪かった」

大杉が謝ると、残間は向かいの席にすわりながら、いわくありげな顔で言った。

「出ようとしたら、〈ザ・マン〉の田丸氏からケータイに、電話がはいりましてね」

「田丸。百舌の、原稿の件か」

「ええ。あしたの夜、問題のテープを渡したい、とのことでした。朱鷺村琢磨と、洲走かりほのやりとりを録音した、例の盗聴テープです」

大杉は生ビールを二つと、ムール貝のオーブン焼き、イイダコのトマトソース煮など、前菜をいくつか頼んだ。

生ビールがすぐにきて、ジョッキをぶつけ合う。

一口飲んで、大杉は切り出した。

「田丸は、ほんとうにあのテープを、手に入れたのかな」

残間は、軽く肩を揺すった。

「当人がそう言うんだから、信じるしかないでしょう。どっちみち、どの筋から入手したかは、明かさないと思いますが」

「事件のあと、あんたが社会部長に提出したコピーの方は、社長を経由して警察へ引き渡された。これは、いくら田丸につてがあったとしても、そう簡単には手にはいるまい」

「ええ。常識的には、わたしが帝都新報の菅沼社長に託したオリジナル、ないしはそのコピーが巡り巡って、田丸氏の手中にはいったとみるべきでしょうね」

「それで、田丸と会うことにしたのか」

「ええ。前回もそうでしたが、京橋に近い〈ソンブレロ〉という、メキシコ料理店でね。中央通りをまたぐ、高速道路の下にあります。時間は、午後十時です」

「夜の十時とは、ずいぶん遅いな」

「八時過ぎから、社で定例のミーティングがあるんですよ。たぶん、一時間くらいはかかるので」

「その前に会えばいいだろう」

「田丸氏の方が、八時まで先約があって、だめなんだそうです。十時なんて、宵の口じゃないですか。よかったら、大杉さんも〈ソンブレロ〉に来て、受け渡しに立ち会いませんか」

「あんた以外の人間がいたら、田丸は警戒してテープを渡さんだろう」

「そうかな。あのテープには、大杉さんの声もはいってるわけだから、紹介すれば彼もノーとは言わない、と思いますよ」

　大杉は少し考え、首を振った。

「いや、やはりやめとこう。そのかわり近くの席から、知らん顔であんたたちのやり取りを、見てることにするよ」

「それじゃ、田丸氏を先に帰しますから、そのあと合流しましょう。もしよかったら、大杉さんの事務所でそのテープを、一緒に聞こうじゃないですか」

「ああ、それはなかなか、いい考えだ。それと、あんたが書いたボツ原稿のフロッピ、読み出したか」

「まだですが、パソコンの読み出し用ソフトがあした、手にはいることになっています。プリントアウトして、〈ソンブレロ〉に持って行きますよ」

「いいだろう。ただし、田丸に渡すんじゃないぞ」

「分かってますよ。そのまま、〈ザ・マン〉に無断転載されたりしたら、元も子もないですから」

　前菜がきた。

　大杉は、ムール貝に手を伸ばして、話を変えた。

「ところで、例の桐谷、というか石島敏光の話を、聞かせてくれないか。おととい は桐ヶ谷斎場で、どんな話になったんだ」

残間も、イイダコを口に入れる。

「やけに、その一件にこだわりますね、大杉さんも。最初はたいして、乗り気でなかったのに」

娘のめぐみの顔が、ちらりとまぶたの裏をかすめた。

なんらかのかたちで、めぐみがこの件に関わっていることは、確かだと思う。それが、興味をそそられた理由の一つ、といってよい。

さりげない口調で応じる。

「おれも武器輸出には、いささか興味があるんでね。話したくないなら、別にこだわらないが」

「かまいませんよ。実のところ、石島の話はあいまいなところが多いので、判断しかねてるんですよ」

「結局、どういう話になったんだ。輸出が許可されてない武器を、海外に売ってる会社がある、という触れ込みなんだろう」

「ええ。石島によれば、ある商社が輸出を禁じられている武器を、北朝鮮に売り渡している。事実関係を明らかにして、それを紙面で糾弾してもらえないか、と言うんです」

大杉は、ムール貝の殻を皿に投げ込み、残間を見た。

「北朝鮮に売るなんて、そんなことは不可能だろう」

事前に調べたところでは、武器輸出三原則なるものは共産圏諸国、国連決議で武器禁輸措置がとられた国、他国と紛争中か紛争を起こす恐れのある国への、武器輸出をいっさい認めない、という方針だ。

北朝鮮は、その中でも筆頭にくるべき禁輸国だから、にわかには信じられない。

残間がうなずく。

「わたしも、それを指摘しました。現時点で、万景峰号《マンギヨンボンごう》をはじめ北朝鮮の船舶は、日本への入港を全面的に、禁止されています。ほかのものならともかく、銃砲を含む武器や兵器のたぐいを、日本から北朝鮮へ送り出すのは、不可能なはずです」

「石島は、どう説明したんだ」

「間違いない、確かにそれを行なう特殊鋼専門の商社がある、と言いました。ただし、その商社の名前はどうすかしても、明かそうとしないんです」

「その商社とは、昨日石島が総務部長をやってると分かった、三京鋼材じゃないのか」

「内部告発だとすれば、そうなりますね」

「そうじゃない、とでもいうのか」

「断定はできないでしょう。なんといっても、自分の会社には愛着があるはずだし、内部告発はばれる可能性が高い。こんな風に、いきなり新聞社に話を持ち込むことは、ないと思います。告発の対象は、損得勘定がからむどこかの競合会社、と考えるべきじゃないかな。自社の利益を図るために、ライバル会社をマスコミに叩かせる、という魂胆かもしれませんよ」

「ただ単に、非合法輸出に手を染める他の商社を、見過ごせずに告発するということも、あるんじゃないか」

「正義感にかられて、ですか」

「そういうことだ」

残間は顎に手を当て、首をひねった。

「まあ、ありえなくはないでしょうがね」

言葉が途切れ、大杉は生ビールのお代わりをした。

あらためて、口を開く。

「ちなみに、三京鋼材というのがどんな会社なのか、調べたのか」

「今日の昼間、ざっと調べてみました」

残間はポケットから、手帳を取り出して開いた。

「所在地は、昨日大杉さんが調べてくれたとおり、品川区南大井三丁目。資本金は、五千五百万円。昨年度の年商が、およそ三十一億二千万円。従業員三十三名。それほど、大きな規模じゃないですね。事業内容は特殊鋼、ステンレス鋼など各種鋼材の製造加工、および販売」

大杉は、人差し指を立てて、口を挟んだ。

「待て。販売だけじゃなくて、製造加工もやってるのか」

「そうなってますね。こういう業界は、製造、加工、販売といった具合に、細かく分かれてると思ったけど。この会社みたいに、そのいずれか、あるいは全部を兼ねるところも、あるらしいですね」

「つまり、三京鋼材は純然たる商社じゃなくて、多少は作る方にも関わってるわけだな」

「そのようですね」

「続けてくれ」

残間がふたたび、手帳に目を落とす。

「主な取引先は城西製鋼《じょうさいせいこう》、大森特殊鋼、信濃《しなの》スチールなど、中小の鋼材メーカー。それにアケボノ鋼業、明鋼商事、日金物産《にっきんぶっさん》といった、中堅の商社です」

大杉は手帳をのぞき込み、それぞれの社名表記を確認した。

新しい生ビールに、口をつける。

「鋼材を扱う商社は、たくさんあるのか」

「鉄鋼の業界団体の一つに、全国鉄鋼協会というのがありましてね。そこに名を連ねる商社は、およそ五十社くらいです」

「そんなものか」

「いや、ほかにも全日本鋼材販売連合会というのがあって、その東京支部に加盟している商社だけで、三百社前後あるようです。全国規模だと、かなりの数になりますね」

そちらの方面には暗いので、どうもイメージがわいてこない。

話をもどす。

「石島はほかに、どんな情報を提供したんだ」

残間は手帳をしまい、渋い顔をした。

「中途半端なんですよ、それが。こちらの出方をうかがいながら、断片的な情報を小出しにするものだから、靴の上から足を掻くような感じでね。どの程度の情報を、どこまで提供すれば記事にしてもらえるのか、探ってるんじゃないかな」

「要するに、まだ腰が引けてるわけだな」

「ええ。ただ、石島の話から推測すると、問題の商社が売っているのはどうも、武器そのものではないらしい。拳銃や小銃、機関銃といった武器を構成する、いろいろなパーツを部品単位で、輸出してるようなんです」

大杉は、とまどった。

「それはつまり、どういうことだ」

「部品、パーツそのものは武器じゃないけれども、それらをまとめて組み立てれば最終完成品、つまり武器ができ上がるわけです」

なるほど、と思う。

「売る側からすると、そうしたパーツをばらばらに輸出すれば、武器そのものを売るわけじゃないから、例の三原則には引っかからない、ということか」

「いや、そうはいきません。武器そのものはもちろん、武器の一部を構成するパーツや、武器に転用される恐れのある製品、たとえば方向探知機のような電子機器、電子部品についても、規制があるんです。詳しくは調べてませんが、その種の物品の輸出許可を取るのは、かなり厳しいと聞いています。その判断をするのは、おそらく経産省の航空機武器産業課の、武器輸出管理官あたりでしょう。とにかく、最終的に経産大臣の認可を得ないかぎり、その種のものはいっさい輸出できない、というのが現状です」

残間も、生ビールのお代わりをする。

大杉は言った。

「どちらにせよ、そうしたパーツが北朝鮮に売られている、という話はちょっと信じがたいな。あんたの言うとおり、今のところ北朝鮮の船は日本のどこにも、入港できない状態だ。その上、何年か前に北朝鮮が核実験を強行してから、両国間の輸出入はいっさい禁止されている。違うか」

「そのとおりです。常識的に考えれば、商取引は不可能になっています」

「もっとも、人目につかない公海上で双方が落ち合って、取引するのは可能だろうな」

大杉の指摘に、残間は苦笑した。

「それじゃ、まるで昔ながらの抜け荷、密貿易じゃないですか。いくらなんでも、そんなリスクは冒さない、と思いますよ」

「しかし、それ以外に何か方法がある、と思うか」

残間は、運ばれて来た生ビールを一口飲み、おもむろに言った。

「実を言えば、なくもないんです。たとえば、売り手が今言ったようなパーツを、北朝鮮と取引のある別の国へ、個別に輸出する。買った国は、そのパーツを組み立てて武器に仕上げ、北朝鮮に転売するわけです」

大杉は、残間の説明に虚をつかれたが、すぐに問い返した。

「しかし、北朝鮮と取引のある国といえば中国、ロシアくらいだろう。そうした、共産圏へ武器やパーツを輸出するのも、三原則に違反するはずだぞ」

「中国、ロシアのほかにも、北朝鮮と取引のある国は、まだ存在しますよ。たとえば、アフリカ諸国のいくつかは、北朝鮮から武器を買ったりしてますからね。そういう国の、メーカーや商社をダミーにすれば、間接的に北朝鮮に武器を売ることも、不可能じゃないわけです」

言われてみれば、そうかと思う。

残間は続けた。

「ただし、そうした第三国への輸出についても、無制限に許されているわけじゃありません。必要があれば、許可を受けるように義務づけることもできる、と法令に定めてあります。抜け道を、野放しにしているわけではない、ということです。結局は、いたちごっこになりますがね」

大杉は、妙に感心してしまった。

「かりに、その種の裏技で法をかいくぐったとしても、それをやってる商社を特定しなけりゃ、事件にならんだろう」

「そのとおりです。事件にならなければ、記事にもなりません」

「記事にすれば、事件になることもあるぞ」

「どちらにしても、具体的な社名をつかまないことには、むずかしいですよ」

「石島の口から、なんとかそれを聞き出す手立ては、ないものかね」

「おとといの様子じゃ、すぐには無理な気がします。時間をかけて、辛抱強く説得するしか方法はない、という雰囲気ですね」

「石島も、非合法輸出の当事者を明確にしないかぎり、告発にならないことは分かってるはずだ。あんたの押しが、弱いんじゃないのか。もっと、押しまくったらどうだ」

残間は、またビールを飲んだ。

「まあまあ、そうあおらないでくださいよ。あまりせかしすぎると、逆効果になる恐れがある。こっちが、わざと気のないふりをしていれば、焦って向こうからしゃべるかもしれないし」

「聞き飽きただろうが、あんたは詰めが甘すぎるのさ。それが、唯一の欠点だな」

「大杉さんは、猪突猛進型ですからね。わたしはただ、慎重なだけですよ」

猪突猛進型か。

めぐみにも、そう言われたのを思い出す。

大杉は首を振り、ビールを飲み干して言った。

「かりに、これが内部告発じゃないとすれば、石島が告発しようとしてる相手は、どこだと思う」

「さっきも言いましたが、三京鋼材と競合するどこかの鉄鋼商社、という線が一つあるでしょう」

「しかし、ライバル会社の違法行為をマスコミに売るなら、社名を伏せるどころか真っ先に、口にするだろう」

8

残間龍之輔は唇を引き締め、しばらく考えていた。

「それを考えるともう一つ、三京鋼材から見てだいじな得意先に当たる、大手の商社という線もあるかもしれない。取引上の義理はあるけれども、個人的には許せないという正義感から、告発する肚を決めたとか」

大杉良太も、うなずいてみせる。

「その方が、ありそうじゃないか」

「そうですね。石島の態度からして、どうも何かの板挟みになってるような、そんな感じがします」

「あんたの手帳にあった、アケボノ鋼業とか明鋼商事とかの取引先の中に、それらしい商社はないのか」

　残間が、手帳を見返す。

「そうですね。これは、確かに調べてみる価値が、ありそうだ。三京鋼材の取引先で、不透明な商売をしている商社がないかどうか、当たってみることにします」

　一段落したところで、大杉はメニューを開いた。

「そろそろ、飯にしよう。ここは、なんでもうまいぜ」

　残間が、メニューをのぞき込む。

「それじゃ、大杉さんにお任せしますから、違うものを二つ取って半分ずつ、シェアしませんか」

　大杉は、炭火焼きのサーロインステーキと、ボローニャ風スパゲティを注文し、取り皿を二枚頼んだ。

　話を続ける。

「ところでおととい、石島と次に会う約束をしなかったのか」

「石島は別れ際に、また自分から電話する、と言ってました。もう少し考えて、告発の対象を明らかにする覚悟ができたら、ということでしょう」

「そのときは、何か証拠になるものを持って来るように、言ってやれ。輸出品目の明細とか、製品なりパーツの写真とか、なんでもいい。単に、告発する商社の名前を聞いたところで、証拠がなけりゃどうしようもないからな」

「まあ、言うだけは言ってみますが、あまり当てにはできませんね。踏ん切りをつけるまでには、たぶん時間がかかると思いますよ」

「いっそこっちから、プレッシャーをかけたらどうだ」

「どうやって」

「連絡なんか待ってないで、先にあんたの方から三京鋼材に電話して、石島を問い詰めるのさ」

残間は、驚いたように、瞬きした。

「それはちょっと、しゃれがきついでしょう」

「そんなことはない。もっと過激に、問答無用で直接会社に押しかける、という手もあるぞ。そうすれば、向こうも肚が決まるんじゃないか」

今度は、さすがにあきれたという顔で、ぐいと顎を引く。

「今の段階で、いきなりそこまでやるのは、やりすぎですよ」

大杉は、おかまいなしに続けた。

「正体がばれたと分かれば、石島も社内の連中に知られるのを恐れて、もっと協力的になるだろうさ。ほうっておくと、あれやこれや迷いが出て、もう電話するのはやめよう、という気になるのが落ちだ」

「だいじょうぶ、向こうも今のところわたしだけが頼りなので、また電話してくるに違いありません。それまで待った方がいい、と思いますよ」

大杉は、残間の受け身の姿勢に、少しいらいらした。

料理が運ばれてくる。

残間は取り皿に、ステーキとスパゲティを半分ずつ、器用に取り分けた。

大杉は、フォークを使いながら、さりげなく言った。

「慎重なのもいいが、へたにタイミングを失すると、スクープしそこなうぞ」

それを聞くと、残間は急に思い出したように眉を開き、質問した。

「そう言えば、大杉さんは今回の件でずいぶん早く、石島の個人情報を探り出しましたよね。たとえば、住んでいるマンションの名前はともかく、部屋番号とか家族構成とか、当人の年齢とかはそう簡単に、調べられないでしょう。勤務先だって、尾行すれば社名と場所は分かるとしても、総務部長をしていることまで突きとめるのは、すぐにはむずかしいと思う。何か、特別のルートがあるんじゃないか、という気がします。もし大杉さんが、この一件と少しでも関わりをお持ちなら、正直に話してもらえませんか」

それは残間にとって、当然の疑問に違いあるまい。

大杉は、すぐには答えることができず、ステーキにナイフを入れて、時間を稼いだ。

「電話で言ったとおり、餅は餅屋ってことさ」

それにかまわず、残間はなおも突っ込んできた。

「もしかして、大杉さんが言うところの官憲とやらが、この一件でひそかに動いているのを、どこかで耳にされたんじゃないですか」

「ノーコメントだ、と言っただろう」

それを無視して、残間はさらに続けた。

「倉木警視の筋ですか」

意表をつかれて、大杉は口ごもった。

「おいおい、それはまた、どういう発想だ。武器輸出三原則の取り締まりは、特別監察官の仕事じゃないぞ」

「裏に、警察官僚の陰謀がからんでいないとも、限らないでしょう」

思わず、笑ってしまう。

「いくらなんでも、それは考えすぎだ。少なくとも、石島の情報の出どころは、彼女の筋じゃない」

それを聞くと、残間は意味ありげな笑みを浮かべた。

「倉木警視の筋でないとすると、あとはお嬢さんの筋しかありませんね」

大杉は、笑うのをやめた。

残間の術中に、うまうまとはまってしまった、と分かる。

それでも、とぼけて聞き返した。

「どうして、そう思うのかね。おれだって、桜田門にいる昔の仲間や後輩たちに、まだ顔がきくんだぞ」

「大杉さんの顔は、捜査一課にしかきかないはずです。武器輸出がらみで、警視庁が事件を担当するとすれば、生活安全部になるでしょう。お嬢さんは確か、生活経済特捜隊に在籍している、とおっしゃいましたよね」

「そうだったかな」

大杉はとぼけたが、残間は引かなかった。

「特捜隊が、質屋回りや風俗店の取り締まりをする、とは思えませんね。まずは金融関係とか、証券取引関係の違反事件、悪質商法の取り締まり、といった仕事でしょう」

「さてね。詳しいことは、知らないんだ」

「それだけじゃない。生活経済課の担当には、ほかに関税法違反、外為法違反などの捜査が、含まれてるんです。特捜隊が、その中心になっていることは、すぐに想像がつきますよ」

「ほう、そうか。おれがいたころ、そんな部署はなかったよ。あったとしても、何をしてたか知らんな」

そう応じたものの、いかにもおざなりな返事だということは、自分でも分かっていた。

めぐみの仕事が、残間の言うとおりのものらしいことは、すでに調べてあった。

おそらく、三京鋼材ないしその周辺に、関連する法令に違反する動きがあり、生活経済特捜隊が内偵を進めている、ということではないかと思う。

もしそれが当たっているとすれば、めぐみが大杉にその情報の一端を漏らしたのは、たとえ父娘のあいだ柄とはいえ、明らかに職務規定に違反する。

大杉はあらためて、めぐみに電話したことを、後悔した。

今ごろ、めぐみもまた大杉に情報を漏らしたことを、悔やんでいるに違いない。

こうなった以上は、残間からできるだけ石島敏光の情報を引き出し、めぐみにフィードバックするしか、埋め合わせる方法がない。

もっとも、残間からさらに情報を引き出そうとすれば、こちらもそれなりの情報を手にして、接触し続けなければなるまい。

残間が言う。

「急に、無口になりましたね。料理の味が、変わりましたか」

大杉は、苦笑した。

「いや、ここの料理は昔から、変わってないよ」

ステーキを食べ、口調を変えて言う。

「それより、たった二日の仕事で二十万ももらっちゃ、どうも寝覚めが悪い。もう一働きしてもいいぞ」

残間は、探るような目をして、大杉を見た。

「もう一働きって、どんな風にですか」

「たとえば、石島の日常の行動を見張ってだれと会うか、あるいは何をするかをチェックするのさ。そうすれば、告発の対象たる会社なり人物が、浮かぶかもしれん。あんたも、石島に一日中張りついてるほど、暇じゃあるまい。かといって、社の若いのにやらせたりしたら、ドジを踏むこと疑いなしだしな」

残間が、あいまいにうなずく。

「まあ、そのとおりですね。しかし、総務部長という役職からすると、石島が外出して動き回ることは、あまりないんじゃないかな」

「逆に、外へ出てだれかと会うとすれば、当然そこになんらかの意味がある、ということになるだろう」

大杉が指摘すると、残間は唇を引き結んで、考え込んだ。

大杉はそれ以上言わずに、残間に考えさせておいた。こちらから無理じいするより、自分の判断で決めたような気にさせる方が、やりやすい。

残間はビールを飲み干し、ジョッキをとんと置いた。

「ほかの仕事は、いいんですか。この仕事は丸一日、フルタイムになりますよ」

「だいじょうぶだ。急ぎの仕事ははいってないし、新しい仕事は入れないようにする」

「分かりました。それじゃ、石島の行動をあしたから五日間、チェックしてもらいましょう。土日も、勘定に入れてください。休みの日に、関係者とコンタクトすることもありえますからね」

「そうしよう」

「ついては料金ですが、これまでの二日分を加えて七日分を、片手プラス必要経費でどうですか」

大盤振る舞いとまではいえないが、このご時世では張り込んだ方だろう。

「おれに不満はないが、あんたの一存で決めていいのか」

大杉の念押しに、残間はちょっと考える様子を見せたが、すぐにうなずいた。

「なんとか、社の決裁を取ります。ただし必要経費は、できるだけ領収書をもらえるものに、絞ってくださいよ」

「絞ることができればな」

残間は頰を搔き、思い出したように付け加えた。

「五日のあいだに、石島が電話してきてわたしと会ったとしても、期間中は尾行と見張りを続けてください。あとの動きの方に、意味があるかもしれませんからね」

残間と別れて、店を出たときは午後十時半を数分、過ぎていた。

地下鉄丸ノ内線で、池袋へもどろうと淡路町《あわじちょう》の駅に向かったとき、携帯電話が鳴った。

倉木美希だった。

「おう、どうしてる」

「変わりないわ。先週も会ったじゃないの」

そう言われれば、一緒に寿司《すし》を食べたばかりだった。

「どこにいるんだ」

「新宿よ。良太さんは」

美希にそう呼ばれると、こめかみを軽くこづかれた気分になる。

「神田淡路町の近くを、歩いてるところだ。丸ノ内線で、池袋へもどろうと思ってね」

「ふうん、淡路町ね。お仕事か何かだったの」

「か何かの方だ。残間龍之輔と飯を食って、飲んでたのさ」

「あら、残間さんと。しばらく会ってないけれど、元気にしているのかしら」

「ああ、元気だった」

美希は少し間を置き、軽い口調で言った。

「丸ノ内線の淡路町は、新宿線の小川町と接続してるわよね」

大杉は、含み笑いをした。

「それは、新宿線に乗って新宿まで来い、という意味か」

「そうしたければね」

相変わらずだ。

「残間となんの話をしたか、聞きたくなったんだろう」

「良太さんこそ、わたしに話したいんでしょう」

口では美希に、勝ったことがない。

「ああ、そうしたいと思っていたところだ。どこで落ち合おうか」

「前に一度行った、〈リフレッシュ〉でどう」

「紀伊國屋《きのくにや》書店の近くの、小じゃれたバーか」

「そう。先に行ってるわね」

通話が切れる。

てきぱきしているところは、若いころと少しも変わらなかった。

9

バー〈リフレッシュ〉は、裏通りのビルの細い階段をのぼった、二階にあった。長い直線のカウンターと、ピアノを囲む円形のカウンターに分かれた、そこそこに広い店だ。

倉木美希は、ピアノに一番近いカウンターにすわり、ジントニックを頼んだ。

それを飲み終わるころ、入り口のドアが重おもしく開いて、大杉良太がはいって来た。

そのとき、ちょうど演奏時間になったとみえて、ピンクのドレスを着た若い女が、ピアノの前にすわった。

隣に腰を据えた大杉は、ウエイターにソルティドッグを頼み、顎を引いて美希を見た。

「相変わらず、地味な作りだな。警察庁モードか」

この日美希は、グレーのテイラードスーツを着ていた。

「良太さんだって、どぶねずみルックじゃないの」

言い返すと、大杉はおおげさに顔をしかめた。

「おいおい。それは半世紀も前にすたれた、死語の一つだぞ」

軽やかな、ジャズピアノが始まる。

普通の声で話せば、互いに十分聞き取れる程度の音量だ。逆に、ピアノ目当ての客がいるとしても、話し声をとがめられる恐れはないだろう。

ピアニストも、客同士の会話の妨げになるのを遠慮してか、それなりの曲を選んでいるようだ。

大杉が聞く。

「こんな時間まで、新宿で何をしてたんだ」

「人事課の内田《うちだ》さんと、食事をしていたの」

美希が答えると、大杉は眉をぴくりと動かした。

「あの内田か」

「ええ」

内田明男《あきお》は、同じ警察庁に在籍する特別職員で、長官官房人事企画課に所属している。

何かと頼りになる、隠れたブレーンの一人だった。

内田によると、健在だったころの倉木尚武に受けた恩を、律義に妻の美希に返すつもりなのだ、という。内田は、警察内部の組織や個人情報に通暁しており、これまでどれほど助けられたか、分からないほどだ。

「また何か、助けてもらったのか、内田に」

「そういうわけじゃないの。たまには仕事抜きで、ご飯を食べることもあるのよ。これからも、いろいろとお世話になると思うから」

大杉は、運ばれてきたソルティドッグに、口をつけた。

「おもしろい噂話でも聞けたか」

「まあまあよ。桜田門の生活安全部にいる、東坊《とうぼう》めぐみはなかなか優秀な女性刑事だ、という噂とかね」

美希の返事に、大杉が苦笑を漏らす。

めぐみは大杉の娘で、東坊は離婚した妻の旧姓だった。

美希は続けた。

「残間さんと、何を食べたの」

「昔ながらの洋食さ。今度、連れて行ってやるよ」

「今、残間さんは現場をはずれて、編集委員になったのよね。ときどき紙面で、署名記事を見るわ」

「相変わらず、警察がらみのコラムが多いようだがね」

美希は酒を飲み干し、さりげなく聞いた。

「ところでお仕事か何かの、何かの方ってなんだったの」

待ってましたというように、大杉はにやりと笑った。

「やはり、気になるようだな」

「話したいんだったら、早く話して楽になりなさいよ」

大杉は真顔にもどり、酒を一口飲んで言った。

「話は、二つあった。一つは、きみにも関係のあることだ。以前、東都ヘラルドの社会部長をやっていた、田丸清明という男を覚えているか」

その名前なら、記憶をたどるまでもない。

「もちろん。当時残間さんの、ボスだった人よね」

「そうだ。とうに退職して、今は〈ザ・マン〉という小さな雑誌の、編集長をしている」

「知っているわ。右翼系の、オピニオン誌でしょう」

「うん。たいした部数じゃないが、政財界ではけっこう読まれているらしい」

「その田丸さんが、どうかしたの」

「昔、田丸が残間に百舌の情報をちらつかせて、一連の事件を記事にさせようとした、妙な動きがあったろう」

「ええ、覚えているわ。わたしも、その流れで取材を受けたけれど、警察庁の監察官に上がっていたから、立場上何も話せなかった。でも、良太さんはけっこう話したのよね、確か」

「うん。おれは、すでに退職して自由の身だったたし、知ってることを洗いざらい、しゃべってやった。だから、けっこうインパクトの強い記事に、なるはずだった。ところが田丸は、残間が書き上げた原稿を受け取りながら、あっさりボツにしちまった。具体的な裏付けがない、とかいう理由でな」

「そうだったわね。結局あれは、馬渡久平がブレーンの田丸を通じて、わたしたちがどの程度真相に近づいているか、探らせるための謀略だったのよね」

「そうだ。問題の原稿は、田丸から馬渡の手に渡ったはずだが、馬渡が死んで所在が分からなくなった」

馬渡久平は、あのころ民政党の幹事長をしており、国家の治安権力を一手に握ろうと、陰謀を巡らしていた。大杉と美希はその邪魔をする、目の上のたんこぶだったのだ。

そこで、二人がどれだけ事実をつかんでいるかを探り、それに応じてしかるべき手段を講じよう、としていたに違いない。

美希は聞いた。

「残間さんの話は、そのことと関係あるの」

大杉は酒を飲み、グラスを置いた。

「ある。田丸が、つい最近残間に接触してきて、その原稿をもう一度書いてくれないか、と持ちかけたんだとさ。〈ザ・マン〉に掲載する肚らしい」

驚いて、大杉の顔を見直す。

「それって、どういうことなの」

「分からん。田丸は、もう一花咲かせたいとうそぶくだけで、詳しいことは何も言わないそうだ」

ピアノがにわかに、ジャズからクラシックに切り替わる。ドビュッシーか何かだ。

美希は、ジントニックのお代わりを頼んだ。

「残間さんは、その昔田丸に渡した原稿のコピーを、取っていたのかしら」

「ワープロの原稿が、フロッピに残っているらしい。今、それをパソコンで読み出すソフトを、手配中だと言っていた」

「その原稿があれば、そっくり使えるわけね。多少は、手を入れるにしても」

「それだけじゃない。田丸はノスリの事件、例の朱鷺村琢磨と洲走かりほの事件のとき、おれが盗聴マイクで録音した極秘のテープを、どこかで手に入れたらしいんだ」

美希はもう一度、大杉の顔を見直した。

「でも、あのテープは残間さんが社の上層部に提出して、警察の手に渡ったきりになったんでしょう」

「そうだ。ただしそれは、コピーしたテープらしい。オリジナルは、当時警察革新評議会の議長をしていた、菅沼善助に渡したきりだというから、お話にならん。どっちにせよ、田丸はそんな貴重な極秘のテープを、どうやって手に入れたのか。残間も知らないし、おれにも分からんのさ」

カウンターに置かれた、新しい酒に口をつける。

「田丸は、どうして今ごろそんな古証文を、持ち出そうとするの。何かまた、陰謀をたくらんでいるのかしら」

「しかし、田丸はもう、過去の人間だ。当人が言うとおり、〈ザ・マン〉の部数を増やして、もう一花咲かせようというくらいの、単純な目的かもしれんぞ」

美希は天井に目を向け、記憶をたどった。

「当時残間さんから、百舌の話を聞きたいと言われたとき、彼は事件の表向きの流れをほぼ正確に、つかんでいたわ。田丸が、事前にレクチャーしたに違いないけれど、田丸自身はその詳細をある程度まで、馬渡から聞かされていたのよね」

「当の馬渡が死んでから、何年にもなる。田丸としては、そろそろ民政党の旧悪を暴いても、どこからも文句は出ないだろう、という判断じゃないかな」

「そうかしら。きっと何か、狙《ねら》いがあるはずだわ。田丸の背後関係を、洗ってみる必要があるかもしれない」

大杉は顎を引き、美希を斜めに見た。

「おいおい。この一件で、また動くとでもいうのか。そんなまねをして、へたに寝た子を起こすことになったら、どうするつもりだ」

「でも、警察全体に飛び火しないうちに、悪い芽をつむのがわたしの仕事ですもの」

あきれた、というように大杉は首を振って、酒を飲み干した。

大杉が、酒のお代わりを頼むのを待って、美希は尋ねた。

「それで、もう一つは」

大杉は、とまどった顔をした。

「もう一つって、何が」

「さっき、話は二つあったって、そう言ったじゃないの」

「ああ、その話か。もう一つは、きみに関係のない話でね。残間に頼まれて、ちょっと尾行の仕事をしただけさ」

「ふうん。そうなの」

美希は、わざと関心を失ったように体を引き、グラスを傾けた。

すると、思ったとおり大杉は逆に身を乗り出し、話を続けた。

「政府が、海外に武器を輸出しない方針だってことは、知ってるだろう」

唐突な話に、少なからず面食らったが、何げない口調で応じる。

「ええ。武器輸出三原則でしょう。技術供与も含めて、共産圏や他国と紛争中の国には、武器を輸出しないという原則よね」

「そうだ。その上、それ以外の地域に対しても、武器輸出を控える方針だそうだから、実質的には全面禁輸、ということになる。法令じゃなくて、あくまで政府の方針だがね」

「ただし、例外があったわね。安保条約が存在するために、アメリカへの技術供与は認められている、と聞いたわ」

「まあ、そんなとこだ。しかし、どっちみち日本の武器兵器のメーカーは、市場が限られているせいで、量産とはほど遠い状況にある。納入先は、防衛省とか警察くらいしかないから、どうしても単価が高くなるわけだ。高いから、買う方もそんなにたびたびは、買わない。これじゃ商売にならんと、メーカーが三原則の撤廃を求めたり、抜け穴を探りたくなったりするのも、当然だろう」

大杉の熱のこもった説明に、美希はつい酒のピッチが速くなった。

「ずいぶん勉強したのね。残間さんの仕事って、それがらみなの」

「うん。残間のところへ、北朝鮮に武器を輸出している商社がある、と匿名電話で告発してきたやつが、いるそうだ」

さすがに驚く。

「北朝鮮とは、ずいぶん大胆ね」

「おれもまだ、半信半疑だがな」

大杉は、運ばれてきた新しいグラスを、口に運んだ。

「それで、その匿名電話の人物って、内部告発なの」

興味を引かれて、つい先走ってしまう。

大杉は、ゆっくりと首を振った。

「その点は、まだはっきりしない。告発したやつは、南大井にある製造と販売を兼ねた、小さな鉄鋼会社の管理職なんだがね」

それからしばらく、美希は黙って大杉の話に、耳を傾けた。

尾行と監視の対象は、三京鋼材の総務部長をしている石島敏光、という男と分かった。

大杉は、残間に頼まれて引き続き石島の行動を、見張ることになったという。

あらかた話を聞き終わると、美希は三杯目のジントニックを頼んで、口を開いた。

「一つ、質問してもいいかしら」

「いいよ」

まっすぐに、大杉を見据える。

「良太さんが、わたしといくら親しいからといって、それに残間さんとわたしたちが、いくら古いなじみだからといって、彼の依頼内容を勝手に漏らすのは、ルール違反じゃないかしら。それとも、わたしに話してもいいと、彼がそう言ったの」

大杉は、たじろいだように顎を引いた。

「いや、そうは言わなかった」

そう答えてから、ぶっきらぼうに続ける。

「しかし、言っちゃいかんとも、言わなかった」

「だからって、言っていいことには、ならないでしょう。いいえ、別に責めてるんじゃないわ。むしろ、話してくれて、うれしいくらいなの。でも、ちょっと良太さんらしくないな、と思って」

大杉は、少しのあいだ黙っていた。

ジントニックが、美希の前に置かれるのを待って、ようやく口を開く。

「めぐみが、生活経済特捜隊に所属していることは、知ってるだろうな」

「知っているわ。内田さんが、なかなか優秀な刑事だという噂を耳にした、と言ったのはほんとうよ」

美希が言うと、大杉は照れ臭そうに鼻をこすってから、話を続けた。

「特捜隊の仕事が、関税法違反や外為法違反の捜査だ、ということも知ってるか」

「ええ。金融犯罪や金融商品取引法違反、悪質商法の取り締まりも担当しているけれど」

大杉は、またグラスに口をつけた。

今度はがぶりという感じで、あらかた飲んでしまう。グラスの中がほとんど、丸く削られた氷だけになった。

「めぐみ、というかめぐみの所属している班は、どうやら今話した三京鋼材の石島って男に、目をつけてるらしいんだ」

それを聞いて、美希はちょっと当惑した。

「めぐみさんが、そう言ったの」

「いや、本人は何も言ってない。ただ、いろんな状況からしてそうではないか、と思われる節があるんだ。いくら父娘でも、めぐみは捜査上の秘密をばらしたり、しないさ」

奥歯にものの挟まったような、歯切れの悪い口ぶりだった。

いつの間にか、女のピアニストの姿が見えなくなり、バックにサックスの音が低く、流れていた。

　美希も酒を飲む。

「だったらわたしも、これ以上は聞かないことにする。ただ、残間さんとめぐみさんが、同じ相手を追っていることだけは、覚えておくわ」

「ああ、そうしてくれ」

　そう応じてから、大杉は口ごもりながら続けた。

「それと、めぐみがドジを踏んだり、へまをしたりしないように、ときどき目を配ってやってくれないか。これは、つまり、父親としての頼みだが」

　美希は、急に大杉のことがいとおしくなり、カウンターに置かれたごつい手に、手を重ねた。

「分かったわ。今夜、どうしますか。わたしの家に、泊まっていく」

　大杉は、さりげなく握られた手を抜いて、乱暴に胡麻塩頭《ごましおあたま》を掻いた。

「いや、先週泊まったばかりだし、今夜は事務所にもどる。これ以上一緒にいたら、何をしゃべるか分からんからな」

　美希は笑った。

「強がりも、たいがいにしたら。あとを追いかけて来ても、中に入れないから覚悟しなさいよ」

＊

目指す女は、ＪＲ山手線のホームへ上がる階段の下で、男とあっさり別れた。

女はそのまま直進し、京王線につながる地下通路をへて、連絡改札口を抜けた。

ホームに出ると、目的の駅に停まらない特急や急行を避けて、各駅停車の列に並ぶ。始発駅なので、二電車も見送れば確実にすわって行ける、ということだろう。

どちらにせよ、終電車が近いせいもあってか、ひどく人の数が多い。へたをすると、見失ってしまいそうだ。

目当ての電車が来た。

この時間は、帰宅する勤め人で混んでいるため、向かい側の席では乗客が壁になって、目が届かない恐れがある。

同じ側の、四、五人離れたシートにすわった。ときどき横目でチェックすれば、女がおりるのを見逃す心配はない。

もっとも、この時間から自宅以外の場所へ向かうことは、ないだろう。布田《ふだ》でおりて、マンションへもどるしかないはずだ。

途中で、特急や急行の待ち合わせをしたものの、電車は予想どおり三十分ほどで、布田に着いた。

女は南口を出て、線路と直角に交差する道路を南の方へ、歩いて行く。

街灯の光は明るいが、すでに午前零時を回っているせいか、人通りはほとんどない。

女は、道路を右から左へ移動するとき、ちらりと背後に目をくれた。しかし、特に警戒心を見せるでもなく、そのまま歩き続ける。

女のマンションは、駅から十二、三分歩いた場所にある。

日活撮影所の近くにできた、百世帯前後が住む大型のマンションで、少し先はもう多摩川の河川敷のはずだ。

道路は明るいが、町並みはどんどん寂しくなり、人通りも途絶える。襲ってください、と言わぬばかりの寂しさだ。

ゴムの、平底の靴をはいてきたので、足音はしない。

ブルゾンのポケットの中で、千枚通しの柄をしっかりと握る。一思いに、女の首筋にそれを突き立てたら、どんな気持ちになるだろうか。

とにかくこちらは、お屋形《やかた》に命じられたとおりのことを、するだけだ。それが務めだから、あれこれ言う筋合いはない。

そろそろ、潮が満ちてきた。

歩幅を変えて、女との距離を縮めにかかる。

前方の暗い空に、マンションの建物がくっきりと、浮かび上がった。

よし、今だ。

10

大杉良太は、夜空を見上げた。

マンションの輪郭が、黒ぐろと浮かんでいる。すでに、午前零時を回ったせいか、漏れる明かりもあまり多くない。

倉木美希が住む、〈ハイライズ調布〉はかなり古いマンションで、オートロックのシステムになっておらず、出入り自由だった。

不用心だから、どこか別のマンションに移ったらどうか、と何度も勧めてみた。しかし美希は、かたくなに応じようとしない。

夫倉木尚武の記憶が、自室に染みついているせいかとも思うが、平気で大杉を泊めるところをみれば、そうしたこだわりがあるわけでもないらしい。

駅までの距離も近いとはいえず、夜遅くなると人通りが極端に少なくなる。

通り道には個人住宅、アパート、小型マンション、コンビニなどが散在するだけで、商店街と呼べるほどのものは、見当たらない。人けのない、駐車場や畑がまだあちこちにあって、もの寂しい感じがする。

都会の喧噪《けんそう》とは無縁の、のどかといえばのどかな土地柄だが、それ以外に美希を引き留めるべき要素は、何もないように思える。

通りを左にはいり、少し先の角を曲がったところに、エントランスがある。

エレベーターで、七階に上がった。

東側に面した、広い外廊下を足音をたてずに歩いて、美希の部屋に向かう。

節電のせいか、それとも単に築年数がたっているせいか、廊下の明かりが薄暗い。

先週も来たばかりの、七〇三号室のボタンを押した。

中でチャイムが鳴った。

なんの返事もない。しばらく待って、もう一度押す。

インタフォンは、うんともすんとも言わなかった。試しに、ドアを小さくノックしてみたが、やはり応答がない。

バーで、美希に泊まっていくかと聞かれて、とっさに大杉は事務所にもどる、と応じてしまった。先週泊まったばかりだし、二週続けては無理だろうという考えが、頭をよぎったのだ。

大杉の返事を聞くと、美希はさもおかしそうに笑いながら、追いかけて来ても入れないから、と言ったものだ。

むろん、本気でそう言ったのではあるまい。美希一流の、軽口にすぎないだろう。

駅の階段の下で別れ、山手線のホームに上がったあと、大杉はふと思い当たった。

今さら美希に対して、自分が男であることを証明する必要など、どこにもないではないか。もはや、そんな他人行儀な仲でないことは、美希も承知しているはずだ。

そう気づいたとたん、大杉はすぐに美希を追って京王線のホームに走り、発車直前の電車に飛び乗ったのだった。

走り出してほどなく、それが特急電車だと分かった。

特急は、新宿を出たあと明大前に停まるだけで、次の調布まで停車しない。美希の住まいは、調布の一つ手前の布田だから停まらず、通過することになる。

美希が、どの電車に乗ったかは分からないが、少なくとも特急ではないだろう。

遠回りを承知で、大杉はそのまま調布へ直行した。そこで、反対方向の各駅停車に乗り換え、一駅もどればいいだけの話だ。

実際にそうしてみると、さほど長く電車を待ち合わせることもなく、布田に着いた。

急いで、ハイライズ調布に駆けつけた次第だが、インタフォンに応答がないところをみると、美希はまだ帰っていないらしい。どうやら、大杉の方が美希を追い越すかたちになり、先に着いてしまったようだ。

美希は、特急や急行を避けて各駅停車の列に並び、すわって帰ることにしたのだろう。

いっそ、携帯電話に連絡してみようかと思ったが、それもなんとなく照れくさい。

とにかく、駅までもどってみよう。うまくすれば、途中で出くわすだろう。

出くわさなければ、どこかに寄り道した可能性もあるから、そのときは携帯電話で確かめればいい。

大杉は、マンションを出てもと来た道をたどり、駅に通じる往還路へ向かった。

そこは、片側だけにガードレールがついた狭い道で、両側とも高い生け垣になっている。マンションへの、外部からの視界をさえぎるためかもしれないが、なんとなく落ち着かない雰囲気だ。

角を一つ曲がれば、駅への往還路にもどる。

その角の手前に差しかかったとき、大杉は反射的に足を止めた。

耳をすますと、どこかで人の争うような物音がして、かすかな悲鳴が聞こえた。

それが、角を曲がった先らしいと分かって、大杉は猛然と駆け出した。

脊髄のあたりを撃たれてから、若いころのように自由がきかなくなっているが、そんなことにかまってはいられない。危険信号が鳴り響くのを、本能的に感じたのだ。

角を曲がると、二十メートルほどある生け垣の、街灯の死角になった暗がりに、横たわる人影が見えた。

生け垣の端の、広い往還路に姿を消す別の人影が、ちらりと視野をかすめる。

倒れた人影に突進すると、先刻別れた美希の浅葱色《あさぎいろ》のコートが、目の前に広がった。

大杉は、美希のかたわらに這《は》いつくばり、うつぶせになった肩を揺すった。

「美希。しっかりしろ」

一声かけただけで、美希はかすかにみじろぎすると、伏せた顔を持ち上げた。

大杉は続けた。

「おれだ、大杉だ。しっかりしろ」

美希の目が、大杉をとらえる。

「良太さん」

そう言って、ごろりとあお向けになった。

「だいじょうぶか。どこか、やられたか」

大杉の問いに、美希は眉根を寄せた。

「首筋を、やられたわ」

大杉は、美希を抱き起こして背を膝で支え、コートの後ろ襟をずらした。

短めの髪のあいだにのぞく、白い首筋の横に小さな傷が口をあけ、そこから血が流れている。しかし、それほどの出血ではない。

ハンカチを取り出し、上から強く押しつけた。

「たいしたことはない。刃物で突かれるか、切りつけられるかしたらしい」

「襲った人を、見なかった」

そう聞かれて、大杉はもう一度人影の消えた方に、目を向けた。

むろん、だれの姿もない。今さら追いかけても、むだだろう。怪我《けが》をした美希を、ほうっておくわけにはいかない。

「後ろ姿を、ちらっと見ただけだ。黒っぽい服を着ていた。それしか分からなかった。きみはどうだ」

「足音が、全然聞こえなかった。まるで、猫みたいだった。いきなり、肩口を押さえられたと思ったら、首筋を何かで刺されたの」

「とにかく、たいした傷じゃない。ハンカチを、自分で押さえろ。おれが起こしてやる。病院へ行こう」

美希が傷口を押さえると、大杉は脇の下に腕を差し入れて、助け起こした。

美希は少しふらついたものの、なんとか立つことができた。

「とりあえず、部屋に上がりましょう。病院に行くかどうかは、それから考えるわ」

しっかりした口調に、大杉もほっとした。

とりあえずは、体を休めた方がいい。

「歩けるのか」

「だいじょうぶ。バッグをお願いね」

大杉は、落ちたハンドバッグを拾い、もう一方の手で美希の体を支えた。

エレベーターは、大杉がおりて来たときのまま、停まっていた。

中にはいり、ボタンを押す。

「どうして、ここにいるの。帰ったと思ったのに」

「気が変わったんだ。追いかけたつもりが、先回りしちまったらしい」

七階へ上がり、部屋にはいった。

コート、ジャケットとブラウスをはぎ取り、リビングのソファにすわらせる。

勝手を知った、チェストの引き出しの薬箱から、脱脂綿や消毒薬を取って来た。

ハンカチをどけると、すでに出血は治まっている。

何か、先の鋭いもので突かれたような、小さな傷だった。皮膚の一部が、斜めにそぎ取られている。

どちらにしても、たいした傷ではない。

大杉は、ほっと息をついた。

「あわてて医者に行くほどの、ひどい傷じゃないようだ。血も止まってるし、心配する必要はないよ」

「ほんとに」

「ほんとだ。おれはめったに、気休めを言わない」

「でも、痛かったわ。太い針か何かが、刺さったみたいだった」

美希の言葉に、少したじろぐ。

あらためて見直すと、確かにとがった凶器が斜めに滑ったような、そんな傷痕《きずあと》だ。

もしこれが首筋の真後ろ、いわゆる盆のくぼに突き立てられていたら、ひとたまりもなかっただろう。

大杉は冷や汗をかき、唇をなめた。

「どうしたの」

美希に聞かれ、あわてて脱脂綿を取り上げる。

消毒薬を垂らし、傷口に押しつけた。

美希が声を漏らし、肩を大きく縮める。

そのあいだに、大杉は気持ちを落ち着けた。

「きみも、ずぶの素人じゃないはずだ。後ろから襲って来る気配に、気がつかなかったのか」

「恥ずかしいけど、全然。さっきも言ったとおり、足音さえ聞こえなかったわ。スニーカーでも、少しは聞こえるはずなのに。勘が鈍ったのよね」

自嘲めいた口調だった。

「それはお互いさまだ。おれだって若けりゃ、さっきのやつを追いかけていたさ。まあ、きみをほうっておくわけにいかなかった、という事情もあるがね」

大杉は、傷薬を塗ったガーゼを貼《は》りつけ、絆創膏《ばんそうこう》で固定した。

美希の肌は白く、きめが細かい。もう若くはないが、まだ男の気を引くだけの魅力は、十分備わっている。

美希は、首筋を動かさないようにして、ブラウスを着直した。

「どっちにしても、金目当ての犯行とは思えないな。バッグを持って行かなかったし、だいいち逃げ足が速すぎる。おれが駆けつけるより先に、さっさと退散してるんだからな」

「でも、ただの通り魔とは、思えないわよね」

少しのあいだ、沈黙が流れる。

美希が続けた。

「わたしと知って、襲ったのかしら」

「だれが」

反射的に聞いたが、美希は首を振った。

「分からない。でも、わたしを狙ったのなら、ずいぶん手際が悪いわ。こんな、良太さんの手当てですむような、かすり傷じゃね」

迷ったあげく、大杉は自分の考えを口にした。

「手際は悪いが、とがったもので首筋を狙う手口が、気に入らんな」

美希の肩が、ぴくりと動く。

少し間をおき、あまり気の進まない様子で言った。

「それは、どういう意味」

「別に、意味はないさ」

美希は、乾いた笑い声を立てた。

「意味のないことを、意味ありげに言うのは、やめてほしいわ」

大杉は苦笑した。

「すまん。それより、寝る前に軽く飲み直すか」

「怪我をしたあとに、アルコールはよくないわ」

「少しなら、だいじょうぶだ」

美希は、ソファをそろそろと立って、体の向きを変えた。

軽く大杉を睨んで言う。

「ところで、どうやって先回りしたの」

「特急に飛び乗ったせいさ。今思えば、何かいやな予感がしたんだろうな」

美希は急に眉根を寄せ、大杉にすがりついてきた。

「でも、来てくれて、うれしいわ」

大杉は、首筋に負担のかからないように、美希を抱き締めた。

美希の体は、小刻みに震えていた。

考えてみれば、美希は人けのない暗い道で襲われ、恐ろしい思いをしたのだった。

かすり傷より、もっとひどい怪我をする可能性もあったし、へたをすると殺されていたかもしれないのだ。いくら気丈に振る舞っても、めったにない恐怖を味わったことに、変わりはない。

美希が、今なんとか取り乱さずにいるのは、襲われた直後に自分が駆けつけたからだ、と大杉は思い当たった。うぬぼれではなく、美希の体の震えをみずから感じて、そう確信した。

しばらく抱き締めているうちに、美希の震えもしだいに治まった。

その背中を、軽く叩いて言う。

「さあ、一杯飲もうぜ」

美希は体を離し、うるんだ目で大杉を見た。

「ええ」

サイドボードに行き、ウイスキーとグラスを二つ、取って来た。

酒をつぎながら言う。

「悪いけど、コートをコート掛けに、掛けておいてくださらない」

「分かった」

大杉は、ソファに脱ぎ捨てられたコートを、取り上げた。

襟を持って、コート掛けに向かおうとしたとたん、内側から何かがひらひらと飛んで、絨毯《じゅうたん》の上に舞い落ちた。

何げなく拾い上げて、ぎくりとする。

それは、黒褐色の地に黄褐色の筋がはいった、鳥の羽根だった。

11

倉木美希が、両手に一つずつグラスを持って、そばに来る。

「どうしたの」

少しためらったものの、大杉良太はしかたなく目の前に、羽根を突き出した。

「コートの内側に、こんなものが紛れ込んでいた」

それを見ると、美希は愕然《がくぜん》とした顔で口をあけ、体を凍《い》てつかせた。

グラスから、酒が少しこぼれる。

「それは」

そう言ったきり、言葉をのみ込んだ。

大杉は、羽根をソファの肘掛けにそっと載せ、美希の手からグラスを取り上げて、テーブルに置いた。

ティッシュペーパーを抜き、絨毯にこぼれた酒をふき取る。

立ち上がると、グラスを持った格好のままでいた美希は、あわてて手を下ろした。

「もしかして、それは百舌の羽根かしら」

声が上ずっている。

大杉は、あらためて羽根をつまみ上げ、しげしげと眺めた。

「そうかもしれんし、そうでないかもしれん」

美希が、喉を大きく動かして、切れぎれに言う。

「どうして、こんなものが、コートに」

「考えるまでもないさ。きみを刺したやつが、置いていったんだ」

大杉はわざと、たいしたことではないという口調で、そう応じた。

羽根に目を近づけると、中ほどにほんのわずかだが、血がついている。

「きみの血だろう」

大杉に言われて、美希も手元をのぞき込む。

「らしいわね。どういうことかしら」

大杉は、少し考えた。

「こいつを、千枚通しの先にセットしておいて、きみを突いたんじゃないかな。引き抜いたときに、衣服の内側に羽根が残るように、細工したのさ」

「まさか、そんな」

大杉は、指を立てた。

「きみが刺されたとき、たまたま頭の上を飛んでいた百舌の羽根が抜けて、コートの中にはいり込んだ、とでも言うのか。そんな偶然は、万に一つもないぞ」

美希は、こわばった頰をかすかに歪《ゆが》め、硬い声で言った。

「例の、百舌の事件と関係があると、そう言いたいの」

「そう考えるのが、普通だろう。何も関係ないやつが、こんな酔狂なことをするものか」

「でも、あの事件は鍵《かぎ》のない金庫に封印されて、海に沈められたんじゃなかったの」

「ああ、そのはずだった」

「それを今さら、思い出させようとする人間がいるとは、信じられないわ」

大杉は、コートをコート掛けに掛け直し、美希をソファにすわらせた。

美希が、テーブルから酒のはいったグラスを取り、一つを大杉に渡す。

大杉は、左手に持った羽根を見ながら、酒をぐいと半分飲んだ。

「特に、ほかならぬきみに思い出させようとした、としか考えられんな」

「わたしというより、わたしたちに、かも」

「結果的には、そうかもな。たぶん、きみがこのマンションに住んでいると知って、待ち伏せしたに違いないよ。このあたりは静かで、人目につきにくい場所だしな。だからいつも、もっと駅に近いにぎやかな場所へ移れ、と言ってるんだ」

「その話は、やめて」

「ああ、やめるさ。きみがここから、葬式を出してほしいならな」

大杉は言い捨て、二口めで酒を飲み干した。

美希もグラスに口をつけ、独り言のように言う。

「だれのしわざかしら」

「だれにしろ、一連の事件を知ってるやつのしわざだ、ということは確かだ」

美希は身震いして、自分の肩を抱いた。

「どちらにしても、あまり腕のよくない殺し屋ね。本物の百舌だったら、やりそこなうことはなかったわ」

強気なことを言いながら、顔はまだ青ざめたままだ。

「百舌は別格だったのさ。暗闇で、動いている相手の盆のくぼに、一撃で千枚通しを突き立てるのは、そう簡単なことじゃない」

大杉は、テーブルの上に羽根を投げ捨て、グラスに酒をつぎ直した。

もし自分が、あのまま事務所へもどっていたら、美希はどうなっていただろうか。

そう思うと、冷や汗が出る。

ともかく、自分が前言をひるがえして、美希のあとを追う気になったのは、虫が知らせたとしかいいようがない。

美希はソファを立ち、キッチンの椅子の背にかけてあった、グリーンのカーディガンを羽織った。

もう一度、大杉と並んですわり直す。

「わたしが襲われたのは、さっき新宿で聞かされた残間さんの話と、関連があるんじゃないかしら」

大杉は、酒を口に含んだ。

「おれも、そんな気がしていた。何年ぶりかで、残間が百舌の話を書こうとした矢先に、きみが襲われたんだからな。偶然にしては、できすぎている」

「そのことを知っているのは、だれとだれかしら」

「原稿を依頼した、〈ザ・マン〉の田丸。残間本人。それに、おれときみくらいだろう」

「その四人の中に、犯人はいないわね」

「まあ、常識的にはな」

美希は酒を飲み、大きく深呼吸をした。

「やはり、田丸の背後関係を洗う必要が、ありそうね。彼が、残間さんに原稿を書かせようとした裏に、だれかいるんじゃないかしら」

「ああ。おれも、原稿の一件は田丸だけの発想じゃない、と思う。田丸はあしたの夜、例の朱鷺村事件の盗聴テープを渡す、と残間に連絡してきたそうだ。きっと、そのテープを田丸に提供したやつが、裏で糸を引いてるんだろう」

「黒幕がいるとしても、人を使ってわたしを襲わせる必要が、あるかしら」

「かりに、きみが襲われたことがマスコミに流れれば、〈百舌復活か〉とか〈よみがえる百舌〉とか、何かと騒ぎ立てられる可能性がある。そうなれば、〈ザ・マン〉に載る残間の原稿に注目が集まるし、田丸も一花咲かせた気分になるんじゃないか。黒幕にとって、どんなメリットがあるのかは、知らないが」

美希は眉根を寄せ、少しのあいだ考えていた。

「その線は、あるかもね。わたしを襲って、ニュースのネタにするだけが目的なら、殺す必要はないわけだから」

大杉もうなずく。

「あの事件に関わった、特別監察官が襲われたというだけで、十分ネタになるからな。なまじ殺したりしたら、それこそ全警察を敵に回すはめになる。そこでちょっと、傷つけるだけにしたのかもしれん」

美希の表情が、だいぶ緩んできた。

「どっちにしても、とんだ災難にあったものだわ」

いくらか、気が楽になったようだ。

「ともかく、このままにしておくわけにも、いかんだろう。あした、病院で診断書を書いてもらって、地元の警察署に被害届を出そう」

美希は眉根を寄せ、負傷したことを確認するように、首筋に手をやった。

「被害届は、やめておくわ。そんなものを出したら、間違いなくマスコミにかぎつけられて、騒ぎ立てられるもの」

「百舌の羽根のことや、田丸の一件を伏せておけばいい。そうすれば、単なる通り魔事件ですむし、大きな記事にはならないよ」

「事情聴取で、時間をとられるだけ、むだだわ。あしたもいつもどおり、登庁するつもりよ。この傷だって、襟の大きいブラウスを着れば隠せるし、だれにも言わないわ」

きっぱり言う美希に、大杉は首を振ってみせた。

「分かったよ。そこまで言うなら、好きなようにするさ。おれがいくら忠告しても、どうせ聞かないだろうからな」

美希は笑い、すぐに真顔にもどった。

「あしたの夜、残間さんは田丸と会うのね」

「うん。日付が変わったから、今夜ってことになるが。おれも、行くつもりだ」

美希が、瞬きする。

「良太さんも、立ち会うの」

「立ち会うわけじゃない。近くの席で、観察するだけだ。田丸は、おれの顔を知らないからな」

「それで」

「そのあと、残間と一緒におれの事務所へもどって、テープを聞くことになっている」

「何時ごろになるの」

「ちょっと遅くなる。残間は、十時に会うと言っていたから、事務所へもどるのは早くても、十一時半を回るだろう」

美希は、少しのあいだ考えていたが、やがて言った。

「わたしが、百舌の羽根を持った何者かに襲われた、と聞いたら田丸はどんな顔をするかしら」

「一緒に来て、そう言ってやったらどうだ」

美希は、まんざらでもない様子でうなずき、口を開いた。

「残間さんと別れたあと、田丸のあとをつけたらどうかな。黒幕のところへ、首尾を報告しに行くかもしれないわよ」

「確かに、その可能性もあるな」

「わたしも、行こうかしら」

大杉は、美希の顔を見直した。

「だったら、おれと一緒のテーブルで、待てばいい」

美希は、眉根を寄せた。

「田丸とは会ったことがないけれど、向こうはあのころわたしの顔をどこかで、見ているかもしれないわ。一緒じゃない方が、いいと思う」

「それじゃ、どこか近くで待機していればいい。田丸が店を出るとき、ケータイに連絡する」

「分かった」

大杉は、残間から聞いた〈ソンブレロ〉の場所を、美希に教えた。

美希が、あらためて言う。

「残間さんには、今夜わたしが襲われたことを、黙っていてね」

「きみがそう言うなら、そうするさ」

「あしたの夜、残間さんと田丸が別れたあと、田丸を尾行するわ。良太さんは、残間さんと事務所へ回ってちょうだい。あとで連絡します」

大杉は、不安を覚えた。

「一人で、だいじょうぶか」

「だいじょうぶ。あとをつけるだけで、危ないまねはしないから」

「自分も、だれかに尾行されないように、せいぜい気をつけるんだぞ。かりに、今夜のが単なるおどしだったとしても、次もそうとは限らんからな」

「分かりました」

大杉は、苦笑した。

「心配性になったのは、年のせいかもな。昔のことはよく覚えてるくせに、今日の昼に何を食ったか、忘れたりするし」

「それじゃ、今夜はここで好きなだけ、昔話をしていったら」

大杉は、鼻をこすった。

「まあ、きみがこんな目にあった夜に、さっさと帰るわけにもいかんだろうな」

美希は、にっと笑った。

「泊まっていく口実ができて、よかったわね」

どうやら、いつもの美希にもどったようだ。

＊

女の部屋の、明かりが消えた。

しばらくのあいだ、高い生け垣のあいだに身を潜め、マンションを見張っていたのだ。

十分以上たっても、男は出て来なかった。泊まることに、決めたらしい。

新宿で一度別れたので、あの男がまたここに姿を現すとは、思わなかった。こちらが、各駅停車でのんびり走っているうちに、特急か急行に乗って先回りしたらしい。

どちらにしても、警告するという当面の目的だけは、達した。

ただ、あの男が駆けつけて来る足音が聞こえたため、すぐに逃げ出さなければならなかったのが、計算違いといえばいえる。そのため、例の羽根が女のコートの中に、狙いどおり残ったかどうか、確かめる余裕がなかった。

もっとも、さっき現場にもどって調べたところでは、羽根らしきものは見当たらなかったから、うまくいったのだろう。

あの羽根を見つけたときの、二人の反応がどんなものだったか、見てみたかった。さぞかし、青くなったに違いない。

しかし、いずれは分かることだ。いやでも、二人が事件の矢おもてに立たされるときが、やってくるだろう。

それも、間なしに。

これは単なる、始まりにすぎない。

12

翌朝。

大杉良太は、六時半にセットした携帯電話のアラームで、目を覚ました。

リビングに出ると、すでに倉木美希はパジャマ姿のまま、キッチンで朝食の準備をしていた。

「早いじゃないか」

「いつもと同じよ。それより、良太さんも今日から三京鋼材の総務部長を、監視するんでしょう」

「ああ、そうだ」

昨日、残間龍之輔に石島敏光の行動を五日間、見張ってほしいと頼まれた。

「足はどうするの」

「足か。足は、おれと同じマンションに、村瀬という若いのが住んでるんだが、そいつに車を借りるつもりだ」

「ああ、あの人。探偵ごっこが好きだとかで、ときどき助手を務める人よね」

「そうだ。その男に、しばらく車を貸してくれるように、ゆうべメールで頼んでおいた。これから、事務所へ取りにもどる」

「そう。ゆうべは、無理に引き留めて、悪かったわね」

「いや、別に引き留められたつもりは」

そう言いながら顔を見ると、美希は笑っていた。

大杉は、首を振って言い直した。

「まったく、その気もないのに謝るのは、やめてくれ」

上着のポケットで、メールの着信音がした。

開いてみると、村瀬正彦からのメールだった。

車を貸すのはかまわないが、今日は午後二時三十分からの授業なので、それまでなら手伝いができる、という。

すぐに電話すると、村瀬はまるで待ち構えていたように、一度のコール音で出た。

「メールをありがとう。明日以降はともかく、とりあえず今日だけ昼過ぎまで、付き合ってくれないか」

「いいですよ。そのあとは、大杉さんに車を預けて、帰りますから」

「ありがとう。それじゃ八時半に、JR京浜東北線の大森駅の東口広場で、落ち合おう」

「大森駅東口。了解しました」

電話を切ると、テーブルに朝食が並んでいた。

野菜ジュースと豆乳のミックス・ドリンク。

レタスとトマトを載せ、オリーブオイルとワインビネガーをかけ回した、かりかりのトースト。

それに、大杉の好きな温泉卵が一つと、コーヒー。

すでに、下のメールボックスから取って来た新聞も、テーブルに載っていた。たいしたニュースはない。

コーヒーに口をつけて、大杉は聞いた。

「傷の具合はどうだ」

美希は、思い出したように首筋に手をやり、小さく肩をすくめた。

「だいじょうぶよ」

「あとで、替えてやろう」

「足の手配がついたのね」

「うん。村瀬が車で、来てくれる」

「大森というと、三京鋼材に行くわけね」

「そうだ。まあ、詳しいことは、聞かないでくれ」

食事を終えたあと、大杉はすでに出血の止まった美希の傷口を、消毒し直した。その上を、ワンタッチパッドでていねいにおおい、絆創膏で固定する。

「思ったより、軽傷ですんでよかったな」

「やはり、ただのおどしだったのよ」

「だからって、安心してる場合じゃないぞ。今からでも遅くないから、防犯ベルとかスタンガンとかを、持って歩いたらどうだ」

「いつも、持ち歩いているわ。心配しないで」

大杉は唇を引き締め、それ以上言うのをやめた。

七時過ぎに美希を残して、ハイライズ調布を出る。

念のため、前夜美希が襲われたあたりを調べてみたが、何も見つからなかった。

布田駅から京王線、山手線、京浜東北線を乗り継いで、大森方面へ向かう。

立場上、総務部長の石島が朝がた出社せずに、ほかの場所へ回る可能性は、ほとんどないだろう。

しかし、万一ということもあるから、品川の次の大井町でおりて、石島のマンションへ行った。

石島は、前回と同じく八時半過ぎに、マンションを出た。

今回は、オリーブグリーンの肘当てがついた、茶のチェックのジャケットに、黒のスラックスといういでたちだ。

大杉は、あとをつけながら村瀬に電話して、少し遅れると告げた。村瀬はすでに、大森駅に着いていた。

「おれは、桐ヶ谷斎場から尾行した例の男を、マンションからつけてるとこだ。大森駅でおれを見つけたら、車でゆっくりあとを追ってくれ。おれも、ポルシェを見つけたら、こっちから合図する」

「了解」

石島はどこにも立ち寄らず、大井町からすぐ隣の大森駅まで乗って、徒歩で会社へ向かった。

東口広場の端に待機する、グレーのポルシェを見つけて、大杉は小さく手を振った。

村瀬は、その合図を目に留めたらしく、すぐに車を動かし始めた。

それ以上村瀬の車に注意を払わず、大杉は石島の尾行に専念した。

石島は九時五分前に、三京ビルの入り口に姿を消した。

大杉は、足を止めずに玄関の前を通り過ぎ、二十メートルほど先まで行った。

歩調を緩めると、その横にポルシェがすっと寄って来る。

大杉は車の後ろを回り、助手席に乗り込んだ。

「すまんな、朝っぱらから」

「平気、平気。たぶん、こういうこともあろうかと思って、六時には起きてたんです」

「早起きはいいが、居眠りしないでもらいたいもんだな」

村瀬は、エンジンを切って言った。

「桐ヶ谷斎場から尾行した例の男、十メートルほど前を歩いてましたよね」

「分かったか。身なりが変わっていたから、見分けがつかなかったんじゃないか、と思った」

「歩き方と髪形で、見当がつきますよ。ことに歩き方は、簡単には変えられませんからね」

一度見ただけで対象を覚えるのは、村瀬の特技の一つといっていい。造形美術の講師らしく、観察力が常人とまったく違うのだ。

「あの男は、すぐ後ろの三京鋼材って会社で、総務部長をしている石島、という男だ」

「イシジマ。キリタニじゃないんですか」

車から、大杉が残間龍之輔に報告した電話を、しっかり覚えていたらしい。このあたりも、アシスタントに向いているゆえんだ。

「桐谷は仮名で、石島が本名なんだ。あいつの動きを見張るのが、今度の仕事というわけさ。この先をぐるっと回って、三京ビルの入り口の少し手前に、もどって来てくれ。その方が、見張りやすいからな」

「分かりました」

村瀬がふたたび、エンジンをかける。

「おれは外に出て、適当な場所に立ってるよ」

大杉は車をおり、三京ビルの方へもどった。

入り口を素通りし、二十メートルほどもどったところで、足を止める。

広めの歩道と、植樹された中央分離帯つきの車道の境目に、植え込みがある。大杉はそこに立って、村瀬が車を回して来るのを待った。

二分もしないうちに、グレーのポルシェが後方の広い交差点から、曲がり込んできた。

同じポルシェでも、ファイブ・ドアのセダンだ。目立つことは目立つが、真っ赤なスポーツカータイプでないのが、せめてもの救いだった。

村瀬は、大杉のそばに車を停め、ウインドーを下ろした。

「ここならビルの出入りを、完璧《かんぺき》にチェックできますね」

「そういうことだ。ところで、今日は退屈な仕事になるぞ。昼まで待機しても、何も動きがないかもしれん。音《ね》を上げるなよ」

「これまでだって、音を上げたことはないでしょう。ハイヤーの運転手と探偵は、待つのが仕事ですからね」

事もなげに言うのを聞いて、大杉は苦笑した。

確かに、村瀬は監視とか尾行を手伝わせたら、大杉以上に辛抱強い。もしかすると、大杉よりもこの仕事に、向いているかもしれない。

「おれはどこかで、ちょっとコーヒーを飲んで来る。動きがあったら、ケータイにかけてくれ」

「了解」

別段、いやな顔もせずに応じる村瀬に、大杉は感心しながら車を離れた。

それから、昼までに大杉は三度車からおりて、足を伸ばした。

村瀬は、そのあいだに十五分ほど休んだだけで、あとはずっと車の中にいた。

十二時過ぎに、石島が部下と思われる若い男女二人と、ビルを出て来た。

大杉は、村瀬に待つように言いおいて、三人のあとを追った。

三人は、近くのビルの地下にある和食の店に行き、昼食をとった。広い店だったので、大杉もほかの客に紛れて腹ごしらえをし、一足先に出た。

並びのトンカツ屋で、テークアウトのカツサンドとお茶を買い、石島を待つ。

出て来た石島たちが、同じフロアにある喫茶店にはいったので、大杉は一度車にもどった。

村瀬にテークアウトを渡し、もう一度喫茶店に引き返す。

一時前に、石島と男女二人は喫茶店を出て、三京ビルにもどった。

そうだろうとは思ったが、やはり昼飯をとりに出ただけだった。

大杉は車に乗り込み、村瀬に五千円札を渡した。

「今日の手間賃だ。ご苦労さん」

村瀬が、首を振る。

「今日はいいです、何もしてませんから」

「何もしてないから、手間賃を出すんだ。辛抱代さ」

村瀬は、あまり気の進まない様子で、札をポケットにしまった。

「車は、置いて行きます」

「いや、乗って行ってくれ。石島が出て来ても、歩きだったらかえって邪魔になる。ここへ、停めっぱなしにしておくわけにも、いかんからな」

「それじゃ、授業が終わったらまた来ますよ。四時に上がりますから、五時までにはもどれると思います。それまでに動きがあったら、ここに置き捨てて行ってもらって、かまいません」

「駐車違反で、持って行かれたらどうする」

「そのときは、そのときですよ」

村瀬はそう言い捨て、さっさと車をおりてしまった。

大杉はしかたなく、運転席に移った。

石島に動きがあるとすれば、退社後のことになるだろう。それまでここに、じっとしていなければならない。めんどうな仕事を、請け負ってしまったものだ。

予想どおり、午後一杯ビルを出入りする人びとの中に、石島の姿はなかった。一人で見張るため、大杉は一度も車からおりなかったので、それは確かだった。

おそらく、退社時間は五時だろうと思うが、すぐに出て来ることはあるまい。管理職ともなれば、よほどだいじな約束がはいっていないかぎり、定刻ぴったりに退社することはない、と思う。

待機しているあいだに、大杉の車の前や後ろに何台かバンが停まり、荷物の積みおろしをした。歩道の植え込みのせいで、ポルシェの停車位置は荷捌《にさば》きの邪魔にならず、文句を言われることもなかった。

五時少し前に、村瀬がもどって来た。

大杉は、救われたような気分になり、背伸びをした。

「早かったな。退屈してたとこだ」

「走って来ましたからね。それより、気がつきましたか」

村瀬の問いに、顔を見直す。

「何に」

「あそこに停まっている、黒のプリウスですよ」

指さす方を見ると、朝がた村瀬が最初に停車したあたりに、黒いプリウスが停まっているのが、目にはいった。

「ああ、少し前から、停まってるようだな」

「少し前どころじゃありませんよ。学校へ行くために、ぼくがこの車をおりたときには、もう停まってましたからね」

それは、知らなかった。

「観察力が鋭いな。しかし、別にたいした意味はないだろう。そのうち、駐車違反で持って行かれるさ」

「でも、人が乗ってるんですよね、二人」

目をこらしたが、ヘッドレストが邪魔をして、よく見えない。

村瀬の言うとおりなら、プリウスは大杉とほぼ同じくらいの時間、そこに駐車していたことになる。

しかも、人が乗ったままでいるとなると、確かにおかしい。

「ちょっと、見てください」

村瀬に肘をつつかれ、大杉はあわてて前方に目をこらした。

プリウスの助手席のドアが開き、ダークグレーのスーツを着た若い男が、歩道におり立った。

痩せ形で脚が長いせいか、妙に背が高く見える。

年はおそらく三十過ぎで、昔風にいえば苦み走ったいい男だが、どこか人目を意識するような、わざとらしいところがある。

夕闇の迫る中、男はきざなしぐさであたりを見回し、村瀬のポルシェに目を据えた。軽く眉根を寄せ、別にたいした用はないのだが、という風情でぶらぶらとやって来る。

大杉はハンドルに肘をのせ、近づいて来る男を見つめた。

ポルシェのそばを、さりげなく通り過ぎると思いきや、男は突然向きを変えて、腕を上げた。

中指の背で、ウインドーをこつこつと叩く。

大杉と村瀬は、顔を見合わせた。

村瀬は、おどけたしぐさで肩をすくめ、瞳《ひとみ》をくるりと回してみせた。

大杉はエンジンをかけ、ウインドーを下げた。

男は身をかがめず、高い位置から大杉を見下ろした。

「この車、何時間もここに停めたままですね」

その押しつけがましい口調に、大杉はかちんときた。

「あんたの方こそ、ずっとあそこに停めたきりじゃないか」

男はそれを無視して、慇懃《いんぎん》無礼《ぶれい》な口調で続けた。

「あまり長時間停めていると、駐車違反のキップを切られますよ」

「大きなお世話だ。自分の心配でもしたらどうかね、若いの」

男は、そんな呼び方をされたことがないらしく、目をぱちくりさせた。

それから、思い直したように言う。

「免許証を見せていただけますか」

不意をつかれて、大杉はちょっと言葉に詰まった。

「ええと、あんたは警察の関係者かね」

「そうです。わたしの車は、覆面パトカーです」

「なるほど。それじゃ、警察手帳を見せてもらおうか」

大杉の横柄な応対に、男はむっとしたように顎を引いた。

しかし、すぐに内ポケットに手を入れ、黒い手帳を取り出した。

形は違うが、その昔大杉が持っていたのと同じ、警視庁のマークが刻印されている。

「中を見せてくれ」

大杉の注文に、男はぱらりと手帳を開いて見せたが、すぐに閉じてしまった。

わずかに男の顔写真と、〈車田《くるまだ》聖《せい》士《し》郎《ろう》〉という珍しい名前だけが、かろうじて目に残る。

入れ替わりに、村瀬が車検証と免許証をすばやく開いて、大杉越しに男の方に突き出した。

「はい、免許証と車検証です」

車田と称する刑事が、それを受け取ろうと乗り出したとたん、村瀬はすばやく手を引っ込めた。

車田は、目を怒らせた。

「見えませんでしたよ。もう一度手帳を見せてもらおうか、車田刑事」

「そっちこそ、もう一度」

大杉が言うと、車田は顔を赤くした。

「こっちは、公務執行中でね。ここに、長時間車を停めていられると、仕事に差《さ》し支《つか》えるんですよ」

「こっちも同じく、仕事中でね。ここは、駐車禁止かもしれないが、停車禁止じゃないはずだ。文句があるなら、十センチほど移動してやろうか」

そのとき、車田の背後から女の声が聞こえた。

「車田さん。ほうっておきましょう」

車田が振り向くと、その拍子に背後に立つ女と大杉の目が、まともにぶつかった。

大杉は驚き、もう少しで自分の娘の名前を、口にしそうになった。

13

車田聖士郎は、面食らった。

前方に停めた、覆面パトカーの中にいるはずの東坊めぐみが、そこに立っている。

めぐみは、車田を押しのけるようにして、ポルシェの運転席にいる男に、声をかけた。

「すみませんが、免許証を見せていただけませんか」

なぜか、ぽかんとめぐみを見ていた男が、われに返ったように瞬きする。

「今、車検証と一緒に、見せたじゃないか。というか、見せたでしょうが」

言い返したものの、ほとんどしどろもどろだ。

めぐみは、ふだんから無表情な顔をいっそう硬くして、車田に目を移した。

「見せてもらったのは、助手席のかたのですよね。運転席のかたの免許証も、見せていただいた方がいい、と思いますけど」

妙に持って回った言い方に、車田はちょっととまどった。

しかし、めぐみの指摘が正しいことは、すぐに分かった。助手席ではなく、運転席にいる男の免許証を先に、チェックすべきだった。

「すみません。拝見できますか」

車田が言うと、運転席の男はいかにも居心地悪そうに、シートの上ですわり直した。

むすっとした顔で、内ポケットから財布を取り出し、免許証を引き抜く。

それを車田ではなく、めぐみの目の前にかざした。

「さあ、とっくりと見てもらいましょうか」

居直ったような口調だ。

めぐみが、あまり気乗りのしない様子で、免許証に目を向ける。

車田も横から、それをのぞき込んだ。

かろうじて顔写真と、大杉良太という名前だけが、見てとれる。

「気がすんだかね」

大杉なる男は、ぶっきらぼうにそう言って、免許証をしまった。

車田は身をかがめ、車の中の二人を見比べた。

若い方は、じっくり見る前に免許証を引っ込めたので、名前が分からなかった。年は自分より少し若い、三十歳前後というところか。チェックのシャツに、ジーンズをはいた華奢な体つきの男だが、けっこう上背《うわぜい》がありそうだ。

大杉は、ベージュのポロシャツに焦げ茶の上着を着た、がっしりした体格の男だった。短めに刈り上げた髪に、いくらか白いものが交じっているが、いかつい顎や力のある目を見ると、油断のならぬ相手のように思える。年齢は五十歳前後か、あるいは半ばに達しているかもしれない。

どちらにしても、手ごわそうな男だ。

警視庁にはいったころ、暴力団担当の先輩刑事の中に何人か、こういうタイプの男がいたのを、思い出す。

めぐみが、横から大杉に抑揚のない声で、質問した。

「ここで、何をしてらっしゃるんですか」

「何もしてませんよ。それともここじゃ、何かしてないといけないのかね」

そう聞き返され、めぐみが答えあぐねるのを見て、車田は口を出した。

「ここら辺は、バンなんかが荷物の積みおろしをする、作業スペースなんですよ。邪魔になるので、移動してもらえませんか。十センチとかじゃなくて、ずっと遠くの方に」

「これまで、何度か荷物の積みおろしがあったが、どけとは言われなかった。邪魔にはなってませんよ」

車田は、ぐっと詰まった。

めったにないことだが、どうもこの男は扱いにくい感じがして、口をつぐむ。

めぐみが言った。

「移動していただけないなら、レッカー車を呼んでどかしますけど、それでもいいんですか」

車田は驚き、めぐみを見た。

いくらなんでも、それはやりすぎだ。

めぐみは、真顔だった。

大杉は少しのあいだ、めぐみと車田を見比べていたが、やがて小さく首を振った。

「そこまで言うなら、動かしますよ」

意外にあっさり折れたので、一悶着《ひともんちゃく》あるかもしれないと覚悟していた車田は、かえって拍子抜けがした。

大杉はウインドーを上げ、スターターのキーを回した。

二人には目もくれず、やけに芝居がかったしぐさで手を振ると、勢いよく車をスタートさせる。

車田は、肩透かしを食らった気分で、そのあとを見送った。

ポルシェは、三京ビルの前を通り過ぎると、停めた覆面パトカーの脇をすり抜け、少し先の角を左にはいって、姿を消した。

めぐみが言う。

「車を回してください。もどって来ないように、ここで見張ってますから」

「もどって来たら、どうするかな」

「公務執行妨害で、逮捕しましょう」

相変わらず真顔なので、車田もさすがに苦笑した。

なぜか今日のめぐみは、言うことがとがっている。

車田は急ぎ足で、覆面パトカーにもどった。

車をスタートさせ、たった今大杉が曲がったのと同じ角を、左にはいる。

一本目の道をまた左折し、そのブロックをぐるりと一回りした。

走りながら目をこらしたが、ポルシェの姿はどこにも見えない。

表通りへもどって、めぐみが立つ植え込みの前に、車をつけた。

めぐみが、助手席に乗り込む。

「ここの方が、ずっと見張りやすいですね」

三京ビルの出入り口は、前方二十メートルほどのところにある。リヤウインドー越しより、まっすぐ前を見張る方がずっと楽だから、ポルシェを追い払ったのだ。

車田は、バックミラーに目を向けた。背後を見張るために、角度を変えてあったミラーの向きを、もとにもどした。

「ところであの二人、ここで何してたんだろうな」

「借金の取り立てか何かで、だれかを待ってたんじゃないですか」

めぐみの返事は、おざなりでそっけなかった。

三京ビルの出入り口から、ぽつぽつと人が出て来始める。

腕時計を見ると、五時を回っていた。

「そろそろ、出て来るころだな」

「出て来るのは、早くても五時半過ぎでしょう」

「そうか。うん、そうだな」

確かに、総務部長の石島敏光は管理職なので、よほどの急用でもないかぎり、すぐに退勤することはあるまい。

少し間をおいて、車田は言った。

「さっきの連中、おれたちよりだいぶ早くから、見張ってたようじゃないか」

「ええ」

めぐみはそう応じたきり、口をつぐんでしまった。

話の接《つ》ぎ穂《ほ》を失って、車田もしかたなく口を閉じる。


大杉良太は、表通りを左折してはいった道の二本目の角を、また左に曲がった。

さらに、数十メートル走った先の十字路を、もう一度左折する。

スピードを緩め、正面に見える表通りの二ブロック手前に、ポルシェを停めた。

覆面パトカーが、同じようにこのブロックを一回りして、ポルシェのいた場所に移動することは、容易に想像がつく。あそこの方が、見張りやすいからだ。

そのため、車田やめぐみに見とがめられないように、一本外側の道を迂回《うかい》して車を停めたのだ。

大杉は、一つ深呼吸して言った。

「手短に、事情を説明しておこう。他言無用だぞ」

助手席で、村瀬正彦がうなずく。

「分かってます」

「あの二人は、警視庁生活経済特捜隊の捜査員だ。警察手帳によれば、男の刑事の名前は車田聖士郎、となっていた」

字も説明する。

「車田聖士郎か。変わった名前ですね」

「ついでに、女刑事の方も教えておこう。東坊めぐみ。東の坊主に、めぐみは平仮名だ」

「東坊ね。これも、珍しいというか、由緒ありげな名字ですね」

そう言ってから、村瀬は驚いたように大杉を見た。

「ちょっと待ってください。どうして、名前が分かったんですか。彼女は、警察手帳を見せなかったでしょう」

「見せなかったが、分かるんだ」

「なぜですか。透視術でも、使ったんですか」

当惑した様子だ。

大杉は、思い切って言った。

「あれは、おれの娘なんだ」

村瀬は背筋をぴんと伸ばし、そのまま絶句した。

大杉は続けた。

「前に、女房と娘が出て行って、その後離婚したという話は、しただろう」

「え。ええ。しかし」

村瀬が口ごもる。

「それが、何の因果か娘は大学を出たあと、おれと同じ警察官の道を選んだのさ」

少しのあいだ、沈黙が続く。

やがて、村瀬はフロントグラスに目をもどし、ぽつりと言った。

「知りませんでした」

「そうだろう。話したことがないからな」

「おいくつですか、今」

「きみと似たようなものさ。二十八だ」

また少し、間があく。

「そのお嬢さんが、あそこで大杉さんとかち合ったのは、偶然ですか」

大杉は考えた。

「まあ、偶然といえば偶然だが、想定内といえば想定内だな」

それにしても、これほど早く出くわすとは、思わなかった。

村瀬が、首をかしげる。

「よく分かりませんね」

「分からなくていい。ともかく、あの二人もおれたちと同じように、石島の動きを見張ってるんだ。容疑者か、重要参考人かは知らないが、石島が二人の監視対象になってることは、間違いない」

「生活経済特捜隊というと、経済事件ですよね」

「そんなとこだな」

そのとき、一ブロック先の横丁から、例のプリウスが出て来た。そのまま、表通りの方へ曲がって行く。

「やはりな。おれたちを追い払ったあとへ、車ごと移動するつもりだ」

村瀬が乗り出す。

「どうしますか」

「きみは、あそこの表通りの角まで歩いて行って、プリウスを見張ってくれ。連中は、石島が出て来るのを待って、あとを追うはずだ。石島がタクシーを拾ったら、おれたちもプリウスの後ろから、尾行する。石島が、歩いて駅に向かうようなら、きみがあとを追ってくれ」

「車田刑事とお嬢さんは、どうするでしょうね」

「たぶん、めぐみが尾行を引き受けるだろう。だとしたら、おれは面が割れてるから、あとを追えない。尾行は、きみに任せる。さっき、きみは車道側の助手席に、すわっていたよな」

「ええ。お嬢さんには、顔を見られてません」

「何か、変装の小道具でもないか。念のためだが」

「念のため、いつも後ろにリバーシブルのブルゾンと、素通しの眼鏡が置いてあります」

「それじゃ、そいつで身なりを変えればいい。石島がタクシーを拾ったら、角から手を振って、おれを呼んでくれ。歩きなら、そのままあとを追うんだ。ケータイで、移動ルートを連絡してくれれば、車で追いかけるから」

「分かりました」

村瀬は、後部座席からブルゾンと眼鏡を取り、車を飛び出した。

プリウスは、すでに表通りを左へ曲がり、見えなくなっていた。


車田とめぐみは、一カ月ほど前から石島を、監視していた。

ただし、この四日ほど別の経済事件に駆り出され、空白ができてしまった。

そのあいだに、石島がだれかと接触したかどうかは、分からなかった。

車田は、生活安全部に配属されて、七年になる。

一年前、生活経済特捜隊が発足したとき、生活安全総務課にいためぐみとともに、メンバーの一員に抜擢《ばってき》された。それ以来、コンビを組んでいる。

めぐみは、身長が百六十センチ前後だから、小柄とまではいえないにしても、決して大きな方ではない。

ただ、大学時代にソフトボール部に在籍したとかで、腰の据わった体つきをしている。

体重も、見たところ五十キロは、ありそうだ。車田自身、大学の野球部に籍を置いていたので、なんとなく親しみを覚えてしまう。

めぐみは、親しみやすそうな丸顔の持ち主だが、実のところあまり愛想のいい女ではない。

ただし、頭の回転や決断力、判断力は際立っており、巡査部長で足踏みしているのが、不思議なくらいだ。仕事にかまけて、昇進試験を受ける暇がないのかもしれない。

車田自身、とうに三十の声を聞いてしまったが、忙しいのと生来の試験嫌いがたたり、いまだに警部補のままでいる。そのうち、めぐみに追いつかれるだろう。

めぐみに、物足りないところがあるとすれば、あまり女を感じさせないことだ。

しかし、その分よけいな気を遣う必要がないから、ある意味ではありがたいことでもある。

いずれにせよ、パートナーとしては過不足のない存在、といってよい。

五時十五分を回ると、三京ビルから吐き出される人の量が、少しずつ増え始めた。

もっとも、三京鋼材だけの小さな自社ビルだから、それほどの数ではない。

めぐみが言う。

「石島が、大森駅に向かうようでしたら、わたしが歩いて尾行します。移動経路は、そのつどケータイで連絡しますから、主任は車で追ってください」

「分かった」

確かに、徒歩の尾行は女の方が、怪しまれない。

それに、女の場合よほどの美女でもないかぎり、相手の注意を引くこともない。地味な短髪に、チャコールグレーのスーツを着ためぐみは、尾行にぴったりの装いだった。

とはいえ、本来は先輩の自分が指示すべきことを、めぐみに先を取られたかたちで、いささか憮然《ぶぜん》とする。

めぐみは、それきり口をつぐんだ。

もともと、あまり無駄口をきかない女だが、この日は特に口数が少ない。

車田は、少し気詰まりなものを感じて、口を開いた。

「今日あたり、石島に動きがあるような気がするんだが、どう思う」

めぐみが、小さく身じろぎする。

「さあ、どうでしょうか。ここ数日、別件の応援で監視を中断しましたし、そのあいだに動きがあったとしたら、逆にしばらくはないかもしれません」

どうも、言うことが理詰めで、おもしろくない。

14

そろそろ、五時半になる。

車田聖士郎は気を引き締め、人が吐き出される三京ビルの出入り口に、目を据えた。

石島敏光の監視を始めたきっかけは、車田が大学時代所属していた野球部の先輩、為《ため》永一良《ながかずよし》がくれた情報だった。

為永は、鉄鋼関係の業界紙〈週刊鉄鋼情報〉の社長で、同時に主筆を自称している。

会社自体は、正社員が数名しかいない小さな所帯だが、鉄鋼業界では一応知られた業界紙だ。

為永によると、三京鋼材が武器輸出三原則の規制をかいくぐり、武器輸出の片棒をかついでいるらしい、とのことだった。

三京鋼材は、さほど大きな規模ではないが、鉄鋼関係では古い方に属する、中堅どころの会社だ。

ただし、三京鋼材が製造、販売しているのは、武器そのものではない。

たとえば、ある特定の部品の製造、加工を鋼材専門の商社から受注し、期日に合わせて納品する。

商社は、部品ごとに別々のメーカーに発注するので、受注する側はそれがなんの部品なのか、ほとんど特定することができない。あるいは知っていても、知らないふりをすることが多い。

納品を受けた商社は、それらの部品を海外の複数の国に向けて、個別に輸出する。

輸入した国は、そうした部品をさらに特定の国、たとえば取引のある共産主義諸国に、再輸出する。

輸入した共産主義諸国が、それら個別の部品を仕様書に従って組み立てると、最終製品としての武器が完成する、という寸法だ。

具体的にいえば、日本から輸出された特定の部品の数かずが、巡り巡って北朝鮮の武器に変身する、という可能性もあることになる。

それは、回りくどいやり方には違いないが、北朝鮮へ直接武器を輸出するのと、同じことでしかない。

もしそれが事実なら、三京鋼材を含む特定の鋼材メーカーは、たとえ間接的にせよそうした違法行為に、荷担していることになる。

ちなみに、相手が共産主義国以外の国であっても、武器の部品、武器に準ずる電子機器等を輸出するには、外為法や輸出貿易管理令の規定によって、経産大臣の許可を受けなければならない。

武器輸出三原則は、あくまで政府の基本方針でしかないが、外為法と輸出貿易管理令はれっきとした法律で、違反すれば当然罰せられる。

そうした規制に反発する、武器製造メーカーが三原則の撤廃を求めて、政府に働きかけつつあるとの噂も、しばしば耳にする。

メーカーは、自衛隊や警察に武器を納入するだけでは、数量が限られるため商売にならない。かりに、海外輸出の規制が緩和ないし解除されれば、大きく状況が変わるだろう。

しかし、今のところはまだ三原則が壁となり、メーカーの宿願は果たされていない。

そのような状況下で、もし三京鋼材が武器につながる部品を商社に納入し、その商社が事実を隠蔽して輸出すれば、それは違法行為以外の何ものでもない。十分に、捜査対象になりうる。

為永は、そうした極秘の情報を石島から、事細かに聞かされたという。

為永と石島は、同じ名古屋市出身の古いなじみで、ときどき酒食をともにしたり、ゴルフをしたりする仲だそうだ。

そんなある日、酒を飲んだおりに石島が珍しく酔っ払い、口が軽くなった。あげくの果てに、武器輸出を巡る裏話を為永に漏らした、という次第だった。

石島は、それらの取引に直接関わってはいないが、立場上その手続きを隅ずみまで、承知しているらしい。具体的な、取引先の名前は出さなかったものの、話の流れには高い信憑性《しんぴょうせい》があった。

石島は、国益に反するそのような違法行為に、自分の会社が荷担していることを、快く思っていないようだ。あるいは、良心の呵責《かしゃく》を覚えたのかもしれない。

そうでなければ、たとえ酒の勢いがあったとしても、しゃべりはしなかっただろう。

むろん、為永はさらに詳しい話を聞こうと、しつこく食い下がった。

しかし、石島もさすがにそれより先は、口をつぐんでしまった。

為永から、その話を詳しく聞いた車田は、石島の内部告発に大いに興味を引かれた。

生活経済特捜隊は、そうした悪賢い経済法令違反を捜査し、取り締まるのを主務としている。

したがって、為永から得た三京鋼材がらみの情報は、貴重なものだった。

もっとも、為永は単なる野球部の先輩後輩のよしみで、車田に情報を流したわけではない。

いくらベテランでも、為永のような業界紙記者の情報収集には、限界がある。為永の密告には、正規の捜査権を持つ警察の力を利用して、三京鋼材に目に見えぬ圧力をかけ、そこから生じるほころびを飯の種にしよう、という露骨な狙いがあるに違いなかった。

その証拠に為永は、ゆくゆく官憲の手がはいったときには、それなりの捜査情報を優先的に流してほしい、と車田に交換条件を出してきた。

おそらく、その情報を自分の新聞に反映させると同時に、接触のあるマスメディアの記者に横流しして、小遣いを稼ぐつもりでいるのだろう。

これまでの付き合いから、車田もそうした下心に気づく程度には、為永のことを知っている。大学時代、コーチに来たときのせこい言動から、容易に察しがついた。

真相を突きとめるために、それくらいの取引はしかたあるまい、と車田は肚を決めた。場合によってはその後、マスコミ報道を捜査に利用することも、考えなければならない。

そうした判断から、生活経済特捜隊はこれらの為永情報を背景に、関係先の調査を開始し、監視態勢を整えたのだった。

事前に調べたところでは、三京鋼材と取引のあるメーカーや商社は、大森特殊鋼、城西製鋼、信濃スチール、日金物産、明鋼商事、アケボノ鋼業など十数社にのぼる。

しかし現段階では、三京鋼材をはじめどの取引先に対しても、強制捜査にはいるだけの具体的証拠を、つかんでいない。

そのため、石島を監視してそうしたメーカー、商社の責任者と接触するのを確認し、その上で揺さぶりをかけて落とそう、というわけだ。

車田と東坊めぐみは、ひとまず当の石島の動きを監視する任務を、負っていた。

その一方で、特捜隊の別のメンバーが経産省に出向き、特定貨物の輸出許可に関する情報を、収集している。

ただし、今のところこれといった成果は、上がっていない。

「出て来ました」

めぐみが言い、車田はわれに返った。

石島が、三京ビルからゆっくりした足取りで姿を現し、歩道をこちらへ向かって来る。

茶のチェックのジャケットに、黒のスラックスというラフないでたちで、いつものスーツ姿ではない。

「あの歩き方では、タクシーに乗りませんね。わたしが徒歩で、あとをつけます」

めぐみはそう言い、石島が車の横の歩道を通り過ぎるのを待って、ドアを開いた。

その背中に、車田は声をかけた。

「まめに連絡してくれよ」

めぐみは、返事をするかわりに左手を軽く上げ、石島のあとを追い始めた。

村瀬正彦は、頭が混乱していた。

こちらに尻を向けた、覆面パトカーのリヤウインドーを見ながら、あれこれと考えを巡らす。

ついさっき、大杉良太から聞かされた話を反芻して、考えをまとめようとした。

しかし、うまくいかなかった。

大杉はもともと、よけいなことをしゃべらない男で、村瀬自身もあれこれ質問しないたちだから、知らないことがあっても不思議はない。

とりわけ、私生活について大杉が語ったことは、ほとんどない。元警察官で、別れた妻と娘が一人いることくらいしか、聞かされていない。

それもあって、大杉の娘が父親のあとを継ぐように、警視庁の刑事になっていたという話は、驚き以外の何ものでもなかった。

かりに、東坊めぐみという名前を聞いただけならば、大杉の娘とは分からなかったはずだ。

ところが、大杉はめぐみが実の娘であることを、あっさり明かしてしまった。

村瀬にすれば、自分を信用してくれたのだと思いたいが、よけいなことを知ってしまった、という当惑もある。

それにしても、父娘で同じ人物を監視するなどという、今度のような偶然はめったにあるものではない。大杉は想定内だと言ったが、どういう意味か分からない。

ともかく、警察が乗り出す以上は石島敏光が、なんらかの犯罪に関係していることは、確かなように思える。

しかし、なぜそこに大杉のような民間の調査員が、関わりを持つのだろうか。

大杉との付き合いは、それなりに長い。

仕事の手伝いと称して、探偵のまねごともたびたびこなしてきたし、気心も知れているつもりだ。

それだけに、ついさっきめぐみが顔色も変えずに、自分の父親に免許証の提示を求め、大杉がふてくされたようにそれに応じた、あのときの様子を思い起こすと、なんとなくおかしくなってくる。

もっとも、大杉がおとなしくその要求に従ったのは、おそらく車田に二人の関係を知られたくない、という思惑があったのだろう。

ふだんは、大杉から詳しい話を聞かされなくても、だいたいの見当がつく。しかし、今回はまったく話の筋が、つかめなかった。

気持ちは引っかかるものの、ともかく今のところはよけいなことを考えずに、アシスタント役に徹するしかないだろう。

表通りが、大森駅へ向かう人びとで、込み合ってくる。

腕時計を確かめると、午後五時半を回ったところだった。街にもそろそろ、日暮れの気配が漂い始める。

顔を上げたとき、めぐみが覆面パトカーからおり立つのが、人波の向こうに見えた。

村瀬は、こちらに向かって歩き出すめぐみを、角から見守った。

めぐみの、十メートルほど手前の人込みに交じって、石島がゆっくりやって来る姿が、見え隠れする。朝方目にしたので、見間違えることはない。

尾行が始まったのだ。

村瀬は、後方に停車するポルシェを振り向き、駅の方を指で示して知らせた。

大杉が、ヘッドライトを一度点滅させ、了解の合図を返してくる。

村瀬は、角から数メートル身を引いて石島、めぐみの順に二人をやり過ごした。

車でやりとりしたとき、めぐみは村瀬と目を合わせていない。大杉が言ったとおり、少しでも見た目を変えれば、気づかれることはないはずだ。

角を出て、三京ビルの方を見返る。

覆面パトカーは、停まったままだった。

車田聖士郎は、大杉と同じように車を移動させながら、時間差で石島を追う腹づもりだろう。

目をもどすと、めぐみの前方に石島の後ろ姿が、ちらちらとのぞく。茶のブリーフケースを、左脇に抱えている。

大森駅につながる、斜めの道にぶつかる少し手前に、ビルの前の植え込みに囲まれた、小広いスペースがある。

石島は、そこで突然足を止めると、携帯電話を取り出した。通行人を避け、植え込みの方に体を寄せて、話し始める。だれからか、着信があったらしい。

めぐみが、さりげなく石島の視野からはずれるのを見て、村瀬も植え込みの陰に身を引いた。

石島の電話は、かなり長引いた。

それでも、三分ほどすると携帯電話を畳んで、また歩き出した。ペースがいくらか、上がったようだ。

その分、めぐみの足も速くなり、村瀬もそれにならう。

駅前の、大きな木が生い茂った広場を抜けて、駅の構内にはいった。

先を行くめぐみは、村瀬から見ても実に巧みな尾行者で、石島の視野にはいるおそれがあるときは、かならず人や柱の陰に位置を取る。

したがって、めぐみの動きに意識を集中すれば、石島を見失う心配はなかった。

改札口を抜けた石島は、東京方面行きの京浜東北線に乗った。

すでに午後六時が近づき、ラッシュアワーにはいっている。

石島は、自宅マンションのある大井町で、おりなかった。

どこか、ほかへ回るらしい。さっきの電話と、関わりがあるかもしれない。

村瀬はとりあえず、石島がだれかと携帯電話で話したことも含めて、そこまでの行動と移動経路を、大杉にメールした。

折り返し、大杉から品川方面へ車を回す、と返事が来る。

石島は、品川で山手線の外回りに乗り換え、渋谷方面へ向かった。

二つ目の五反田でおり、北口の広場に出る。

石島が横断歩道を渡り、広場の北側の路地をはいったところで、前を行くめぐみの足が止まった。

路地の角から、奥をのぞき込んでいる。

その格好のまま、バッグから携帯電話を取り出して、だれかと話し始めた。

村瀬は、広い歩道の反対の端を通り抜け、めぐみがのぞいている路地の奥を、さりげなく見た。

右の角に、蔦《つた》が一面にからまった古い建物と、〈グランエフェ〉と書かれた袖看板《そでかんばん》が、ちらりと見える。

めぐみの後ろ姿から、どうやらその店の入り口を眺めながら、電話しているらしいと見当がつく。相手はたぶん、車田だろう。

石島が、〈グランエフェ〉にはいったことは、確かなようだ。

村瀬も、携帯電話を取り出して、大杉に電話した。

「今、どちらですか」

「第一京浜を、品川方面へ向かってるとこだ」

「石島は、品川で山手線の外回りに乗り換えて、五反田でおりました。北口広場の、北側の路地の奥にある、〈グランエフェ〉という店にはいったようです。さっきの電話は、その店でだれかと落ち合う、確認だったのかも」

「そうか。娘はどうした」

「お嬢さんは、北口広場に面した路地の角から、店を見張っています」

「分かった。おれも、すぐに行く」

「広場は、駐停車禁止の標示が出てますから、どこか近くの脇道で待機してください。ぼくは、店にはいってみます」

「おいおい、だいじょうぶか」

「石島がだれと会ってるか、知りたくないんですか」

「そりゃあ知りたいが、娘に気づかれないかな」

「路地の奥が角になっているので、横手に別の路地の出入り口がある、と思います。そちらの側から回って、はいることにします」

「娘は、けっこう勘が鋭いから、気をつけろよ。ただ、石島がだれと会ってるのか、確かに興味がある。相手の顔を、しっかり覚えてくれ」

「分かりました。ただ、そのあとは、どうしますか。石島の尾行を続けるか、それとも相手のあとをつけるか」

少し間があく。

「こうなったら、石島はもうほうっておこう。その相手を、つけてくれ」

「了解しました」

通話を切り、ちらりと後ろを見る。

めぐみはまだ、携帯電話を使っていた。

車田の指示を、仰いでいるのだろう。

15

村瀬正彦は、さらに先へ進んだ。

広場の、最初の切れ目の道を、左にはいる。

十メートルほど前方の左側に、思ったとおり別の路地が口をあけている。小走りに、そこまで行った。

中をのぞくと、左奥に位置する〈グランエフェ〉のこちら側にも、やはり別の袖看板が取りつけられていた。

村瀬は路地に踏み込み、店の横手まで行った。洋食店のようだ。

蔦に囲まれたガラス窓から、レトロな感じの黄色い明かりが、漏れてくる。

幸いなことに、こちら側の端にも別の入り口が、ついていた。これなら、東坊めぐみに姿をさらさずに、はいることができる。

村瀬は、眼鏡の具合を直して、ドアを引きあけた。

真正面に、ガラス張りのキッチンがあり、コック帽をかぶった中年の男が、忙しく働いている。

年配のウエートレスが、声をかけてきた。

「いらっしゃいませ。ご予約ですか」

「いや、予約はしてないんですが」

どうやら、ふだんから予約した方がよさそうな、人気店らしい。

「それですと、カウンターのお席しかありませんけど、よろしいですか」

「かまいませんよ、一人ですから」

L字形のカウンター席と、テーブル席が四つしかない、小さな店だった。

とはいえ、いかにも年季のはいったたたずまいで、独特の雰囲気がある。

窓側の、四人用のテーブル席が一つあいていたが、たぶん予約ずみなのだろう。

村瀬がはいった入り口の、すぐ横手の二人用のテーブル席に、石島敏光の後ろ姿があった。

石島の向かいには、紺のスーツを着た中年の男が、すわっている。

ほっとしながら、カウンター席に向かう。

そこも、六席のうち四席がすでにふさがっており、ちょうど角になった二席しか、あいていない。まだ早い時間なのに、たいした繁盛ぶりだ。

奥まったテーブル席では、かなり高齢に見える品のよい婦人が四人、静かに食事をしている。

その脇の、少し引っ込んだところに、広場からつながる路地に面した、もう一つの入り口があった。

村瀬は、石島たちが視野にはいる側の席に、腰を落ち着けた。

カウンターは、ほとんどが常連と思われる一人客で、ときどきウエートレスと言葉を交わしながら、箸《はし》を使っている。

ほかの客を見ても、この店では洋食を箸で食べるのが、普通のスタイルらしい。

村瀬はメニューを眺め、まずオレンジジュースを頼んだ。

持ち金と相談しながら、ポタージュとハンバーグステーキを頼む。

どのメニューも、決して安いとはいえないが、極端に高いわけでもない。

ジュースを飲み、携帯電話を操作するふりをしながら、石島の相手を観察する。

男は石島より、だいぶ年下のように見える。四十代半ば、といったところか。

ずんぐりした体つきで、赤ら顔に針でつついたような細かい毛穴が、野放図に広がっている。

髪の量がやけに多く、それを今どきはやらないポマードか何かで、きれいになでつけた様子は、見るからに古狸《ふるだぬき》らしいブローカーか、不動産屋のイメージだ。

二人は額を寄せ合い、ひそひそ話に熱中している。残念ながら、内容を聞き取ることはできなかった。

男は、先に来てビールを飲んでいたようだが、石島の前にはグラスが置かれていない。飲む気がないようだ。

そのとき、背後のドアのあく気配がした。

村瀬のときと同じように、予約の有無を聞くウエートレスの声が、聞こえてくる。

予約していない、と女の声が低く応じた。

ウエートレスが、一つだけ残ったカウンターの角の席に、女を案内して来る。

村瀬は、そこに腰をおろす女を横目で見て、危うくジュースをこぼしそうになった。

その女は、てっきり外で店を見張っているもの、と思っためぐみだった。

村瀬はグラスを置き、左手に持った携帯電話のボタンを、でたらめに操作した。

携帯電話を閉じ、眼鏡を押し上げる。紙ナプキンで、こぼれてもいないジュースを、ふいてみた。

そんなしぐさで、動揺を取り繕うことができたかどうか、自信がない。

まさか、めぐみが大胆にも店にはいって来るとは、思っていなかった。

ただ、村瀬にすれば予想しておくべきだった、という気持ちもある。

村瀬同様、石島に顔を知られていなければ、めぐみが店にはいって来たとしても、不思議はないのだ。

石島たちの姿が、角にすわっためぐみの陰に隠れて、見えなくなる。

無理に見ようとすれば、視線の動きでめぐみの不審を招くだろう。

目の隅で観察すると、めぐみはうなじがのぞくほどの短髪で、身につけたチャコールグレーのスーツは、年のわりに地味すぎた。

顔の造りもごく平凡で、可もなく不可もなしというところだ。大杉に似なかったのが、不幸中の幸いかもしれない。

ただ、引き結んだ唇に、負けん気の強さが出ており、それが大杉から受け継いだ血の濃さを、感じさせた。

めぐみが、ウエートレスに合図して、スパゲティ・ミラネーズを頼む。

ハンドバッグから、しわだらけの日本経済新聞を取り出し、折り畳んだまま目を通し始めた。

その様子を見るかぎりでは、めぐみは村瀬にもほかの客のだれにも、関心がないようだった。

しかし、背後の石島たちの会話や動きに、神経を集中していることは、間違いない。

ウエートレスが、トレーを持って石島の席に近づき、料理を置く気配がする。シチューか何かのようだ。

少し遅れて、村瀬のポタージュとハンバーグステーキも、でき上がった。

携帯電話を置いて、食べることに専念する。

箸を入れると、肉汁が音を立てるような勢いで、あふれ出してきた。

上にかかった、デミグラス・ソースはやや辛めだが、いかにも長年つぎ足してきたらしい、深みのある味がする。

一瞬仕事を忘れ、舌鼓を打ってしまった。

やがて、めぐみにもスパゲティ・ミラネーズが、運ばれて来る。

めぐみは箸を取らず、フォークとスプーンを器用に使って、スパゲティを食べ始めた。

その様子は、はたから盗み見てもほれぼれするほど、優雅さに満ちていた。これほどきれいに、スパゲティを食べる女を見るのは、初めてだった。

村瀬はそこに、大杉のイメージとかけ離れたものを見て、なぜか胸がつんとした。

突然、男の声がめぐみの肩越しに、耳に飛び込んでくる。

「そもそも、武器輸出三原則ってのはですよ、その昔」

間髪《かんはつ》をいれず、それを制するような強い口調で、もう一つの声が言った。

「タメナガさん」

どうやら、相手がしゃべりかけた言葉を、石島がさえぎったらしい。

さりげなく耳をすましたが、それ以上のやりとりはもう聞こえなかった。

村瀬は、石島が口にしたタメナガという名前を、しっかりと頭に入れた。

「おいしいですね」

耳元で別の声がして、われに返った。

いつの間にか、めぐみが自分を見ていることに気づいて、体が冷たくなる。

しかたなく、めぐみに目を向けた。

「ええと、なんですか」

めぐみの頬に、えくぼが浮かぶ。

「ここのスパゲティ、おいしいですね。ハンバーグは、いかがですか」

村瀬はどぎまぎして、ハンバーグに目を落とした。

「あ、はい。おいしいです」

つい、高校生のような返事をしてしまい、うろたえる。

頭が、かっと熱くなった。まさに、想定外の出来事だ。

続けて、めぐみが聞く。

「このお店、初めてですか」

「ええと、はい、初めてです。食べログで見て、来てみたんです」

ぎこちない返事に、われながら情けなくなった。

「わたしは、二度目なんです。ほんとに、おいしいですね」

「いや、まったく、うまいです」

それからあとは、ひたすら食べることに専念して、めぐみに話しかけるきっかけを、与えないようにした。

食べ終わったとき、めぐみのスパゲティはまだ半分以上、残っていた。

勘定を頼み、領収書を書いてもらう。

「お先に」

席を立ちながら挨拶すると、めぐみは屈託のない笑みを浮かべて、愛想よく応じた。

「どうも」

思いのほか、愛嬌《あいきよう》のある顔になった。

村瀬は、めぐみがはいって来た表側の入り口から、店を出た。すっかり、暗くなっている。

背中が、汗でひどくべとべとすることに、初めて気がついた。

よもや、めぐみが自分に話しかけてくるとは、夢にも思わなかった。

一つ深呼吸して、歩き出す。

ちらりと見たところでは、石島たち二人のテーブルにも料理が残っており、まだしばらくはかかりそうだった。

広場には向かわず、最初にはいって来た路地を引き返して、横の道に出る。

この先、石島とタメナガがどんな動きを見せるか、予断を許さない。

ここで、別れるのか。

それとも、二人一緒にどこかほかへ、回るのか。

そしてめぐみは、どうするだろうか。

おそらくめぐみも、村瀬と同じように車田聖士郎の車を呼び、近くに待機させているはずだ。

村瀬は歩道に立ち、大杉に電話した。

「村瀬です。今、どこにいますか」

「きみの、二十メートルほど後ろだ」

あわてて振り向くと、後方の斜め向かいに駐車していた車が、ヘッドライトを一度だけ点滅させ、例の合図を送ってよこした。

自分のポルシェだった。

大杉の顔は見えないが、村瀬はそのまま続けた。

「二人が、いつ出て来るか分からないので、ここで待機します。石島は、タメナガという男と低い声で、ひそひそ話をしていました」

「タメナガ。どんな話だ」

「内容は分かりませんが、武器輸出三原則がどうのこうの、と」

「武器輸出三原則。そうか」

そう言ったきり、大杉は少しのあいだ黙っていた。

あらためて、口を開く。

「そこにいてくれ。おれがそっちへ行く」

ポルシェのドアが開き、大杉が出て来るのが見えた。

近づくのを待って、村瀬は路地の奥を示した。

「あそこの角の、〈グランエフェ〉という店にいます。ただ、出入り口がこの路地側と向こう側と、二カ所ありましてね。どっちから出て来るか、分からないんですよ」

大杉は、ちらりとそちらを見たものの、すぐに目をもどした。

「娘はどうした」

「ぼくより少し遅れて、店にはいって来ましてね」

村瀬の返事に、大杉は顎を引いた。

「はいって来たって。それで今、どうしてる」

「まだ、出て来ません。少なくとも、こちら側のドアからは」

大杉は、もっともらしくうなずいた。

「中にはいったからには、めぐみは石島たちに面が割れてない、ということだな」

「だと思います。大胆といえば、大胆ですがね」

大杉はそれに答えず、少し考えていた。

「これからあとは、そのタメナガってやつのあとを、追ってくれ。石島と一緒でも、タメナガ一人だけでもいいから、とにかく目を離すな。行き着く先を、突きとめるんだ」

「お嬢さんは、どちらを追いますかね」

「めぐみのことは、気にしなくていい。きみの顔は、見てないんだろう」

村瀬は言いよどんだが、やはり黙っていることはできなかった。

「それが、実は顔を見られたんです。ほかにあいた席がなくて、ぼくとお嬢さんとカウンターの席で、並んですわるはめになりましてね」

大杉が、目をむく。

「同席したのか」

「ええ。店にはいって来るどころか、ぼくのすぐ隣の席にすわるなんて、ありえないでしょう。もう、焦りまくりましたよ」

大杉は頰をゆがめて、さもおかしそうに笑った。

村瀬はくさった。

「笑いごとじゃありませんよ。これで、ばっちり顔を覚えられちゃったし、その上口までできいたんですから」

大杉は笑いを消し、つくづくと村瀬を見た。

「口をきいたって。何の話をしたんだ」

嚙《か》みつくような口調だった。

「料理がおいしいですねって、お嬢さんの方から話しかけてきたんです。一瞬、ぼくの正体を知ってるんじゃないか、と思いましたよ。いったい、何を考えてるんだか」

大杉は、むずかしい顔をして顎をなで、爪先《つまさき》を上下させた。

「ふうむ。何を考えてるんだろうな」

「ひとごとじゃないでしょう。これじゃ、もう尾行なんか、続けられませんよ」

村瀬が言うと、大杉は人差し指を立てた。

「いや、続けるんだ。なんとしても、タメナガの正体を、突きとめたい。もし、めぐみに正体がばれたら、おれの手伝いをしている、と言っていい。ただし、あの車田という相棒には、気づかれるなよ」

そのとき、〈グランエフェ〉のガラスドアが開くのが、大杉の肩越しに見えた。

洋服の色から、タメナガだと直感する。

村瀬は、さりげなく大杉の肩に腕を回し、親しく立ち話をする体勢をとった。

「タメナガが出て来ました。こっちの道へ、出て来るでしょう。車にもどってください。ぼくは、歩きでつけますから」

早口に言い、大杉を車の方へ押し出す。

横目を遣うと、タメナガは一人で出て来たらしく、石島の姿はない。案の定、こっちへやって来る。

村瀬は歩道に立ったまま、携帯電話を操作するふりをした。

通りに出たタメナガは、向かい側に渡って向き直り、おりよくやって来たタクシーに、手を上げた。

大杉はすでに、ポルシェにもどっている。

タメナガのあとから、石島もめぐみもやって来ないのを確かめ、村瀬はポルシェに向かって、歩き出した。

タメナガが、停まったタクシーに乗り込む。

村瀬は、タクシーの車種とナンバーを覚え、ポルシェのそばに行った。ドアを開き、助手席に乗り込む。

大杉はすでに、エンジンをかけていた。

タクシーがドアを閉め、ゆっくりと発進する。広場に出たところで、左に曲がって姿を消した。

大杉が、心配になるほど勢いよくエンジンをふかし、車をスタートさせる。

広場を左に折れると、歩道橋をくぐって品川方面へ向かう、タクシーの後尾が見えた。

大杉が言う。

「娘と石島は、どうした」

「出て来ません。反対のドアから、出たかも」

村瀬は、リヤウインドーから広場を見返ったが、二人の姿はなかった。

「二人のことは、ほうっておけ。それより、前のタクシーのナンバーを、覚えてくれ」

「もう覚えました。会社の名前も」

村瀬が応じると、大杉は声を上げて笑った。

「どうやら、美術学校をやめて商売替えした方が、よさそうだな」

16

御成門《おなりもん》に近い、日比谷通りでタクシーが停まる。

大杉良太は、タメナガが料金を払うのを確かめ、ドアをあけた。

助手席の、村瀬正彦に言う。

「運転席に移って、待機してくれ」

「了解」

村瀬が応じ、大杉は車をおりた。

タクシーを捨てたタメナガは、振り向きもせずに歩道を横切り、西側のビルとビルに挟まれた、細い道にはいって行く。

大杉は、急ぎ足であとを追った。

その角は、一方通行の出口になっていた。

顔をのぞかせると、裏手の左側のビルにはいるタメナガの姿が、目をかすめた。一秒遅れたら、見失うところだった。

ビルの入り口まで、小走りに駆けて行く。

足を緩め、通り過ぎるふりをしながら、横目を遣った。

狭いエレベーターホールが見えたが、タメナガの姿はすでに消えていた。

きびすを返して中にはいり、一台しかないエレベーターの表示盤を、確かめる。

上昇していたランプが、まさに四階で停まったところだった。しばらく待ったが、それきり動かない。

どうやらタメナガは、四階でおりたようだ。

入り口にもどって、メールボックスを調べる。

建物は五階まであり、各階にテナントが二つずつ、はいっている。

四階は堀越税理士事務所、週刊鉄鋼情報の二つだった。

念のため、ほかの階のテナントも、ざっと調べる。

一階から三階までと、五階にはいったテナントの中に、タメナガや石島敏光と結びつきそうなものは、見当たらなかった。

メールボックスの中に、突っ込んだチラシ類が全部はいりきらず、半分のぞいたままのものが、いくつかあった。

管理が悪いのか、ずさんなテナントが多いのか。

大杉は外へ出て、入り口の表示を見上げた。

〈西新橋プライムビル〉とある。

このあたりでは、めっきり少なくなった小型低層の、古いビルだ。周囲の変化についていけず、時代に取り残された趣だった。

表通りに出て、車にもどる。

村瀬が、ウインドーを下ろした。

「行く先、分かりましたか」

大杉は身をかがめ、親指で背後を示した。

「一応、確認した。あそこの道をはいった、左側の西新橋プライムビルというビルだ。

タメナガは、たぶん四階に上がった。二つテナントがはいっていて、一つは税理士事務所、もう一つは週刊鉄鋼情報だ。鉄鋼関係の、業界紙だろう」

村瀬はうなずいた。

「それじゃ、決まりですね。三京鋼材の総務部長が会うとすれば、相手は税理士じゃなくて、業界紙の方でしょう。タメナガは、そこの記者かなんかですよ、きっと」

「だろうな。間違いないとは思うが、タメナガが実際にそこで働いてるかどうか、確かめておきたい。何か理由をこしらえて、オフィスをのぞいて来てくれないか」

村瀬は、軽く頰を引き締めたが、すぐに笑みを浮かべた。

「オーケー。やってみますよ」

車をおり、グレーのブルゾンを紺に裏返して、眼鏡をはずす。

大杉は、指を立てた。

「いいぞ。それなら、真正面から顔を突き合わしても、五反田で見かけた男とは分からんだろう」

村瀬も指を立てて応じ、その場を離れて行った。

大杉は助手席に乗り込み、ハザードランプを点灯した。

十分足らずで、村瀬がもどって来た。

車に近づきながら、右手でVサインを出す。左手には、折り畳んだ新聞を持っていた。

運転席に乗り込むなり、その新聞を大杉の膝に置いて言う。

「どんぴしゃりです。鉄鋼情報に、タメナガがいました」

「どうやったんだ」

「一階のメールボックスに、チラシが詰まってたでしょう。その中に、新しくできたピザ屋のチラシが、混じってましてね。それを持って、新規開店の挨拶がわりということで、注文を取りに行きました」

大杉は笑った。

「よくやるぜ、まったく。それで、どんなオフィスだった」

「はいった正面が、受付のプレートが立った、スチール戸棚。すぐ横に、スクリーンで仕切られた、応接セット。日当たりの悪そうな、三十平米くらいのオフィスです」

「社員の数は」

「女の子が一人、中年の社員が二人。あとは、タメナガ。ほかに、だれもいないデスクが二つ三つ、ありました。全部で六、七人の所帯ってとこでしょう」

「タメナガは、どのあたりにいた」

「奥の、窓を背にしたデスクです。ほかと向き合っていたので、管理職かもしれません」

「きみを見て、妙な顔をしなかったか」

「タメナガとは、目を合わせなかったので、分かりません。ただ、不審を抱いた様子はなかった、と思います」

大杉は、膝の新聞を取り上げた。

「これはどうした」

「受付の、スチール戸棚に載っていたのを、一部もらって来たんです」

週刊鉄鋼情報は、二つ折りタブロイド判の、ささやかな新聞だ。

目を近づけると、題字の下に社名と所在地、電話番号、メールアドレスと並んで、

〈編集長・主筆・為永一良〉と印刷してあった。

「間違いないな。タメナガは、編集長だ」

村瀬に、その部分を見せる。

「ほんとだ。編集長兼主筆か。タメナガ・カズヨシですかね」

「イチロウかもしれんが、たぶんカズヨシだろう。ともかく、お手柄だ。だいぶ手間が省けた。やるじゃないか」

大杉がおだてると、村瀬は困ったような顔をした。

「ただ、ピザ・ペスカトーレを二つ、注文されちゃいましてね。ピザ屋に、電話しといた方がいいかな」

大杉は、指を立てた。

「ほっとけ。腹が減ったら、自分でかけるだろうさ」

腕時計を見ると、午後八時少し前だった。

残間龍之輔は田丸清明と、京橋の〈ソンブレロ〉で午後十時に会う、と言っていた。

十五分ほど前に、店にはいればいいだろう。

確認のため、残間の携帯電話に連絡した。

応答がない。

すでに、八時からの定例社内ミーティングとやらが、始まったのかもしれない。

携帯電話をしまい、村瀬に言う。

「九時四十五分までに、京橋に行かなきゃならんが、それまでは時間がある。予定がなけりゃ、晩飯をごちそうするぞ。それとも、五反田の店で食ったから、もう腹いっぱいか」

大杉が言うと、村瀬は相好《そうごう》を崩した。

「いや、まだまだ。お嬢さんのおかげで、さっきは食った気がしませんでした。喜んで、食い直します」

それから、急いで付け加える。

「ついでに、もうちょっと詳しく事情を聞かせてもらえると、やる気が出るんですが」

大杉は、少し考えた。

確かに、これ以上情報を与えずに下働きをさせるのは、気が引ける。それに、いざというとき、村瀬に事情を承知しておいてもらえば、何かと便利だろう。

「分かった。食いながら、話をしよう。何がいい」

「トンカツはどうですか。うまい店を、知ってるんですけど」

「トンカツか。さっきは、何を食ったんだ」

「ハンバーグですけど」

大杉は苦笑した。

「そんなに食って、ほんとにだいじょうぶか」

「だいじょうぶです。大杉さんはトンカツ、嫌いですか」

「いや、大好きだ」

そう答えたものの、少し腰が引けてしまう。

前夜倉木美希に、最近贅肉《ぜいにく》がついたんじゃないの、と言われたのだ。

そのときは、少し用心しようという気になったのだが、今は食欲に勝てなかった。

村瀬が、車を始動させる。

「店は、銀座です。あそこは地下に、パーキングがありますから」

やって来たのは、並木通りのルイ・ヴィトンの裏路地にある、〈不二《ふじ》〉というトンカツ屋だった。

カウンターに、客が三人いた。

そこを避けて、二つしかないテーブル席の奥の方に、腰を落ち着ける。

人のよさそうなおやじと、愛想のよいおかみが二人でやっている、小体《こてい》な店だ。

メニューを見ると、銀座の値段とは思えぬほど、安い。ロースカツ定食が、たったの千円とくる。

「こんなので、いいのか。もっと張り込むつもりだったのに」

「食べてから、言ってくださいよ。この近くに、一万円コースのトンカツ割烹《かっぽう》もありますけど、ぼくは断然こっちを選びますね」

とりあえず、イカのリング揚げを肴《さかな》に、ビールを飲む。

一口食べた大杉は、思わずイカを見直した。

「うまいな、こいつは」

「でしょう。ここの揚げものは、全部うまいんです」

村瀬は、まるで自分が揚げているかのように、得意顔をした。

かつておやじに聞いたところでは、トンカツの要諦《ようてい》は肉でも油でも衣でもなく、一《いっ》にかかってソースにあるのだそうだ。

なるほど、この店のソースはそれだけなめると甘みが強いが、からりと揚がった衣にかけて食べると、絶妙の味になるのだった。

ロースカツ定食が来た。

それを食べながら、大杉は石島敏光を巡るこれまでのいきさつを、ざっと話して聞かせた。

肚を決めて、残間やめぐみがどう関わっているかも、隠さずに打ち明ける。

その話だけで、全貌《ぜんぼう》を伝えきれたかどうかは、分からない。

しかし、村瀬はそれ以上詳しい説明を、求めなかった。そこが村瀬の、いいところだった。

村瀬が言う。

「さっきのことですが、為永と石島が二人きりで密談していたのは、なんの用事だったんでしょうね」

そのことは、大杉も考えていた。

「為永が、三京鋼材の不正武器輸出関与をかぎつけて、探りを入れたのかもしれん」

「確かに為永は、〈グランエフェ〉でそれをにおわせるせりふを、口走りました」

「あるいは石島が、残間だけでなく為永にも情報を漏らしている、という可能性もなくはないな」

「二股《ふたまた》をかけてるってことですか」

「そうだ」

「逆に、石島が為永から情報を取っている、という可能性もあるでしょう」

村瀬に指摘されて、大杉もうなずいた。

「そうだな。確かに、それもある」

少し間をおき、村瀬が続ける。

「お嬢さんは、為永をつけずに」

大杉は指を立て、それをさえぎった。

「いいかげんに、お嬢さんはやめてくれ。名前で呼んでいいよ」

　村瀬は、軽く唇を引き締めた。

「分かりました。めぐみさんは、尾行を石島から為永に切り替えるかと思ったら、そうしませんでしたね。なぜですかね」

「気づかれないように、おれたちのあとを追っていたかもしれんぞ」

「それはない、と思いますね。大杉さんが運転しているあいだ、ぼくは黒のプリウスはもちろん、後続のタクシーにもずっと、目を配ってました。つけられた形跡は、ありませんでした」

　村瀬がそう言うなら、そのとおりだろう。

「どっちにしても、為永じゃなくて石島の尾行を続けるように、車田がめぐみに指示したに違いないな」

　村瀬は、ロースカツの最後の一切れを食べ、ゆっくりと言った。

「今日みたいに、大杉さんとめぐみさんがかち合うと、話がややこしくなりますね。車田刑事に知られたら、めぐみさんの立場が悪くなるでしょう」

「それだけは、避けなきゃならん。父娘で、調査事務所をやるようなはめになったら、どうしようもないからな」

　村瀬が笑う。

「それも、おもしろいじゃないですか。ぼくも、お手伝いのしがいがありますよ」

　大杉は、ちらりと村瀬を見た。

どう考えても、村瀬が〈グランエフェ〉で隣り合わせためぐみに、興味を抱いたとは思えない。

めぐみは、取り立てて美人というほどの容貌ではないし、村瀬は今風にいえばなかなかのイケメンで、女友だちに不自由しているはずがないからだ。

大杉は、残ったビールをぐい、と飲んだ。

「とにかく、車田にばれないようにうまく立ち回るしか、方法がないだろう」

しかし、そういつまでも隠しおおせるものではない、と思う。ばれたときの対策を、考えておく必要がある。

時間を確かめると、九時十五分になるところだった。そろそろ、腰を上げなければならない。

そのとき、携帯電話が鳴った。

表示を見ると、残間からだった。

村瀬に断って、店の外の路地に出る。

「残間です。電話もらいましたか」

「たいした用じゃない。今夜の確認をしよう、と思っただけだ。ミーティングが、早めに始まったようだな」

「いや、その、ミーティングには、出ませんでした」

残間の口調には、多少の躊躇《ちゆうちよ》があった。

「どうしたんだ。何かあったのか」

「実は、ミーティングよりだいじな急用が、はいりましてね。石島に、呼び出されたんですよ」

驚いて、立ちすくむ。

「石島に。ほんとか」

「ほんとです」

「それで、会ったのか」

「ええ。ついさっきまで、有楽町のガード下の飲み屋にいました。だけど、大杉さんもどこか近くで、見てたんじゃないんですか。石島を、つけてくれてたんでしょう」

そう突っ込まれて、大杉はたじろいだ。

「いや、それが、そのときは、つけてなかった。その少し前までは、見張ってたんだが」

かい摘《つま》んで、三京ビルを出たあとの石島の行動を、報告する。

石島が五反田へ回り、為永一良と会ったこと。

石島を捨て、新たに為永のあとをつけて、西新橋の週刊鉄鋼情報まで、行ったこと。

為永が、そこの編集長兼主筆を務めている、と分かったこと。

聞き終わると、残間は早口で言った。

「わたしは今、社へもどる途中なんです。部長に報告して、それから〈ソンブレロ〉へ回ります。詳しい話は、田丸氏と会ったあとで聞かせてください」

「分かった。おれも、あんたと石島の話を聞きたい」

「どうも、ややこしいのが二つ重なっちゃって、すみませんね」

「こっちも一つ、了解してもらいたいことがある」

「なんですか」

「今夜、〈ソンブレロ〉の近くに倉木美希を、待機させてるんだ。あんたと田丸が会ったあと、田丸のあとをつけてもらう手筈《てはず》になっている」

「ほんとですか。倉木警視に、田丸氏の一件を、話したんですか」

当惑した口ぶりだ。

「話した。この件に関するかぎり、彼女も重要な関係者の一人だからな。まあ、あんたに断らなかったのは、悪かったが」

少し沈黙したあと、残間は吹っ切れた声で言った。

「分かりました。倉木さんにも、承知しておいてもらった方が、いいでしょう。万が一、ということもあるし」

「そうならないように、祈りたいがね」

大杉が、前夜のことを思い出しながら応じると、残間は少しのあいだ黙った。

あらためて、自分が口にした〈万が一〉の意味を、考えているようだった。

おもむろに言う。

「わたしは、遅くとも十時五分前までに、〈ソンブレロ〉にはいります。大杉さんは」

「おれは、十五分前までにはいる。詳しい話は、あとにしよう」

大杉は、通話を切って店にもどり、村瀬に言った。

「車を出して、京橋まで送ってくれ。日当や経費は、そこで精算する」

17

高速道路の下で、場所はすぐに分かった。

午後十時近いというのに、〈ソンブレロ〉はひどく込んでいた。

大杉良太は、同席でもいいかとウエイターに聞かれて、しかたなくうなずいた。それもまた、カムフラージュになるだろう。

中ほどの、雑然と並ぶ木のテーブル席の一つに、案内される。

そこには、女の先客が一人ですわっており、ウエイターが同席の許可を求めると、露骨にいやな顔をした。

黄色い、太い縁の眼鏡をかけた年齢不詳の、がりがりに痩《や》せた女だ。

赤いドレスの、体のあちこちに重そうな金の輪や鎖を、ぶら下げている。立ったりすわったり、歩いたり走ったりするたびに運動になる、という仕掛けかもしれない。

女は不機嫌そうに、ウエイターを睨んだ。

「ほかに、あいた席ないの」

ウエイターは、ぬかるみに足を突っ込んだように、体を引いた。

「あいにく、込み合っておりまして」

そのまま注文も取らず、逃げるように行ってしまう。

大杉は、女が何か言い出さないうちに、椅子にすわった。

「まったく、よくはやってますね」

愛想よく笑いかけると、女はまるで象がしゃべったとでもいうように、目をぱちくりさせた。

「何か、おっしゃった」

店内には、耳が痛くなるほどにぎやかな音で、ラテン音楽が流れている。

「ええ。この店には、ドレスコードがなくてよかった、と言ったんです」

大杉が言うと、女は右手を上げて耳の後ろに当て、体を乗り出した。

「どのレコードが、どうしたんですって」

大杉は、茶色のソフトクリームに似た女の髪形を、つくづくと眺めた。

まったく、長生きはしてみるものだ。

タイミングよく、別のウエイターが注文を取りに来たので、質問に答えずにすんだ。

大杉は女の前に置かれた、クレープの上に野菜と牛肉が載った料理に、うなずいてみせた。

「あれと同じのを、もらおうか。それと、生ビールの中くらいのを、一つ」

女が口を挟む。

「ええと、わたしにも生のおビール、お代わりね」

生のおビールに、大杉は笑いを嚙み殺した。

ちらりと腕時計を確かめると、ちょうど十時五分前だった。

目を上げたとき、模造暖炉がついた奥の壁際のテーブル席に、残間龍之輔が案内されて来るのが、視野にはいった。

残間は、着古したトレンチコートを脱がずに、椅子にどかりとすわった。

女が、大杉の視線を追って、後ろを見返る。

顔をもどし、嫌みたらしく言った。

「あいた席が、あったみたいね」

「あれは、予約席でしょう」

「あら、このお店、予約できるの」

「店主に、顔がきけばね」

女は、めまいがするほど真っ白な上に、不自然なほど並びのよい歯をむいて、鬼の首でも取ったように言った。

「それじゃ、あなたも顔がきかない口ね」

大杉は意味もなく、笑ってみせた。

ビールが二つ、一緒に来る。中くらいと言ったのに、大ジョッキ並の大きさだ。

女が、最初の不機嫌そうな態度はどこへやら、勢い込んでジョッキを突き出したので、大杉もしかたなく乾杯に応じた。

間をおかず、料理が運ばれて来る。

何かは分からないが、女が注文したのと同じものであることは、間違いない。

女が、しきりに話しかけてくるのをいなしながら、かたちばかりそれに手をつける。

驚いたことに、さっきのトンカツでいっぱいになったはずの腹に、するすると収まっていく。けっこう、うまいのだ。

腕時計と、残間のすわっている席を交互に見るが、田丸清明は約束の十時を過ぎても、姿を現さなかった。

「ってご存じ」

女のきんきん声がして、大杉はわれに返った。

「いや、知りませんね」

聞こえなかったのに、適当に返事をする。

「まあ」

女は顎を引き、横目で大杉を睨んだ。

「おもてなし、で有名になった女性のニュースキャスター、ご存じないの」

その、小ばかにしたような口調に、辟易《へきえき》しながら応じる。

「知りませんね。おもてなしってことは、裏ばっかりってことですか」

女は、少しのあいだその意味を考えていたが、にわかに眉をきゅっと吊り上げて、またしゃべり始めた。

大杉は、適当にあいづちを打ったり、短く言葉を挟んだりしながら、女の背後から注意をそらさなかった。

大杉に、斜め後ろを向けてすわった残間は、ビールのジョッキをときどき傾けながら、しきりに腕時計を眺めている。大杉の方は、一度も見返らなかった。

十時十五分になったとき、残間はしびれを切らしたように、携帯電話を取り出した。

店内では、うるさい音楽で通話できないと思ったのか、席を立って出口へ向かう。

その姿を、大杉は目を動かさずに、見るともなく見ていた。

「ここはちょっと、うるさいわね。みんな、平気なのかしら」

女が言い、居心地悪げにすわり直す。

「うるさいのが好きな客が、集まってるんでしょう」

「わたしって、うるさいのが苦手な人なの」

どんな人だろうと、知ったことか。

腹の中で悪態をつき、無愛想に肩をすくめてみせる。

女は続けた。

「どこか、もっと静かなところ、ご存じないかしら」

大杉は、こめかみを掻いた。

「そうですね。この時間なら、桐ヶ谷斎場なんか静かだ、と思いますね」

「キリガヤサイジョウ」

おうむ返しに言って、きょとんとする。

「ええ。もしかすると、あなたもいつかは行くかもしれない、非常に静かなところですよ」

女が何か言い返そうとしたとき、大杉の携帯電話がポケットで震えた。

「失礼」

大杉は席を立ち、奥のトイレのマークがついた壁の方へ、足を運んだ。

トイレの前で、通話ボタンを押す。

「残間です。聞こえますか」

「ああ、だいじょうぶだ」

「田丸氏が、まだ現れないんですがね」

「そのようだな。ケータイに、連絡はないのか」

「ありません。念のため、こっちからもかけてみたんですが、応答がないんですよ。電車の中だとしたって、出ることくらいできる、と思うんですがね」

「とにかく、もう少し待つしか、ないだろう」

「せめて、遅れる、くらい連絡してきても、ばちは当たらないでしょうに」

「焦っても、しょうがない。ともかく十時半までは、待ってみようじゃないか」

少し沈黙。

「分かりました。席にもどります」

残間は、通話を切った。

ついでに、用を足そうとトイレのドアを押したとき、また携帯電話が鳴った。

画面を見て、虚をつかれる。

「お父さん、わたし。めぐみ」

かけてきたのは、娘のめぐみだった。

「ああ。どうしたんだ」

「夕方は、どうも」

「どうも、はないだろう。臭い芝居だったぞ」

「それより今、どこですか。ずいぶん、うるさいけど」

いきなり聞かれて、言いよどむ。

「ええと、京橋にいる。うるさいのは、メキシコかどこかの音楽だ」

「そうなの。ところで今夜、時間ありませんか。ちょっと、話があるんだけど」

忙しく、頭を働かせる。

めぐみは、日没少し前から石島敏光の尾行を始め、そのあとを村瀬正彦がつけていたのだ。

ただし、大杉と村瀬は〈グランエフェ〉で石島を捨て、尾行対象を為永一良にくら替えした。

しかしめぐみは、なぜかそうしなかった。おそらく、そのまま石島の尾行を続行したもの、と推測される。

だとすれば、石島は残間を呼び出したということだから、めぐみは二人が会うところも見届けた、と考えなければならない。

だいぶ前だが、めぐみは残間と顔を合わせたことがあるので、当然それと見分けたに違いない。

話というのは、そのことと関係がありそうだ。

一息ついて言う。

「今夜は、人と会う約束があるから、だめだ。あしたなら、やり繰りできるが」

大杉の返事に、めぐみは少し黙った。

大杉は続けた。

「今、どこにいるんだ」

「会社の近くです」

会社というのは、警視庁本部のことだろう。

「一人か。それとも、相棒の若いのも一緒か」

「一人。主任には、知られたくないから」

さすがに、車田聖士郎には大杉との父娘関係を、知られたくないのだ。

「あした、昼飯でも食うか。市ケ谷あたりなら、お互いに便利だろう」

市ケ谷は、地下鉄有楽町線で池袋からも桜田門からも、直通で行ける。

あきらめたように、めぐみが言う。

「分かった。それじゃ、市ケ谷駅前の交差点の、交番のところでどう」

「いいよ。時間は少し遅めの、一時十五分にしよう。どうせ、どの店も一時までは込み合うから、ゆっくり話ができないだろう」

「ええ。それじゃ、よろしく」

携帯電話をしまい、あらためてトイレにはいる。

席へもどると、例の女はいなくなっていた。

反射的に伝票を見たが、自分の分しか残っていなかったので、ほっとする。

それから、つい苦笑した。

すわり直し、残った料理に取りかかる。

残間もすでに席にもどり、ビールを飲みながら新聞を読んでいた。しかし、しきりに肩を揺するのを見ると、あまり身がはいらないようだった。

そうこうするうちに、十時半になってしまった。

田丸は、姿を現さなかった。

＊

二十分ほど前、男は自宅に呼んだタクシーに乗り、ほんの数百メートル移動した。

そのあたりは、男の自宅周辺に輪をかけてものさびしい、多摩川の堤防に沿った住宅街だった。東京都内に、これほど喧噪と隔絶した場所があるとは、信じられない。

男は、堤防沿いの人けのない道路にタクシーを待たせ、一本奥の道路に位置する古い屋敷に、はいって行った。

それを見届けたあと、五分ほどしてからタクシーに近づき、運転手に声をかけた。

予定が変わったから、ここまででいいと言って一万円札を渡し、釣りはいらないと付け加えた。

タクシーは、喜んで走り去った。

場所が場所だけに、運転手は男に籠脱《かごぬ》けされてはかなわないと、先払いでいくらか預かっていたかもしれない。その上に、チップをもらってお役ごめんとなれば、大喜びでいなくなるのは当然だ。

車にもどり、タクシーが停まっていたところに、移動させる。

車をおりて、屋敷につながる細い道の入り口に、引き返した。

その道は、右側が明かりの消えた工場を囲む金網、左側がやはり別の小さな工場の外壁で、トタンの波板が高くそびえている。

街灯は真下しか照らさず、停めた車までは届かない。

堤防沿いの通りは、十分ほど前に自家用車が一台走り抜けたきり、人も車もまったく行き来がない。

薄手の、黒い手袋をはめる。

トタン壁の陰の暗がりで、さらに五分ほど待ったとき、かすかな足音が聞こえた。

少し身を引き、荷揚げ用の出っ張りの後ろに、うずくまる。

やがて、目指す男が道を出て来て左へ曲がり、車の方へ歩いて行った。暗い色のコートに、白っぽいスラックス。手には、何も持っていない。

前方の街灯までは遠く、男は車のかなりそばに近づくまで、それが乗って来たタクシーでないことに、気がつかなかったようだ。

闇に包まれた車の、三メートルほど手前で足が止まる。

男は不審げに、五秒ほどそのままじっとしていたが、またゆっくりと歩き出した。運転席に近寄り、中をのぞき込んでいる。

物陰から出て、男の方に歩いて行った。街灯の明かりを背にしているので、こちらの顔は見えないはずだ。

咳払いしてみせると、男はほとんど飛び上がらぬばかりの勢いで、向き直った。暗闇に、目が猫のように光る。

わけもなく、笑いたくなった。

うろたえた口調で、男が言う。

「タ、タクシーは」

「料金を払って、帰しました。わたしが車で、お送りします」

そう応じると、ほっとしたのか男の高く張った肩から、力が抜けるのが分かった。

「お屋敷のかたですか」

男に聞かれて、深くうなずいてみせる。

「そうです。どうぞ、後ろにお乗りください」

「あ、いや。ええと、そうですか」

しどろもどろになりながらも、男はようやく警戒心を解いた様子で、軽く頭を下げた。

「それじゃ、遠慮なく」

後部ドアをあけ、乗ろうとして身をかがめる。

その後ろ襟をつかんで、ぐいと引きもどした。

間髪をいれず、うなじに千枚通しを突き立てる。

男は、はっと息を詰めたような声を出し、体を突っ張らせた。

次の瞬間、空気の抜けたゴム人形のようにぐにゃり、と地上に崩れ落ちる。

わずかにもがいたが、一息つくかつかないうちに、動かなくなった。

急所とはいえ、あっけないほどの手ごたえだ。

襟首をつかみ直し、そのまま暗い道路をずるずると、引きずって行く。

土手下の石垣から押し上げ、多摩川に臨む草地の中へ運び込んだ。死んだ男は重く、少し息が切れる。

草むらに横たえ、小型のマグライトをつけた。コートをはだけて、ジャケットを点検する。

左の外ポケットに、ハンカチとキーホルダー。右側には、携帯電話。

手をつけず、全部もとにもどす。

左の内ポケットには、黒革の長財布。

右側からは手帳と、今どき珍しいカセットテープが一本、ケースごと現れた。タイトルも何も、書かれていない。

お屋形が、かならず手に入れろといったのは、このカセットだろう。

手帳とカセットを、ポケットに収める。

かわりに、羽根を取り出した。

風で飛ばないように、しっかりと男の歯のあいだに、差し込む。

川風が、頬に快い。

車にもどり、その場を離れた。

18

大杉良太は、〈ソンブレロ〉を出た。

すでに、午後十時五十分を回っている。田丸清明が来るはずの時間を、一時間近くも過ぎてしまった。

店の前で、一足先に出た残間龍之輔が、待っていた。

手にした携帯電話を、大杉に掲げてみせる。

「相変わらず、出ないんです。どうしたもんですかね」

「自宅の電話番号は、聞いてないのか」

「聞いてません。まあ、調べれば分かりますが」

大杉は、少し考えた。

「しばらくどこかで、様子を見るしかないだろう。そのうち、電話してくるかもしれん」

「倉木警視に」

言いかけて、残間は言い直した。

「倉木さんに、連絡した方がいいんじゃないですか。この近くで、待ってるんでしょう」

大杉はうなずき、携帯電話を取り出した。

「大杉だ。遅くなってすまん。今どこだ」

「お店の真向かい。あまり遅いので、様子を見に来たの」

通りの向かいに目を向けると、倉木美希が高速道路の真下の歩道で、軽く手を上げた。

「田丸のやつ、姿を現さなくてな。ケータイにも出ないし、今夜はあきらめるしかなさそうだ」

「そう。しかたないわね。合流しましょう」

携帯電話を畳み、残間に顎をしゃくる。

「あそこにいる。通りを渡ろう」

「向こう側の路地裏に、静かなバーがあります。そこへ行きましょう」

横断歩道を渡り、美希と合流する。

「お久しぶりね」

「どうも、ご無沙汰してます」

昔なじみということもあってか、二人の挨拶はそっけないほど簡単だった。

残間の案内で、高速道路沿いに少し歩いたところを、左にはいる。

右側の小さなビルの地下に、〈鍵屋〉という名前の小さなバーがあり、そこの一つしかないボックス席に、腰を落ち着けた。

ほかには、半円形のカウンターに男同士の二人連れが、一組いるだけだった。うるさくない程度に、昔のアメリカンポップスが流れている。

大杉は勝手に、安いシャンペンを三つくれ、とバーテンに頼んだ。

残間と美希が、妙な顔をする。

「久しぶりに、顔をそろえたんだ。乾杯したって、ばちは当たらんだろう」

大杉が説明すると、二人は顔を見合わせて、苦笑した。

美希は、首筋の傷痕を隠すためか、ハイカラーのドレスシャツを着ている。上は、グレンチェックのジャケットだ。

残間の携帯電話は、テーブルの上に置いてあった。

田丸から連絡があった場合、すぐに応じられるように、という配慮だろう。トレンチコートも、着たままだった。

シャンペンがきて、とりあえず乾杯した。

のっけから、美希が残間に言う。

「元社会部長の田丸が、残間さんに昔なつかしい百舌の原稿を、書かせようとしてるんですってね」

残間は、ちらりと大杉を見た。

美希に、その件を話してしまったことは、すでに伝えてある。

「ええ。どういう狙いか、分かりませんがね」

「田丸一人の考え、とは思えないわ。だれかがきっと、田丸をそそのかして百舌の一件を蒸し返そう、としているのよ」

あっさりと言ってのけたので、大杉は少し焦った。

前夜話をしたとき、美希はそうした考えにかならずしも、積極的ではなかった。

しかし、今はそれをほとんど断定的に、認めてしまった。今夜、田丸が姿を現さなかったので、見方が変わったのかもしれない。

残間が、頬をぴくりとさせる。

「ほんとうにそうだ、と思いますか」

「それ以外に、考えられないでしょう。わたしたちを含めて、まだ生き残りが何人もいるし、何か狙いがあるに違いないわ」

「だれが、そんなことをしようとしてるのか、心当たりがありますか。というか、百舌の一件を蒸し返して、利益を得る者がだれかいますかね」

美希はすわり直し、ソファの背にもたれた。

「民政党は、民主中道連合から政権を奪い返したあと、ずっとその座に居すわり続けているわ。それに、揺さぶりをかけようとする人物、あるいは組織が現れたとしても、おかしくないでしょう」

残間は、黙ってシャンペンを飲み干し、唇を引き結んだ。

それから、手を上げてバーテンに合図し、オン・ザ・ロックを頼む。

グラスが運ばれて来るまで、だれも何も言わなかった。

ふたたび、残間が口を開く。

「北朝鮮はもちろん、このところ中国や韓国も日本に対して露骨に、挑発的な言動を繰り返していますね。世界各地で、反日キャンペーンを展開しているし、日本のイメージは下がる一方だ。民政党政権も、さすがにこうした動きに警戒感を強めて、対策を検討しています。国防問題の見直しも、その中に含まれるでしょう」

「というと」

美希が口を挟むと、残間は酒を一口飲んだ。

「たとえば、憲法改正とか第九条の解釈変更とかの議論が、それに当たります。そうしたことと、田丸氏からの原稿依頼とのあいだに、何か関係があるような気がするんです」

大杉は、シャンペンを飲んだ。

「それは少々、考えすぎじゃないか。直接結びつくものは、何もないだろう」

残間もまた、グラスに口をつける。

「まあね。ただの、山勘です。しかし、どうもきな臭いにおいが、漂ってるんですよね。例の、武器輸出三原則についても、妙な動きがあるし」

美希が、ぴくりと眉を動かす。

「例のって」

素知らぬ口調だった。

その件も、すでに美希に話してしまったが、残間が自分からその話を持ち出すとは、大杉も思っていなかった。

残間は、ちょっと言いよどんだものの、すぐに応じた。

「今、ちょっと武器輸出三原則について、取材してるんですよ。大杉さんにも、手を貸してもらってます」

「あら、そう」

美希が、相変わらずそらぞらしい顔つきで、大杉を見る。

残間は続けた。

「その三原則を見直して、撤廃させるかせめて緩和させようという動きが、だいぶ以前から武器製造メーカーのあいだに、あったんです。それがまた、このところにわかに活発化して、議論が再燃し始めました。政府もそれに乗るかたちで、検討を開始したと聞いています」

その話は、大杉にも初耳だった。

美希が、いかにも無関心な様子で、シャンペンを飲む。

「そのことも、百舌の一件と関わりがある、というの」

大杉も、口を挟んだ。

「おれには、関わりがあるとは思えんな。単なる権力争いに、利用しようとしてるやつがいる、ということじゃないか。百舌事件の関係者には、民政党の太田黒首相に三重島幹事長、引退した茂田井、民主中道連合の峠谷《とうげや》総裁、民主同盟の堤《つつみ》幹事長と、生き残りがたくさんいる。そいつらのだれかが、ちょいと政界を揺さぶって一波乱起こそう、と考えても不思議はないぞ。まあ、あんたが何か具体的なネタを握ってるなら、話は別だが」

残間は、肩を揺すった。

「だから、単なる山勘だって言ったじゃないですか」

大杉は、シャンペンを飲み干した。

反論してみたものの、残間の説を全面的に否定することはできない、という気もする。かつて、百舌の復活が試みられたおりにはかならず、なんらかの政治的な動きがあったからだ。

「あんたの言うとおり、この一件に国防問題がからんでいる、としよう。その場合、百舌をそれに利用しようと考える連中は、そうした一連の動きをあおるつもりなのか、それとも阻止するのが狙いなのか、どっちだ」

大杉が聞くと、残間は首を振った。

「それはわたしにも、分かりません。しかし、これまでの関連事件の流れからしても、阻止しようとする狙いがある、とは思えませんね」

「しかし、百舌の一件を蒸し返したところで、憲法改正や三原則撤廃のてこ入れになる、とは思えんがね」

美希が、割ってはいる。

「その議論は、きりがないからやめましょうよ。ともかく、今回の田丸の企画の裏にだれか、民政党の幹部がからんでいることは、確かなような気がするわ。経産省か、防衛省か知らないけれど」

残間はうなずいた。

「そう考えるのが、妥当でしょうね」

美希は少し間をおき、おもむろに続けた。

「実はわたし、ゆうべそれと関連のありそうなトラブルに、巻き込まれたの」

大杉は、美希の顔を見た。

あいまいな言い方だが、前夜の襲撃事件を指していることは、間違いない。

大杉には、黙っていてほしいと言ったくせに、自分からしゃべってしまった。

残間は、眉を寄せた。

「トラブルって、何かあったんですか」

美希は横を向き、ドレスシャツの襟をずらした。

大杉が、朝方傷口に貼ってやったワンタッチパッドが、ちらりとのぞく。

「ゆうべ遅く、マンションの近くでここをちょっと、刺されたの。千枚通しのような、とがったもので」

残間は、一瞬口を半開きにしたものの、急き込んで聞き返した。

「だれにやられたんですか」

「後ろから襲われたので、犯人の顔は見なかったわ」

「傷の具合は」

「たいしたことないわ。刺されたというより、少し皮膚をそがれただけだから」

美希はそう応じて、さらに続けた。

「それと、現場にこれが残っていたの」

美希は、ポケットから例の鳥の羽根を取り出し、テーブルに置いた。

残間は上体をかがめ、それをつくづくと眺めた。

いかにも、気が進まないような、低い声で言う。

「これは、百舌の羽根ですか」

「ええ、たぶん。鳥類図鑑で、一応確かめたから」

美希は、そういって羽根をしまい、襟を直した。

残間が上体を起こし、あらためて美希を見る。

「もしそうだとしたら、これはちょっとした事件ですよ。百舌が復活したんだから」

「死んだ百舌を、利用しようとしているだけよ、だれかが」

「それはまあ、そうですが。しかし、よく助かりましたね。相手が、刺しそこなったんですか」

「分からないわ。わざと狙いをそらした、という可能性もあるし」

「わざと、ですか。なんのために」

「殺すんじゃなくて、百舌復活を宣言するだけが目的だった、とか。現職の警察官を殺せば、たいへんな騒ぎになるわよね。それで、あとが続かなくなるのを恐れて、傷つけるだけにしたのよ」

残間は腕を組み、少し考えた。

「しかし、首筋とかうなじとかいうのはむしろ、手加減するのがむずかしい場所ですよ。単に、やりそこなっただけかもしれない。だとしたら、運がよかったことになる」

美希は軽く肩をすくめ、さりげなく応じた。

「どちらにしても、とどめを刺したり様子をみたりする余裕は、なかったと思うわ。襲われた直後、大杉さんが駆けつけてくれたから」

残間は、とまどったように瞬きして、何も言わずに大杉を見た。

やむなく大杉は、前夜の出来事をかい摘まんで、説明した。

聞き終わると、残間は顎をなでた。

「怪我をしたのに、病院にも行かず被害届も出さなかったのは、どうかな。記録に残す必要が、なかったですかね」

「それについては、なんとも言えんな」

残間は、それ以上何も聞かなかった。

なぜ大杉が、すぐ現場に駆けつけることができたのかは、とうに見当がついているのだろう。

美希が言う。

「田丸が、残間さんに百舌の原稿を依頼したことと、わたしが前触れなしに襲われたこと、何か関係があるかしら。二人とも、どう思いますか」

大杉は、残間と顔を見合わせた。

それについては、大杉も気になっていたのだ。

残間が言う。

「その、二つの出来事の背後にいるのが、同じ人間かどうかですね」

「偶然とは思えんから、同じやつが背後で糸を引いている、と考えるべきだろうな」

大杉の言に、残間も美希も申し合わせたように、うなずいた。

そのとき、テーブルに載った残間の携帯電話が、小さな音で鳴った。

残間は、液晶画面を見て、腰を上げた。

「すみません。社からなので」

そう言い残し、外へ出て行く。

それを見すまして、大杉は美希に言った。

「ゆうべ、襲われたことは黙っていてくれ、と言わなかったか」

美希が、シャンペンを飲み干す。

「ごめんなさい。残間さんは関係者の一人だし、やっぱり話しておいた方がいい、と思い直したの。残間さんだって、狙われる可能性があるし」

　虚をつかれた。

「まあ、そのとおりではあるがな」

「残間さんも、武器輸出三原則がどうのこうのと、自分からしゃべってしまったわね。良太さんが、手伝っていることも」

「うん。つまり、おれたちのあいだじゃ、口止めしてもむだだ、ということさ」

　残間は、なかなかもどって来なかった。

　大杉と美希が、それぞれお代わりの酒を頼んだとき、ようやくもどって来た。

　その顔色を見て、大杉は緊張した。

　残間は、テーブルにかがみ込み、小声で言った。

「すみません。社に上がります」

「どうした。事件か」

「ええ。田丸氏が、殺されました」

19

　翌朝。

　東都ヘラルド新聞の朝刊遅版、第一面の左肩に問題の記事が載った。

〈本紙元社会部長、殺害される〉

こういう、かなり人目を引く見出しで、田丸清明の死が伝えられていた。

前夜午後十一時半ごろ、世田谷区宇奈根一丁目の多摩川沿いの草むらで、現場付近をジョギングしていた大学生が、初老の男性の刺殺死体を発見。

男性は、千枚通しのようなとがった刃物で、首筋の頸椎《けいつい》部分を一突きにされており、ほぼ即死とみられた。

被害者は、かつて東都ヘラルド新聞社で社会部長を務め、現在月刊誌〈ザ・マン〉の編集長の職にある、田丸清明氏（59）と判明。自宅は、殺害現場からほど近い、宇奈根三丁目。

残間龍之輔の、署名記事だった。

記事が簡単なのは、朝刊の締め切り間際だったこともあり、詳しく書く余裕がなかったからだろう。

美希は、顔を上げた。

大杉が、カーテンの向こうのキッチンから、コーヒーを運んで来る。

こんなときでも、というよりこんなときだからこそ、いい香りのするコーヒーが、ありがたかった。大杉のいれるコーヒーは、いつもうっとりするほどおいしい。

大杉は、テーブルにカップを二つ置いて、向かいのソファにすわった。

一口飲んで言う。

「その記事だけじゃ、どういうことなのか分からんな」

美希は、新聞を下げた。

「わたしたちの名前も含めて、残間さんが記事に書かなかったことは、ほかにもあると思うわ。早く、連絡してこないかしら」

「なんといっても、当事者だからな。すぐには、無理だろう」

前夜、残間があのバーから社へ飛んで帰ったあと、美希は布田のマンションへもどる気になれず、そのまま池袋の大杉の事務所にやって来たのだ。

美希は、コーヒーを飲んだ。

「田丸の自宅と、死体が発見された場所は、それほど遠くないはずよ。丁目が、一つ飛んでいるだけで、どちらも宇奈根でしょう。タクシーで行く距離かしら」

大杉もコーヒーを飲み、少しむずかしい顔をした。

「田丸は、そのタクシーに乗って京橋まで、行くつもりだったんじゃないか。ただ、殺害現場付近に立ち寄るところがあって、そのために少し早く家を出た。そう考えられないかな」

なるほど、それは鋭い指摘だ。

「確かに、そうね。もし、京橋へ直行するつもりだったのなら、逆算して少しゆっくりめに出たかもね。約束の時間は、確か十時だったでしょう」

「うん。高速を使えば、一時間とかからんだろう」

「ということは、やはり現場近辺のどこかに立ち寄ってから、京橋へ回るつもりだったのよ」

「それなら、近くにそのタクシーを、待たせていたはずだ。タクシーはいったい、どこへ消えたのかな」

「無線で呼んだタクシーだから、田丸がもどらなければ家に電話するとか、なんらかのアクションがあるはずだわ。それがないとすれば、着いた先でタクシーを捨てたのかも」

「あるいは、タクシーの運転手が犯人、ということもありうるぞ」

大杉が真顔で言うので、美希は苦笑した。

「とにかく、無線タクシーなら客も運転手も記録に残るし、どこで何時ごろ車をおりたかも、すぐ分かるはずよね。運転手をつかまえて、話を聞くのがいちばんだわ」

「そんなのは、とうに警察がやっているだろう」

「ええ。早く残間さんをつかまえて、詳しい話を聞きましょうよ」

大杉は顎をなで、考えるしぐさをした。

「ケータイにかけても、出る暇がないだろう。とりあえず、余裕ができたら向こうからかけるように、メールしておこう」

携帯電話を取り出して、すぐに操作し始める。

打ち終わったところで、その電話に着信があった。

大杉は、画面を見て軽く眉をひそめたが、すぐに通話ボタンを押した。

美希は、当の残間がかけてきたのかと思い、大杉の顔を見守った。

それを察したらしく、大杉は美希の推測を否定するように、軽く首を振った。

「ああ、おれだ。おはよう。ああ、読んだよ。いや、まだ連絡してない」

どうやら、だれかが田丸事件の記事のことで、かけてきたらしい。

大杉は応対しながら、美希に相手の名前を告げる感じで、ゆっくりと口を動かした。

その動きで、美希はかけてきた相手が娘のめぐみだ、と察しをつけた。

警視庁にいる東坊めぐみとは、たまに桜田門の近辺で出会うことがあるが、ここしばらく顔を合わせていない。

「いや、予定を変える必要はない。約束どおり、交番の前で落ち合おう」

大杉はそう言い、さらに少しのあいだ話をしてから、通話を切った。

「めぐみさんね」

「そうだ。実は今日の昼、飯を食う約束をしてるんだ。残間の記事を読んで、日を変えようかと聞いてきたから、その必要はないと言ってやった」

「どこで会うの」

「市ケ谷駅前の、交番のあたりだ」

「ふうん。たまには、父娘水入らずでご飯を食べよう、というわけね」

大杉はコーヒーを飲み干し、わずかにためらいの色を見せたが、結局口を開いた。

「そんなんじゃないんだ。おとといの夜、北朝鮮に武器を不正輸出している商社がある、という話をしただろう」

「ええ」

その話は、マンションの近くで何者かに襲われる前、新宿のバーで聞いている。

「実はきのう、残間に頼まれて石島を見張っているとき、同じように監視していためぐみたちと、バッティングしちまったんだ」

「たちって」

「クルマダセイシロウ、という同じ生活経済特捜隊の相棒が、一緒だったのさ」

「クルマダ、セイシロウ」

聞き返すと、大杉は字を教えてくれた。

「聞かない名前ね」

「年は三十過ぎ、背の高い、脚の長い、きざな若造だ」

美希は笑った。

「良太さんには、自分と正反対のタイプの男がみんな、きざに見えるのね」

「いや、正真正銘、きざな野郎だ。まあ、苦み走ったいい男、と見る女もいるだろうが」

「めぐみさんとくっつくのが、よほど心配なのね」

美希が指摘すると、大杉は図星をつかれたような顔つきで、ぐいと唇を引き結んだ。

「そんなことは、どうでもいい。めぐみに、自分たちが石島を監視してることは、残間には黙っていてくれ、と言われている」

「それは、当然ね。内偵中に、新聞によけいなことを書かれたりしたら、どうしようもないもの」

「そのあたりのことで、今日はおれに相談があるんだろう。どうだ、一緒に来るか」

いきなり話を振られて、すぐには返事ができない。

美希はカップを取り、コーヒーを飲んだ。

「一緒に行って、どうするの。わたしは、その件になんの関わりもないし、関わる気もないわ。めぐみさんが、話しにくくなるだけよ」

「それはそうだが、めぐみもきみの意見を聞きたいだろう、と思ってな」

そのまま、カップをあける。

「めぐみさんは、わたしたちのことを知っているの」

大杉は、ちょっとたじろいだ顔になり、顎を引いた。

「話したことはないが、まあ、想像はついてるだろうさ」

さりげない口調だが、いかにも照れくさそうな様子だ。

「それはともかく、わたしは生活経済事犯に、うといのよ。意見を言うことなんか、できないわ」

「意見というのは、まあ、言葉のあやさ。何かあったときは、きみに相談に乗ってもらえる、という安心感を与えてやりたいんだ」

美希は、また笑ってしまった。

「けっこう、親ばかなのね」

そう言いながら、大杉もふつうの父親と変わらないのだ、ということに思い当たる。

それが少し、うれしかった。

大杉の顔が、急に引き締まる。

「話をもどそう。おれたちは、田丸がやられたのが、ただの偶然でないことを、よく承知している。そうだな」

美希も、すわり直した。

「ええ」

まだ確証はないが、間違いあるまい。

「田丸はゆうべ、朱鷺村琢磨と洲走かりほのやりとりを録音した、例のカセットテープを残間に引き渡す、という約束をしていた。犯人は、それを阻止するために、田丸を殺したんだ」

あらためて、気持ちを引き締める。

「殺してまで、そのテープを奪いたかったわけね」

「そうだ。あの録音テープには、きみとおれの声もはいっている。つまり、おれたちもだいじな証人、というわけだ。あれがおおやけになったら、裏で糸を引いているだれかさんの、致命傷になる。だから、残間の手に渡らぬうちに田丸を始末して、その録音テープを奪ったんだ」

　美希は考えた。

「まさか、そのだれかさんが自分で手をくだす、ということはないわよね」

「ない。別の人間を使って、やらせたに決まっている」

「犯人がだれにしろ、なぜ田丸がそれを残間さんに渡そうとする、ぎりぎりのときまで待ったのかしら」

「きのうの夜までは、田丸の手元にその録音テープがなかった、ということさ。田丸は、殺害現場付近でそいつを受け取り、その直後に殺されたんだ」

　大杉の言う意味が分かって、美希はソファから背を起こした。

「それを受け取るために、田丸は早めに無線タクシーを呼んで、現場付近に寄り道したのね」

「そう考えれば、すっきりするだろう」

　美希は、ほとんどからになったカップの、底に残ったコーヒーをすすった。

「殺害現場付近に、一連の百舌事件に関わりのある人が、だれか住んでいないかどうか、調べる必要があるわね。いたら、その人物が録音テープを田丸に渡した、と考えてもいいんじゃないかしら」

　大杉は、ふんふんとうなずいた。

「残間の話によれば、隠し録りしたテープはオリジナルとコピーと、二本あった。そのうち、コピーは東都へラルドのトップ経由で、証拠物として警察に提出された。直後の、真実からほど遠い新聞報道を見れば、このコピーは証拠として使われることなく、すでに闇に葬られたに違いない」

「そしてオリジナルテープは、残間さんが菅沼善助に渡したのよね」

「そうだ」

菅沼善助は、今も東都へラルド新聞のライバル紙、帝都新報の社長としてジャーナリズムの世界に、隠然たる勢力を張っている。

かつて、警察関係者の不祥事が続いたおり、菅沼は風紀是正のために設置された、警察革新評議会の議長を務めた。

評議会はすでに解散して久しいが、菅沼は相変わらず新聞界の重鎮として、警察方面に少なからぬ発言力を、保持している。

ライバル紙同士ながら、残間は地方から本社勤務にもどるため、大学のサークルの先輩でもある菅沼に、上層部へ手を回してもらった恩義がある、と言っていた。

それだけ菅沼の力は、新聞界全体に及んでいるのだ。

「残間によれば、菅沼はその録音テープを保管することで、その中に名前の出てくる人物に、ある種の影響力を及ぼすことができる、と考えているらしい」

大杉が言い、美希もうなずく。

「ええ。その人物は、民政党幹事長の、三重島茂ね」

「そうだ。あのときのやりとりから、朱鷺村の背後にいたのが三重島だということは、間違いない」

「菅沼の自宅は、どこなの。もしかして、宇奈根かしら」

「それも含めて、あの近辺に住んでいる事件の関係者を、洗い出してくれないか。きみなら、お手のものだろう」

「ええ。なんとかなる、と思うわ」

美希の頭には、例の内田明男の顔が、浮かんでいた。

あの男にかかれば、調べられないことは何もないはずだ。

大杉が、あらためて言う。

「ともかく、今後おれたちの身に何が起こるか、分からん状況だ。したがって、おれたちはお互いに今現在、どんな案件に関わっているか、承知しておかなきゃならん。百舌事件に、関わりがあろうとなかろうと、だ。分かるな」

美希は、少しのあいだ、考えた。

大杉の言うことは、もっともだという気がする。

田丸が殺された事実は、残間や大杉や自分も狙われる可能性があることを、如実に示すものだ。

現に美希は一昨夜、失敗か単なる警告かは分からないが、すでに一度襲われている。

しかも、犯人は美希のコートの内側に、百舌の羽根をさも意味ありげに、残して行ったではないか。

そして、田丸は百舌独特の殺害方法で、殺された。

ただし死体やその周辺に、百舌の羽根が残されていなかったかどうか、残間の記事は触れていない。

その点を、確認する必要がある。

それはさておき、大杉の言うとおり、こうした一連の事件が落着するまで、大杉とはできるだけ行動をともにし、情報を交換することが必要、と思われた。

美希は言った。

「分かりました。そういうことなら、わたしもめぐみさんとのお昼ご飯に、付き合うわ」

20

大杉良太は、コーヒーをいれ直した。

そのあいだにも、倉木美希が携帯でメールをするのを、ちらちらと見る。

たぶん、警察庁人事企画課の内田明男という男に、先刻の一件を頼んでいるのだ。

田丸清明が、残間龍之輔といよいよ会うという最後の段階まで、犯人は手出しをしなかった。

それはつまり、問題のオリジナルテープが簡単に手を出せぬ、別の人物のもとに保管されていた、ということだろう。

犯人は、田丸が近くに住むその人物の家を訪ね、目当てのオリジナルテープを受け取るまで、辛抱強く待っていたのだ。

大杉は、いれ直したコーヒーを、テーブルに運んだ。

美希が、口元を緩める。

「ほんとうに、良太さんのいれてくれるコーヒーは、おいしいわね。よほど、いい豆を使っているのね」

「豆のおかげか」

大杉は苦笑したものの、それ以上言うのはやめた。

コーヒーに口をつけ、あらためて考えを巡らす。

おそらく犯人は、田丸の自宅から車でタクシーのあとをつけ、訪問先の近辺で田丸が出て来るのを、待ち伏せしたのだろう。

そして田丸を始末したあと、持っていたオリジナルテープを奪い取って、悠々と立ち去ったのだ。

新聞には載っていないが、きっと死体のどこかに百舌の羽根が、置かれていたに違いない。

犯人が、世間に百舌との関連を印象づけるためには、それが不可欠の条件だからだ。

二杯目のコーヒーを飲み終わるころ、美希の携帯電話にメールが届いた。

「内田さんから、早ばやと返信がきたわ」

「さすがに、早いな」

美希は、ざっと中身をチェックして、大杉に目を向けた。

その目は、きらきらと輝いていた。

「チェックを頼んだのは、菅沼善助、太田黒武吉、三重島茂、茂田井滋、峠谷彰一郎《しょういちろう》、稲垣志郎《いながきしろう》の六人なの」

「いずれも、きな臭い連中だな。その中に、宇奈根一丁目に住んでるやつが、だれかいたか」

「いたわ、一人だけね」

思わず、体を乗り出す。

「だれだ」

「だれだと思う」

大杉は考えた。

太田黒武吉は、民政党の現総裁で、首相。

三重島茂は、同じく民政党の現幹事長。

前任の、馬渡久平が存命だったころは、副幹事長の茂田井滋に一歩か二歩、後れを取っていた。しかし、馬渡の死後は茂田井の復党を阻止し、幹事長の座についた。

茂田井滋は、かつて民政党の副幹事長、真政党の幹事長を務め、その後中道左派の民主同盟と手を結んで、民主中道連合を立ち上げた。

民主中道連合が、民政党に代わって政権の座についたあと、内閣官房長官をしばらく務める。

しかし、民政党が政権を奪回したのち、復党に失敗して政界を引退した。

峠谷彰一郎は、民主同盟と真政党の合流を実現させ、民主中道連合の総裁として、一時は首相の座にあった。

稲垣志郎は、かつて警察庁の特別監察官室長を務めた男で、すでに亡くなった津城俊輔の上司だった。

もともとは、著名なエジプト学者の息子だったとのことで、そのせいか大学時代は考古学を専攻していた、という変わり種の警察官僚だと聞いた。

現在は退官して、民間の警備会社〈首都警備保障〉の、専務を務めている。

そういったそれぞれの経歴が、目まぐるしく頭の中を駆け巡った。

ほかにも、黒幕に想定できる人間が何人かいたが、ほとんどが死んでしまった。

大杉は、首を振った。

「いや、分からん。気を持たせずに、教えてくれ」

「引退した、茂田井滋よ」

虚をつかれて、大杉は美希の顔を見直した。

「茂田井か。あのオリジナルテープは、茂田井の手に渡っていたのか」

「情況証拠からして、そう考えるのが妥当でしょう」

大杉は腕を組み、考え込んだ。

「それはつまり、菅沼が茂田井の手に引き渡した、ということだな」

「たぶんね。あいだにだれかが、はいったかもしれないけれど」

なおも、考える。

治安警察庁の設置をもくろんでいた、民政党元幹事長の馬渡久平は、長崎県鷲ノ島のモンゴルランドで、津城俊輔に射殺された。

そのおり、津城が隠しどりした8ミリビデオや、残間がセットした小型のテレコが、あとに残された。

大杉は、それによっていろいろな事実を知ったが、このだいじな証拠物も長崎県警に提出されたあと、なぜか所在が知れなくなってしまった。

確か、こういう筋書きになっていた、と記憶する。

馬渡の古い同志だった茂田井は、副幹事長の座を捨てて民政党を飛び出し、真政党を興した。

その後、仁義なき野合との批判を浴びながら、中道左派の峠谷の民主同盟と合流して、民主中道連合を結成した。

さらに、民政党から政権を奪うことに成功、茂田井は峠谷を首相に祭り上げ、自分は内閣官房長官に就任する。

しかし、これら一連の離合集散の流れは、馬渡が当時凋落《ちょうらく》傾向にあった民政党を、根本から立て直すために計画した、深慮遠謀の奇策だった。

最大政党でありながら、民政党は求心力を失ってずるずると後退し、政権を失おうとしている。一度野党に落ちれば、二度と復活できないおそれがある。

そこで馬渡は、民政党の幹部同士が離反するという、陽動作戦を展開した。

まずは、副幹事長茂田井との対立を演出し、この長年の同志を外へほうり出す。狙いどおり、民主中道連合を立ち上げた茂田井は、官房長官の立場を利用して峠谷政権に、内部から揺さぶりをかけた。

つまり、民主中道連合本体の切り崩しに、取りかかったのだ。

その結果、峠谷は首相としての職務をまっとうできず、わずか一年で辞任した。

それを機に、民主中道連合はたちまち人気を失い、ふたたび民政党が勢いを取りもどして、政権の座を奪い返した。

馬渡、茂田井の遠大な計画が、功を奏したわけだ。

ただ、馬渡が死んだあと茂田井は後ろ盾を失い、復党にも失敗した。そのあげく、新たに台頭した後輩の三重島に、幹事長の席を奪われてしまった。

それが、茂田井の引退を早めた、ともいわれる。

美希が言った。

「菅沼が茂田井に、そのカセットテープを渡したとすれば、いったいなんのためかしら」

少し考える。

「引退したといっても、茂田井はまだ七十代の前半だ。政界復帰の野望を、捨てていない可能性がある」

「わたしも、そう思う。茂田井が政界に復帰しようとすれば、三重島が目の上のたんこぶになるわよね」

さすがに美希は、勘がいい。

「正解だ。茂田井は、そのカセットテープを利用して、三重島の失脚を図るつもりだったんじゃないか。つまり、田丸を使って残間に記事を書かせ、三重島に打撃を与えるという狙いさ」

美希が、大きくうなずく。

「そうね。それは、ありうるわね」

「その意図を察した三重島が、何者かを使って田丸を襲わせ、カセットテープを横取りしたんだ」

「そして、その事実を証明する証拠は何一つない、というわけね」

大杉はため息をつき、ソファの背にもたれた。

「そのとおりだ」

とたんに、インタフォンのチャイムが鳴る。

下の玄関ホールに、だれか来たのだ。

大杉が応答すると、鳴らしたのは宅配業者だった。

二分後、大杉は自室の玄関ドアをあけて、宅配便を受け取った。

荷物は、十センチ四方ほどの小さな、平たいボール箱だった。

差出人は、話題の焦点ともいうべき残間龍之輔、となっている。

「残間からだ。なんだろう」

中をあけると、緩衝材に包まれた小さなUSBが、現れた。

美希が、添えられたメモを読む。

「昨夜のごたごたで、お渡しするのを忘れていたものを、お送りします。小生の、例のワープロ原稿をパソコンに取り込み、それを記憶させたUSBです。今読み返すと、確かに情況証拠や伝聞証拠が多くて、少々インパクトにかけます。ご記憶でしょうが、これは馬渡のブレーンの一人だった田丸氏が、馬渡一派の陰謀を大杉さんや倉木さんに、どの程度知られているかを探るために、小生に記事を書かせるという名目で、取材を命じたものです。最初から、ボツになる運命にあったわけですね。今となっては、あまり参考になるとも思えない原稿ですが、お約束ですからお送りします。昨夜、田丸氏が殺害された事件については、できるだけ早くご連絡します。ケータイを手元から、離さないようにしてください。残間龍之輔」

大杉はパソコンの電源を入れ、USBの中身を呼び出した。

美希も並んで、画面をのぞき込む。

大杉は、パソコンの処理速度にいらいらしながら、当時のことを思い起こした。

この原稿が書かれたときは、とうに死んだ百舌が生き返ったかのごとく、千枚通しを盆のくぼに突き立てる、というおなじみの手口による殺人が、続出していた。

従来、百舌と呼ばれる恐るべき殺人者は、その呼称についても存在についても、堅く伏せられてきた。

そういう、当時のあいまいな状況に警鐘を鳴らすため、大杉は可能なかぎり残間に情報を提供し、記事になるよう手助けをしたのだ。

しかし、それは残間の添え書きにもあるとおり、馬渡一派を利するための陰謀だったから、記事にはならず握りつぶされたのだった。

USBにはいっていたのは、残間が書いたそれまでの百舌事件の概説と、続きものにするための第一回原稿だった。

情報提供者としての、大杉の名前は伏せられている。

しかし、残間が指摘したとおり情況証拠、伝聞証拠が多く、犯罪小説のレジュメのような、粗っぽい印象の原稿だった。

当時、これを読んだはずの馬渡も、おそらくほっとしたに違いない。

今さら、この原稿を世に問うたところで、関係者の多くが死んでいることもあり、ほとんど話題にならない、と思われる。

「このままじゃ、使いものにならんな」

大杉が言うと、美希も同意した。

「そうね。これじゃ、百舌事件というのがどんなものだったか、という概要しか分からない。こんなものが出ても、民政党や三重島が打撃を受けることは、皆無といってもいいわね」

「せいぜい、百舌事件の概要をつかむのに、役立つ程度だな。例の、長崎県警に提出して失われたビデオ、テレコが残っていれば一緒にして、いい記事になったかもしれんが」

「もし、殺された田丸の死体から例の録音テープが出てきたら、民政党政権に致命傷を与えられたはずなのに」

美希の口調は、珍しく愚痴っぽかった。

「そんなもの、出てくるはずがないさ。それを奪うために、敵は田丸を殺したんだから」

美希が、ため息をつく。

「そうね。とにかく、早く残間さんから状況を聞きたいわ」

大杉は背伸びして、壁の時計に目をやった。

「おっと、十二時半か。めぐみとは一時十五分に、市ケ谷で落ち合う予定なんだ。そろそろ、出かける用意をしよう」

21

東坊めぐみは、市ケ谷駅前の交番をおおう木の陰で、待っていた。

倉木美希を見て、少し驚いた顔ですぐに挨拶を返したが、目になぜ自分の父親と一緒に来たのか、という不審の色があった。

美希は、近づいた大杉良太がめぐみに、低い声で言うのを聞いた。

「おれが頼んで、一緒に来てもらったんだ。彼女と残間とおれは、言ってみれば古くからの戦友だから、めぐみの害になるようなことはしない。ゆうべ、田丸が殺されたことからして、おれたちにも同じ運命が降りかかる、ということもありうる。今後のためにも、何ごとによらずお互いの情報を、共有しておきたいんだ。外部に漏らすことはないから、その点は安心してくれ」

めぐみは、短髪の利発そうな丸顔をほころばせ、美希に言った。

「分かりました。倉木さんにも、聞いていただきたい話なんです、実は」

美希は、その口ぶりにいくらかほっとして、表情を緩めた。

「まあ、お力になれるかどうか分からないけれど、一緒に聞かせていただくわ」

めぐみの案内で、九段《くだん》方面へ数分歩いたところにある、〈八久和《やくわ》〉という和食屋にはいった。個室ではないが、テーブルごとに板壁で仕切られているので、よほど大声で話さないかぎり、筒抜けになることはない。

三人とも、同じ和食弁当を頼む。

大杉が、口火を切った。

「情報を共有するために、まずおさらいをしておこう。残間は最近、不正な武器輸出に関わる、匿名の告発電話を受けた。武器輸出三原則を無視して、武器をひそかに海外へ輸出する、けしからぬ商社があるという告発だ。残間としては、その話の信憑性を確かめるためにも、告発者の正体を知ろうとして、おれに尾行を頼んできた」

それからのいきさつを、手短に説明する。

めぐみ自身も、途中から大杉の仕事に絡んできたので、話は簡単に終わった。

自分が話す番になると、めぐみは美希に目を向けた。

「これからお話しすることは、現在進行中の捜査情報の漏洩《ろうえい》になる、と思います。倉木警視は、本庁の特別監察官でいらっしゃいますし、わたしに話さないように命じることも、できるはずです。また、そうしないと警視ご自身が、職務怠慢で譴責《けんせき》されることにも、なりかねません。そのあたりは、いかがでしょうか」

美希は、つい笑ってしまった。

「要するに、わたしを機密漏洩の共犯者に仕立てたい、ということね」

めぐみは笑わず、こくんとうなずく。

「正直に言えば、そのとおりです」

「それじゃ、あなたの思惑どおりになるわ。別に、公序良俗に反するわけでもないし」

心なしか、めぐみの目に安堵《あんど》したような色が浮かび、美希は少し胸をつかれた。

大杉によると、めぐみはすでに中学生のころ番を張るなど、かなりの問題児だったという。

それが今では、れっきとした警視庁の巡査部長だから、分からないものだ。

めぐみが、話し始める。

「そもそも、三京鋼材が武器輸出に関わっているとの情報は、わたしのパートナーの車田警部補が、週刊鉄鋼情報の編集長のタメナガという人物から、提供されたものなんです」

「ちょっと待て」

のっけから、大杉が話をさえぎった。

そばに置いたコートのポケットから、タブロイド判の新聞を引っ張り出す。

「これが、その新聞だ」

美希は、示された新聞の題字の下を、のぞき込んだ。

ゴチックを使った、〈編集長・主筆・為永一良〉という表記が見える。

めぐみが、さすがに驚いた顔になって、大杉に目を向けた。

「為永のこと、知っていたの」

「ああ。この手の調査についちゃ、おれはめぐみたちよりずっと、ベテランだからな」

めぐみは、珍しくおどけた表情で、瞳を回した。

「さすがね」

「そのあたりの事情は、あとで話す。続けてくれ」

大杉に促されて、めぐみはふたたび話し始めた。

「為永は、車田警部補が大学時代に在籍した、野球部の先輩なんです。しかも、為永情報の出所がこれまた、三京鋼材の石島敏光でした」

大杉が、驚いて顎を引く。

「ほんとか」

「ええ。為永と石島は、出身地が同じ名古屋の古いなじみだとかで、よく食事をしたりゴルフをしたりする、親しいあいだ柄なんですって。一カ月かそこら前、石島がお酒を飲んで酔っ払ったとき、為永にちらりと武器不正輸出の話を、したらしいの」

めぐみは、そのいきさつを細かく、説明した。

武器の部品を個別に製造し、分散輸出することによって、最終的に武器そのものが共産圏諸国、たとえば北朝鮮の手に渡る結果になる、という。

三京鋼材は、武器本体の製造、輸出には関与しないが、結果的にその片棒をかついでいることは、否定できない。

たとえ間接的にしろ、日本で禁止されている武器の輸出が、事もあろうに貿易封印下におかれた、北朝鮮に対して行なわれるとなれば、これは由々しき問題だ。

かりに、最終的な目的地が北朝鮮でなくても、武器の部品や電子機器を輸出するには、外為法や輸出貿易管理令の規則に従い、経産大臣の許可が必要になる。

しかし、こうした方式によって商取引を行なえば、法の網をくぐることが可能だ。

美希は、そうした違法を免れるための抜け道を、漠然としか認識していなかった。

今めぐみの説明を聞いて、初めてその仕組みが理解できた。

聞き終わると、大杉はなんとなく憮然とした表情で、美希を見た。

「要するに石島は、残間に匿名の電話をする前に、すでに業界紙に情報を漏らしていた、ということだな」

美希も応じる。

「それがほんとうなら、残間さんにとって特ダネ中の特ダネ、というほどのものじゃないわね」

めぐみは言った。

「ただ、石島も為永にはそれ以上詳しい話を、してないらしいんです。つまり、三京鋼材が受注しているメーカーや、納品している商社の名前などは、まったく明らかになっていません」

「取引先なら、会社四季報かなんかで、分かるだろう」

「数が多いし、帳簿でも精査しないかぎり、特定できないわ。だからこそ、立ち入り検査ができる程度の、具体的な証拠をつかもうとして、張り込みを始めたわけなの」

美希は聞いた。

「為永に働きかけて、石島から聞き出させたらどうなの」

「石島はそのときからあと、急に口が堅くなったらしいんです。むしろ、酔って口を滑らせたことを、悔やんでいる様子だったとも」

少しのあいだ、沈黙が流れる。

そこへちょうど、和食弁当がきた。

それに箸をつけながら、大杉がいかにも納得がいったという様子で、おもむろに口を開く。

「石島は、どうせ告発するなら小さな業界紙じゃなくて、もっと影響力のある相手を選ぼうと、東都ヘラルドに匿名の電話をかけたわけだな」

「ええ、たぶん」

めぐみが、うなずきながら言うのを待って、美希は別の疑問を口にした。

「それにしても、その為永編集長はなんのために車田警部補に、垂れ込んだりしたのかしら。自分にとっては、相当大きな特ダネでしょう。そんなものを、一文にもならない警察に持ち込む、とは思えないわ。どうも、ただの先輩後輩の関係だけじゃない、という気がするの」

めぐみが、箸を止める。

「おっしゃるとおりです。為永はその話をする前に、これを端緒として関係者に捜査の手が伸びたときは、捜査内容について一般紙も知らない、極秘情報を事前に提供してもらいたい、と車田警部補に条件をつけました。為永は、それで自分の新聞に箔《はく》をつけるだけでなく、一般紙や週刊誌のメディアにその情報を横流しして、小遣い銭を稼ぐつもりじゃないか、と警部補は読んでいます。為永とは、野球部を通じて知り合ったらしいんですが、もともとそういうタイプの男だそうです」

「それで車田は、結局オーケーしたわけだな」

大杉の念押しに、めぐみはうなずいた。

「ええ。もちろん、特捜隊長の許可は得てあります」

その返事は大杉より、むしろ美希に向けられていた。

めぐみが続ける。

「相手国が、最終的に北朝鮮であろうとなかろうと、武器の一部を構成する部品や、武器として使用されるおそれのある半導体、電子機器類の輸出には、法の規制がかかっています」

「外為法とか、輸出貿易管理令だろう」

大杉が応じたので、めぐみはまた驚いたようだった。

「ずいぶん、勉強したのね、お父さんも」

「おだてなくていい。残間から、レクチャーを受けただけだ」

「確か、経済産業大臣の許可が、必要なのよね」

美希が補足すると、めぐみはうなずいた。

「武器輸出三原則は、単なる政府の方針にすぎませんが、外為法と輸出貿易管理令は法律です。違反すれば、当然罰せられることになります」

「だからこそ、石島も内部告発しようという気に、なったんだろうな」

「そうであってほしいけれど」

めぐみはそう言って、お茶を飲んだ。

美希は箸を休め、しばらく前に読んだ新聞の記事を、思い出そうとした。

めぐみに聞く。

「いつだったか、武器輸出三原則を見直すとか、撤廃するとかいう動きがある、と新聞で読んだ記憶があるの。めぐみさん、覚えていないかしら」

「覚えています。特捜隊内部でも、話題になりました」

「要するに、三原則の規制に反発する武器メーカーや、集団的自衛権の行使を狙う国会議員たちが、三原則撤廃をもくろんでいるのよね」

「ええ。同盟国が攻撃された場合、日本も武器を取って一緒に戦わなければならない。そのためには、自由に武器を移動できる態勢を、整える必要があるわけです」

「でしょうね」

「武器というと、単に殺人の道具のような狭い概念になりますから、政府は〈防衛装備〉というあいまい、かつ包括的な名称に変えようとしています」

美希は、うなずいた。

「思い出したわ。確か、輸出という言葉も使わないことにして、〈移転〉と言い換えるのよね」

「ええ。防衛装備移転三原則。変わらないのは、三原則だけ」

大杉が、箸を休める。

「おれにはよく分からないが、そうやってなし崩しに、武器の輸出入を認めていく、ということなのか」

「一言でいえば、そういうこと」

めぐみが応じると、大杉は急に食欲がなくなったように、箸を置いた。

「すると、日本が戦争に巻き込まれる確率はぐんと上がる、というわけだな」

めぐみも美希も、返事をしなかった。

美希は、大杉の述懐に強い現実感があったので、気がめいった。

めぐみが言う。

「とにかく、わたしたちは現段階で法律に違反する行為を、野放しにしておくわけにはいきません。外為法と輸出貿易管理令を頼りに、違反をどんどん摘発するつもりです」

大杉はまた箸を取り上げ、二口三口弁当を食べてから、やおら言った。

「昨日の夕方、おれはめぐみと車田に三京鋼材の前から、追い払われただろう」

「ええ。仕事だから、しかたなかったの」

「分かってる。しかし、あっさりあきらめるおれじゃないことは、承知しているな」

めぐみの瞳が、ちらりと動く。

「どこかへ移動して、見張りを続けたわけ」

「当然さ」

「でも、覆面パトカーをあの場所へ移動させるとき、ずいぶん気をつけていたんだけど、ポルシェの姿はなかったわ」

「見つかるようなへまはしないさ。おれは車を引き受けて、石島の尾行は村瀬に任せた。ちょうど、車田がパトカーを転がして、めぐみが石島をつけたようにな」

「ムラセって、顔は見えなかったけれど、お父さんと一緒に車に乗っていた人」

「そうだ。そのあと、一緒に飯を食ったそうじゃないか」

「え」

めぐみは、虚をつかれたように背筋を伸ばしたが、すぐに顔を赤くした。

「まさか、〈グランエフェ〉のカウンターにいた、あの男の人なの」

「そうさ。おれと同じマンションに住む、お茶の水の美術学校の先生でね。ときどき、仕事を手伝ってもらうのさ」

大杉は、村瀬正彦のことを一通り話して聞かせ、字も教えてやった。

美希は、そうした経過を市ケ谷駅へ来るまでに、あらかじめ大杉から聞かされていたので、口を挟まなかった。

めぐみは、少しのあいだ動揺を隠せない様子で、何度もすわり直した。

大杉が言う。

「〈グランエフェ〉を出たあと、めぐみもてっきり為永をつけると思ったのに、石島の尾行を続けたよな。為永の正体が、すでに分かっていたからだろう、とおれは判断した」

「ええ。為永のことはほうっておけ、石島から目を離すなというのが、車田警部補の指示でした」

「それで石島をつけたら、有楽町で残間と会ったわけだな」

またも不意打ちを食らった様子で、めぐみは自嘲めいた笑みを浮かべた。

「なんでもお見通しね、お父さんたら」

大杉が照れくさそうに、耳たぶを引っ張る。

「たいしたことはない。あのあと残間から、石島と会ったと聞かされただけさ」

「どんな話をしたんですって」

「それはまだ、聞いていない。その前に、田丸が殺される事件が飛び込んできたから、話す時間がなかった」

「残間さんと、会うことは会ったの」

「そうだ。ゆうべ、残間は石島と会ったあと京橋へ回って、田丸と落ち合う予定だった。ところが、約束の時間を過ぎても現れない。どうしたのかと思ったら」

大杉が、そこで言いさして軽く肩をすくめると、めぐみはなるほどというように、ゆっくりとうなずいた。

「よく分かったわ。あとは、新聞で読んだとおりね」

「そうだ」

美希は、口を開いた。

「わたしは、二人が別れたあと田丸を尾行する手筈だったのに、姿を現さないから二人と合流したの」

めぐみの目の動きを見て、美希は自分がいつの間にかドレスシャツの、襟のあたりを押さえていることに気づいた。

首筋の傷を、めぐみに見られたくないという気持ちが、無意識に出たらしい。

しかし、めぐみは何も言わずに、大杉に目をもどした。

「村瀬さんとお父さんは、〈グランエフェ〉で尾行の対象を石島から、為永に替えたわけね」

「そうだ。為永がもどったのは、その週刊鉄鋼情報のはいってるビルだった。そこの編集長だ、と特定するには村瀬の協力が必要だったが」

そばにおいた新聞を、叩いてみせる。

めぐみは、それ以上質問しようとせず、しばらく考えを巡らしていた。

大杉が聞く。

「石島は、有楽町で残間と会ったあと、どこへ回ったんだ」

「品川区大井のマンションに、まっすぐ帰宅したわ」

そう答えてから、美希に目を向けた。

「話をもどしますけど、もし三京鋼材が違法な輸出に関わっているなら、このまま放置しておくわけにはいきません。容疑が確定して摘発にいたる前に、もし残間さんが先走って記事を書いたりしたら、わたしたちの努力が水の泡になります」

「それは、週刊鉄鋼情報の為永についても、同じでしょう」

美希が指摘すると、めぐみは眉根を寄せた。

「為永は、車田警部補から捜査情報に関して、おこぼれを頂戴《ちょうだい》するつもりですから、無断で書いたりしないはずです」

きっぱりと言い、大杉の方に上体を乗り出す。

「そういうわけだから、残間さんには軽率な行動を慎むように、お父さんから言ってほしいの。そのときが来たら、こちらもかならず特ダネ情報を出すって、約束するから。そうでないと、摘発できなくなるもの」

大杉は椅子の背にもたれ、困ったように頭を掻いた。

「まあ、一応は話をしてみよう。残間がどう言うか、分からんがね」

「でも、わたしが頼んだことは、言わないでね」

「まあ、なんとかしよう」

大杉の返事は、歯切れが悪かった。

しかしめぐみは、そのまま口を閉ざした。

大杉は、なんとしても残間を説得するだろう、と美希は思った。

こうした状況下で、もし三京鋼材が武器につながる部品を商社に納入し、その商社が事実を隠蔽して輸出すれば、それは明らかな違法行為だ。

十分に、捜査対象になりうる。

それを摘発することができれば、めぐみにとって大きな点数になるだろう。

大杉は、その芽を間違っても摘まないように、力添えをするはずだ。

大杉のポケットの中から、軽い電子音が漏れてくる。

大杉は、急いで携帯電話を引き出し、液晶画面を開いた。

「残間からだ」

メッセージに目を通し、携帯電話を閉じる。

「今夜八時に、おれの事務所に来るそうだ。めぐみも立ち会うか」

大杉に聞かれて、めぐみは瞬きした。

少し考えて、首を振る。

「やめておきます。警部補に、まだ残間さんやお父さんとの関係を、知られたくないし」

「もしかすると、車田もめぐみとおれの関係については、感づいてるんじゃないか」

「そんなことない、と思うわ」

美希は聞いた。

「今日は、警部補になんと説明して、署を出てきたの」

「正直に言いました。久しぶりに父親と、食事してきますって」

「お父さんは何の仕事をしてるの、とか聞かれないの」

めぐみは、丸い肩を軽くすくめた。

「経営コンサルタントをしている、と言ってあります」

美希も大杉も、顔を見合わせて吹き出した。

22

夕刻が近づいたせいか、室内は薄暗かった。

小さな窓が、東側と西側に一つずつあるものの、いずれもブラインドが下ろされたままで、本来の明かり取りの用をなしていない。正面の壁に、値の張りそうな静物画がかかっているが、その絵柄もはっきりとは見えない。

革張りの長椅子にすわった大角大介《おおかどだいすけ》は、煙草を吸いたいのをじっとがまんしながら、貧乏揺すりをしていた。

隣には、御室三四郎《みむろさんしろう》が背筋をまっすぐにしてすわり、身じろぎもしない。紺のスーツを、一分《いちぶ》の隙《すき》もなくぴたりと着こなし、整った顔にはなんの感情も表れていない。

何を考えているのか、まったく分からぬ男だ。

大角は、もと警察庁の長官官房特別監察官室長、稲垣志郎が天下りして専務を務める首都警備保障で、第一警備部長を務めている。

今日は、ときおり要求される特別面談の要請に応じて、この別邸にやって来たのだ。

ふだんは、直属の部下の御室が現場を担当し、警備員たちを指揮している。しかし、今回のように特別の要請があれば、大角もかならず出向いて来る。

なんといっても、この別邸を所有する依頼主は政界の超大物で、あだやおろそかにはできない相手だ。

公式のSPを遠ざけ、民間の警備会社に警備を担当させるのは、それなりの理由があるからだ、と理解している。

大角は深呼吸して、ちらりと御室の様子をうかがった。

御室は、男としてはむしろ小柄な方で、一見華奢な体つきをしている。

しかし、格闘技の訓練でぶつかり合うと、よく鍛えられた筋肉の持ち主だ、と分かる。それだけにしぶとく、相手に同程度の心得があれば別だが、普通の男なら体格差などものともせず、楽に倒す力を持っている。

しかも、今風にいえば飛び切りのイケメンで、女がほうっておかないタイプだ。にもかかわらず、御室の周囲から浮いた話が聞こえてこないのは、むしろ不思議なほどだった。一部には、同性愛者ではないかという、口さがない噂もある。

すでに三十代半ばで、決して若いとはいえないが、とにかくよく体が動く。

「この暗いのは、なんとかならんのかね。気がめいっていかんよ」

大角がこぼすと、御室は抑揚のない声で応じた。

「しかたないでしょう。このお屋敷の、方針なんですから」

それはそうかもしれないが、と思いつつそのまま口をつぐむ。

御室は、担当としてこの別邸に送り込まれてから、まるで依頼主の側の人間になったように、態度が変わった。

常づね、依頼主の手足になったつもりで、忠誠を尽くすように指導しているものの、御室の場合は度が過ぎるように思える。

大角は、長椅子の背に深く体をうずめて、昔のことを考えた。

現役の警察官だったころは、渋谷区の恵比寿《えびす》警察署の生活安全課に、在籍していた。

今思えば冷や汗ものだが、洲走かりほという女刑事に取り込まれ、暴力団とつるむ悪徳刑事の一人として、ずいぶん危ない仕事に手を染めたものだった。

その当時は、ちんぴらたちに〈ノスリのだんな〉と、符丁で呼ばれる特別な地位を与えられ、かりほに命じられるままに働いた。

ゆくゆくは、キャリアに支配される警察組織をぶち壊し、ノンキャリアでも上級幹部に昇進できる、新しい警察を作るのだというかりほの大口に、つい乗せられてしまった。

しかしかりほと、かりほが取り込んだキャリアの理事官、朱鷺村琢磨が死ぬとともに大角は、帰るべき巣を失ってしまった。

郷土の先輩、稲垣から首都警備保障に来いと誘われなかったら、今ごろどこでどうしていたか、知れたものではない。

稲垣はかつて、百舌事件と呼ばれる奇怪な事件に関連して、警察を追い出された口だ。

あのころ、長崎県の小さな島で凄惨《せいさん》な殺し合いがあり、警察官と政治家が死んだ。

警察官の方は、津城なにがしと称する得体の知れぬ男で、生前は特別監察官の職にあった、という。

死んだ政治家は、もと民政党の幹事長を務めていた、馬渡久平。馬渡は、どうやら津城に殺されたらしいが、はっきりしたことは分からない。

その事件について、当時特別監察官室長だった稲垣は、事件を巧みに空洞化するため、そらぞらしい談話を発表した。

しかしそれは、少なくともマスコミが納得するような、つじつまの合う内容ではなかった、と聞いている。

そのため、攻撃の矢おもてに立たされた稲垣は、左遷されたのち退職に追い込まれ、首都警備保障の役員に天下りした、という次第らしい。

自分が入社したあと、大角は酒食の席などで当の稲垣をつかまえ、事件のことを聞き出そうとした。

しかし、どれほど酔おうと稲垣は、百舌の一件についていっさい、口を割らなかった。百舌に関するかぎり、実に口の堅い男だった。

大角も、警察をやめてすでに相当の年月がたち、今の会社でそこそこの地位についている。

せめて、稲垣のあとを継ぐくらいの地位までは、のぼりたいと思う。妙なことをつつき回して、出世に障るようなことをする気はない。

そのとき、突然どこかでブザーの音がして、大角はわれに返った。

御室が、すっくと立ち上がる。

あわてて大角も、それにならった。

奥のドアが静かに開き、車椅子がかすかな音を立てながら、はいって来る。

付き添いの、和服姿に身を整えた弓削《ゆげ》まほろが、車椅子を正面の位置に停めて、ドアを閉じた。

それから、おもむろに車椅子の斜め後ろに、すっくと立つ。

まほろは、髪を引っ詰めに結った年齢不詳の女で、能面のように無表情な白い顔の持ち主だった。男女の違いはあるものの、その点は御室と好一対《こういっつい》といってよい。

いつものことながら、車椅子にだれがすわっているにせよ、正体は不明のままだ。

その人物は、頭から肩にかけて黒の頭巾《ずきん》をかぶり、さらに肩から下は車椅子の足のせのところまで、別の黒いガウンでおおわれている。

もっとも、腕や膝に当たる位置の布が微妙に動くので、だれかがそこにすわっていることは、確かなようだった。

大角は、その人物をひそかに黒頭巾、と呼ぶことにしていた。

見たとおりの呼び方でしかないが、ほかに思いつくものがなかった。

黒頭巾は、何か奇妙な事件が起こるたびに大角を呼びつけ、その具体的な内容や捜査の進展を、聞きたがる性癖がある。

この日も、それだった。

黒頭巾が顔を見せず、名乗りもしないのは大いに不満だが、高額な警備契約料を考えれば、文句を言う筋合いはない。

ガウンの下で、何かがかすかに動く気配がして、声が漏れる。

「すわりたまえ」

黒頭巾の声は、コンピュータで作られた電子音声のような、間延びした人工的な響きに聞こえた。その声からは、性別年齢ともにまったく、見当がつかない。

大角は、黒頭巾の声を耳にするたびに、落ち着かない気分になる。

しかし、御室は顔色も変えずに会釈すると、黙って長椅子にすわり直した。

その、極端に無愛想で無口な御室の対応に、少なからずいらいらする。

大角は、礼儀をわきまえさせてやろうと思い、わざと声に出して言った。

「失礼します。すわらせていただきます」

御室の隣に腰を下ろし、車椅子に目を向ける。

ふと、かぶった頭巾の目と口の周囲だけ、特殊な素材で作られているのではないか、といぶかった。

なんとなく、こちらの動きが見えているような気がするし、電子音声もさほどくぐもっていない。

大角はもぞもぞと、もう一度すわり直した。

そのとき、一度閉じられたドアがふたたび開き、グレーのワンピースに仕立てられた、小ぎれいな作業衣を着た女が、トレーを捧《ささ》げて現れた。

山口タキという、車椅子の人物の身の回りの世話をしている、これまた年齢の分からぬ女だ。

大角の理解するかぎりでは、弓削まほろはこの別邸の持ち主とされる、大物政治家の愛人だった。

まほろは主人の指示のもとに、車椅子の人物を保護しているらしい。さもなければ、厳重な監視下に置いているかの、どちらかだ。

もっとも、排泄《はいせつ》の処理や入浴の手伝い等を含めて、実際に黒頭巾のめんどうを見ているのは、今はいって来たタキに違いない。

タキは、正規の看護師の資格を持っているらしいが、それを外面からうかがわせるものは、何もない。消毒薬のにおいすら、させない。

そのタキを、顎でこき使うまほろの尊大な態度が、大角はどことなく不快だった。

タキは、長椅子にすわる大角と御室の前のテーブルに、それぞれコーヒーのセットを置いた。

声を出さずに一礼して、音を立てぬように部屋を出て行く。

ドアが閉じるのを待って、まほろがおもむろに口を開いた。

「どうぞ、召し上がれ」

昔から、鈴を転がすような美しい声、という表現がある。

若いころは、どのような声か見当もつかなかった。

それが、どんなものか初めて分かったのは、まほろの声を聞いたときだった。

「いただきます」

大角はそう言って、カップに手を伸ばした。

御室もそれにならったが、相変わらず何も言わない。

一口飲んで、カップを置いた。

それを待っていたように、黒頭巾が言葉を発する。

「ゆうべの、田丸清明が殺された事件について、詳しい話を聞かせてくれ。概要は分かっているから、新聞やテレビ報道のレベルの話なら、聞く必要はない。それを忘れないようにな」

「はい」

大角は返事をして、姿勢を正した。

そのことは、稲垣から別邸へ行くように言われたとき、指示を受けていた。

大角はすぐさま、田丸事件に携わる捜査陣のスタッフの中から、在職中親しくしていた刑事をチェックし、携帯電話で捜査情報を非公開のものも含めて、いくつか聞き出した。それとともに、稲垣自身も現場の指揮を執る幹部クラスから、ひそかに入手した極秘情報を、大角に耳打ちしてくれた。

とはいえ、田丸事件はまだ明確に解明されておらず、黒頭巾を満足させる説明ができるかどうか、分からなかった。

「田丸は昨夜八時過ぎ、自宅に呼んだ無線タクシーに乗って、殺害現場付近まで行っています。自宅から現場までは、さほど遠い距離ではありません」

大角が言うのを、黒頭巾は少し強い口調で、さえぎった。

「新聞に出ているようなことはいい、と言ったはずだ。田丸が、なぜそんなところへ行ったのか、捜査本部はつかんでいないのか」

「田丸は、現場近辺のどこかに立ち寄ったあと、引き続き同じタクシーに乗って、東都ヘラルドの残間記者との、待ち合わせ場所へ向かう予定だった、と思われます。待ちぼうけを食わされた残間が、それを裏付ける証言をしています」

今度は黒頭巾も、口を挟まなかった。

大角は続けた。

「世田谷南署の捜査本部は、その無線タクシーの運転手を出頭させて、昨夜の状況を聴取しました。現時点で、その詳しい内容はまだ報道関係者に、発表されていません。運転手の供述によると、田丸は昨夜八時十五分ごろ、世田谷区宇奈根三丁目の自宅から乗車し、同一丁目の現場付近で一度下車しました。立ち寄るところがあるので、二十分ほど待ってほしい、と言ったそうです。間なしに、だれかが運転席のウインドーを叩いて、予定が変わったからここまででいい、と言いながら一万円札を渡しました。待っていたのが、ひどく寂しい場所でもあったので、運転手はほっとして現場を離れた、ということです。それが、八時二十五分ごろのことだそうで、その証言は乗車記録で間違いのないことが、確かめられました」

「運転手に声をかけたのは、だれなのだ。田丸本人だったのか」

黒頭巾の詰問口調に、大角は少したじろいだ。

「運転手は、それを確認していません。なりゆきから、当然田丸だろうと思ったものの、よく考えると違うかもしれない、と答えたそうです」

「違うかもしれない、と思った理由は」

「乗車したとき、田丸は濃紺の薄手のコートを、着ていました。しかし、運転手に金を渡した男は、黒いコートを着ていたらしいのです。暗い場所でしたから、実際に色の区別がついたかどうか、分かりませんが」

「それだけか」

「運転手によれば、金をよこした男はソフトかハンチングか、とにかく帽子らしきものをかぶっていた、ということです。田丸は乗車したとき、何もかぶっていなかった、と」

「帽子をかぶっていたとすると、運転手は相手の顔をはっきり見ていない、という可能性が高いな」

「おっしゃるとおりです。現に運転手は、見ていないと証言したようです。帽子のせいもあるでしょうが、待っていた場所が暗かったことから、どっちみちはっきりとは見えなかった、と思われます」

「ところで運転手は、田丸の顔を覚えているのかね」

「いえ、それもよく覚えていない、と言っているそうです。タクシーの運転手は、よほどのことでもないかぎり、客の顔をじろじろ見たりしない、とのことで」

「声の違いは、どうなのだ」

黒頭巾の口調には、相変わらず抑揚がない。

「運転手によれば、田丸はナビに入れるために聞いた、宇奈根一丁目の住所を口にしたきり、何もしゃべらなかったそうです。一方、金を渡して車を追い払った男は、低くて抑揚のない声をしていた、といいます。そのときは意識しなかったので、同じ声か別人の声か判断がつかない、とのことでした。話したのも、ほんの二言か三言だったようです」

しばらく、間があく。

「要するに、田丸がどこかに立ち寄るために下車したあと、何者かが運転手に金をつかませて、その場から追い払ったということだな」

「そのように、思われます」

「それから、その犯人は田丸がもどって来るのを待って、始末したわけだ」

「はい。鑑識の結果、車が停まっていたと思われる路上から、死体を引きずって土手下の石垣へ運び、多摩川沿いの草むらへ運び上げたようです。それからしばらくして、ジョギング中の大学生が死体を見つけ、通報したという次第です」

さらに長い間があき、大角はじりじりと焼かれるような、いやな気分を味わった。

やがて、黒頭巾が言う。

「田丸が、なんの用でどこに立ち寄ったか、分かっているのか」

「その点は、まだ捜査中とのことです。限られた範囲ですから、ほどなく判明すると思います」

大角が答え終わったとき、ドアにノックの音が聞こえた。

それまで微動だにせず、二人のやり取りを聞いていたまほろが、ドアを引きあける。

タキが顔をのぞかせ、まほろの耳に何かささやいた。

まほろは、もとの位置にもどって襟を直し、きっぱりと言った。

「お注射のお時間です。十五分ほど、お休みさせていただきます」

黒頭巾は、何も言わなかった。

大角と御室は長椅子を立ち、まほろが車椅子を回してドアに向かうのを、黙って見送った。

タキがドアを支え、黒頭巾の乗った車椅子はまほろとともに、部屋から姿を消した。

23

その日、娘のめぐみ、倉木美希と、市ケ谷で別れたあと。

大杉良太は、残間との約束に従って南大井に回り、三京鋼材を見張った。

退社時間になると、石島敏光は手ぶらで出て来て、どこかへ立ち寄ることもなく、まっすぐ帰宅した。

念のため、大杉はしばらくマンションの前で待機したが、石島はそれきり姿を現さなかった。

池袋駅前で、腹ごしらえをして事務所にもどったのは、午後七時三十分過ぎだった。

トレーナーに着替えたとき、インタフォンのチャイムが鳴った。

ボタンを押すと、美希の姿がモニターに映った。

残間龍之輔が、午後八時に事務所に来るというので、出直してもらったのだ。

玄関のドアを解錠してやり、事務所の内鍵もはずしておく。

とりあえず、コーヒーの用意を始めた。

美希が上がって来ると、大杉はカーテンのあいたキッチンから、声をかけた。

「今日は悪かったな。無理やりめぐみに、引き合わせちまって」

「いいのよ。めぐみさんと久しぶりに話ができて、わたしも楽しかったわ」

そう言いながら、ソファに腰を下ろす。

「めぐみも、最初はきみを見てとまどった顔をしたが、けっこう喜んでいたようだった」

「そうかしら。あまり、彼女の力になれそうもないのが、残念だけれど」

「昼間も言ったが、いつでも相談できる相手がいるだけで、めぐみは安心するのさ」

美希は笑った。

「言ってみれば、抱《だ》き枕《まくら》のようなものね」

大杉は、コーヒーをテーブルに運んだ。

美希は問わず語りに、このところ警察官の細ごました不祥事が続くため、監察の仕事がけっこう忙しいのだ、と言った。

「不祥事といっても、暴力団との癒着とか捜査情報の横流しとか、そんな重大な案件じゃないの。携帯電話で、女子学生のスカートの中を盗撮したとか、ストーカーをして一一〇番に通報されたとか、下着どろで逮捕されたとかいう、情けない不祥事ばかり」

「上からの締めつけが、厳しすぎるんじゃないか。昔は、デカも仲間内やブン屋連中と酒を飲んで、ストレスを発散したものだ。今じゃ、そんなことも大っぴらには、できなくなったらしいしな」

「そうね。たとえ、ビール一杯でも部外者におごられたら、供応に当たるし。だから、民間人と飲むときは、かならず割り勘。堅苦しいこと、この上ないわ」

「警察官であること自体が、ストレスになってるんじゃないか。その反動で、そうした破廉恥罪に手を染める者が、増えてきたということさ。どこかで、ガス抜きしてやらなきゃな」

「そうね。その種のトラブルが日常化しないように、現場の警察官に対するメンタル面でのケアが、より必要になってきたということね」

そんな、まじめな話をしているうちに、約束の八時になった。

残間は、十分遅れでやって来た。

昨夜と同じく、着古したトレンチコートに身を包み、手に紙袋を持っている。

中から、スコッチが出てきた。

「もらいものです。土産というより、わたし自身が燃料補給をしないと、へたばりそうでね」

大杉は、キッチンへ立とうとする美希を押しとどめ、自分で酒の用意に取りかかった。

そのあいだに、美希が残間と話し始める。

「ゆうべから、たいへんだったでしょうね。お察しするわ」

「たいへんなんて、もう少し楽なことをいう言葉ですよ」

「ふだん、取材で人に話を聞く立場なのに、あれこれ事情聴取される側に、回ったわけでしょう。だいぶ、とまどったんじゃないの」

「おっしゃるとおりです」

「ほかの新聞社の記者とか、テレビの取材も受けたの」

「まさか。他社の取材は、いっさい受けていません。なんで他社に、情報提供しなきゃいけないんですか。たとえ、わたし自身が犯人だったとしても、しゃべりませんよ」

大杉は、氷を冷蔵庫から出しながら、つい笑ってしまった。

確かに、残間の言うとおりだ。

セットをトレーに載せて、テーブルにもどる。

濃いめの水割りを作り、かたちばかりの乾杯をした。

残間がさっそく、話し始める。

「ゆうべ、ケータイで社へ呼びもどされたあと、わたしはすぐ社会部長の部屋に行って、田丸氏と京橋で待ち合わせていたこと、結局田丸氏が現れなかったことを、正直に報告しました」

「わたしたちのことは、報告しなかったみたいね。新聞にも、何も出ていなかったし」

美希の問いに、残間は首を振った。

「部長にも、むろん警察にもお二人のことは、報告していません。話が、ややこしくなるだけですから」

水割りを飲んで、さらに話を続ける。

「朝刊の速報を書いたあと、世田谷区喜多見《きたみ》の世田谷南署へ、出頭しました。そのあと明け方近くまで、捜査員の事情聴取に応じたわけです。田丸氏が、わたしの上司だったころの話から、ゆうべ待ちぼうけを食わされたいきさつまで、ざっと話しました。もっとも、待ち合わせの理由については、ただ〈ザ・マン〉への寄稿を頼まれて、その詳細を相談するためだった、ということにしてあります。百舌の一件について、原稿を書くように言われた話は、いっさいしていません」

「その点は、心配していなかったよ」

大杉は応じて、逆に質問した。

「ところで、田丸の遺体には携帯電話が、残されていたのか」

「ええ。発信記録、着信記録の分析は、すでに終わっています。その結果捜査員は、わたしが田丸氏にたびたびかけたことを、察知していたわけです。むろんそのときには、田丸氏はすでに殺されていたので、どのみち隠しようがない。それで、何度も電話した理由をこちらから、捜査員に申告しました」

「それ以外の、発着信の記録はどうなんだ」

「残念ながら、分かりません」

少し間をおき、美希が質問する。

「田丸が、自宅から現場近辺へ行くまでの経過は、どうなっているのかしら」

「田丸夫人の話によると、田丸氏はゆうべ八時十五分に無線タクシーを呼んで、家を出ました。行く先は、聞かされなかったそうです。ただ、タクシーは現場付近で田丸氏を下ろして、そのまま走り去ったらしい。そのあたりの状況がもう一つ、はっきりしなくてね。捜査本部は、早々に田丸氏を乗せた運転手を、捜査本部に出頭させて、その間の事情を聞き出しました。しかし、報道陣には今のところ詳しい内容を、発表していません。わたしは今日、事情聴取を受けた運転手をつかまえて、詳細を聞こうとしました。しかし運転手は、警察から堅く口止めされていると言って、何も話してくれなかった。したがって、今日はどこの新聞の朝刊も夕刊もそのことに、まったく触れていません」

そのとおりだった。

今夜、大井から池袋へもどるまでのあいだに、大杉は夕刊を数紙買って目を通したが、残間の言うとおり運転手の話は、何も出ていなかった。

「もしかすると、犯人しか知りえない事実を伏せておいて、逮捕の際の決め手に使う肚かもね」

美希が言うと、残間はうなずいた。

「その可能性も、ありますね」

それから、グラスに軽く口をつけ、話を変える。

「捜査員の耳打ち話では、田丸氏はタクシーを現場付近に待たせて、だれかの家に立ち寄ったらしい。だれの家かは、まだ公表されていません。しかしお二人には、見当がつくんじゃありませんか」

残間の、意味ありげな問いかけに、大杉は美希を見た。

美希が、小さくうなずいて、口を開く。

「わたしが調べた範囲では、あの近辺に間接的にだけれど、百舌事件に関係している人が一人、住んでいるわ。例の、馬渡久平の盟友だった茂田井滋。彼の家が、遺体の発見現場の、すぐ近くにあるの。茂田井は、馬渡と緊密な関係にあったから、百舌事件のことをかなり詳しく、知っているはずよ」

残間が、会心の笑みを浮かべる。

「さすがですね。わたしも、そこにたどり着きました。田丸氏が立ち寄ったのは、間違いなく茂田井の家です。茂田井は、タクシーの運転手が待機していた場所から、徒歩一分ほどはいったところに、住んでいます。捜査本部も、そのことを突きとめたはずです。「田丸氏のケータイに、茂田井の家にかけた発信記録が残っていれば、簡単でしょう。た」ただし、少なくともマスコミにはそのことを、公表していません」

「そりゃそうだろう。引退したとはいえ、茂田井ももとは民政党の、大物だからな。根拠もなく、殺人事件と関連づけるわけには、いかないさ」

大杉が言うと、美希も付け加えた。

「だけど、マスコミもいずれは茂田井のことを、かぎつけると思うわ。どう関連づけるかは、別としてね」

少しのあいだ、沈黙が流れる。

大杉は指を立てて、残間の注意を引いた。

「肝腎《かんじん》なことを、聞かせてくれ。田丸の遺体、あるいは着衣の内側とか周辺とかに、百舌の羽根らしきものが、見つからなかったか」

残間も、指を立てる。

「そのことについても、捜査本部は口を閉ざしています。わたしは、絶対に書かないという約束で、古い付き合いの捜査員にそのことを、質問してみました。捜査員はそっぽを向いて、その質問には答えられないが、あえて否定するつもりはないと、思わせぶりな返事をしたんです」

大杉は、美希と顔を見合わせた。

美希は残間の方に、一膝乗り出した。

「それじゃ、やはり百舌の羽根が、残っていたのね」

「わたしは、そう解釈しました」

「つまり、田丸を殺したのはわたしを襲ったのと、同じ犯人ということだわ」

残間は腕を組み、ソファに背を預けた。

「そういうことになりますね。しかし、今度は失敗でもなければ脅しでもなく、完璧に仕事をやり遂げた」

美希もソファにもたれ、あまり気の進まない様子で言う。

「そう。犯人は、百舌の完全復活を、宣言したわけね」

ふたたび事務所に、重苦しい沈黙が流れた。

それを振り払って、大杉は残間に尋ねた。

「むろん、田丸の遺留品の中にカセットテープとか、あるいは何らかの記録メディアは、残っていなかっただろうな」

「だと思います。少なくとも、捜査本部はそのようなものが残っていた、と発表していません」

残間が応じると、美希は冷笑を浮かべた。

「残っているわけがないわ。田丸はゆうべ、カセットテープを茂田井から受け取って、あなたに渡すつもりだった。犯人は、渡されると困るだれかの指示に従って、田丸の遺体からそれを奪い去った、ということよ」

大杉は、両手を上げて二人を制し、残間に言った。

「もう一度、きちんと整理してみよう。田丸は、ゆうべあんたに渡す予定だった、そのカセットテープを受け取るために、無線タクシーを近くに待たせて、茂田井の家に立ち寄った。ここまではいいな」

残間がうなずき、美希もそれにつられるように、うなずき返す。

大杉は続けた。

「そのあいだに、犯人は田丸の使いを装うか何かして、運転手を現場から追い払った。たぶん、そこまでの料金に多額のチップをはずんで、もう必要なくなったから行っていい、とでも言ったんだろう」

それを聞いて、美希がむずかしい顔をする。

「だとしたら、運転手はその犯人の顔を見た可能性があるわ。捜査本部は、運転手からそれを聞き出して、人相書きを作るつもりかもしれない。そのために、運転手に堅く口止めしたんじゃないかしら」

残間は、首をひねった。

「犯人が、それほど不用心だとは、思えませんね。そんなリスクを冒すくらいなら、運転手も一緒に片付けたはずです。生かして追い払ったとすれば、顔を見られていないからじゃないですか」

大杉は、また手を上げた。

「まあ、待て。運転手に口止めすることで、捜査本部は犯人をおびき出すつもりでいる、とも考えられる。運転手が口を閉ざしていれば、犯人は逆に顔を見られたかもしれない、と不安を覚えるだろう。そのあげく、運転手を始末しにかかるんじゃないか。それを捜査員が待ち構えて、お縄にするという寸法だ」

美希が言う。

「そんな、見えすいた罠《わな》に飛び込んで来るような、単純な犯人とは思えないわ」

残間も、腕組みを解いて、うなずいた。

「同感ですね。くどいですが、そんなリスクを負うくらいなら、最初から運転手を始末してますよ」

大杉は、二人を見比べた。

「あんたたちはどうも、犯人の肩を持ちすぎるようだな。そいつは、自分の考えで百舌になりすますほど、頭のいいやつじゃあるまい。そいつを操って、百舌復活の道具に仕立てたやつが、裏にかならずいる。その、裏の人物こそおれたちの真の敵、と考えるべきだろう」

「そのことに、異論はないわ。だけど、その黒幕も百舌に仕立てる人間を選んだとき、ばかでは務まらないことを、重々承知していたはずよ」

美希の指摘に、残間は軽く眉をひそめた。

「とすると、だれとも見当のつかない百舌を探すより、黒幕を探す方が簡単かもしれませんね」

「それなら、考えるまでもないわ。ゆうべも、その話をしたでしょう」

美希があっさり言ったので、大杉は苦笑した。

「おれは今朝も、その話を聞かされたよ」

残間が、上体を乗り出す。

「百舌をよみがえらせて、世の中や政界を混乱させようとする人間は、まず限られています。たとえば、菅沼善助もその一人でしょう。菅沼は、わたしが提供したカセットテープを、自分で抱え込んでしまったわけだし」

「菅沼は、それを自分で利用するのを避けて、茂田井の手に引き渡したのよ。そして茂田井は、それを田丸経由で残間さんに提供して、三重島の失脚につながる原稿を、書かせようとしたんだわ」

美希がきっぱりと言い切り、残間はとまどったように大杉を見た。

「茂田井が、三重島を幹事長の座から引き下ろして、政界復帰を狙うということさ」

大杉が応じると、美希は肩をすくめた。

「まあ、そんなところだと思うけれど、あくまで状況からの推測でしかないわ。具体的な証拠は、何もないのよ。菅沼、茂田井の二人が口を割らないかぎり、だれにも証明できないことだわ」

残間は体を引き、大きく息をついた。

「実はわたしも、その筋書きを考えてはいたんです。茂田井が、問題のカセットテープを利用して、三重島を追い落とそうとする可能性は、十分にあります。そして、三重島がそれを阻止するために、そのテープを奪い取ろうとすることも、大いに考えられる。ただ問題なのは、倉木さんの言うとおり何も証拠がない、という点なんですよ」

三人とも申し合わせたように、腕を組んで黙り込んだ。

やがて、残間が口を開く。

「今回の事件で、なぜか捜査本部は報道陣にほとんど、捜査情報を漏らそうとしない。わたしに、何かささやいてくれるなじみの捜査員も、そうたくさんはいませんし。ここは一つ、倉木さんの線から捜査本部の幹部のだれかに、協力を頼んでもらえませんかね。茂田井や三重島の存在が、捜査の視野にはいっているのか、いないのか。はいっているとすれば、どういう方針で真相に迫るつもりなのか。それが分かれば、これ以上事件を広げずにすませられる、と思うんですが」

美希は、あいまいにうなずいた。

「そうね。だれか、協力を求められる相手がいるかどうか、探ってみるわ」

大杉は、鼻をこすりながら言った。

「警察庁の、例のお友だちの知恵が借りられたら、楽なんだがな」

美希には、内田明男という強力なブレーンが、控えているのだ。

美希は、苦笑した。

「彼は、わたしたちの秘書じゃないのよ。まあ、相談はしてみるけれど」

「だれのことですか、例のお友だちというのは」

残間の問いに、大杉は首を振った。

「あんたは、知らなくていい。それより、百舌の話はここまでにしておこう。もう一つ、別の話があるんだ。コーヒーをいれるから、ちょっと待ってくれ」

立ち上がった大杉を、残間が見上げてくる。

「例の、武器輸出の件ですか」

「そうだ」

24

水割りのセットを、キッチンに下げる。

大杉良太は、新たにコーヒーをいれ直して、テーブルに運んだ。

残間龍之輔が切り出す。

「この一件についても、わたしたちは三人ともほぼ同じくらい、情報を共有していると考えて、いいんですね」

倉木美希が、小さく首を振る。

「この件に関しては、わたしはあなたたちに比べて新参者だから、少し割り引いてほしいわ」

大杉はコーヒーを飲み、美希にうなずいてみせた。

「分からないところがあったら、遠慮なく質問してくれ」

残間に、目を移して続ける。

「実は今日も、あんたとの約束どおり石島を見張りに、三京鋼材へ行った。ただし、石島も今夜はどこへも寄らずに、まっすぐ帰宅した。念のため、報告しておく」

残間は、黙ってうなずいた。

大杉はコーヒーを飲み、あらためて話を続けた。

「きのう石島が、週刊鉄鋼情報の為永編集長と会ったことは、ゆうべ電話で話したよな」

「ええ。そのあと大杉さんは、尾行対象を石島から為永に変更した、と言いましたよね」

「そうだ」

「それは、悪い判断じゃなかった、と思います。石島の新しい接触相手が、分かったわけですから。ただし、業界紙の編集長というのが、気になりますね。たとえ業界紙でも、わたし以外のメディアと接触しているとは、思わなかった。どういう関係なんでしょうね、その二人は」

「石島と為永は、二人とも同じ名古屋の出身で、古いなじみだという話だよ」

残間の目が、疑わしげに光る。

「ずいぶん早く、突きとめましたね。昨日の今日だ、というのに」

大杉は、それを無視した。

「石島は、為永に対してもあんたに話したのと同じ、武器輸出三原則違反について、早ばやと話していたらしい」

残間は、しんそこ驚いた顔をして、上体を引いた。

「ほんとうですか。石島には、わたし以外にもその件を告発した相手が、いたんですか」

「そうだ。つまり、あんた一人の特ダネじゃなかった、ということさ」

残間は、ショックを隠そうとするように、コーヒーをがぶりと飲んだ。

「知らなかった。石島も、なかなかのタヌキだな」

「あんたは、ゆうべ社内の会議をエスケープして、有楽町で石島と会ったと言ったな。どんな話だったんだ」

残間は、時間を稼ぐようにもう一度、しかし今度はゆっくりと、コーヒーを飲んだ。

「輸出されている、武器の一部と思われる鉄パイプの、写真と設計図を見せられました」

大杉は、少し驚いた。

この次に石島敏光と会うときは、告発の証拠になるようなものを持って来るよう、要求しろと残間に言った覚えがある。

どうやら、それが功を奏したらしい。

「確かに、武器の一部と分かるものか」

急き込んで聞くと、残間は肩をすくめた。

「なんともいえません。一応預かったので、機械や設計図に詳しい同僚に、チェックを頼んでありますす。しかし、あのパーツだけで違法と決めつけるのは、たぶん無理でしょう。それ自体は、武器でもなんでもないんですから」

美希が口を挟む。

「でも、ばらばらのパーツを集めて、最終設計図どおりに組み立てたら、武器になるのでしょう」

「そういうことです」

「そうしたパーツを輸出するには、やはり経産大臣の許可が必要なはずよ。その手続きを踏んでいなければ、当然違法になると思うわ」

大杉は少し考え、さりげなく聞いた。

「ところで、いつ記事を書くつもりだ」

残間は耳の後ろを掻き、きゅっと眉根を寄せた。

「わたしとは別に、業界紙の編集長がからんでいるとなると、あまりのんびりもしていられない。たとえ相手が業界紙でも、先を越されるわけにはいきませんからね。パーツの分析ができたら、すぐにも書こうかと思います」

大杉は、ちらりと美希を見た。

美希は目を伏せ、コーヒーを飲んだ。どうやら、自分の意見は聞いてくれるな、ということらしい。

大杉は肚を決め、咳払いをして言った。

「あんたが、ゆうべ有楽町で石島と会ったのを、見ていたやつがいるんだ」

残間は、ぎくりとした様子で、大杉を見返した。

「だって、大杉さんは尾行対象を為永に変えたわけだから、わたしと石島が会っているところは、見てないでしょう」

「見ていたのは、おれじゃない。東坊めぐみだ」

「東坊めぐみ」

残間はおうむ返しに言い、あわてて続けた。

「お嬢さんのことですか」

「そうだ。昨日、三京鋼材で石島を見張っているときに、同じ目的で来ていためぐみたちと、接近遭遇しちまってな」

「たちって、お嬢さん一人じゃなかったんですか」

「めぐみの先輩の、きざな若造とコンビで、来てたのさ」

美希が、含み笑いをするのに気づいたが、ほうっておく。

残間は、深刻な顔になった。

「すると、やはり生活経済特捜隊が動いている、ということなんですね」

「そうだ。これから話すことは、もちろん記事に書いてもらっちゃ困るし、むろん他言も無用だ。そうでなきゃ、話さんからな」

大杉が言い切ると、残間はその見幕に驚いたように、顎を引いた。

「おどかさないでくださいよ。どういうことですか」

「約束するか」

念を押すと、残間はしぶしぶのように、うなずいた。

「分かりました。約束します」

「めぐみの先輩は、車田聖士郎という同じ特捜隊の、警部補だ」

字を教えて、話を続ける。

「その車田に、三京鋼材が不正武器輸出に関与している、と垂れ込んだのが為永一良、というわけだ。為永は、石島から聞いたその一件をそっくり、車田に横流ししたのさ。為永と車田は、大学の野球部の先輩後輩で、面識があったんだ」

残間は、納得のいかない顔をした。

「しかし、業界紙といえどもそのような特ダネを逃して、警察にちくりますかね」

「まだ疑惑だけで、記事にできるほどの証拠をつかんではいなかった、ということさ。だから、証拠集めは警察にやらせて、いざ手入れという段取りになったら、いち早く車田から情報をもらう、という密約を取りつけたらしい」

「そんな約束を、業界紙が守りますかね」

疑わしげな残間に、美希が言葉を添える。

「為永は、その情報を自分の新聞だけじゃなくて、一般マスコミにも売り込んで小遣い銭を稼ぐ、という考えじゃないかと思うの。そのためにも、抜け駆けはしないでしょう」

残間は、なおも疑いの色を消さなかったが、それ以上は何も言わなかった。

大杉は、口を開いた。

「業界紙はもちろん、現在内偵中の事件を一般の新聞に書かれちまったら、生活経済特捜隊のこれまでの苦労が、水の泡になる。そこで相談だが、為永に対するのと同じ条件を出すから、記事を書くのはもうしばらく、待ってもらいたいのさ」

残間は腕を組み、ソファにふんぞり返った。

「それは、お嬢さんの意向ですか」

図星だったが、認めるわけにはいかない。

「いや、おれの意向だ。親ばかとでも、何とでも言ってくれ」

大杉が居直ると、美希がそばから助け船を出してくれた。

「警察の立場からすれば、もう少しで立件できるというときに、マスコミに観測記事を書かれるくらい、具合の悪いことはないの。証拠を隠滅される危険もあるし、情報管理のずさんさを、叩かれもするわ。今の条件で、言うとおりにしてあげて。わたしからも、お願いします」

そう言って、残間に頭を下げる。

それには、大杉も面食らった。

残間が、妙に照れくさげな顔をして、手を振る。

「倉木さんまで、やめてくださいよ。古いなじみじゃないですか。分かった、分かりました。書かなくちゃいけないときが来たら、真っ先に大杉さんにそう言います。しつこいようですが、たとえ相手が業界紙といえども、後れを取りたくないですから」

「逆に、警察の手がはいると決まったときは、真っ先に知らせてやるからな」

「ほかの社に出さない、極秘情報も含めてね」

残間は、念を押すのを忘れなかった。

＊

日が落ちて、室内がすっかり暗くなった。

壁の間接照明が点灯し、わずかに明るくなる。

黒頭巾が言った。

「さっきの話の続きだ。田丸が、宇奈根一丁目のどこに立ち寄ったか、分かったか」

大角大介は、冷や汗をかいた。

先刻、同じ質問をされて答えられず、捜査中だと逃げを打った。

しかし、どうもそのままではすまない気がして、黒頭巾が注射を打つために退室したあと、すぐに世田谷南署の捜査本部の顔見知りに、携帯電話をかけたのだ。

すると、幸便にもその答えらしきものが出ていて、教えられたばかりだった。

大角は、胸を張った。

「ついさっき、調べがつきました。殺害現場付近に、茂田井滋の家があります。田丸は、茂田井の家に立ち寄ったに、相違ありません」

「茂田井の家か。どうしてそこへ、田丸が立ち寄ったと思うのだ」

「茂田井は、こちらの先生に民政党への復帰を打診しましたが、拒否されました。そのために、政界引退を余儀なくされたわけです。したがって先生のことを、恨んでいるに違いありません」

そこで、一息入れる。

黒頭巾は、頭をかすかに揺らした。

「続けるんだ」

「茂田井は、田丸を使って残間に先生のことを悪く書かせ、失脚させようとしたのです。そして、自分の民政党への復党を、実現しようとした。そうとしか、思えません」

黒頭巾の口から、金属的な笑い声が漏れる。

「あの老いぼれが、そんな大それたことを考えている、というのか」

大角は、ちょっと引いた。

隣にすわる御室三四郎が、にわかに口を開く。

「以前、当社の稲垣専務がそのようなことを、口にされたことがあります」

それを聞いて、微動だにしなかったのは黒頭巾だけ、といってよい。

大角だけでなく、弓削まほろでさえかすかに肩を動かし、驚きの色を見せた。

大角は唇を湿し、呼吸を整えた。

御室が口をきいたことと、口にした内容の両方に虚をつかれ、動揺していた。

黒頭巾から質問されればともかく、だれの許しも得ずに御室が発言したことは、これまで一度もない。

それに、専務の稲垣志郎がそうした考えを口にするのを、大角自身は聞いたためしがなかった。

そのような重要な情報を、自分を飛ばして下っ端の御室に漏らす、などということがあるだろうか。

極力平静を装いながら、大角は御室を見ずに言った。

「専務が、そのようなことを口にされた、とは思えないな。少なくとも、わたしは一度も、その種の話を、耳にしたことがない」

御室が答えるまでに、少し不自然な間があく。

「自分が、こちらの警備を担当させていただくと決まったとき、専務からそのように言われました。つまり、茂田井は政界への復帰を、画策している。それどころか、民政党の幹事長の座を狙っている、と思われる。そのために、先生に何かを仕掛けてくる恐れがあるから、くれぐれも気を許さぬように、ということでした」

黒頭巾が、口を開いた。

「その件は、早々にわたしからお屋形の耳に、入れた方がよさそうだ」

黒頭巾は、この別邸のあるじを〈お屋形〉と呼ぶ。

大角は最初、オヤカタを〈親方〉のことだと思って、違和感を覚えたものだった。

その後、機会があってまほろに確かめたところ、〈お屋形〉のことだと分かった。

黒頭巾が、なぜそんな古臭い呼び方をするのかは、いまだに不明のままだ。

しばらく黙ったあと、黒頭巾の声が低く響いた。

「タキを呼べ」

まほろが、すばやくドアに足を運んで、ノックする。

ほどなく山口タキが、ドアをあけた。

「お呼びでございますか」

「今日は、ここまでにします。お疲れのようだから、すぐに寝室にお連れして」

まほろはそう言い、車椅子をぐるりと回して、ドアへ向かった。

大角と御室は立ち上がり、黒頭巾とまほろに最敬礼した。

二人が出て行くと、大角はほっと肩の力を緩めた。

田丸清明が殺された今、お屋形は茂田井のことを聞かされて、なんと言うだろうか。

驚くだろうか。

驚いたふりをするだろうか。

それとも、顔色一つ変えないだろうか。

25

倉木美希は視線をそらさず、まっすぐに相手を見つめた。

警視庁捜査一課の管理官、岸和田悟《きしわだざとる》も真意を探るような上目遣いで、美希を見返す。

岸和田は、田丸清明殺人事件の捜査本部に詰め、現場の指揮を執っている。

進展状況を含めて、捜査活動の全貌を把握するこの男が、もっとも正確な情報を持つことは、間違いない。

岸和田は、虚勢を張るように背筋を伸ばし、おもむろに言った。

「現在、わたしは田丸事件の捜査に専念しているため、わたし個人の問題は事件が解決してから、ということにしていただけませんか」

一応、敬語を遣った。

しかし、自分の方が年下にせよ同じ警視であり、しかも準キャリアだという自負らしきものが、遠慮のない口調に表れていた。

しかし、美希は相手のキャリアや役職がどうであれ、一歩も引くつもりはなかった。

そんなことで、いちいちたじろいでいたら、特別監察官の仕事は務まらない。

「わたしの見るところでは、田丸事件はかなり長引くと思います。通り魔などによる、単なる偶発的な殺人事件とは、わけが違います。しかもこの事件は、裏に政治がからんでいる可能性があって、さらに複雑化するでしょう。岸和田管理官ご自身の問題は、事件解決まで待ってくれない、と思います。同じ政治がらみでも、管理官の場合は週刊誌ネタですから。準キャリアの管理官と、売り出し中の女性国会議員との不倫は、格好のえさになりますよ」

そう指摘すると、岸和田は追い詰められたように、喉を動かした。

まだ、四十歳そこそこと思われる岸和田は、顔立ちもよければ服装もきちんと整った、渋い中年男だ。

いかにも、女にもてそうなタイプに見えるが、それが落とし穴にもなる。

岸和田に関して、内田明男がくれた極秘情報は、予想した以上にスキャンダラスなものだった。

岸和田は、衆議院のやり手の女性議員片野《かたの》サヨリと、郊外のラブホテルに出入りする現場を、かつての部下だった西原進《にしはらすすむ》という刑事に、目撃された。

そのとき、西原自身もなじみのホステスと、同じホテルで浮気中だったことから、しばらくは口外しなかった。

一カ月ほどして、西原は警視庁から法務省に出向中の、大学時代の同期生と飲んだおりに、酒の勢いで自分が目撃した一件を、ついしゃべってしまった。

ところが、その同期生はたまたま内田が、霞《かすみ》が関《せき》周辺の関係省庁に網を張った、情報源の一人だった。

報告を受けた内田は、別のルートから岸和田の身辺を調べ上げ、二人の不倫の詳細を知るにいたった、というのだ。

内田は、監察官の仕事とは直接関係のない、人事課の一係長にすぎない。

ただ、何かのおりに役立てるために、警察内部の不祥事やスキャンダルには、常に目を光らせており、情報収集を怠らずにいる。

美希は、そうした裏情報にどれだけ助けられたか、数え上げればきりがないほどだ。

今回も、田丸事件の捜査の責任者が岸和田と分かり、内田に何か使える道具はないか、と問い合わせた。

すると、さっそくこの不倫情報が届いた、というわけだ。

岸和田が黙っているので、美希は先を続けた。

「岸和田管理官が、というよりほとんどの警察官が、わたしたち監察官の仕事に反発し、ときに敵意を抱いておられることも、よく承知しています。なにせ、監察官は同じ警察官の不行跡や、プライバシーをつつき回すのが仕事ですから、うとまれて当然です」

岸和田は、まだ黙ったままだった。

しかし、美希の言を否定しないところをみれば、そう思っていることは確かだった。

美希はさらに続けた。

「ですが、警察という組織と機構を守るためには、監察の仕事が不可欠なことも、お分かりでしょう」

岸和田が、しぶしぶという感じで、口を開く。

「その点はまあ、わたしにも理解できますが、そこは警察官同士で武士の情け、というのがあるんじゃないんですか」

そんな言葉が出る、とは思わなかった。

「それは、場合によります。今回の場合、警察内部だけでなく週刊誌のライターに、情報が流れてしまった。情報源は明らかにできませんが、とにかくしっかり証拠を握られていて、管理官に逃げ場はありません。当面、相手の出した条件をのんで様子を見るしか、方法がないと思います」

「どんな条件ですか」

気の進まぬ口調で聞く岸和田に、美希は一呼吸おいて応じた。

「田丸事件に関して、捜査本部がマスコミに伏せている、極秘情報を流してもらうこと、という条件です」

それを聞くと、岸和田は顎を引いて絶句した。

その顔色を見て、事件の裏に何か陰の力が働いている、と直感する。

岸和田は、すぐに平静を取りもどしたように、薄笑いを浮かべた。

「報道陣に、手の内をすべて明かしてしまったら、捜査になりませんよ。倉木警視も、かつては公安の現場におられたわけですから、それくらいご存じでしょう」

「ええ、もちろん。でも、今回は捜査情報を広く発表する、というわけではありません。

特定の記者に、内密に情報提供するだけです」

「しかし、たとえ一誌でも週刊誌に出てしまえば、同じことですよ」

「相手にどの情報を伝え、どの情報を伏せておくかの判断は、わたしに任せていただきます。できるだけ、捜査に支障をきたすことのないように、セーブするつもりです」

「捜査本部から、というより捜査の指揮官であるわたしから、そうした情報が流出したことが分かると、ただではすみませんよ。わたしの、不倫問題どころの騒ぎではない。特別監察官たる、倉木警視ご自身にも責任が及ぶことは、間違いないでしょう」

岸和田が、逆に脅しをかけるように言ったので、美希は内心苦笑した。

歯牙《しが》にもかけない、という顔をこしらえる。

「その心配は、ありません。週刊誌のライター、かりにZとしておきますが、Zには情報源を誌面にも外部にも、絶対に漏らさぬよう警告するつもりです。もし約束を破ったら、マスコミの世界では生きていけなくなる、と言えばZも考えるでしょう」

「フリーのライターに、そんな仁義がありますか」

「それは、Zとわたしの駆け引きの問題ですから、管理官が気に病む必要はありません」

美希がきっぱりと言うと、岸和田は少しのあいだ黙り込んだ。

やがて、おもむろに口を開く。

「その記者が、何を知りたがっているのか、言ってください。こちらから、全部カードを見せるわけには、いかないので」

美希は、コーヒーに手を伸ばし、一口飲んだ。

三軒茶屋《さんげんぢゃや》の近くの、ビジネスホテルの一室に岸和田を呼び出し、取引しているところだった。

コンビニで買ったコーヒーは、三十分ほどのあいだにすっかり冷めている。

「では、Zが聞きたがっていることを整理して、わたしからお尋ねします。それがそのまま、Zに伝わるとは思わないでください。わたしなりに、差し支えがないと判断できる範囲で、概要を伝えるつもりです。したがって、わたしには何も隠さずに、話していただきます。よろしいですね」

美希が念を押すと、岸和田は薄笑いを浮かべた。

「まるで、検事の取り調べのようだ」

美希は、それを無視した。

「まず、田丸を殺害現場付近へ乗せて行った、タクシーの運転手について。事件の夜、田丸を乗せた前後の、運転手の証言を教えてください」

岸和田は、時間稼ぎをするように狭い客室を見回し、コーヒーが二つ載った丸テーブルに、目をもどした。

そんな岸和田の様子に、美希も一つ深呼吸をして、気持ちを落ち着けた。

確かに、妙な取り合わせだ。

殺風景な客室で、親しくもない中年の男女が二人向き合い、色恋と無縁の場違いな話をしている姿は、見ようによっては滑稽《こっけい》そのものだった。

岸和田が、さりげない口調で言う。

「念のためお聞きしますが、この会話は隠し録りされていないでしょうね」

美希は、ほほ笑んだ。

「していません。ご心配なら、身体検査をしていただいても、かまいませんよ」

岸和田も小さく笑い、それから真顔にもどって続けた。

「運転手の名前は、鈴木三郎《すずきさぶろう》といいます。鈴木によると、田丸を世田谷区宇奈根の自宅から、殺害現場付近まで乗せたところで、一度おろしたそうです。そこで二十分ほど待ってから、また田丸を乗せて中央区京橋へ回る約束だった、とのことです」

「タクシーを待たせて、田丸は現場付近に住むだれかの家に、立ち寄ったのでしょうか」

「そうだと思います」

「だれの家か、調べがついたのですか」

美希の質問に、岸和田の目がわずかに揺れる。

「どこの家を訪ねたかは、まだ特定されていません」

「それは、田丸が立ち寄ったと思われる家の住人が、田丸の来訪を否定したからですね」

岸和田は、返事をしなかった。

しかし、それはむしろその指摘が図星を指したことを、物語っていた。

追い討ちをかける。

「田丸が立ち寄った先は、もと民政党の茂田井滋の家ですね」

岸和田は、また喉を動かした。

「特定されていない、と申し上げたでしょう」

「それでご返事をいただいた、と理解することにします」

美希が言葉を返すと、岸和田は口をつぐんだ。

「次の質問に、移ります。タクシーは、田丸がもどって来るのを待たずに、走り去ったようですね。その前後の状況を、詳しく教えていただけませんか。捜査本部が、それについて運転手に口止めしたことは、承知しています」

岸和田は、まじまじと美希を見つめ、唇を引き締めた。

うかつに嘘《うそ》はつけない、と肚を決めたようにみえる。

ため息とともに、話し始めた。

「鈴木によれば、田丸がおりて五分もしないうちに、別の男が運転席の窓を叩いてあけさせ、ここまででいいからと言って、一万円札をよこしたそうです。それで鈴木は、予定が変わったのだと理解して、その場から走り去ったと言っています」

「別の男とは、田丸本人ではなかった、ということですね」

念を押すと、岸和田はもぞもぞとすわり直した。

「顔はよく見えなかったが、最初に乗った男ではなかったように思う、とのことでした。あとの男は、コートの色が違っていたようだし、田丸がかぶっていなかった帽子を、頭に載せていたそうです。いかにも、だれかに頼まれて金を払いに来た、という口ぶりだったので、疑いもせずに金を受け取って車を出した、と言っています」

「その男の体つきとか声、しゃべり方については」

「どちらかといえば小柄で、抑揚のない、聞き取りにくいしゃべり方だったそうです」

美希は少し間をおき、さりげない口調で質問した。

「田丸の所持品の中に、メモや手帳がありませんでしたか」

「メモも手帳も、持っていませんでした。手帳は、犯人が持ち去った可能性がありま す」

「それ以外の、記録メディアのようなものは」

「記録メディア、といいますと」

「ＵＳＢメモリーとかメモリーカード、メモリースティック、ＣＤ、あるいはカセットテープなどです」

岸和田は、むずかしい顔をした。

「その種のものは、持っていませんでしたね、いっさい」

嘘を言っている様子はない。

「もう一つ、聞かせてください。田丸の遺体、ないしは衣服に鳥の羽根のようなものが、付着していませんでしたか」

それを聞くと、岸和田の顔が急に引き締まった。

「どうして、そんなことをお聞きになるんですか」

「これは、取引相手のZとは関係ない、わたし個人の質問です。かつて、わたしが深く関わったある事件と、関連があるかないかを知りたいのです」

岸和田は、右手の甲で口の左側をぬぐい、唾《つば》をのんだ。

気の進まぬ口調で言う。

「それは、例の百舌事件のことですか」

「そうです。ご存じですか」

岸和田は、少しためらったものの、小さくうなずいた。

「ええ。人づてに、耳にしただけですが。あの事件を詳しく知る人間は、当事者以外にほとんど残っていない、と聞いています。少なくとも、警察内部にはね。つまり、倉木警視お一人、ということでしょう」

美希は、それをさえぎった。

「わたしの質問の、ご返事は」

岸和田は、ため息をついて体を引き、椅子の背にもたれた。

「おっしゃるとおり、羽根が残っていました。鑑識によれば、百舌の羽根だそうです」

やはり、と思う。

「どこに、残っていたのですか」

畳みかけると、岸和田はぞっとしない顔で、肩をすくめた。

「口の中ですよ。歯でしっかりと、噛み締めていました」

美希は脱力感に襲われ、同じように椅子の背にもたれた。

予想したとおり、何者かが百舌の復活をたくらみ、田丸を始末してみせたのだ。

逆に岸和田が、体を乗り出してくる。

「正直に言いますと、犯人がいったい何をたくらんでいるのか、意図が判然としないんです。その分、捜査本部にはとまどいがあります。今や百舌事件を、耳にしたこともない捜査員がほとんどで、捜査をどの方向に舵取《かじと》りしていけばいいのか、わたしにも明快な方針が立てられない。むしろ倉木警視に、アドバイスしていただきたいほどです」

美希はコーヒーを飲み干し、岸和田を見返した。

「この事件には、民政党の権力争いがからんでいる、という気がします。田丸の立ち寄り先が、茂田井の家であることは間違いないでしょう」

岸和田が、むずかしい顔をする。

「だとすれば、田丸は茂田井のところへ、何しに行ったんでしょうね」

美希は少し迷ったが、思い切ってヒントを与えることにした。

「おそらく、何かを受け取りに行ったのだ、と思います。あとでそれを、東都ヘラルドの残間記者に、渡すつもりだったんじゃないでしょうか」

　岸和田の顔に、驚きの色が浮かぶ。

「その何かとは、どんなものですか」

「断定はできませんが、何か表沙汰にしたくない証拠物、という気がします。その証拠物を、公表されると困る何者かが、犯人に指示して田丸を始末させ、奪い取らせたのではないか、と思います」

　岸和田は深刻な表情になり、しばらく考え込んでいた。

　それから、思い直したように言う。

「その、公表されると困る何者かというのは、だれのことですか」

　美希は、顎を引いた。

「それを探るのは、そちらのお仕事でしょう。政治がからむと、警察にとってめんどうな事件になることが、ままあります。この事件も、その一つじゃないかしら」

「しかし、茂田井はすでに政界を引退していますし、今さら政治にからんだ事件に関わることは、ないんじゃないですか」

「そうとは、言い切れませんよ。茂田井にも、政界復帰の野心が残っているかもしれないし、それを陰であと押しする者もいれば、阻止しようとする者もいるでしょう。捜査本部に、外部から圧力がかかることもありますから、肚を決めてかかるようにお願いします」

岸和田は、美希をじっと見た。

「シゲル同士で、角《つの》を突き合わせるつもりだ、とでも」

「シゲル同士」

美希が聞き返すと、岸和田は指を立てた。

「ご存じないですか。茂田井滋と、現民政党幹事長の、三重島茂。字は違いますが、シゲル同士でしょう」

そう言われれば、そのとおりだ。

「ああ、なるほど。今まで、気がつかなかったというか、忘れていたわ」

「われわれも、茂田井が政界復帰に色気を示している、という情報は持っています。三重島が、それであたふたしている様子はまだありませんが、そうなってもおかしくはない」

「でしょうね。今度の事件に、三重島が関係しているかどうかは、分かりません。でも、それを視野に入れて捜査を進めるべきだ、と思います」

「分かりました。そのように、心がけます」

美希は、表情を引き締めて言った。

「それもだいじですが、管理官には片野サヨリ議員との、不適切な関係を早々に断ち切るように、お願いします。Zには、聞かせていただいたお話を適当にぼかして、うまく伝えることにします。この取引については、お互いに口外しないことにしましょう」

「了解しました。片野議員との一件は、まことにお恥ずかしい次第です。ただちに、清算することにします。ご配慮のほど、お願いします」

神妙な口調で言い、岸和田は深ぶかと頭を下げた。

あらためて、あとを続ける。

「それより、田丸事件についても今後も倉木警視から、何かとアドバイスをいただけると、ありがたいんですが」

美希は少し考え、外堀から揺さぶりをかけることにした。

「それで思い出しましたが、一つだけアドバイスがあります。三重島幹事長は、西武多摩川線沿線の白糸台《しらいとだい》の近くに、別邸を持っています。めったに行かないようですが、警視庁のSPを使うのを避け、民間の警備会社に警備を任せている、とのことです。今回の事件に、幹事長が関与しているかどうかはともかく、場合によってはチェックする必要が、出てくるかもしれませんね」

これも、内田明男からの、極秘情報だった。

岸和田の目が、貪欲《どんよく》な光を帯びる。

「分かりました。覚えておきましょう」

26

黒頭巾が言う。

「田丸事件について、その後何か新しい情報が、はいったかね」

大角大介は、背筋を伸ばして応じた。

「殺害現場付近まで、田丸を乗せて行ったタクシーの運転手が、姿を消しました。どうやら、運転手がマスコミによけいなことをしゃべらないように、捜査本部がどこかへ保護した、と思われます」

黒いガウンの下で、車椅子の肘掛けのあたりがわずかに上下し、腕が動いた様子がうかがわれる。

「どのみち運転手は、チップをはずんで自分を追い払った男を、覚えておらんのだろう」

「そのようです。運転手のことは、あまり気にされる必要はない、と思います」

「殺される直前に、田丸が茂田井の自宅に立ち寄った確証は、まだ取れないのか」

大角は、頭を下げた。

「残念ながら、取れていません。捜査本部の問い合わせに、茂田井は事件の夜、田丸はもとより、だれも訪問者はなかった、と回答したそうです。当然のことながら、すなおに認めるはずはありませんし、目撃者でも現れない限り立証はむずかしい、と思います」

　黒頭巾は、何も言わない。

　大角は続けた。

「前回申し上げたように、茂田井は田丸を使ってこちらの先生を、失脚させようとたくらんでいた、と考えられます。それを、わずかの差で阻止された今となっては、茂田井の側の危機感も、高まっているでしょう。その場合、先生に対してもう一度、危険な行動に出る恐れがあります。となると、先生の側にもそれを阻止するなり、反撃の手段を考えるなり、なんらかの対策が必要ではないでしょうか」

「御室。おまえはどう思う」

　なんの前触れもなく、黒頭巾が隣にすわる御室三四郎に、質問した。

　大角は、面食らった。というより、むしろ不快感を覚える。

　確かに御室は、この別邸の警備を担当する現場責任者だが、自分はそれを指揮する立場にある、御室の上司だ。

　意見を聞くなら、自分だけで十分だろう。何も、部下の御室に確認する必要は、ないではないか。

　大角の、そんな内心の不愉快さも知らぬげに、御室は落ち着いた様子で応じた。

「自分は、現時点で先生が反撃等の行動に出られるのは、好ましくないと判断します。

田丸が殺されたことで、茂田井はさらに先生に対する敵愾心《てきがいしん》を、強めているでしょう。むしろ、相手の出方を待ってその逆手《ぎやくて》を取るのが得策だ、と思います」

御室の、自信ありげな口調に気《け》おされて、大角は唇を引き結んだ。

黒頭巾が続ける。

「おまえは、お屋形が今回の田丸殺しに関わっておられる、と考えているのかね」

唐突な質問に、大角はひやりとした。

その問題には触れたくないし、これまでもさりげなく避けてきたつもりだ。

どちらにせよ、黒頭巾の方からそれを持ち出される、とは思わなかった。

御室が、いっこうに臆《おく》する様子もなく、答える。

「事情を知る者なら、だれでもそう考えるでしょう」

平然とした返事に、大角は御室をたしなめようと、手を上げかけた。

同時に、黒頭巾の口から金属がきしむような、甲高い笑いが漏れる。

大角は、毒気を抜かれた感じで口をつぐみ、手をおろした。

ひとしきり笑った黒頭巾が、まだいくらか笑いを含んだ口調で言う。

「御室。まさかおまえは、田丸殺しをお屋形ご自身のしわざだ、と思ってはいまいな」

それを聞いて、大角はたまらず口を開いた。

「当然です。先生が、そんなばかなことをなさるとは、だれも考えておりません」

御室が、感情のこもらぬ声で、あとを続ける。

「むろん、自分も先生が直接手をくだされた、などとは思っていません。しかし、多かれ少なかれこの事件に、先生のご意向が働いていることは、間違いないでしょう。また、そう考えるのは自分一人ではない、と思います」

黒頭巾の、頭のあたりがかすかに動く。

「おまえは、お屋形が直接手をくだしたのではないにせよ、だれかに命じて田丸を殺させたのだ、と言いたいのかね」

その、あまりにむきつけな質問に接して、大角は背筋が冷えた。

御室も、さすがに軽く顎を引いたが、動じる様子はない。

「いえ。だれかにお命じになれば、命じられた人間が証人として、残ります。先生が、そのような致命傷になりかねない、不用意なことをされるとは思えません」

「自分でもやらず、他人にも命じなかったとすれば、どうやって田丸を始末することが、できたのかね」

黒頭巾の問いに、御室は少し間を置いて応じた。

「先生に指示されるまでもなく、先生のお気持ちをそれと察して、代わりに実行してさしあげよう、と考える者がいてもおかしくありません」

その、持って回った言い方をおもしろがるように、黒頭巾はまた小さく笑った。

「つまり、お屋形の指示や命令を受けるまでもなく、勝手にそうした行動に出る者がいる、ということかね」

「はい。そういう人物がいれば、直接先生にご迷惑をかけることなく、問題を処理できるわけですから」

大角は、つい聞き耳を立てている自分に気づき、わざと咳払いをした。

「お待ちください。御室の発言は、わたくしどもが担当する業務の範囲を、逸脱しています。どうか、お聞き流しくださるように、お願いします」

黒頭巾が応じる。

「御室の言うことにも、一理あるではないか。田丸殺しを、お屋形と茂田井との政争に結びつける者が、絶対におらぬとは限らぬだろう。そのときに、お屋形に災いが及ばぬように対処することも、おまえたちの仕事に違いあるまい」

そう指摘され、大角は長椅子の上ですわり直した。

さりげなく、額の汗をぬぐって言う。

「おっしゃるとおりです。今後は、そうした状況を視野に入れながら、警備態勢を固めることにします」

黒頭巾が言うように、御室の指摘に一理あることは、大角にも分かった。

三重島茂ほどの大物になると、みずから指図をしないでもその意を汲《く》んで、本人の代わりに過激な行動に出る者が、いないとも限らない。

大角は、恐るおそる言った。

「とはいえ、そんな人間が先生の周辺に存在するとなれば、きわめて危険ではないでしょうか。へたをすると、先生ご自身にとばっちりがくることも、十分に考えられます」

「そういう人物が存在するなら、その人物はお屋形に迷惑をかけるような、愚か者ではないと信じているがね」

禅問答のようになってきた。

大角が黙っていると、黒頭巾は続けた。

「実のところ、お屋形にとって好ましくない相手は、田丸だけではない。ほかにも、何人かいる」

すかさず、という感じで御室が口を開く。

「どういった人たちですか」

黒頭巾は、答える前にじりじりするほど、時間をおいた。

おもむろに言う。

「おまえたち、百舌事件というのを耳にしたことが、あるだろうな」

大角は、内心の動揺を押し隠して、隣の御室をちらりと見た。

御室は、黒頭巾の質問が聞こえなかったかのように、無表情だった。

しかたなく、大角は言った。

「警察にいたころ、耳にしたことはあります。しかし、具体的にどんな事件だったのか、承知しておりません。当社の稲垣専務なら、かなり詳しく知っていると思いますが、わたしは聞いたことがありません」

御室は、黙ったままでいる。

黒頭巾は続けた。

「あの事件に関わった者で、お屋形にとっていかにも目障りな連中が、何人かいた。死んだ田丸は、その一人だった。田丸が、東都ヘラルドで社会部長をしていたころ、下で働いていた残間という男も、同様だ。残間は、今も東都ヘラルドで、編集委員を務めている」

「はい。殺された夜、田丸が会う予定だった男ですね」

「そのとおりだ」

「残間は、〈ザ・マン〉への原稿執筆の件で、田丸と会う約束になっていた、と供述しています。捜査本部では、犯人がその話し合いを阻止するために、田丸を殺したものと判断しているようです」

「おそらく田丸は、残間にお屋形を誹謗《ひぼう》する原稿を書かせよう、としていたのだろう。田丸が死んだ今、今度は残間が自分の判断で原稿を書く恐れも、出てきたわけだ」

御室が、突然口を開く。

「すると、犯人の次のターゲットはその残間、ということになりますか」

黒頭巾は、いやな笑い声を立てた。

「その可能性はあるな。しかし、目障りな相手はほかにも、まだまだいる」

そこで、言葉を切る。

大角は続きを待ったが、黒頭巾はそれきり口を閉じてしまった。

催促するわけにもいかず、大角はそっと肩の力を抜いた。

例によって、沈黙を保っていた弓削まほろが、静かに口を開く。

「お疲れのようですから、そろそろお休みになっては、いかがですか」

黒頭巾の上体が、かすかに揺れる。

「そうだな。きょうは、これくらいにしておくか。タキを呼んでくれ」

「かしこまりました」

まほろは向きを変え、優雅に戸口へ足を運んだ。

小さくノックすると、十秒ほどたって静かにドアが開き、山口タキが顔をのぞかせる。

まほろは、タキに黒頭巾の車椅子を回すように指示し、大角の方に向き直った。

「きょうはこれで、失礼させていただきます。お打ち合わせがあるようでしたら、そのままここをお使いください」

大角は、立ち上がった。

「ありがとうございます。それでは、十五分ほど今後の警備の打ち合わせを、させていただきます」

タキが、黒頭巾の車椅子を押すあとについて、まほろも部屋を出て行く。

大角も御室も、少しのあいだ口をきかなかった。

やおら大角は立ち上がり、御室に顎をしゃくった。

「庭を歩きながら話そう」

御室も腰を上げたが、あまり気が進まない様子だ。

「この部屋を使っていい、と言われましたが」

「気が変わった。外の空気を吸いたくなった」

大角は、先に立って玄関口へ行き、靴をはいて外へ出た。

この部屋は、筒状の渡り廊下で母屋と連絡があるものの、建物そのものは独立した離れで、専用の玄関口がついているのだ。

建物を離れると、大角は横に並んで来た御室に、低い声で言った。

「外に出たのは、念のためだ。あの部屋には、盗聴器が仕掛けてあるかもしれんからな。おれたちの話の内容を、黒頭巾に聞かれたくない」

御室が珍しく、くくっと笑う。

「黒頭巾、ですか。ぴったりの呼び名ですね」

「車椅子にすわったまま、あれこれおれたちに偉そうに質問したり、指図したりするいやなやつだ。三重島はなぜ、あんな得体の知れぬ男を別邸にかくまったり、めんどうを見たりしてるんだろうな」

歩きながら、大角はちらりと自分を見る御室を、意識した。

「今度のような事件を、仕切らせるためでしょう」

その言葉の意味を考える。

「三重島の意を受けて、黒頭巾がだれかに田丸殺しを実行させた、というのか」

「そう考えることに、何か不都合がありますか」

御室の反問に、大角は詰まった。

「しかし、黒頭巾がだれかにやらせたのなら、事件の経過をおれたちから根掘り葉掘り、聞きたがったりしないだろう。そいつから、詳しく報告を受けるはずだからな」

「もちろん、それは百も承知でしょう。ただ黒頭巾は、捜査本部がどの程度事実をつかんだか、捜査がどんな具合に進展しているかを、知りたいだけですよ」

自信ありげな口調だ。

日没が近づいたらしく、急にあたりが暗くなる。

屋敷を囲むように、邸内のあちこちに茂っている木立の向こうに、日が落ちたようだ。

大角は足を止め、木漏れ日を浴びてまだらになった御室の顔を、じっと見た。

「おまえ、おれに何か隠しているな」

いきなり鎌《かま》をかけると、御室は平然と見返してきた。

「隠すつもりはありません。ただ、部長がご存じないことを、自分が知っているだけのことです」

悪びれる様子もない。

大角は煙草を取り出し、デュポンのライターで火をつけた。

「おまえが知っていて、おれの知らないことがあるというのは、穏やかでないな。たった今それを、ここで聞かせてもらおうじゃないか」

そう言って、脅しをかけるように煙草の煙を、御室に吹きかける。

御室は眉をひそめ、おおげさに煙を手で払いのけた。

煙が散るのを待って、おもむろに言う。

「二カ月ほど前、自分は稲垣専務のご意向で大角部長から、この別邸の現場警備を申しつけられました。その直後に、自分は専務のキャビネットをチェックして、警備の参考になりそうなファイルを、盗み読みしたんです」

大角は驚き、御室の顔を見直した。

御室は表情を変えず、大角を見返してくる。

その度胸に、大角は内心たじろぎながら、強い口調で言った。

「おまえ、無断で専務室のキャビネットを、荒らしたのか」

「ええ。夜遅くになれば、宿直以外にだれもいませんから」

「正気か、おまえ」

「この別邸の警備を、万全に行なうために見ておく必要がある、と思ったのです」

大角は、立て続けに三口煙草を吸い、声を押し殺して聞いた。

「だいじなキャビネットには、鍵がかかっているはずだぞ」

御室が、薄笑いを浮かべる。

それを知っているのは、大角自身が確かめたからだということが、分かったのだろう。

真顔にもどって続ける。

「鍵がかかっていれば、極秘のファイルがはいっていると分かるから、かえって楽です。それに、自分にとってはキャビネットの鍵など、かかっていないのと同じでね」

そううそぶいて、御室はまた薄笑いを浮かべた。

大角は、煙草を地面に落とし、靴で踏みにじった。

「それで、どんなファイルを、盗み読みしたんだ」

御室の口元が、ぴくりと動く。

「それをお知りになったら、部長も同罪になりますよ」

「おれが」

そこまで言ったとき、御室は突然緊張した顔になって大角の腕を取り、そばの立ち木の陰に、引っ張り込んだ。

顎をしゃくって言う。

「見てください」

御室の視線の先を追った大角は、すぐにはその意味が分からなかった。

しかし、次の瞬間驚きのあまり、体を固くした。

母屋とのあいだをつなぐ、渡り廊下の横長の窓の内側に人影が浮かび、ゆっくりと離れの方に移動するのが見える。

廊下には明かりがついておらず、外の薄暮でぼんやりと人影が浮かぶだけだ。

それは、肩から上に黒い頭巾らしきものをかぶり、その下に同じ黒の長いガウンを、羽織っているようだった。

「あれは、黒頭巾だろう」

大角が思わず言葉を漏らすと、そばから御室が緊張した声でささやく。

「でしょうね。しかし、窓の高さと黒頭巾の座高を比較すると、あれは車椅子で移動しているんじゃない。立って歩いている、としか思えませんよ」

大角は、唾をのんだ。

御室の言うとおりだ。

四角い、筒状になった渡り廊下の床が、内側でかさ上げされているならともかく、黒頭巾の背が高く見えすぎる。

はっとわれに返った。

「もどろう」

大角は言い捨て、立ち木の陰を伝うようにして、離れの建物に向かった。

27

「どこへ行っていらしたのですか」

弓削まほろが、いつもよりきつい口調で、聞いてくる。

大角大介は、わざとらしく照れ笑いを浮かべ、手にした煙草の箱を掲げてみせた。

「すみません。どうしても一服したかったもので、外へ出させていただきました」

離れの部屋には、小さなシャンデリアが点灯していたが、それでも十分に明るいとはいえない。

まほろの顔は、緊張していた。

車椅子から、黒頭巾が言う。

「吸い殻は、どうした」

その、とがめるような口調に、思わず気をつけをする。

「申し訳ありません。その場に、捨ててしまいました」

「どのあたりだ」

なんのために、そんなことまで追及されるのか分からず、大角は返事に窮した。

横から、御室三四郎が口を出す。

「この建物の、南側の林の中です」

それを聞いて、大角はとまどった。

実際には、二人がいた場所は建物の東側に当たり、南側ではない。

黒頭巾が、かすかに頭を動かす。

「今度からは、携帯用の吸い殻入れを使うんだな」

大角は、頭を下げた。

「分かりました」

隣で御室が、握り締めた左手を突き出し、開いて見せる。

すると、そこに土にまみれた吸い殻が、現れた。

大角が捨てた、さっきの吸い殻だった。

「あとで処分します」

御室はそう言って、事もなげにそれをポケットに落とす。

どうやら、もどり際に拾い上げて来たらしい。

黒頭巾が、感心したように言う。

「なかなか気が回るな、御室」

御室は軽く頭を下げ、大角を見てそっけなく続ける。

「部長。警備について、ご報告したいことがありますので、警備員室に寄っていただけませんか」

そのせりふに、助け船を出してくれたのだ、と悟る。

「分かった」

大角は事務的に応じて、黒頭巾に目を向けた。

「ほかになければ、これで失礼させていただきます」

黒頭巾が、また頭を動かす。

「まあ、待て。ここへもどったのは、おまえたちに稲垣専務への伝言を頼もう、と思ったからだ」

「はい。なんでしょうか」

「今度の事件で、お屋形に間違ってもご迷惑が及ばぬよう、くれぐれも配慮してもらいたい、ということだ。御室の言うとおり、田丸殺しとお屋形を結びつける者が、出て来ぬとも限らぬ。そうした事態にならぬよう、捜査本部の動きをよくチェックするのだ。稲垣専務もまだ、警察筋に影響力が残っているはずだし、それくらいはできるだろう」

　大角は、最敬礼をした。

「ご心配には、及びません。稲垣やわたしたちだけでなく、首都警備保障を挙げて先生をお守りするよう、全力を尽くします」

　一分後、離れを出た大角は御室のあとについて、母屋の西側に建っている別棟に、足を運んだ。

　そこは二階建てで、御室のための個室と警備員六名を収容する、大部屋がある。

　御室は、休憩中のスタッフを警備の応援に出し、建物から人払いをするとともに、大角を二階の個室に上げた。

　個室は、大きなテーブルを挟んで、幅広のソファを二つ置いた、りっぱな部屋だ。いろいろなボトルが並ぶサイドボード、高そうなグラスの詰まった戸棚に加え、テレビやオーディオのセットも、備わっている。

　御室はセットを操作して、ビートルズの曲をかけた。

大角は、盗聴の可能性に対処するためだと察して、また少し御室を見直した。

御室が、ショットグラスとスコッチのボトルを取り出して、テーブルに置く。

乾杯するなり、大角は低く言った。

「吸い殻の件は、礼を言わせてもらう。おれも、不用意だった」

御室はポケットから、例の吸い殻をつまみ出した。

それを、灰皿に捨てて言う。

「万が一、部長が捨てた場所で吸い殻が見つかると、立って歩くところを見られた、と黒頭巾に気づかれる恐れがあります。あそこからだと、渡り廊下が丸見えだ、と分かりますからね」

それで、建物の南側と嘘をついたのだ、と思い当たる。

まったく、よく気の回る男だ。

大角は、グラスに酒を注ぎ直した。

「ところで、あれはほんとうに黒頭巾が立って歩いたのだ、と思うか」

「黒頭巾が、あの高さで動いていたとなると、自分の足で歩いたとしか思えません。車椅子なら、窓に映るのはせいぜい、首から上でしょう。しかし、さっきは黒頭巾の腰から上が、はっきり見えました。黒頭巾は自分の足で立ち、移動していたんですよ」

大角は、酒を一口なめた。

「実際には歩けるのに、おれたちの前では歩けないふりをしていた、ということか」

「それ以外に、考えられないでしょう。しかも、そのことを自分たちに知られたくない、なんらかの事情があるに違いありません」

御室は、珍しく感情を高ぶらせた様子で、目を輝かせた。

それでも、大角の探るような視線を受けて、気持ちを落ち着かせるように、グラスに手を伸ばす。

大角は、御室が酒を飲むのを待って、口を開いた。

「どうも、おまえが盗み読みした専務のファイルと、今回の田丸事件とのあいだに、何かつながりがありそうな気がするんだが」

探りを入れると、御室はなおも目を輝かせながら、うなずいた。

「おっしゃるとおりです。きょうのことで、その確証を得た気がします」

大角は腕を組み、ソファの背にもたれた。

「よし。そのファイルの内容を、聞かせてもらおうか」

御室は、自分のグラスをぐいとあけ、新たに酒を注ぎ直した。

「自分が目を通したのは、専務がファイルしていた百舌事件に関する、おおまかなリポートです。といっても、ざっと読むだけでたっぷり二時間、かかりました」

大角は、ソファに預けた背中が、ぴりぴりするのを感じた。

御室が、それほど抜け目のない男だとは、思わなかった。

先刻黒頭巾から、百舌事件を知っているかと聞かれたとき、この男は返事もしなかったが、とうに承知していたのだ。

大角は、腕時計をちらりと見て、わざと鷹揚《おうよう》に言った。

「よし。ファイルを読んだ範囲で、今度の事件と関係のありそうな部分を、手短に説明してくれ」

御室は酒を飲み、ソファの背にもたれて、少しのあいだ考えた。

おもむろに口を開く。

「ずいぶん前になりますが、長崎県の鷲ノ島という小さな島で、当時の民政党幹事長の馬渡久平が、警察庁の特別監察官だった津城俊輔なる男に、射殺される事件が起こりました。その直後、津城もまた正体不明の殺人者に、千枚通しで刺殺されています。この事件は、ご存じですか」

「詳しくは知らないが、おれが警察にいたころの事件だから、ある程度は耳にしている。津城俊輔の名も、聞いた覚えがある。その事件の後始末をしたのが、もと警察庁長官官房特別監察官室の室長で、津城の上司でもあった稲垣志郎、つまり今の首都警備保障の稲垣専務、というわけだ」

そのとおり、というように御室はうなずいた。

「問題は、津城を刺殺した犯人がどうなったか、ということです。専務のファイルによると、犯人は〈新たな百舌〉と表現されていましたが、その正体は当時も今も、伏せられたままです。ただし、専務のファイルにはちゃんと姓名や経歴が、記録されていました」

　大角は、思わず乗り出した。

「いったい、何者だったんだ」

「警察官です」

「警察官」

「ええ。当時青山警察署、生活安全課保安二係長を務めていた警部補、モンヤ・タカヒコという男です」

「モンヤ・タカヒコ。どんな字を書くんだ」

「波紋の紋に屋根の屋、貴族の貴に彦と書きます」

　大角は、頭の中で紋屋貴彦という字を、思い浮かべた。

「紋屋貴彦か。聞き覚えがないな。そいつはその後、どうなったんだ」

「同時期に、鷲ノ島に渡っていた津城監察官のお仲間に、殺されました」

「殺された」

　思わず聞き返すと、御室は深くうなずいた。

　大角は、急き込んで続けた。

「お仲間というのは、だれのことだ」

「元警察官のオオスギ・リョウタと、当時津城と同じ特別監察官の職にあった、クラキ・ミキという女の警察官です」

御室は、二人の名前を漢字でメモ用紙に書き、大角に示した。

大角はそれを見て、記憶をたどった。

大杉良太、倉木美希という名前には、記憶がある。

洲走かりほが生きているころ、何度か二人の名を聞かされたものだった。

ことに美希は、あのかりほが一目置いたほどの相手だから、優秀な刑事に違いない。

御室が続ける。

「紋屋は、その二人を相手に殺し合いを演じたあげく、息の根を止められてしまった。大杉から、体中にありったけの拳銃弾を撃ち込まれたあと、倉木美希に千枚通しで喉元を串刺《くしざ》しにされた、と書いてありました」

大角は胸が悪くなり、唇を引き結んだ。

平気で、そんなことを口にする、御室の神経を疑う。

御室は、無頓着《むとんちゃく》に続けた。

「ところが、その紋屋の遺体が県警の死体安置所から、消えてしまったんです」

大角は、目をむいた。

「遺体が消えた、だと」

「ええ。遺体を検案した監察医が、なぜか正式の処分がくだる前に、紋屋の遺体を火葬に付す、勝手な手続きをしてしまった、と報告されています」

大角は、失笑した。

「そんな、ばかな話があるものか。ありえないことだぞ」

「おっしゃるとおりです。紋屋が埋葬された、とされる無縁墓地がひそかに掘り返されましたが、そこに骨ははいっていなかった。どうやら紋屋は死んでおらず、何者かの手でいずこかへ運び去られた、という妙な噂が流れたそうです」

「しかし、たった今紋屋は体中に弾をぶち込まれて、喉を串刺しにされたと言ったじゃないか。そんな傷を負って、生きながらえるわけがない。単に、遺体が消えただけの話だろう」

「腕のいい外科医にかかれば、命を取りとめた可能性もゼロではない、と思います」

そう言って、御室はじっと大角の目を見つめ、唇をぴくりとさせた。

御室が、何を言おうとしているか分かり、大角は口をつぐんだ。

黙って、グラスをあける。

御室は言った。

「部長も、自分と同じことを、考えておられるのでしょう」

「どんなことを、だ」

聞き返すと、御室は軽く肩を動かした。

「体中に銃弾を食らえば、たとえ生きながらえても、立つことはできませんよね。ふつうは、車椅子の生活を余儀なくされる」

「ああ。ふつうはな」

「それに、喉を串刺しにされたら、おそらく声帯もやられて、声が出なくなります。せいぜい、代用音声を使うしか、方法がないでしょう」

「代用音声」

「ええ。詳しくは知りませんが、電気式の人工喉頭《こうとう》で代用音声を作り出す、特殊な方法があるとか。首のどこかに、バイブレーターを当てたりして、人工的に声を作るらしいんです」

すきっ腹に、アルコールを補給したせいか、胃のあたりが熱くなってくる。

ビートルズの曲が途切れ、少し間があいた。

新しい曲が始まるのを待って、大角は御室をせっついた。

「要するに、何が言いたいんだ。はっきり言ってみろ」

御室は、グラスに軽く口をつけて、おもむろに言った。

「車椅子に乗ったり、代用音声を使ったりする人物に、お心当たりがありませんか」

大角も酒を飲み、ソファに深く体を預けた。

「おまえは、黒頭巾がその紋屋ではないか、と疑っているわけだな」

御室は、薄笑いを浮かべた。

「そう考えると、つじつまが合うじゃないですか。だれのしわざか分かりませんが、死にかけた紋屋の体を長崎から運び出して、三重島先生のもとに届けた者がいる、ということです」

「稲垣専務のしわざか」

ついで、大角がそう口走ると、御室も小さくうなずく。

「それをにおわせる記述が、専務のファイルの中にありました」

大角は、腕組みをした。

もし、その推測が当たっているとすれば、三重島茂はこうした万一のときのために、この別邸に紋屋貴彦を引き取り、養っていたことになる。

御室は続けた。

「黒頭巾が車椅子に乗ったまま、立ったり歩いたりできないように装うのは、周囲の人間に殺人や傷害事件とは縁がない、と思わせるためでしょう」

「しかし、さっきのおまえの話を聞いた限りでは、紋屋はほとんど死んでいたはずだ。たとえ生きていたとしても、とてもそこまでは回復できないだろう。ふつうの人間ならな」

頑固に繰り返すと、御室は首を振った。

「ふつうの人間じゃなかった、ということですよ」

まだ納得がいかず、大角は辛抱強く続けた。

「かりにそうだとしても、おれたちまでだまして、立てないふりをすることは、ないはずだ。警備担当者は、身内のようなものだからな」

「敵をあざむくには、まず味方からのたとえがあります。それに黒頭巾は、というより三重島先生は基本的に、他人を信用しないたちなんじゃないですか」

大角は体を起こし、膝に肘をのせて顔をこすった。

御室の言うことに、それ以上反論するのはむずかしかった。

ため息をついて言う。

「このまま黙っていたら、おれたちまで人殺しの陰謀の片棒をかつぐ、非常に危険な立場に追い込まれる。どうしたものかな」

御室は、事もなげに応じた。

「自分たちは、善意の第三者ですよ。今お話ししたのは、何も具体的な証拠がないことだし、ただの妄想にすぎません。知らぬ顔をしていれば、自分たちに火の粉が降りかかることは、ありませんよ」

大角はあきれて、またため息をついた。

まったく、とんでもない部下を持ったものだ。

28

午後六時半。

三京鋼材の社屋を出て来た石島敏光は、大森海岸通りの歩道に立つ大杉良太の方へ、足ばやに歩き始めた。

前にも見たことのある、ブリーフケースを抱えている。

大杉は背を向け、携帯電話に話しかけた。

「出て来たぞ。見えるか」

「見えます。きょうはちょっと、遅めでしたね」

通りの向かいの、ポルシェの中で待機する村瀬正彦が、小さく応じる。

「そうだな。たぶん、また電車だろう。あとで、連絡する」

「了解。おっと、めぐみさんが車からおりて、石島をつけ始めましたよ」

「分かった」

大杉は携帯電話を畳み、歩道の端に寄ってタクシーを探すふりをした。

こちらへやって来る石島と、そのあとをつけて来るめぐみの姿を、かろうじて目の隅にとらえる。

同時に、めぐみが乗っていた覆面パトカーが、反対方向に発進するのが見えた。運転しているのは、車田聖士郎に違いない。

村瀬も向かい側で、ポルシェをスタートさせた。

二人とも携帯電話を頼りに、あとを追って来るつもりだ。

大杉は、背後を石島が通り過ぎるのを待って、向き直った。

少し遅れて、めぐみが大杉に目もくれずに前を通り抜け、石島を追って行く。装いは、相変わらず地味で目立たない、紺のスーツだ。

体形が、自分とよく似ていることに気づき、なんとなく申し訳ない気分になる。

めぐみは、そしておそらく車田も、大杉たちが見張っていることに、気づいたに違いない。

ただ、先日のように追い払おうとしなかったのは、目立つ振る舞いを繰り返すのを、避けたかったからだろう。

あるいはめぐみが、自分と市ケ谷で話し合った結果、暗黙の了解に達したと判断して、ほうっておくように車田を説得したのかもしれない。

どちらにせよ、こうした父娘での二重尾行は大杉にとって、決してやりやすい状況ではない。

しかし今は、めぐみと前後して石島を尾行するしか、手立てがなかった。

石島は、ふだんよりもだいぶ足取りが速く、気が急いている様子だ。

JR大森駅から、のぼり電車に乗る。

大杉は、それを村瀬の携帯電話に、メールした。

のぼりのせいか、電車は退勤の時間帯にもかかわらず、さほど混んでいない。

めぐみは、同じ車両に乗っているに違いないが、視野にはいらなかった。

大杉は、めぐみの動きを気にするのをやめ、勝手にあとをつけることにした。

石島は田町《たまち》でおり、東側の芝浦《しばうら》口に出た。すでに、日は落ちていた。

線路沿いの道を、浜松町駅の方へ歩いて行く。大杉は、だいたいの現在地を、村瀬にメールした。

左側はJRの線路で、境には蔦の這う金網がある。右側は建設中のものも含め、大小さまざまなビルが、立ち並んでいる。人通りは、さほど多くない。

めぐみは、いつの間にか大杉の後ろに回ったらしく、姿が見えない。かりにも、目が合うとばつが悪いので、振り向かなかった。

コンビニの、ビニール袋をさげた女が大杉を追い越し、石島の後ろにつく。

大杉は、そのまま女を挟むかたちで、石島を追った。

石島は、ときどき背後をうかがうような動きを見せたが、とくに尾行を気にする気配はない。

しばらく歩くと、工事中の箇所にぶつかった。

暗くなった空を背景に、モノレールの高架線が大きくカーブしながら、頭上にのしかかってくる。

工事箇所を避け、さらに先へ進む石島のあとを追う。

そこからは道がきれいになり、線路沿いの車道と右側の広い石畳の歩道が、きちんと分けられていた。

歩道は整備されており、その後方に新しいビル群が立ち並ぶ。線路と道路を隔てる、コンクリートの塀はかなり古びたもので、そのコントラストがやけに目立った。

大杉の横を、スポーツバッグを持った学生服の少年が、追い越して行く。石島とのあいだに、女と合わせてダミーが二人はいったことになり、内心ほっとした。

さりげなく見返る。

十メートルほど後ろを、ヘルメットをかぶった作業員風の男が歩いており、さらにその後方にめぐみの姿が見えた。

頭上の高架を、モノレールが音を立てて通り過ぎる。

二百メートルほど行くと、左側の高いコンクリート塀に付設された、線路へ上がる作業用の鉄階段が、目にはいった。

のぼり口の金網の扉には、頑丈そうな南京錠《ナンキンじよう》が取りつけられており、はいれないようになっている。

通りの突き当たりに、何かの作業所と思われる仮設の建物があり、道はそれに沿って右へずれながら、さらに先へ続いていた。

しかし石島は、直進しなかった。

車が三台停まった、右側の狭い駐車場の角を曲がって、姿を消した。あいにく、植え込みが重なっているため、曲がった先がよく見えない。

石島の後ろにいた、ビニール袋の女と学生服の少年はそのまま、道なりに歩き続ける。

植え込みを曲がると、そこには右へ延びる別の道が、控えていた。

その先の道路に、石島の姿はなかった。

一瞬焦ったが、とっつきの右側に和風の建物の入り口があり、奥へ続く石畳が見えた。

障子形の電飾看板に、〈ぼたん〉と書いてある。料亭のようだ。

ほかに行き場はなく、石島はそこへはいったに違いない。

大杉は、女と少年が先を歩いて行く道を進み、ビルの一階に作られた駐車スペースに、身をひそませた。

そこは、明かりがついておらず、ひとけがない。

村瀬に電話する。

「住所と店の名前を言うから、メモしてくれ」

「了解」

手近の住所表示を見ながら、大杉は現在地と店の名前を告げた。

そのあいだに、前の歩道を黙って通り抜けためぐみが、回れ右をして大杉のそばに、もどって来る。

駐車スペースにはいり、大杉と並んで立った。

通りに顔をのぞかせ、〈ぼたん〉を見ながら言う。

「石島は、あそこにはいったんでしょう」

大杉は携帯電話をしまい、ぶっきらぼうに応じた。

「そうだ」

「まさか、一人じゃないわよね。だれかと、会うのよね」

「たぶん、そうだろう。きょうはおれを、追い払わなかったな」

めぐみは、肩をすくめた。

「例のポルシェ、通りの向かい側に停まっていたわよね。車田警部補は、気がつかなかったみたい。お父さんも、歩道の見えにくいところに、立っていたし。だからわたし、何も言わなかったの」

「めぐみは、気づいたわけだ」

「まあね」

「あの若造、ぼうっとした野郎だな」

めぐみは、くすりと笑った。

「でも、いいところもあるの。あまり、ものに動じないし」

いかにも、車田をかばうような口調で言ったので、少し落ち込む。

「それより石島は、だれかに何かを渡すつもりかもね」

そう続けためぐみの顔を、大杉は見直した。

「どうしてだ」

「ブリーフケースを、持っていたじゃない。何か人に渡すものを、入れていたのよ」

「残間と会ったときも、持っていたぞ」

大杉が指摘すると、めぐみは記憶をたどるように、軽く眉根を寄せた。

「そうだったわ。あのとき石島は、残間さんに何か渡したのかしら」

大杉は一瞬、目を伏せた。

少し迷ったが、結局は目を上げて、正直に言う。

「残間によると、輸出される武器の一部らしい鉄パイプの、写真と設計図を渡されたそうだ」

めぐみの頬が、引き締まる。

「ほんとに」

「ほんとだ」

めぐみは、腕組みをした。

「だとすると、石島はいよいよ具体的な証拠を残間さんに渡して、記事を書かせようとしているわけね」

「そうらしい」

「残間さんに、わたしたち警察に無断で記事を書かないように、言ってくれたんでしょうね」

とがめるような、目つきと口ぶりだった。

「ああ、言っておいた。あくまで、おれからの要請、ということでな。まあ、それがめぐみの意向だってことは、残間も察しているだろうが」

めぐみは、肩を落とした。

「ほんとうに、書かないでいてくれるかしら」

「少なくとも、おれに無断では書かないはずだ。ただ、石島が週刊鉄鋼情報の為永にも、同じネタを流していることを教えたから、残間もそう長いことのんびりとは、していないだろう」

めぐみは、一瞬不満そうに唇を引き結んだが、何も言わなかった。

大杉は続けた。

「そろそろ石島を引っ張って、事情聴取してみたらどうだ。今は、内部告発した人間を保護する、なんとかいう法律があるんだろう」

「ええ。公益通報者保護法」

「それが適用されて、くびになったりしないと保証されれば、石島もしゃべる気になるんじゃないか」

めぐみが、視線をそらす。

「法律上はそうだけど、会社や同僚の目は厳しいのよね。表面上は変わらなくても、目に見えない差別を受けることが、あるらしいの。口をきかないとか、仲間はずれにするとかね。それで、結局いづらくなって会社をやめる人も、珍しくないそうよ」

「しかし、それだって法律違反だろう」

「待遇面や、人事考査で差別すれば違反だけど、人の気持ちは規制できないから」

なんとなく、分かるような気がする。

正義感からやったことでも、それを正当に評価されるとは限らないのが、この世のつらいところだ。

めぐみが、歩道に顔をのぞかせた。

「ポルシェが来たわよ。三十メートルほど先に、こちら向きに停まっているわ」

村瀬が、追いついて来たのだ。

「車田はどうした」

「彼には、田町駅の近くで待機するように、言っておいたの」

かち合わないように、調整したらしい。

それにしても、〈彼〉というこなれた呼び方に、引っかかるものを感じる。かなり、親しいあいだ柄になっている、ということか。

めぐみが眉根を寄せ、むずかしい顔をする。

「石島は、だれと会っていると思う、お父さん。また、残間さんかしら」

「それは、ないだろう。そういう話は聞いてないし、ブン屋はあんな料亭を使わない。政治家に呼ばれたなら、話は別だが」

めぐみはしばらく考え、思い切ったように言った。

「一緒に出て来たら、わたしは石島が会った相手をつけるわ。何を受け取ったか、確かめなくちゃ」

「そいつの方は、おれが引き受けるよ」

「いいえ、これはわたしの仕事よ。お父さんは、石島を尾行して」

大杉は、頑固に首を振った。

「いや、石島はめぐみがつけろ。おれは、相手の方をつける」

めぐみは大杉を見つめたが、譲歩する気がないと分かったらしく、新たに提案した。

「それじゃ、ジャンケンで決めましょうよ。わたしが勝ったら、わたしの言うとおりにして」

大杉は、ジャンケンで勝ったためしがなかったが、しぶしぶそれに応じた。

結果は幸か不幸か、大杉の勝ちに終わった。

めぐみが、悔しそうに言う。

「相手がどこのだれで、そのあとどこへ行って何をしたか、連絡してね。できれば、何を受け取ったかも、突きとめて」

「そこまでやれるかどうか、約束はできないな」

「だめだめ。突きとめるって、約束して。できれば、今夜のうちに」

状況を考えずに、無理難題を吹っかけるところは、母親とよく似た性格だ。

そして、一度言い出したら引かないところは、自分の血を受け継いでいるのだろう。

大杉は、降参した。

「分かった。しかし、おれが電話したとき、車田が一緒にいたら、まずいだろう」

めぐみは、少し考えた。

「それじゃ、わたしの方から電話します。ちゃんと出てよね」

「出られるときはな」

大杉は駐車スペースを出て、暗がりに停まっているポルシェの方へ、歩いて行った。

村瀬は、いつものリバーシブルのブルゾンを着込み、伊達《だて》眼鏡をかけている。

助手席に乗り込んだ大杉は、正面の〈ぼたん〉に顎をしゃくった。

「石島はあの料亭で、だれかと会っているらしい。出て来たら、おれたちはそのだれかのあとを、つけることにする」

「めぐみさんと、車田警部補はどうするんですか」

「あちらさんは、石島をつけることになった」

村瀬が、不思議そうな顔をする。

「普通は、相手方をつけるでしょう。めぐみさんは、よくそれで納得しましたね」

「ジャンケンで負けたのさ」

村瀬は、くすくすと笑った。

「まったく、変わった父娘ですね」

「ついでに言っておくが、〈グランエフェ〉で隣り合わせた男はきみだと、めぐみに教えておいたからな」

村瀬は、あきれたという顔をして、首を振った。

ほどなく、前方のビルの駐車スペースから出て来ためぐみが、〈ぼたん〉の前を抜けて田町駅の方へ、歩き出す姿が見えた。

あえて父親とは、待機場所を別にするつもりだろう。

29

午後八時二十分。

思ったより早く、石島敏光の姿が玄関口の明かりに、浮かび上がった。

一緒に出て来た男を見て、大杉良太は驚くどころか、むしろ拍子抜けがした。

それは、なぜかまったく想定していなかった、あの週刊鉄鋼情報の編集長、為永一良だった。

「また、あの野郎か」

ついぼやくと、村瀬正彦がまじめな口調で応じる。

「でも、このあいだの〈グランエフェ〉での様子からすると、間なしに接触してもおかしくない、という雰囲気でしたよ」

「そうか。業界紙の編集長クラスが、こんな料亭に石島を呼び出すとは、思わなかった。よほど、重要な用事だったんだな」

そのとき、為永が茶のトートバッグを持っているのに気づいて、にわかに興味をそそられる。

めぐみが指摘したとおり、石島のブリーフケースにはいっていた何かが、そのバッグの中に移ったのではないか。

「どうしますか。為永なら、また会社にもどるだけですよね、たぶん」

「まだ、分からんぞ。とにかく、あとをつけてみよう」

店を出た二人は、先刻石島が歩いて来た線路沿いの道に、回って行った。

村瀬が、ヘッドランプを消したままエンジンをかけ、ゆっくりと車を出す。

そのとき為永が片手を上げ、それとなく挨拶する姿がちらり、と見えた。

植え込みに隠れて、石島の反応は確認できなかったが、二人がそこで別れるような雰囲気を伝える、そんな為永のしぐさだった。

続いて、角の駐車場にはいって行く為永の姿が、植え込み越しに見え隠れした。

「待て。為永は、車で来たらしい。どっちへ向かうか、ここで様子を見よう」

植え込みの向こうで、ヘッドランプが点灯する。どうやらその駐車場は、〈ぼたん〉専用のようだった。

為永が乗った車は、道路へ出てぐるりと百八十度方向転換し、正面に見える〈ぼたん〉の玄関口の前を、左へ走り去った。

村瀬はすばやく、車をスタートさせた。

〈ぼたん〉の門前を、急角度で左折して速度を上げ、為永の車を追う。その差はおよそ、五十メートル。

不本意ながら、めぐみは駅へもどる石島の尾行を、続けるはめになるだろう。

車田聖士郎は、駅の近くで待機しているそうだから、別に不都合はあるまい。

ただ、石島はそのまま京浜東北線に乗って、帰宅する公算が大きい。めぐみたちは、むだ足を踏むことになる。

村瀬が、急にスピードを落とした。

「為永先生、車を停めるようですよ」

なるほど、為永の車がハザードランプを点灯して、道路の左側に寄った。まだ、二百メートルも、走っていない。

為永が停車するのを待って、村瀬はポルシェのヘッドランプを消し、同じように車を左に寄せた。

「どのあたりだ、ここは」

「この少し先が、旧海岸通りの広い道です。そこを左折して、しばらく走ると第一京浜につながる、と思います。鉄鋼情報は西新橋ですから、そっちへ向かうんじゃないですか」

「そうかもな。しかし、なぜ停まったんだろう」

「まさか、酔いをさますためじゃないでしょうね」

「車だから、さすがに酒は飲んでないだろう。もしかすると、料亭で石島から受け取った何かを、点検するつもりかもしれんな」

「だったら、ルームランプをつけるでしょう」

為永の車の中は、闇に包まれたままだった。

村瀬が続ける。

「何か受け取ったとしても、あの料亭の中でじっくり見たはずだから、今さら確かめたりしませんよ。ぼくの勘では、ケータイですね」

なるほど、携帯電話なら暗いところでも、操作できる。

「すると、だれかにケータイで、連絡を取ってるんだな」

「たぶん、そうでしょう。運転中に使って、おまわりに見とがめられたら、めんどうですからね。けっこう、用心深い男じゃないですか」

そうだとしても、どこへ連絡しているのだろうか。

にわかには、見当がつかない。

五分ほど停車したあと、為永はふたたび車を発進させた。

村瀬の言葉どおり、為永は旧海岸通りを左に曲がって、最終的に第一京浜に出た。

予想にたがわず、着いた先は西新橋だった。

為永は、近くの時間貸しの駐車場に、車を入れた。

しかし、編集部のある西新橋プライムビルにはもどらず、横断歩道を日比谷通りの反対側へ、渡って行く。トートバッグを、持ったままだ。

大杉は、通りに停めたポルシェの中に残り、村瀬にあとを追わせた。

ほどなく、通りを渡って路地に姿を消した村瀬が、携帯電話に連絡をよこす。

「為永は、路地裏の〈プジョー〉というスナックに、はいりました。歩きながら、何度か腕時計を見てましたから、時間つぶしじゃないですか」

「そうか。まあ、車があるからこのままいなくなる、ということはあるまい。三、四十分もしたら、社へもどるだろう」

「どうしますか。ちょっと、腹も減りましたよね」

「おれは、だいじょうぶだ。きみは、そのスナックにはいって、為永の様子をチェックしがてら、何か食ってこい」

「了解」

次に、村瀬が連絡をよこしたのは四十分後、午後九時半過ぎだった。

「為永が、今スナックを出ました。表通りに向かってます」

「よし。社へもどるか、車のところへもどるか、おれが確かめる」

「ビールを飲みましたから、とりあえず社の方でしょう」

「分かった。きみは車の中で、待機してくれ。またケータイで、連絡するから」

「了解」

村瀬が、もう一度言って通話を切ったとき、向かいの横断歩道のところに、為永の姿が現れた。

大杉は、キーを差したままにして車をおり、街灯の陰に立った。

通りを渡った為永は、トートバッグを体に引きつけるように持ち、プライムビルのある細い道に、はいって行った。

あとを追い、角からのぞく。

為永は、案の定プライムビルの中に、姿を消した。

「大杉さん」

呼ばれて振り向くと、村瀬が後ろに立っていた。

「おう。やはり為永は、社にもどった」

村瀬はうなずき、手にした紙包みを掲げた。

「スナックの、サンドイッチです。お茶も、買ってきました」

「すまんな」

大杉は、紙包みとペットボトルを受け取り、少し考えた。

「悪いが、おれがこいつを食い終わるまで、ビルを見張ってくれないか。人の出入りを、チェックするんだ」

「分かりました」

大杉は車にもどり、サンドイッチにかぶりついた。

食べながらも、村瀬から目を離さない。

お茶を飲んだとき、ふと思いつくことがあった。

携帯電話を取り出し、村瀬にかける。

路地の角で、村瀬が応答した。

「はい」

「考えてみると、為永はさっき車の中からケータイをかけて、だれかを呼びつけたのかもしれんぞ。そいつが、社にやって来るまでに間があるから、スナックで時間をつぶしたんじゃないか」

村瀬が、背を向けたまま応じる。

「そうですね。スナックでも、為永はママと世間話をしながら、妙に時間を気にしてましたからね」

「今のところ、人の出入りはないか」

「ありませんね。ビルの明かりも、ほとんど消えてるし」

「サンドイッチを食い終わったら、交替しよう」

そのとたん、急に角から身を引く村瀬の姿が、目に映った。

「おい、どうした」

聞き返すと、村瀬は大杉の方に向き直り、送話口をおおって言った。

「今、路地の向こうから女が一人、はいって来たんです」

「そうか。プライムビルにはいらなくても、一応顔や外見をチェックしてくれ」

「了解」

ふたたび、大杉に背を向ける。

角から顔をのぞかせる、村瀬の背中が緊張していた。

十秒とたたぬうちに、村瀬がまたくるりと車の方に、向き直った。

「女が、プライムビルの中に、はいりました。それに」

声がうわずっている。

「それに、どうした」

「彼女、めぐみさんだと思います」

「なんだと」

大杉は、頭をがんとどやしつけられた気分で、サンドイッチを投げ出した。

「入り口のライトで、顔が見えたんです」

それを聞くなり、大杉は携帯電話をしまって、車を飛び出した。

石島をつけたはずのめぐみが、なぜこの場に現れるのか。

そもそも、あとで電話すると言っていたのに、まだしてきていない。わけが分からなかった。

村瀬のそばに駆け寄る。

「めぐみ一人か。相方の若造は、いなかったか」

「いませんでした。というか、少なくとも姿を見せていません」

角からのぞいて見たが、路地には人影がなかった。

背中の中ほどが、むずむずする。いやな予感に襲われると、決まってそうなるのだ。

「様子を見てくる。きみはここで、待機してくれ。だれか、怪しいやつが現れたら、連絡を頼む。バイブにしてあるから」

「分かりました」

「四階のフロアの、配置はどうなってる」

「エレベーターと階段が並んでいて、廊下に出ると右側に税理士事務所、左側に鉄鋼情報があります」

「分かった。それと、おれとめぐみ以外にだれか出て来たら、そいつのあとをつけてくれないか。タクシーなら車、歩きなら歩きで尾行するんだ。歩きの場合、きみの車はおれが引き受ける」

「了解。気をつけてくださいよ」

村瀬が言うのを背中で聞き、大杉はプライムビルに向かった。

エレベーターホールの明かりが、路地に細長く流れ出している。

表示を見ると、エレベーターは一階に停まったままだった。

めぐみは、階段を使ったに違いない。エレベーターに乗ったのなら、箱は上の方に停まっているはずだ。

大杉は、思い切ってエレベーターに乗り、最上階の五階のボタンを押した。週刊鉄鋼情報は、一階下の四階にある。

五階は、真っ暗だった。

路地に面した踊り場の窓から、かろうじて横手の階段の位置が分かる。手すりから乗り出し、下の様子をうかがった。

四階の廊下にも、明かりがついていない。なんの物音もしない。いやな雰囲気だった。耳をすます。

物音は聞こえないのに、なんとなく人の気配がした。

為永か、めぐみか。

大杉は肚を決め、手探りで階段をおり始めた。スニーカーなので、足音はしない。

四階におりると、手探りで廊下を左へ進む。

目が慣れてきたせいか、突き当たりの窓から漏れるかすかな外光で、あたりの様子はほぼ見当がついた。

念のため白い手袋をはめて、ペンライトを取り出す。

一瞬だけ点灯して、週刊鉄鋼情報のドアの位置を、確認した。

ノブを探って押すと、鍵がかかっていないことが分かった。

例のいやな予感が、ほとんど極限に達する。

為永が、中にいるにせよいないにせよ、何かが起こったことは確かだ。

しかし、心配なのは為永より、めぐみのことだった。迷っている場合ではない。

大杉は、重いドアに体を当ててぐい、と押しあけた。

しかし、ドアは二十センチほど開いたところで、何かにつかえて止まった。

強引に、さらに十センチほど押しあけて、そのあいだから室内にすべり込む。

ペンライトを点灯すると、ドアの邪魔をしていたのは床に横たわった為永の、左足の靴だった。
大杉は、少しのあいだ無力感に襲われ、その場に立ち尽くした。
すぐにわれに返り、為永のそばにひざまずく。
為永のうなじに、小さな赤黒い玉が盛り上がり、床へ流れ落ちようとしていた。
スーツの後ろ襟に、小さな羽根が差し込んである。
直感的に、百舌の羽根だと察しがつく。
「くそ、どういうことだ」
思わずののしり、ぐるりと部屋の中を照らす。
人がひそんでいる気配はなかった。
「くそ」
もう一度ののしり、ペンライトを消す。
まさかこんなところに、復活した百舌が現れるとは思わなかった。
田丸清明と違って、為永一良が百舌の標的になるべき理由は、どこにもないはずだ。
それとも、為永はどこかで百舌や事件の関係者と、つながっているのだろうか。
混乱した頭を、整理しようとした、そのとたん。
かすかな悲鳴と、何かがぶつかるような鈍い物音が、耳をついた。
下の方だ。
大杉は部屋を飛び出し、ペンライトをつけて階段に向かった。足元を照らしながら、猛烈な勢いで駆けおりる。

三階と二階の踊り場に、倒れている人影を見つけた。

顔を確かめるまでもなく、紺のスーツでめぐみと分かる。

「めぐみ、めぐみ」

大杉は小声で、しかし強い口調で呼びかけながら、すばやく全身をチェックした。

服にも床にも、出血した様子はない。

とりあえず、安堵の息をつく。

めぐみが、小さくうめいて体を動かした。

「めぐみ、おれだ。心配するな」

めぐみは、半身を起こそうとして、またくずおれた。

「お、お父さん」

「怪我はないか」

「え。ええ、だいじょうぶ。突き飛ばされて、壁で頭を打っただけ」

単なる脳震盪《のうしんとう》のようだ。

しんから、ほっとする。

「だれだ。相手は、だれだ」

「分からない。すごく、身軽なやつ。飛ぶようにおりて来て、すり抜けたと思ったときはもう、壁で頭を打っていた」

「よし。話はあとだ。おれにつかまれ」

大杉はめぐみを引き起こし、手を貸してそのまま階段をおりた。

めぐみは、大学でソフトボールをやったと聞いたが、そのせいか足取りはしっかりしている。

わが娘ながら、頼もしかった。

ビルを出ると、すぐそばの電柱の後ろに、人影が二つ見えた。

明かりの中に浮かんだのは、村瀬と車田の二人だった。

車田は、大杉に支えられためぐみを見ると、そばにやって来た。

「だいじょうぶか、東坊」

「だいじょうぶです。それより、だれかここから出て来ませんでしたか。わたし、そいつに階段で突き飛ばされて、気を失ったんです」

村瀬が、車田の肩越しに言う。

「出て来ましたよ。黒いコートの襟を立てて、黒のハンチングをかぶったやつです」

「そいつを、見逃したのか」

大杉が問い詰めると、村瀬は言いにくそうに答えた。

「それがその、路地の反対の出口に向かったので、あとを追い始めたんです。すると、その出口からこの刑事さんが、やって来ましてね。刑事さんはそいつを見過ごして、かわりにぼくをつかまえにかかったんです。おかげでそいつは、どっかへ行ってしまいました」

車田は振り向き、おもしろくなさそうに言った。

「こないだもそうだが、あんたがわれわれの立ち回るところを、うろうろするからだ。それに、あの男がこのビルから出て来たとは、知らなかった」

めぐみが、村瀬を見て短く言う。

「どうも」

村瀬も、しかたがないという顔つきで、うなずいた。

「どうも」

車田が妙な顔をして、三人の顔を見比べる。

それから、ため息をついて言った。

「いったい、どうなってるんだ、これは」

大杉は、親指でプライムビルを示した。

「それより、早く本部へ連絡した方がいい。週刊鉄鋼情報の編集部で、為永が殺されている。こいつは、めんどうな事件になるぞ」

30

大角大介は、目を覚ました。

腕時計の蛍光文字盤を見ると、午前二時四十八分だった。

このところ、連日ここ西武多摩川線の白糸台に近い、三重島茂の別邸に呼び出されている。

泊まる場合もあり、そのときはこの御室三四郎の寝室を、借りるのだった。

御室自身は、ほかの警備員が寝泊まりする一階の大部屋で、過ごすことになる。

寝室とリビングルームを隔てる、ドアの隙間から光が漏れているのに気づいて、大角はベッドに起き直った。

万一に備えてパジャマに着替えず、上着を脱いだだけで横になっていた。

ドアを見ながら、口元をこする。

大角は、隣室から明かりが漏れてくるだけでも、なかなか寝つけないたちだった。したがって、消し忘れということはない。

だれかが、中にはいったのだ。

大角はベッドをおり、境のドアを引きあけた。

ソファの肘掛けに、上体を斜めにもたせかける格好で、御室がブランデーグラスを傾けていた。

「何をしてるんだ、こんな時間に」

とがめると、御室はのろのろと上体を起こし、大角の方に向き直った。

「ついさっき、邸内の見回りをして来ましてね。一休みしているところです」

いつものように、悪びれる様子がない。

それ以上とがめることもできず、大角もグラスを出してブランデーをついだ。

向かいのソファに、腰を下ろす。

「変わったことはないか」

「ありません」

変わったことがあれば、こんなところで酒を飲んでいるわけがない。

お義理の質問に、お義理の返事が返ってきただけ、という感じだ。

大角はブランデーに口をつけ、あらためて寝る前に考えたことを、反芻した。

考えれば考えるほど、気になってしかたがない。

いったい、あの黒頭巾は何者なのだろう。

体中を蜂《はち》の巣《す》にされた上、喉を串刺しにされたという紋屋貴彦の、なれの果てか。

いや、まさか化け物でもあるまいし、そんなことはありえない。

紋屋だと思わせるために、何者かが車椅子に乗って黒頭巾をかぶり、当人になりすましているだけなのだ。

その証拠に、歩けないはずの黒頭巾が渡り廊下を、立って移動していたではないか。

御室が、笑いを含んだ視線を送ってよこす。

「部長。黒頭巾のことが、気にかかるんでしょう」

いやな男だが、勘が鋭いことは確かだ。

「そのとおりだ。いつかあの黒頭巾を、ひんむいてやる」

御室は、グラスをテーブルに置いて、両手を組み合わせた。

「それでしたら、今夜がチャンスかもしれませんよ」

大角は驚きを隠し、御室を見返した。

「どういう意味だ、それは」

「さっき見回りに出たとき、離れの窓のブラインドの隙間から、明かりが漏れていたんです。たぶん、黒頭巾が中にいたんじゃないか、と思います」

「それはどうかな。弓削まほろかもしれんだろう」

「彼女が、夜中にあの離れにいる理由は、ありませんよ」

「だったら、二人一緒なんじゃないか」

「どうですかね。彼女によると、黒頭巾はときどきあの離れでただ一人、シサクにふけることがあるそうですよ」

大角は、シサクが思索と詩作のどちらなのかと、つまらぬことを考えた。

それにしても、弓削まほろと御室がそんな話をしている、とは知らなかった。

「弓削じゃなくても、看護師が一緒なんじゃないか」

御室が、小さく肩をすくめる。

「まあ、その可能性はありますね。ただ、そんなことを言っていると、いつまでも黒頭巾の正体は、つかめませんよ」

「ともかく、黒頭巾が一人で勝手に車椅子を動かして、離れに行ったとは思えんな」

御室は、そろえた両手を顎の下に当て、冷笑を浮かべた。

「自分で、車椅子を押して行ったということも、考えられますよ」

その口調から、大角はからかわれていると思ったが、なんとか自分を抑えた。

腕時計に目をやると、午前三時十二分を指している。

大角は、さりげなく聞いた。

「まだいる、と思うか」

「分かりません。ご自分で、確かめたらいかがですか」

いかにも、そそのかすようなその言い方に、緊張を覚える。

それと同時に、そこまでの度胸はないだろうと言いたげな、挑戦的な意味合いも感じ取った。

むらむらと、怒りがわいてくる。

「確かめさせたいのか」

聞き返すと、御室は薄笑いを浮かべてまた肩をすくめ、そろえた両手を下ろした。

グラスを取り上げ、一口なめて言う。

「自分は、黒頭巾が生き延びた紋屋だという方に、賭けますよ。そして、実際には車椅子など必要とせず、自分の足で歩くという方に。声の方は、代用音声にしてもね」

「いくら賭ける」

大角が突っ込むと、御室は芝居がかったしぐさでグラスを回し、短く応じた。

「まあ、十万くらいなら。取りはぐれのない、現実的な賭け金でしょう」

大角は、苦笑した。

「そうだな。百万となると、こちらも取りにくいからな」

「それは、お互いさまですよ」

大角は、ブランデーを飲み干した。

「よし、乗った。これから行って、確かめてくる」

言い捨ててソファを立ち、さりげなく誘いをかけた。

「おまえも、一緒に来るか」

御室は、首を振った。

「いや、やめておきます。これを使ってください」

ポケットを探り、鍵を一つ取り出す。

「なんだ、それは」

「離れの、玄関の鍵です」

大角は、それを見つめた。

忘れていたが、庭に面した離れ専用の玄関の鍵は、弓削まほろの管理下にある。そのため、あの離れに自由に出入りすることは、できないのだった。

「おまえ、その鍵を弓削まほろから、預かっているのか」

「いや、これは合鍵です。あの玄関のドアは古くて、電子錠が使われていません。合鍵を作るのは、簡単でした」

その返事に、あきれながらも半ば感心して、相手の顔を見据える。

御室は、例によって毛ほども悪びれる様子を見せず、鍵を差し出した。

それを、引ったくるように受け取って、部屋を出る。

月明かりはないが、庭は降るような星に照らし出されて、迷う心配はなかった。

離れの建物のどこからか、わずかな光が漏れてくる。昼間なら分からないだろうが、暗い夜だとそれがよく見えた。

大角は、合鍵を使って玄関のドアをあけ、足音がしないようにその場で、靴を脱いだ。

暗いたたきにはいり、手探りで狭い式台に上がる。

体をかがめた格好で、少しのあいだ様子をうかがった。

正面の中扉から、確かに光が漏れている。

ゆっくりと腰を伸ばし、その場に立って呼吸を整えた。

意を決して、中扉のノブを一杯に回し、ゆっくりと引きあける。

手前の長椅子と並ぶようにして、車椅子にすわった黒頭巾の後ろ姿が、薄暗いシャンデリアの下に、ぼんやりと浮かんだ。

黒頭巾は、正面の壁にかかった静物画に向かって、じっとすわったままだ。

大角は絨毯の上に踏み込み、しっかりと拳を握り締めた。

ものも言わずに、背後から問題の黒頭巾をむしり取りたい、という衝動と必死に戦う。なんとか理性を取りもどし、思い切って声をかけた。

「紋屋さん」

しばらく反応を待ったが、黒頭巾は返事もしなければ、動きもしなかった。

「お休みですか」

もう一度呼びかけたが、やはりなんの反応もない。

大角は、慎重に黒頭巾の背後に近づき、握った拳を開いた。

その手を、そろそろと上げかけたが、やはり決心がつかない。

思い直して、大角はゆっくりと車椅子の横を回り、黒頭巾の正面に移動した。

母屋への渡り廊下につながる、もう一つのドアを背にして立つ。

しばらく様子をうかがったが、車椅子にすわった黒頭巾は微動だにせず、一言も口をきかない。

大角は、唾をのんだ。

もしかすると、目の前にすわっているのは頭巾とガウンだけで、中はもぬけの殻なのではないか、という気がした。

辛抱強く、話しかける。

「あなたは、紋屋貴彦さんじゃないんですか。それとも、紋屋さんの抜け殻ですか」

黒頭巾は、まだ返事をしなかった。

大角の中で、しだいに疑惑が強まる。もう、確かめずにはいられない、そんな気分になった。

一歩そばに寄り、思い切って手を伸ばす。

そのとたん、背後から声がかかった。

「何をしているのですか」

大角は驚愕して、くるりと振り向いた。

いつの間にかドアがあき、弓削まほろが恐ろしいほど緊張した面持ちで、大角を睨みつけている。

大角は空唾をのみ、肩の力を抜いた。

「すみません。外を通りかかったところ、この部屋から明かりが漏れていたもので、様子を見にはいりました。それだけです」

どっと汗が噴き出す。

「おかしいわね。この離れの出入り口の鍵は、わたししか持っていないはずですよ」

大角は、唇をなめた。

「それがその、ドアのノブを引いたら鍵がかかっていなくて、すっとあいたんです。きっと鍵をかけるのを、お忘れになったんでしょう」

まほろの白い顔が、さっと引き締まる。

「わたしは、鍵をかけ忘れたりなど、いたしません。たった今あなたは、車椅子に近づきましたね。何をしようとしたのですか」

「いや、別に」

そこまで言って、大角は言葉を途切らせた。

思い切って続ける。

「わたしは、彼の正体を知りたいのです。暗いところで、頭巾やガウンを身につけたままの人物に、あれこれ指図されるのは正直なところ、かなわないのでね。せめて、お顔なりと拝見させていただきたい、と思ったんですよ」

「それは、なりません。頭巾の下を見ることは、固く禁じられています。このことは、稲垣専務にも報告させていただきますよ」

「かまわんよ。頭巾を取りたいなら、取らせてやればいいではないか」

背後で、あのきしんだ金属的な声が響き、大角は飛び上がるようにして、振り向いた。

黒頭巾が、かすかに首のあたりを動かしながら、先を続ける。

「ただし、この頭巾を取ったあとで生き延びた者は、一人もおらん。その覚悟ができているなら、取ってみるがよいわ」

その声は、いつにもまして大角を、ぞっとさせた。

そこまで言われると、せっかくの決心もさすがに鈍ってしまい、また拳を握り締める。

背後で、まほろの声がした。

「大角部長。どうぞ、お好きなように、なさいませ。紋屋さんも、あのようにおっしゃっているのですから」

大角は首をねじ曲げ、まほろを見た。

「やはりこの人物は、紋屋貴彦なんですね」

「存じません。あなたが、そうおっしゃったのでしょう」

大角はふたたび、黒頭巾の方に向き直った。

先刻の脅し文句が、耳の中でこだまする。

殺されはしなくても、ここで黒頭巾をむしり取れば、首都警備保障は三重島茂から、契約を打ち切られる恐れがある。

その場合大角は、社から追い出されるだろう。

どうすればいいのか。

このまま、しっぽを巻いて退散するか。

それとも、思い切って黒頭巾をむしり取り、正体を暴くか。

その葛藤《かっとう》と戦うのに、たっぷり一分はかかった。

黒頭巾は観念したのか、それとも大角にそんな度胸はない、と高をくくっているのか、もはや何も言わない。

大角は、しっかり握り締めた拳を、ゆっくりと開いた。

静かに手を伸ばし、黒頭巾の裾に手をかける。

一か八かで、それをむしり取った。

その瞬間、うなじに予期せぬ衝撃と、耐えがたい激痛を受けて、息を詰まらせる。

うなじは、たちまち焼けるような熱を発して、全身を駆け巡った。

大角は、自分の目で見たものが信じられぬまま、絨毯の上に崩れ落ちるより先に、意識を失っていた。

*

携帯電話が鳴り出す。

次の警備につくために、大部屋の控室で待機していた伊沢茂則《いざわしげのり》は、表示画面を見て緊張した。

相手が、警備主任の御室三四郎と分かり、すばやく通話ボタンを押す。

「はい、伊沢です」

「御室だ。おまえ、次の警備の番だったな」

「はい、四時からの番です。すでに待機しています」

「おまえの番は、ほかのスタッフに回す。頼みたいことがあるから、すぐに離れの建物に来てくれ」

「了解しました。すぐに、離れにうかがいます」

復唱して通話を切り、伊沢はすぐに控室を飛び出した。

御室は、自分より六歳も年下だが、頭の切れる男だ。

御室の下につくことに、なんの不満も感じない。年下から、おまえ呼ばわりされることにも、慣れてしまった。

御室は、部下があれこれ質問したり、理屈をこねたりするのを極端に嫌い、言われたとおりに命令を実行すること、それだけを求める男だった。

御室の言うことは、絶対なのだ。

部長の大角大介でさえ、御室に一目置いているのが分かるほどだから、ここは黙って命令に従うのに、越したことはない。

離れに着くと、玄関口で御室が待っており、上がりがまちで伊沢に言った。

「いいか。これから、おまえがこの部屋で目にすることや、おれが命じることを絶対にほかに漏らさない、と約束しろ。その約束ができないなら、たった今首都警備保障をやめてもらう」

伊沢は、気をつけをした。

ふだんから、御室が何かと自分に目をかけてくれることは、承知している。こんなときこそ、期待にこたえなければならない。

「約束します」

胸を張って応じると、御室が無遠慮に顔をのぞき込んでくる。

「たとえ、人を殺せ、という命令でもか」

さすがに、ぎくりとする。

しかし伊沢は、ひるまなかった。

「必要とあれば、何人でも殺します」

それを聞くと、御室は急に表情を和らげて、笑いを漏らした。

「その意気だ。しかし、安心しろ。人殺しをやらせる気はない」

ほっとしたものの、伊沢はそれを顔に出さないよう、頬を引き締めた。

御室が、笑いを消して続ける。

「おまえに頼みたいのは、死体の始末だ」

そう言って、伊沢を薄暗い部屋の中に、引き入れる。

伊沢は、長椅子のわきの絨毯にうつ伏せに横たわる、スーツ姿の男を見た。

思わず、息をのむ。

それは、今夜警備員の詰所に泊まっていたはずの、部長の大角だった。

少し横にねじれた、大角のうなじのあたりに千枚通しか、アイスピックの柄のようなものが、突き立っている。

延髄を一突きにされ、息の根を止められたらしい。

伊沢は、驚きを顔に出さないように自分を抑え、御室に言った。

「これを自分に、どうせよとおっしゃるのですか」

「その前に、この死体がだれなのか、聞かないのか」

「聞かないでも、分かります。それに、この男が大角部長であろうとなかろうと、自分には関係ありません」

「だれにやられたか、興味はないのか」

「ありません。興味があるとすれば、大角部長の亡きあと、どなたがそのポストを継がれるのか、ということだけです」

「だれだと思うのだ」

「もちろん、御室主任です」

御室の口から、乾いた笑いが漏れる。

すぐに真顔にもどり、御室はおもむろに言った。

「覚えておけ。大角部長を刺し殺したのは、〈百舌〉と呼ばれる伝説的な殺し屋だ。聞いたことがあるか」

「いいえ、聞いたことがありません」

「それなら、それでいい。その〈百舌〉が、邸内に忍び込んで大角部長と、出くわした。争いになった結果、部長がやられたというわけだ。しかし、それはとりもなおさず、この別邸の警備を任された、おれたちの責任ということにもなる」

御室は、そこで一度言葉を切り、おもむろに続けた。

「そこでおまえに、この死体の始末を頼みたいわけだ。ただし、埋めたり燃やしたりしてはいかん。路上、公園、あるいはグラウンドなど、どこでもいいから人目につきやすい場所に、置き捨てて来い。池とか川とか、発見されるのが遅れる場所は、避けるんだ。

できるか」

伊沢は、力強くうなずいた。

「できます。一つだけ、お願いがあります」

「なんだ。言ってみろ」

「車を使わせてください。この建物の前に、回していただけますか。その間に、死体を玄関口に運んでおきます」

「分かった。ただし、死体の着衣が脱げたりしないように、細心の注意を払うんだぞ。復唱しろ」

「死体の着衣が脱げたりしないように、細心の注意を払います」

「よし。ここで、待っていろ。五分で、車を回して来る」

御室が出て行くと、伊沢はあらためて大角の死体を、見下ろした。

大角は、首都警備保障でも名うてのやり手として、だれもが認める存在だった。

専務の稲垣志郎の片腕とされ、いずれそのあとを継ぐと見る者も、少なくなかった。

その大角が、あっさり首筋に刃物を突き立てられ、殺されてしまったのだ。

それを考えると、あらためて冷や汗が出てくる。

いったい、だれのしわざだろうか。

もしかすると。

いや、まさか。

そのとき、建物の外で車のエンジン音が聞こえ、伊沢の思考は中断された。

31

大杉良太は、渡された名刺を見た。

警視庁西新橋警察署、刑事課捜査一係長、警部補、磯部《いそべ》和正《かずまさ》。

その昔、磯部が警視庁の刑事部捜査一課に、巡査部長で配属されてきたとき、大杉は十年ほど先輩の警部補で、捜査主任を務めていた。

したがって、互いによく知る相手ではあったが、会うのは久しぶりだった。

「参考人と取調官か。こんなかたちで出会うとは、思わなかったよ」

大杉が言うと、磯部もうなずく。

「わたしもです。大杉さんは退職されて、調査事務所を始められたと聞きましたが、今でも仕事を続けておられますか」

「ああ、続けてるよ。おれには、臭いところを嗅《か》ぎ回《まわ》るくらいしか、能がないからな」

「しかし、ご自分でやってらっしゃるんですから、りっぱなものですよ。わたしらは、せいぜい警備会社に再就職するか、中小企業や工場の警備員になるくらいしか、道がありませんからね」

磯部は、いわゆるこわもての刑事ではなかったが、それは今も変わらないようだ。

若いころから、容疑者の話を親身になって聞くことで、口を割らせるのがうまかった。そのため、先輩に重宝がられていた。

実のところ大杉も、その恩恵にあずかった一人だった。

気短な大杉が、とかく容疑者をどなりがちになるところを、磯部はやんわりと辛抱強く話を聞き、最後には落としてしまうのだ。

磯部は、まだ四十代後半のはずだが、豊かな髪の大半が白くなったせいか、ずっと年配に見える。昔からそうだった、という印象がある。

「今度の殺しは、大杉さんが今手がけておられる仕事と、何か関係があるんじゃないですか」

世間話のような軽い口調だが、それが油断ならぬ探り針であることは、百も承知だ。

「関係があったら、どうするんだ」

大杉が聞き返すと、磯部は愛想笑いを浮かべた。

「守秘義務があるとか、依頼主の了解なしには話せないとか、やぼなことは言いっこなしにしましょうや」

にわかに、押しつけがましい口調になる。

「しかし、現におれの仕事に守秘義務があることは、あんたも承知してるだろう」

「ええ、一応は承知しています。だいぶ前に、いわゆる探偵業法ってのができましたが、あれは探偵業の権利を保障するものじゃなくて、探偵業の行きすぎや不法行為を、取り締まる法律でしてね」

「そんなことは、分かってるよ。それより、聞きたいことをさっさと聞いて、さっさと解放してもらえんものかね」

「それは、大杉さん次第ですね」

よくも悪くも、相手に下駄を預けてくるのが、この男のやり口だ。

磯部は続けた。

「まず、為永の死体を発見するまでにいたった経緯を、聞かせてもらいましょうか」

大杉は考えた。

すべてを黙秘することは、現実的な対応ではない。

とりあえず、依頼人の名前や目的を伏せるかたちで、石島敏光と為永一良を尾行した事実を、手短に話す。

磯部は、部屋の隅でノートパソコンを操作する、若い刑事をちらりと見た。大杉の発言を、きちんと記録しているかどうか、確認したようだ。

磯部は、目をもどした。

「依頼人の名前や、尾行の目的を話してもらえませんか」

「さっき言ったとおり、それは依頼人の了解なしには、話せないよ」

「いずれ、分かることじゃないですか」

「だったら、いずれを待つんだな」

磯部は苦笑したが、何も言わなかった。

ふと思い出して、大杉は尋ねた。

「ところで、おれの連れの村瀬正彦は、どうしている。車を運転して、尾行を手伝ってくれた男だが」

「村瀬なら、別の部屋で別の担当が、事情聴取をしてますよ」

「村瀬は、おれのアシスタントでね。現場の、西新橋プライムビルには、一歩も足を踏み入れていない。走り使いをしただけの、言ってみれば善意の第三者だ。即刻、放免してやってくれないか。話は、おれの方からする。そうでなきゃ、これ以上何も話さんぞ」

大杉が言い募ると、磯部はちらりと腕時計に目をくれ、椅子を立った。

「いいでしょう。ちょっと、様子を見てきますよ。大杉さんが、全部話すということでしたら、手間が省けます。時間をむだに、したくないのでね」

そう言い残して、取調室を出て行く。

「全部話す、とは言ってないぞ」

大杉が独り言を言うと、部屋の隅に残った若い刑事が、ばつの悪そうな顔で首筋を掻いた。

大杉はすわり直し、固い椅子の背に体を預けた。

実際、村瀬正彦は車を運転するのが仕事の、アシスタントにすぎない。それを、こんな事件に巻き込むことになり、申し訳ない気持ちでいっぱいだった。

村瀬の父親は弁護士だから、こういうことにはうるさいだろう。

勤め先の美術学校に、悪い影響が出なければいいが、と心配になる。

それにしても、あの為永一良が殺されるなどとは、思いもしなかった。しかも、死体に百舌の羽根が残されていたのは、まったく予想外のことだった。

大杉の知るかぎり、為永が一連の百舌事件と関わりがある形跡は、これまでかけらほどもなかった。

あったとすれば、事件の当事者の一人だった大杉に、尾行されたことくらいだろう。

しかし、それは不正武器輸出の調査にからむもので、百舌とはまったくつながりのない事件、といってよい。

復活した百舌が、大杉あるいは残間龍之輔を狙うなら、話は分かる。

なんの関わりもない、一介の業界紙の編集長を殺すことに、どんな意味があるのか。

もしかして、為永を殺さなければならない別の理由が、百舌にあるのだろうか。

為永が、大杉のあずかり知らぬところで、百舌と関わりを持っていた、などということが、あるだろうか。

大杉は、考えすぎて息苦しくなり、深呼吸をした。

ともかく、石島と為永のあとをつけていたことは、しゃべってしまった。

遅かれ早かれ、二人を尾行した理由についても、供述せざるをえなくなるだろう。

事件現場に、パトカーが駆けつけて来るまでに、大杉は携帯電話で残間をつかまえ、事の顚末《てんまつ》を手短に伝えた。

残間は動転しながらも、大杉が自分の依頼で石島、為永の二人を尾行したことだけは、警察に話してもかまわない、と言った。

ただし、その理由については自分の口から話すので、大杉には黙秘権を行使してもらっていい、と付け加えた。

それは、大杉の職業上の信用に対する配慮、という趣だった。

いくら大杉が黙秘したところで、どのみち車田聖士郎とめぐみの報告から、すべてのいきさつが明らかになるのは、避けられないのだ。

ともかく、今は依頼主たる残間の指示に従うしか、方法がない。

それにしても、分からないことだらけだった。

西新橋プライムビルの、階段の踊り場でめぐみを突き飛ばし、外へ逃げて出たのは何者なのか。

それまでの状況から、その人物が百舌の手口をそっくりまねて、為永を殺した犯人であることは、間違いないように思われる。

村瀬によれば、犯人は黒いコートの襟を立てて、黒のハンチングをかぶっていた、という。

路地の向かいから来た車田は、すれ違いながらその犯人を見過ごした上、尾行しようとしていた村瀬を、捕らえてしまった。

そのため、犯人に逃げられたのだった。

それを知ったとき、大杉は間の悪いときに現れた車田を、呪《のろ》ったものだ。しかし今思えば、かえってよかったのかもしれない、という気がする。

村瀬が、首尾よく尾行を続けたとして、かりに相手に気づかれでもしたら、殺されていた可能性もあるのだ。

そんなことになったら、村瀬の両親に申し訳が立たないところだった。いや、警察の事情聴取を受けるだけで、すでに顔向けできない気分になっていた。

それはさておき、気がかりなのは為永が持っていた、例の茶のトートバッグが死体の周辺に、見当たらなかったことだ。

めぐみの悲鳴が聞こえたので、事務所の中を丹念に調べる余裕はなかったが、犯人があのトートバッグを持ち去ったことは、間違いないだろう。

トートバッグの中には、石島のブリーフケースの中にあった何かが、かならずはいっていたはずだ。

一一〇番に事件を通報したあと、パトカーが駆けつける前に村瀬に対して、逃げ去った黒いコートの犯人が、何か隠し持っている様子はなかったか、と聞いた。

村瀬は、コートの内側のわきの下のあたりが、妙な具合にふくらんでいたことを、思い出した。

それで、犯人があのトートバッグを持ち去った、と見当がついたのだ。

ふとわれに返って、大杉は腕時計を見た。

いつの間にか、磯部が取調室を出て行ってから、三十分たってしまった。様子を見に行くだけにしては、少し時間がかかりすぎる。

若い刑事が、パソコンのキーボードを所在なげに、叩くのが見えた。ゲームでも、しているのか。

そのとき、ドアにノックの音がしたので、大杉は背筋を伸ばした。

ドアがあき、きちんとスーツを着た四十歳前後の男が、はいって来た。髪を短く刈り上げ、銀色のフレームの眼鏡をかけた、痩せ形の男だ。

若い刑事が、あわてて腰を上げる。

男が、名刺を取り出すしぐさをしたので、大杉もしかたなく立ち上がった。

交換した名刺には、警視庁生活安全部、管理官、警視、原《はら》田《だ》周平《しゅうへい》とある。

原田は若い刑事を見て、席をはずすように言った。

刑事が、救われたように部屋を出て行くと、原田は大杉に椅子を示した。デスクを挟んですわる。

原田は、ていねいな口調で言った。

「大杉さんは、東坊めぐみの親御さんですね」

予期しない質問ではなかったので、大杉はすなおにうなずいた。

「ええ。実の父親です」

「東坊君と車田君から、おおかたの事情は聞いています。その件でご相談というか、お願いがありましてね」

その口調と態度物腰、それに警視という階級からみて、準キャリアの警察官だろう、と見当をつける。

「ついさっきまで、わたしの相手をしていた磯部警部補は、どうしたんですか」

「この件については、当面わたしがあとを引き継ぐことになりました。わたしは、生活経済特捜隊の管理官を、務めています」

それを聞いて、大杉はなんとなく筋書きが読めた、と思った。

為永の死によって、現在内偵中の不正武器輸出の捜査に支障が出ないよう、生活安全部が干渉してきたというわけだ。

大杉がほうっておかれたのは、その調整に時間がかかったからだろう。

原田は続けた。

「東坊、車田の二人の特捜隊員が、目下不正武器輸出事件を内偵中だ、ということはご存じですね」

案の定だ。

大杉は即答を避けて、爪《つめ》を調べるふりをした。

原田が、なだめるように言う。

「東坊君と大杉さんのことで、どうこう言うつもりはありません。お二人の関係が、捜査に明らかに支障をきたしている、となれば話は別ですが」

大杉は、目を上げた。

「実はわたしも、ある依頼人の要請を受けて同じ事件を、内偵中でした」

原田は、よく分かっている、という分別めいた顔で、うなずいた。

「その依頼人というのは、東都ヘラルドの残間龍之輔さんですね」

どうやら、めぐみがしゃべったようだ。

「そうです。それは認めますが、残間の承諾なしに依頼内容をお話しすることは、できませんよ」

その内容についても、めぐみがしゃべったことは確かだと思うが、筋だけは通さなければならない。

それに取り合わずに、原田は言った。

「すでに残間さんとは、連絡をとられたのでしょう」

大杉は、時間稼ぎにわざとくしゃみをし、ハンカチを出して口元をふいた。

どうやらすべて、お見通しのようだ。

大杉は、ハンカチをしまって、原田を見た。

「ええ、連絡しました。そのあたりについては、わたしより残間自身の口から、お聞きになった方がいいでしょう」

原田は、眼鏡のフレームを押し上げ、思慮深い口調で言った。

「そうすることにします。それから、大杉さんにはこの事件について、マスコミにいっさいしゃべらない、と約束していただきたいのです」

大杉も、しゃべるつもりはなかったが、念のために聞いた。

「警察は、この殺人事件について、どんな発表をするつもりですか。民間の調査事務所の所長、つまりこのわたしが為永の死体を発見したこと、現場付近に生活経済特捜隊の刑事がいたこと、そのうちの一人が犯人に突き飛ばされて、脳震盪を起こしたこと。そのあたりを、どのように説明するんですか」

原田は人差し指の先で、こめかみを軽く掻いた。

「当面は、現在捜査中のためノーコメント、ということになるでしょう。総合的な判断がくだるまではね」

「総合的判断、ね。それは、百舌の羽根の意味が分かったとき、という意味ですか」

原田は、眼鏡越しにじろりという感じで、大杉を見返した。

「百舌の羽根。なんのことですか」

大杉は、顎を引いた。

「鑑識や磯部警部補から、報告を受けてないんですか」

「事件の報告は、受けましたよ。しかし、百舌の羽根がどうのこうのという話は、聞いていませんね」

ほんとうかどうか、疑わしい気分になる。

「わたしが為永の死体を発見したとき、後ろ襟に百舌の羽根が差し込んであったのを、確かに見ました。鑑識が、見落とすはずはない」

大杉が言ってのけると、原田は椅子の背にもたれた。

「わたしは、そのような報告を受けていません。あるいは捜査担当者が、報告する必要なしと判断して、省いたのかもしれませんが」

大杉は口をつぐみ、考えを巡らした。

この男は、嘘をついているのだろうか。

それとも、ほんとうに百舌の羽根のことを、聞かされていないのだろうか。

西新橋署としては、生活経済特捜隊が介入してきたことを喜ばず、そうした詳細を知らせなかった、ということも考えられる。

原田は体を起こし、大杉の方に乗り出した。

「百舌の羽根とやらが、死体の衣服に残されていたことに、何か意味があるんですか。あるいはその事実を、西新橋署がわたしに報告しなかったことについて、何か意味があると思いますか」

大杉は少し考え、それから口を開いた。

「だいぶ前の話ですが、警視は百舌事件と呼ばれる一連の殺人事件について、お聞きになったことがありませんか」

原田は視線を宙に浮かせ、少しのあいだ考えてから、首を振った。

「いや、ありません」

嘘かほんとうか分からない、微妙な反応だった。

「関係者のあいだで、百舌と呼ばれていた危険な殺し屋が、警察官や右翼関係者を殺戮《さつりく》した、連続殺人事件ですよ。ご記憶にありませんかね」

原田は、あいまいにうなずいた。

「言われてみれば、そのような一連の事件があったことは、なんとなく覚えています。しかし、百舌という呼び名には、記憶がありませんね」

原田が、ずっと生活安全畑を歩いてきたとすれば、百舌の呼び名を知らなくても、無理はないかもしれない。

「百舌はとうに死にましたが、そのあとも百舌になり代わったり、模倣したりする殺し屋が現れて、殺人事件が相次ぎました。これも、おおやけにはされていませんが、先日東都ヘラルド新聞の元社会部長の、田丸清明という男が殺された事件も、その一つです。現場に、百舌の羽根が残されていましたが、そのことはマスコミに発表されなかった」

原田は眉根を寄せ、大杉をじっと見つめた。

「ずいぶん、お詳しいですね。さすがに、元警視庁捜査一課に在籍された刑事、というだけのことはある」

大杉は、唇を引き締めた。

めぐみから聞いたのかもしれないが、大杉の前歴を知っていて百舌の事件を知らない、ということはないだろう。

どうも、原田とのやりとりは肚の探り合い、という様相を呈してきた。

大杉は、話をがらりと変えた。

「磯部警部補は、ほかの部屋で事情聴取を受けている、村瀬正彦の様子を見に行ってくれたんですが、どうなりましたかね。村瀬はわたしのアシスタントで、何も知らない善意の第三者なんですが」

原田が、軽く肩をゆする。

「警部補の話では、村瀬君はいっさい黙秘しますと言ったきり、何もしゃべらないそうですよ」

大杉は、危うく笑みを漏らしそうになり、咳払いをしてごまかした。

村瀬はなかなか、骨のある男だ。

膝に手を置き、立ち上がる姿勢をとる。

「さて、お互いに了解に達したようですから、解放してもらいましょうか。もちろん、村瀬も一緒に、ですが」

原田は眉根を寄せ、もう一度大杉の名刺を見直した。

「事務所は、池袋ですね。固定電話に、ケータイの番号もはいっている」

独り言のように言い、顔を上げて続ける。

「また、お尋ねしたいことが出てきたら、連絡させてもらいます。村瀬君のことは、磯部警部補に聞いてください。わたしはこれから、残間さんと話をしなければならないので」

「残間を、呼んでるんですか」

「ええ」

原田は応じて、腰を上げた。

「くどいようですが、マスコミには何もしゃべらないように、お願いしますよ」

「分かりました。それよりむしろ、残間が自分の新聞に何を書くか、心配した方がいいんじゃありませんか」

原田は首を振っただけで、何も言わなかった。

一足先に解放されたとみえて、村瀬は署の玄関ホールの長椅子にすわり、大杉を待っていた。

屈託のない口調で言う。

「駐車場に、車を回してあります。どうせ一緒だし、マンションまで送りますよ」

大杉と村瀬は、新聞記者に見とがめられないように、裏口から署を出た。

32

翌朝十時。

大杉良太が、コーヒーを飲んでいると、携帯電話が鳴った。

めぐみだった。

「どうした。事情聴取は終わったか」

「ええ。明け方近くの、三時ごろまでかかったけど」

「おれも、そこまではかからなかったが、たっぷりやられた。最初は、西新橋署の警部補だったが、途中から生活安全部の原田周平、という警視に替わった」

「原田警視は、生活経済特捜隊の管理官よ。今度の事件で、不正武器輸出の捜査に支障をきたさないように、生活安全部長が西新橋署の署長に、配慮を要請したの。それを確認するために、管理官が乗り出したわけ」

「そんなことだろう、と思った。しかし、これは殺しだからな。西新橋署はともかく、捜査一課が黙ってないだろう」

めぐみは、少し間をおいた。

「電話じゃなんですから、どこかでまたお昼ご飯でもどうですか」

急に言葉遣いが、ていねいになる。

「こんなときに、そんな時間があるのか」

「新聞記者に追い回されないように、昼からどこかへ消えてくれって、そう言われてるんです」

「車田も同じじゃか」

「ええ。差し支えなければ、車田警部補もお昼ご飯に、同席させてほしいんですけど」

大杉は、携帯電話を握り締めた。

「そこにいるのか、車田が」

また少し、間があく。

「ええ」

「まさかゆうべから、一緒だったんじゃないだろうな」

「もちろんよ。何を言うの」

気色ばんだ口調だったので、大杉はちょっと焦った。

「冗談だよ、冗談。それより、車田が同席したいというなら、おれはかまわんぞ」

冷や汗が出てくる。

午後一時半に、大杉は池袋駅に近いホテルのレストランで、二人と落ち合った。

車田聖士郎は、こざっぱりしたスーツに着替え、髭《ひげ》もちゃんとそっている。

めぐみも、夜中まで事情聴取を受けた形跡が見られず、地味なスーツにはしわ一つなかった。薄化粧までしている。

二人とも、一度自宅へもどって、出直したらしい。

ゆうべから、ずっと一緒だったのではないかとの疑いは、とりあえず消えた。

車田は、あまり機嫌がよくなさそうだ。

めぐみが、とりなすように言う。

「警部補は、お父さんとわたしが父娘だということを、ゆうべまで知らなかったんです。わたしが、黙っていたから」

そんなことだろう、と思った。

大杉は、車田を見て言った。

「おれが、言うなと口止めしたんだ。悪かったな」

車田は、まるで平手打ちを食らったように、ぐいと顎を引いた。

硬い声で応じる。

「いえ、どういたしまして」

めぐみが眉をひそめ、大杉をたしなめた。

「ちょっと。もう少し、ていねいな口をきいたら、どうですか。車田警部補は、わたしの先輩なんですよ」

「おれは、警察官としても人生経験者としても、おまえさんたちよりずっと先輩だ。堅苦しいことは、抜きにしようじゃないか」

車田が、急いで言う。

「いいです、いいです。そのままで、全然かまいませんから」

機嫌が直ったというより、毒気を抜かれた様子だった。

料理が来るまでのあいだ、なんとなくしらけた空気が漂った。

話の接ぎ穂を求めて、車田がなんやかやと話しかけてくる。

大杉は、口の中で適当にうなるだけで、ろくに返事もしなかった。

めぐみが、あきれ顔で睨んできたが、それも無視する。

料理がくると、ステーキを三センチほどの幅に切り分け、無理やり口に押し込んだ。

めぐみが、それとなく唇を引き締めるのが分かったが、気にもかけない。

今どきの草食系の若者に、男たるものの肉の食い方を教えてやろう、と思っただけのことだ。

ナプキンで口をふき、いきなり要点にはいる。

「おまえさんたちはゆうべ、おれが〈ぼたん〉から為永をつけ始めたあと、石島を尾行したんじゃなかったのか」

めぐみが、車田を見る。

車田は、任せておけというようにうなずき、口を開いた。

「ゆうべ、わたしは田町の駅前に車を停めて、東坊からの連絡を待っていました。そこへ、為永がわたしのケータイに、電話をよこしたんです」

「ほう」

大杉は、驚きを隠してそう応じながら、前夜のことを思い起こした。

為永は、〈ぼたん〉を出て二百メートルと走らぬうちに、道端に車を寄せて停めた。

村瀬は、携帯電話を使うために違いない、と言った。

それが、当たっていたらしい。

しかし、為永のかけた相手が車田だったとは、予想もしなかった。

車田が続ける。

「為永は、わたしにきのうの夜十時ちょうどに、西新橋の編集部へ来てくれないか、と言いました。そのとき、不正武器輸出を立証する具体的証拠を、提供する。それと同時に、その裏工作に関わっている陰の重要人物と、引き合わせてやる。そう請け合ったんです」

大杉は、フォークを取り上げようとした手を、引っ込めた。

「おれと村瀬が、為永を追って西新橋に着いたのは、九時少し前だった。為永は、すぐにはプライムビルにもどらずに、近くのなじみらしいスナックに寄って、四十分ほど時間をつぶした。それから、おまえさんと約束した十時に間に合うように、編集部にもどったわけだな」

そんなふうにまとめると、車田は律義にうなずいた。

「そうだと思います。ところが、今お話ししたようにわたしのほかに、為永に呼び出された相手が、もう一人いたわけですよ」

大杉は、腕を組んだ。

「陰の重要人物、というやつだな。為永は、そいつの名前を言ったか」

「いや、電話では言いませんでした。ただ、ケータイの通話記録を調べた結果、かけた相手が分かりました。原田管理官が、捜査本部からその情報の提供を、受けたんです」

大杉は、それを聞きとがめた。

「為永の死体に、ケータイが残っていたのか」

「いや、残っていませんでした。おそらく、犯人が持ち去ったんでしょう。捜査本部は、為永のケータイの料金明細書から、契約会社を突きとめました。そこに問い合わせて、サーバーに残っていた通話記録を、チェックしたわけです。きょうの、午前中のことですがね」

車田のていねいな説明に、大杉は少しいらいらした。

「それで、為永が呼び出したその重要人物とは、だれだったんだ」

「バンドウ・シゲユキという男です。坂の東に、重く行くと書きます」

「坂東重行か。何者だ、そいつは」

「メイコウ商事の、輸出管理室長です。メイコウは、明るいに鉄鋼の鋼、と書きます。鉄鋼関係の商社です」

大杉は腕を解き、こめかみに指を当てた。

明鋼商事という会社名には、聞き覚えがある。

「その会社は、石島が勤めている三京鋼材の、取引先の一つじゃなかったか」

残間龍之輔から、その会社名を聞かされたのを、思い出した。

「そうです」

やはり、そうか。

「坂東には、為永から電話があったかどうか、確認したのか」

「ええ。坂東も、電話があったことについては、認めたようです。通話記録が残ってますから、否定できなかったんでしょう」

「為永の用件は、なんだったんだ。坂東は、どう言ってるんだ」

「坂東は為永に、いろいろと取材したいことがあるので、十時にはもどるから編集部に来てくれ、と言われたと説明しています」

「十時といえば、あんたと同じ時間じゃないか」

「そうです。ただし坂東は、やぶからぼうの申し入れでもあり、ひどく遅い時間帯でもあるので、翌日以降に社の方へ来てくれれば会う、と言って呼び出しに応じなかった、と供述しています」

「それで、為永はどうした」

「坂東によれば、為永は納得してあっさり引き下がった、ということのようです」

大杉は、皿を脇へどけた。

「それはちょっと、うなずけないな」

車田は、大杉の発言の意味を考えているようだったが、やがて先を続けた。

「とりあえず、そのことはおいておきましょう。為永は、坂東とわたしを同じ時間、同じ場所に呼びつけて、どうするつもりだったんでしょうね」

「石島から手に入れた、不正武器輸出の動かぬ証拠を突きつけて、生活経済特捜隊に坂東を引っ張らせよう、という魂胆だったんだろう」

車田とめぐみは、申し合わせたように目を見交わした。

車田が、大杉に視線をもどして言う。

「為永が、そんなふうにわたしに断りもなく、勝手な動きをするとは思えませんが」

「そうかな。為永は、捜査の進展が遅いのにしびれを切らして、自分で発破《はっぱ》を仕掛けようとしたんじゃないか。特捜隊の刑事と、不正武器輸出の重要証人をかち合わせて、化学変化を起こさせよう、ともくろんだんだ。万が一そこで、逮捕劇が演じられるような展開になったら、それこそ一大スクープになる。為永が、その効果を狙って二人を呼びつけた、と考えても不都合はあるまい」

「しかし、為永はわたしがいいと言うまで記事を書かない、と約束してたんですよ」

「あんなやつの約束なんか、屁《へ》の突っ張りにもならん」

言い捨てると、めぐみが非難がましく、眉をひそめる。

しかし車田は頓着せず、腕を組んで少し考えた。

間なしに腕を解いて、口を開く。

「確かに為永は、特捜隊がなかなか腰を上げないので、焦っていた形跡があります。このところ、週刊鉄鋼情報の部数も落ち気味だったようだし、大杉さんのご指摘も根拠なし、とは言えませんね」

生意気な口調だったが、大杉はがまんした。

それを察したように、めぐみがナイフとフォークを置き、さりげなく言う。

「だとしたら、犯人は警部補の手に証拠物が渡るのを、阻止しなければならなかった。それで、為永を殺して証拠物を奪った、ということになりますね」

車田はうなずいた。

「そうなるね。そのために、プライムビルへ先回りして待ち伏せ、もどって来た為永を殺したわけだ」

「それじゃ、犯人は坂東か」

大杉が口を挟むと、車田は驚いたように背筋を伸ばした。

「坂東は、何度か視認したことがありますが、ずんぐりむっくりの男ですよ。わたしがすれ違った、黒いコートの犯人らしきやつとは、まるで違います」

まじめな顔で応じるので、大杉は笑うに笑えなかった。

あらためて言う。

「さっきの続きだが、為永は坂東が呼び出しに応じないからといって、おとなしく引き下がるような玉じゃないだろう。野球部の後輩なら、それくらい分かるはずだぞ」

車田は、すなおにうなずいた。

「おっしゃるとおりです」

「為永にすれば、何がなんでも坂東をプライムビルへ、呼びつける必要があった。そうでなけりゃ、おまえさんを呼び出した意味が、なくなるからな。為永は、どんな汚い手を使ったか知らんが、とにかく坂東に来るように強要して、うんと言わせたはずだ」

「どんな手ですか」

「たとえば、呼び出しに応じなければ、不正武器輸出の動かぬ証拠を公表するとか、いっそ生活経済特捜隊に提出するとか言って、脅すのさ。あるいは、目の玉が飛び出るような口止め料を、要求したかもしれん」

「要するに、脅迫ですか」

「そうだ。坂東としては、最終的に呼び出しに応ぜざるをえない状況に、追い込まれたはずだ。用件は、取材の申し入れなんかじゃなかったし、断ったら為永があっさり引き下がったなんて、とんでもない嘘っぱちさ」

めぐみが、口を出す。

「だったら、坂東もプライムビルにやって来た、ということ」

「いや、違う。おそらく、坂東は為永に行くと返事をしたあと、だれかにそのことを報告して、善後策を相談したに違いない。つまり、やばいことになったから、なんとかしてくれと、泣きついたわけだな」

めぐみと車田が、また顔を見合わせる。

車田は言った。

「だれに、どうやって相談した、というんですか」

「それが分かれば、苦労はない。ただ、自分でのこのこ出かけて行く余裕はないから、おそらく電話で相談したんだろう。連絡を受けた相手は、直接か人を通じてかは分からないが、だれかに手を打つよう指示を出した。指示を受けただれかが、すぐにプライムビルへ駆けつけ、もどって来た為永を始末して、証拠物を回収した。これで、話の筋道が立つだろう」

めぐみが、体を乗り出す。

「そのだれかが、わたしを突き飛ばして外へ逃げ出した、黒いコートとハンチングの男、というわけ」

大杉はうなずいた。

「おれの、長年の経験から割り出したかぎりでは、そうなるな」

車田も、もっともらしくうなずく。

「なるほど。非常に、説得力のある説ですね。感心しました」

「ほめてもらって、うれしいよ」

皮肉を込めて言うと、車田は頭を搔いた。

「いや、ほんとに。大杉さんの、おっしゃるとおりです」

めぐみが、急いで割り込む。

「でも、坂東が助けを求めたという相手は、だれなのかしら」

「それは、おまえさんたちが調べればいい。坂東のケータイに、おそらく通話記録が残っているだろう。消したとしても、サーバーには残る可能性がある」

めぐみは体を引き、少し考えてから言った。

「話は変わるけれど、為永の死体に百舌の羽根が、残っていたんですってね」

大杉は、驚いた。

捜査本部が、そのことを生活経済特捜隊の刑事に話す、とは思わなかった。管理官の原田周平さえ、知らなかったのだ。少なくとも、表向きは。

「だれに、聞いたんだ。おれはめぐみに、言った覚えがないぞ。そのことは、捜査本部のごく一部の人間しか、知らないはずだ」

「西新橋署の鑑識に、ときどき一緒にお酒を飲むおじさまがいて、その人に聞いたの」

車田が表情を変えないのは、めぐみから百舌の羽根が何を意味するかを、聞かされていたからに違いない。

めぐみが続ける。

「為永が、一連の百舌事件に関わりがあるとは、思えないわ。これはたぶん、捜査の目をくらます、陽動作戦よ」

それを聞いて、大杉は虚をつかれる思いがした。

抱えていたもやもやが、にわかに薄らぐような気がする。

大杉自身、その可能性を考えていたせいもあって、第三者たるめぐみの率直な指摘を、すなおに聞くことができた。

「確かにそれは、ありうるな。なんのための陽動作戦か、分からないが」

車田が、目を輝かせて、めぐみに言う。

「坂東が、ゆうべだれに連絡したかを突きとめれば、不正武器輸出を推進する黒幕の存在が、明らかになるかもしれない。すぐに、原田管理官に連絡しよう」

33

事務所へもどったとき、携帯電話が鳴った。

表示を見ると、倉木美希だった。

「今、池袋駅。どこにいるの」

大杉良太は、壁の時計を見た。

午後四時少し前を、指している。

「ちょうど、事務所へもどったところだ。娘とその相棒と、昼飯を食った。ゆうべ、電話で報告したこと以外に、いろいろな話が出てきた。すぐに、来てくれ」

前夜、西新橋署での事情聴取を終えたあと、村瀬正彦の車で事務所へもどった。

車の中から、携帯電話で美希に為永一良が殺されたことと、その後に行なわれた事情聴取の概要を、ざっと報告しておいたのだ。

美希は、この日の朝早くから午後にかけて、統合監察官会議に出席する用事があり、事務所に行けるのは四時ごろだろう、と言っていた。

ほぼ予定どおりに、来たことになる。

いつものように、大杉がコーヒーをいれているあいだに、美希がやって来た。

会議疲れか、顔色がさえない。チャコールグレーのスーツにも、すわりじわが寄っている。

美希は、さっそくコーヒーに口をつけ、けだるい口調で言った。

「為永の死体に、百舌の羽根が残されていたって、ほんとうなの」

「ほんとうだ。殺されたこともそうだが、死体に百舌の羽根が残されているとは、考えもしなかった。驚くより、頭が混乱しちまったよ」

「為永と百舌には、まったくつながりがないはずよね」

「おれたちの、知るかぎりではな」

「為永は、三京鋼材の石島から情報を提供されて、不正武器輸出の記事を書こう、としていたのよね。残間さんと同じように」

「そうだ」

美希は、親指と人差し指で目頭を押さえ、しばらく考えていた。

顔を上げて言う。

「次は、残間さんを狙うというメッセージとして、為永を殺したんじゃないかしら」

「そんな、まだるこしいことをするために、百舌が危ない橋を渡ったりするとは、思えないな」

「でも、わたしを襲いながらとどめを刺さず、まるで警告するだけのような行動も、とったわよね。実際は別の狙いがあるのに、なんだか陽動作戦を展開しているような、そんな気がするわ」

大杉はコーヒーを飲み、腕を組んで考えた。

めぐみも、まったく同じことを、言っていた。

「きみを襲ったときは、確かに本気じゃなかったかもしれん。しかし、百舌が田丸清明を殺したことには、明白な理由があるじゃないか」

「そうよね。だとしたら、わたしはもちろん残間さんやあなたも、狙われる可能性があるということでしょう。今のところ、その気配はないようだけれど」

「一連の事件で、おれたちが警戒を強めたことは、向こうも承知しているはずだ。しばらくは、おとなしくしてるんじゃないか」

「そうは思わないわ。なんだか、焦りまくっているような、そんな気がする。別に根拠はないけれど、為永みたいな部外者を手にかけるなんて、これまでにないことだもの」

大杉は腕を解いて、またコーヒーを飲んだ。

「車田の話によれば、為永は車田のほかにもう一人、編集部へ呼んでいたらしい」

美希の目が動く。

「もう一人って」

「不正武器輸出の、陰の重要人物さ。そいつは、石島が勤めている三京鋼材の取引先の、明鋼商事なる商社の輸出管理室長で、坂東重行という男だと分かった」

大杉は、車田とめぐみから聞いたその話を、ざっと説明した。

聞き終わると、美希は言った。

「そうすると、坂東から報告を受けただれかが、刺客をプライムビルに差し向けて、為永を始末させたわけね」

「そうだ。時間的に、かなりぎりぎりの線だったはずだが、ともかく犯人は為永を待ち伏せして殺し、証拠物とケータイを奪って逃げた、というわけだ」

「証拠物って、なんだったのかしら」

「石島が残間に渡したのと、同じものじゃないかと思う。どうせ複写だろうが、そう取っ替え引っ替え、別の証拠物を持ち出せるとは、思えないからな」

「残間さんの話では、輸出されている武器の部品と思われる、鉄パイプの写真と設計図だったわね」

「そうだ。おそらく、明鋼商事が三京鋼材に発注した、武器の部品の一つだろう。ほかのメーカーにも、別の部品をばらばらに発注している、とみていい。ただ、そうしたものにどれだけ証拠能力があるのか、おれにはよく分からん」

「前にも言ったけれど、最終的に武器に組み立てることができるなら、個々のパーツの無許可輸出は、間違いなく違法だわ。めぐみさんなら、よく分かっていると思う」

美希はコーヒーを飲み、先を続けた。

「それで、その坂東という男が相談した相手は、まだ分からないのね」

「今ごろ、特捜隊のだれかがケータイのサーバーに、問い合わせをしているだろう。分かりしだい、めぐみが連絡してくるはずだ」

「捜査本部はどうなの」

「連中も、当然調べるだろう。早いもの勝ちになるな」

そのとき、大杉の携帯電話が着信音を発した。

めぐみではなく、残間龍之輔からだった。

「どうだった、事情聴取の具合は」

「夜中から午前三時ごろまで、やられました。ただ、担当は捜査本部の刑事じゃなくて、生活経済特捜隊の原田という、管理官でした」

どうやら、原田周平は西新橋署と捜査一課の連中を、押し切ったらしい。見た目より、骨のある男のようだ。

「おれも、その原田にやられた。殺人事件より、不正武器輸出事件の方が上位とは、にわかに信じられんが」

残間が、それをさえぎるように、急いで言う。

「そんなことより、大杉さん。たった今遊軍からはいって来た、緊急のニュースがあるんです」

「どんな」

「首都警備保障の、第一警備部長を務めているオオカド・ダイスケという男が、殺されたんです。オオとダイは、両方大きいという字。カドは角、スケは芥川龍之介《あくたがわりゆうのすけ》の介と書きます」

　大杉は、ちらりと美希を見た。

　美希が、どうかしたかというように、見返してくる。

「大角大介か。そいつの名前は初耳だが、首都警備保障は聞いたことがある。前の、警察庁の特別監察官室長だった、稲垣志郎が天下りした警備会社だろう」

「ええ。大角は、その稲垣の片腕といわれる、やり手だったそうです」

「どこでだれに、どんなふうにやられたんだ」

「死体が発見されたのは、京王線仙川駅《せんがわえき》の南東一・五キロほどのところにある、祖師谷《そしがや》公園の中です。仙川、という川が敷地内を流れていて、その川っぷちの土手に死体が転がっていた、という発表がありました」

「それだけか」

「殺害現場は、そこじゃないようです。どこかで殺されて、運ばれて来たらしい。今のところ、犯人は不明。死亡推定時刻は、ゆうべ十時以降きょう未明の、四時まで」

「死体発見の時刻は」

「きょうの、午前十一時過ぎだそうです。発見者は、ゲートボールをやりにきたじいさんたち、ということです」

「それだけか」

もう一度聞くと、残間はため息をついて言った。

「祖師谷警察署の捜査一係に、顔見知りのベテラン刑事がいましてね。その刑事に、電話でこっそり聞いたところ、なぜかほとけさんの胸ポケットに、鳥の羽根がはいっていた、というんですよ。たぶん、百舌の羽根でしょう」

大杉は、ソファの背から体を起こした。

「ほんとか」

「ええ。殺しの手口は、盆のくぼを千枚通しで、一刺し。犯人はだれにせよ、百舌になりすましたやつのしわざに、間違いありません。それにしても、一晩に二人とはかなりの荒わざ、と思いませんか」

大杉はうなっただけで、返事ができなかった。

体の力が抜け、またソファにもたれる。

殺された大角大介なる男が、百舌事件で詰め腹を切らされた、あの稲垣志郎の部下だとすれば、まんざら無関係とは言い切れない。

「ほかに、分かったことは」

「首都警備保障の話では、大角は民政党幹事長の三重島茂が、府中市白糸台に持っている別邸の、警備責任者だったそうです」

「別邸だって。そんなものがあるのか」

大杉の言葉を聞いて、美希が驚いたように体を乗り出すのが、目の隅に映る。

「ええ。通常は、SPが詰めて警備に当たるはずですが、なぜか三重島はその別邸に関するかぎり、民間会社の首都警備保障に任せています。おおやけにしたくない、何かの事情があるのかもしれません」

「確かに、それはちょっとにおうな。そのほかには」

「今の段階では、そんなところです」

大杉は、携帯電話を握り直した。

「そうだ、一つ思い出した。石島から託された、武器の一部らしい鉄パイプの写真と、設計図の分析結果は、出たのか。その種の機械ものに詳しい同僚に、チェックさせると言っていたが」

「すみません。このごたごたで、まだ確認してないんです。落ち着きしだい、話を聞いておきます」

「為永は死ぬ前、明鋼商事の坂東という男を、編集部に呼んでいる」

「明鋼商事。三京鋼材の、取引先の一つじゃないですか」

「どうやら、筋書きが見えてきたな。何か分かったら、また連絡してくれ。どんなことでも、かまわんから」

「了解しました」

電話を切り、美希を見る。

美希は好奇心を隠さず、大杉の方にもう一膝乗り出した。

「別邸って、三重島のことかしら」

大杉は、逆に驚いて美希の顔を、見直した。

「どうして分かるんだ」

「それはあとで、説明するわ。それより、今の電話は残間さんでしょう。その話を、先に聞かせて」

そこで大杉は、聞いたばかりの話をそっくり、美希に伝えた。

聞き終わると、美希はむずかしい顔になった。

「やはり百舌は、焦っているのよ。為永、大角と一晩に二人なんて、常識では考えられないわ」

「三重島が、別邸を持っているという話は、知っていたのか」

「ええ。まだ、あなたには伝えていなかったけれど、三重島が府中の白糸台に別邸を持っている、という話を例の人事課の内田さんから、教えられたのよ」

大杉は、少し考えた。

「三重島が、SPを遠ざけて民間の警備会社、それも稲垣のところに警備を任せるとは、何かにおうじゃないか」

美希もうなずく。

「ええ。でも、それだけじゃないわ。今日、会議の前に内田さんからケータイにメールがあって、もう一つ興味深い情報を教えてくれたの」

「どんな」

「例の、洲走かりほに妹がいたという話は、覚えているでしょう」

大杉は、記憶をたどった。

「ああ、覚えている。かりほが死んだあと、きみが残間と彼女の墓に行ったら、母親と妹らしき女がお参りしていた、と言ったよな」

「ええ。顔はよく見なかったけれど、年格好からして妹に間違いない、と思うわ。内田さんの話によると、その妹の名前はまほろといって、三重島の別邸の管理をしてるんですって」

34

大杉良太は、驚いてすわり直した。

「おいおい。別邸とか洲走かりほの妹とか、内田ってやつはそんな極秘情報を、どこから仕入れてくるんだ。水晶玉でも、持ってるのか」

「首都警備保障に天下りした、ＯＢの警察官のだれかを別件で籠絡《ろうらく》して、情報提供者に仕立てたらしいわ」

倉木美希の返事に、大杉はあきれるやら感心するやらで、つい笑ってしまった。

首を振りながら言う。

「たいした男だな、内田ってやつは。きみの話から想像すると、あまりうだつの上がらない男、という感じがするんだが」

「たぶんそれが、隠れみのになっているのよね」

大杉は真顔にもどり、体を乗り出した。

「かりほの妹が、三重島の別邸の管理をしてるとすれば、それは偶然じゃないだろうな」

「もちろん。当時、洲走かりほのバックに三重島がついていたことは、少なくともわたしたちのあいだでは、了解ずみでしょう」

「そのとおりだ」

「だったら、洲走かりほが死んだあと三重島が、妹のまほろのめんどうをみるのは、別に不思議じゃないわ」

「三重島は、そのまほろとやらを管理人じゃなく、愛人として別邸に囲ってるんじゃないか」

大杉が、単なる思いつきを口にすると、美希はくるりと瞳を回した。

「ありうるわね。ＳＰまで、遠ざけるくらいだから」

大杉は二つのカップに、コーヒーをつぎ足した。

一口飲んで言う。

「洲走かりほに、洲走まほろ、か。二人そろって、凝った名前だな」

「そろっているのは、凝った名前だけじゃないかもね。姉が、あれだけ性根のすわった女だったとすれば、妹だって負けてないんじゃないかしら」

美希の口ぶりには、洲走かりほに対するいわばアンビバレントな、畏敬《いけい》の念《ねん》に似た含みが感じられた。

さりげなく、釘《くぎ》を刺す。

「性根がすわっていた、というよりも性根が曲がっていた、というべきじゃないか。あの女は、きみを窓から自分と一緒に引きずり落として、道連れにしようとしたんだぞ」

美希は、肩をすくめた。

「そうかもしれないけれど、わたしには彼女ほどの根性はないわ」

「おれは、負けてないと思うがね」

美希はコーヒーを飲み、口調をあらためて言った。

「だけど、ちょっとおかしいわね。三重島が、自分を追い落とそうとした田丸を、生まれ変わった百舌に始末させた、という図式は理解できるわ。わたしを襲わせたことも、分からないではない。でも、百舌に為永を始末させたのは、方角違いでしょう。まして、大角は自分の別邸の警備を担当する、稲垣の片腕だった男よね。方角違いどころか、自分の身に刃物を突き立てる、自傷行為じゃないかしら」

大杉は、首をひねった。

「そう言われると、確かに大角の一件は、しっくりこないものがある。言ってみれば、大角は身内の人間だからな。大角が、三重島なり百舌なりを裏切ったというなら、話は分かるが」

そのとき、美希の脇に置かれたハンドバッグの中で、携帯電話の着信音がした。

美希は、すぐにバッグをあけて、応答した。

「はい、倉木です。はい。いえ、こちらこそ、失礼しました」

そう挨拶したあと、ときどきあいづちを打つだけで、ほとんど何もしゃべることなく、相手の話に耳を傾けている。

やがて、そっけなく言った。

「その件については、考えておきます」

それから、急に口調を変えて続ける。

「ところで、首都警備保障の大角大介という男の死体が、祖師谷公園で見つかったそうですね。いいえ。あるルートから、耳にはいったんです。ところで、大角が三重島茂の別邸警備の、担当責任者だったことは、ご存じですか。ええ。それなら、いいんです。

ついでに、大角の胸ポケットに百舌の羽根が、残されていたことは。はい。はい。そうですか。いいえ。わたしにも、分かりません。はい。それではまた、連絡させていただきます」

通話を切った美希は、大杉が聞くより先に自分から、説明を始めた。

「田丸事件の指揮を執っている、捜査一課の岸和田という管理官よ。これも、まだ報告していなかったけれど、きのうその管理官を呼び出して、いろいろ話をしたの」

それを聞いて、美希が勝手に動いていることが分かり、ちょっとたじろいだ。

「どんな話を」

ぶっきらぼうに聞いたが、美希は意にも介さぬ様子で応じた。

「田丸の事件で、田丸が茂田井の家に立ち寄る前後の話とか、死体に百舌の羽根が残っていた話とか、要するに新聞に報道されていないことを、確認しただけよ」

「ほう。その管理官は、そんな部外秘の話をよくきみに、打ち明けたものだな」

皮肉を言ったつもりだが、それも効き目がなかった。

「裏わざを使ったのよ。内田さんから、岸和田の不適切な女性関係を聞き出して、それをネタに取引したわけ」

あっさり言う美希に、また苦笑してしまう。

「またまた、内田先生か。どっちにしても、それは要するに脅しだろうが。まったく、よくやるよなあ」

「この一件のためなら、わたしだってたいていのことは、やるわよ」

美希の返事に、大杉は両手を広げてみせた。

「しかし、田丸殺しが百舌のしわざだってことは、そいつに確かめるまでもないだろう。それ以外に、何かあったんじゃないのか」

美希は、唇の端をぴくり、とさせた。

「ええ、そのとおり。岸和田管理官も、田丸殺しの裏に三重島の影があることは、うすうす感づいているらしいの。それで、最後に三重島の別邸の存在を教えて、それとなく揺さぶりをかけるように、そそのかしたわけ。今の電話は、その結果報告なの」

「どんな」

「管理官は、例の鷲ノ島での一件やノスリの一件、それに今回の田丸事件について、三重島に話を聞かせてもらえないかと、電話で申し入れをしたんですって」

大杉は、顎を引いた。

「ほんとうか。ちょっと、信じられんな」

「申し入れをしたのは、ほんとうらしいわ。でも、けんもほろろに断られた、というのよ」

「当然だろう。正面からぶつかって、うまくいくわけがないさ」

「ええ。それで、ほかに三重島に接近する、何かいい手立てはないものか、と相談されたわけ」

「その管理官は、本気でそう思っているのかな」

「たぶんね。そのほかに、捜査本部が茂田井滋に確かめたところ、事件当夜は田丸はもちろん、だれも訪ねて来た者はいない、という返事だったそうよ」

「そりゃ、そうだろう。茂田井がすなおに、田丸が極秘のカセットテープを取りに来ました、などと認めるわけがないさ」

美希はまた、肩をすくめた。

「そうよね」

「その、岸和田とかいう管理官は、大角が殺されたことで、何か言ってなかったか」

「百舌の羽根、という共通点があることから、祖師谷警察の方と連絡を取り合っているようよ。わけの分からない同士で、いくら話をしてもどうにもならない、と思うけれど」

大杉は、しばらく考えた。

「なんとか、その管理官と協力してもう一度、三重島を揺さぶれないものかな」

「検討の余地は、あるわね」

美希がそう応じたとき、また大杉の携帯電話が鳴り出した。

めぐみだった。

のっけから、急き込んだ声で言う。

「ゆうべ、明鋼商事の坂東がだれに電話したか、分かったわ」

「だれだった」

「経済産業省の機械製造産業局長、キタモト・ノリオ。南北の北にブックの本、規則の則に英雄の雄」

「北本則雄。聞いたことがないな」

「航空機武器産業課とか、武器輸出管理課とかを統括する局の、トップよ」

大杉は、ソファの背にもたれた。

美希が、興味をあらわにした目で、見つめてくる。

「とうとう、国がからんできたわけだな」

「ええ。もちろん、特捜隊もそのことを視野に入れつつ、内偵を続けていたけど」

「そうだろうとも。そうでなきゃ、特捜隊の名前が泣くからな」

「それだけじゃないのよ。特捜隊のスタッフが、北本局長のケータイ番号を探り出して、電話会社に問い合わせをしたの。その結果、坂東から電話を受けたあと局長が、だれに連絡したか分かったわ」

大杉は、ソファから背を起こした。

「そんなことが、できるのか」

「警察を、甘く見ないでほしいわ。お父さんの時代とは、違うのよ」

大杉はうなった。

「それで、かけた相手はだれだ」

「首都警備保障の、稲垣専務」

「稲垣」

　そのまま、絶句する。

「そう、稲垣。そして、稲垣が電話した先をたどったら、〈オフィスまほろ〉という法人に、到達したの」

「〈オフィスまほろ〉だって」

　頭の中で、何かがぴんとはじけた。

　美希が目を見開き、体を乗り出してくる。

　めぐみは続けた。

「住所は、府中市白糸台一丁目。西武多摩川線の白糸台、ないしは京王線の多磨霊園駅《たまれいえんえき》から、歩いて十分くらいのところらしいわ」

　大杉は、大きく息をついた。

「それは、おそらく民政党の幹事長の、三重島茂の別邸だ。首都警備保障は、そこの警備を担当してるんだ。稲垣の片腕で、別邸の警備担当責任者だった、大角大介という男の死体が、きょう祖師谷公園で発見された。知ってるだろうな」

「ええ。一連の事件と、関係があるのかしら」

「おおありだ。不正武器輸出の一件は、三京鋼材から明鋼商事、経産省、三重島、そして民政党につながっている。その鍵は、白糸台の三重島の別邸にあり、とおれは睨んだ」

　めぐみは、少しのあいだ黙ってから、ため息をついて言った。

「そこまでいくと、ちょっと特捜隊の手には、負えないかも」

「捜査一課の手にもな。ところで、北本局長や稲垣専務は自分のケータイから、どこへかけたか知られたことを、承知しているのか」

「まだ、知らないはずよ。でも、いずれ分かると思うわ」

「そうか。また電話する」

　大杉は、一方的に通話を切った。

　美希は、電話のやりとりから大筋を理解したらしく、すぐに言った。

「別邸を、〈オフィスまほろ〉という事務所にして、世間の目をくらましていたのね」

「そうらしいな。どうやら、今度の陰謀の巣はその別邸にある、とみてよさそうだ」

「そのようね。だとしたら、生活経済特捜隊も捜査一課もうかつには、手を出せないでしょう」

「そうだろうな。時間がたてばたつほど、証拠隠滅のおそれが大きくなる。なんとかしないと、手遅れになるぞ」

　美希は、ぞっとするような笑みを、口の端に浮かべた。

「こうなったら、奥の手しかないわよね」

35

　空は黒い雲が垂れ込め、星一つ出ていない。

　倉木美希は、警視庁の管理官三人を従え、三重島茂の別邸の門柱に取りつけられた、インタフォンを押した。

　門柱には、古木らしい小ぶりの表札が掲げられ、癖のない字体で〈オフィスまほろ〉、と書いてある。

　少し間をおいて、女の声が返ってきた。

「はい。どちらさまでしょうか」

「夜分遅くに、申し訳ありません。九時にお約束した、警察庁の倉木です」

　そう名乗ると、女はすぐに応じた。

「門をあけますので、玄関までお進みください」

　かちりと音がして、鉄柵《てっさく》が中ほどから左右にゆっくりと開き始め、一メートルほどあいたところで、自動的に止まる。

　美希は先に立って、門内にはいった。三人の管理官も、あとに続く。

　一人は、田丸清明事件の指揮を執っている、岸和田悟。

　もう一人は、大角大介事件の担当になった、井口博巳《いぐちひろみ》。

残る一人は、為永一良事件の捜査に加わった、原田周平。

いずれも、美希より少し年次が下になるが、同じ警視だった。

しかし、ここでは警察庁に在籍する美希が、仕切るかたちをとる。

岸和田とは、すでに面識ができていたが、井口と原田とは五時間前に警察庁で、初めて顔を合わせたばかりだった。

井口は、原田や岸和田よりいくつか年長で、あまり服装にかまわないタイプに見える。上着にはしわが寄り、スラックスの膝は出たままだ。水玉のネクタイにも、ところどころ染みがあり、いかにも叩き上げの刑事、という印象が強い。

一方の原田は、きちんとスーツを着こなした、精悍《せいかん》なタイプの管理官だった。髪を短く刈り上げ、銀色のフレームの眼鏡をかけた外見は、気鋭の経済評論家といったところだ。

一昨夜、大杉から受けた電話の報告によれば、為永事件の事情聴取を引き継いだのは、原田だったという。

原田の印象は、そのときの大杉の説明とおかしいほど、一致していた。

玄関のガラス戸は、施錠されていなかった。

広い式台に、髪を引っ詰めに結った和服姿の女が、正座して四人に頭を下げる。

「いらっしゃいませ。〈オフィスまほろ〉の代表をしております、ユゲ・マホロでございます。どうぞ、よろしくお願いいたします」

そう言って、胸元から布製の名刺入れを取り出した。

美希もあとの三人も、それに応じて名刺を交換する。

ユゲ・マホロは、弓削まほろと書くことが分かった。

美希よりだいぶ若いものの、三十代後半にはなっているだろう。

名字は違っているが、この女が洲走かりほの妹のまほろだ、と見当をつける。

見たところ、かりほほどずぬけてはいないにせよ、並のレベルをはるかに超える美女、といってよい。和服の着こなしも、きのうきょうのものではなく、板についている。

四人は、式台のすぐ左手にある洋室に、案内された。

広さが、二十畳ほどもある大きな部屋で、位置からすれば客間か応接間だろうが、リビングルームとして使われても、十分に通用するぜいたくな造りだ。

会議ができそうな、横長の低いマホガニーのテーブルを挟んで、まほろと向かい合わせにすわる。

美希の背後の壁には、ダブルベッドに負けないくらい横長の、大きな西洋の風景画がかかっている。もし本物だとすれば、ざっと二百年くらいはたっていそうな、ロマン派と思われる絵だ。

まほろの背後は出窓らしく、厚手の緞子《どんす》の長いカーテンで、おおわれている。

まほろは、社交辞令や世間話を口にすることもなく、黙って美希を見返した。

それに応じて、美希も前置きなしに、本題にはいる。

「こちらのお屋敷は、民政党の三重島幹事長が所有しておられる、とうかがっています。それに、間違いありませんか」

「はい。三重島先生の事務所から賃貸で、お借りしています」

まほろは、落ち着いた声で答えたあと、背筋を伸ばして続けた。

「こちらへお越しになられたのは、殺人事件の捜査の一環とうかがっております。お差し支えなければ、前後の事情をご説明願えないでしょうか」

言葉遣いはていねいだが、あとへは引かぬ意地のようなものが、感じ取れる。

まほろが、しぶしぶにせよ事情聴取に応じた裏には、首都警備保障の専務稲垣志郎の判断が、あったはずだ。

さらに、稲垣がともかくもそれを承諾した背後に、三重島の意向が反映されていることも、間違いない。

三重島には、この事情聴取をしのぎさえすれば、疑惑をしりぞけることができる、という計算があるはずだ。

おそらく、正面からぶつかるだけでは、勝ち目がない。

たとえ危ない橋を渡ってでも、疑惑を明らかにしようというのが、大杉と美希のあいだの、了解事項だった。

岸和田が、口を開く。

「事情聴取の内容については、こちらのオフィスの警備を担当しておられる、首都警備保障の稲垣専務の方に、お伝えしてあります。専務からこちらに、連絡していただいたはずですが」

まほろが、眉一つ動かさずに応じる。

「稲垣専務からは何も、詳しいお話をうかがっておりません。事情聴取については、専務がご自身で対応するとおっしゃいましたので、あえてお尋ねしなかったのです」

「おっしゃるとおり、専務も電話でご自分が説明するつもりだ、と言っておられました。専務はもう、こちらにお見えになってるんですか」

岸和田の質問は、押しつけがましかった。

まほろはそれに答えず、テーブルに設置された押しボタンに、指をのせた。

ほどなくドアが開いて、水色のスカーフで髪を包んだ、スモックにエプロン姿の女が、トレーを手に部屋にはいって来る。

女は頭を下げ、抑揚のない声で言った。

「いらっしゃいませ」

それから、流れるような動きで五つのコーヒーを、配って回った。

配り終わるのを待って、まほろが声をかける。

「タキさん。稲垣専務に、みなさんおそろいになりました、と伝えてくださいな」

タキと呼ばれた女は、トレーを胸の前に立てた。

「かしこまりました」

顔立ちはいいが、無表情で愛想のない女だ。

また頭を下げ、ドアへ向かおうとするタキを、美希はとっさに呼び止めた。

「すみません。稲垣専務だけではなく、邸内に詰めておられる首都警備保障の、警備員のみなさんを全員ここに、集めていただけませんか」

振り向いたタキが、どうしたものかという顔つきで、まほろを見る。

まほろは、きっとなった様子を隠そうともせず、美希に目を向けた。

わざとのように、繰り返す。

「警備員を、全員でございますか」

「そうです。この時間、警備の当番に当たっているかたも含めて、全員を呼んでいただきたいのです。みなさんから、お話をうかがいたいので」

強い口調で言うと、まほろの眉がきりりとなる。

「それでは、このお屋敷の警備が、おろそかになります。当面、休憩中のスタッフだけでは、いけませんか。交替時間がまいりましたら、残りのスタッフを来させるように、いたしますので」

「申し訳ありませんが、時間のロスを避けたいのです。警備の方は、ご心配いりません。このお屋敷には、各捜査本部の捜査員と警備部所属のSPを、合わせて十数名配備しております。警備員のみなさんに代わって、お屋敷の内外を厳重に警戒させますから、ご安心ください」

「警備の責任者は、どなたですか」

「警視庁警備部の、豊岡《とよおか》という警部です。豊岡以下の警備要員が、門の外に待機しておりますので、そっくり交替していただきます。引き継ぎが終わりましたら、首都警備保障のみなさんを、こちらへお連れください」

まほろは、信用していいものかどうか考えるように、少しのあいだ美希を見つめた。

それから、ふっと肩の力を緩めてタキに目を向け、小さくうなずいた。

「それでは、こちらのかたが言われたとおりのことを、稲垣専務に伝えてくださいな」

タキが三たび頭を下げ、静かに部屋を出て行く。

まほろは、膝の上に両手をそろえて置き、美希に目をもどした。

美希は、相手に心の準備をする余裕を与えず、思い切って発問した。

「失礼ですが、弓削さんは洲走かりほ、という元警視庁の女性刑事を、ご存じありませんか。何年か前に、亡くなっていますが」

まほろは、虚をつかれた様子で唇を引き締め、すぐには答えなかった。

少し間をおき、ことさらゆっくりした口調で、聞き返す。

「わたくしが、その刑事を知っていなければならない理由が、何かあるのでしょうか」

明らかに、時間稼ぎと分かるような、回りくどい反問だった。

「弓削さんの名字が、もともとは洲走ではないかという話を、耳にしたものですから。かりほもまほろも、かなり凝ったお名前ですし、もしかするとご姉妹ではないか、と思いまして」

鎌をかけるとともに、気を持たせるためにわざと言葉尻を、宙ぶらりんにした。

まほろの目に、一瞬冷酷な光が宿る。

「個人情報に関わる、そのようなご質問にお答えする義務はない、と思います。わたくしを、その女性刑事の血縁ではないか、と疑っていらっしゃるのでしたら、どうぞお好きなように、お考えください」

美希は間をおくために、コーヒーに口をつけた。

まほろは、姉妹であるともそうでないとも、言わなかった。しかし、実際には認めたのと、同じことだった。

黙っていた原田が、横から新たに質問する。

「ところで、弓削さんはこちらでどのようなお仕事を、しておられるのですか」

矛先が変わったことで、まほろは出端《でばな》をくじかれたように、軽く顎を引いた。

すぐに、硬い声で応じる。

「三重島先生は、山口県岩国市のご出身でいらっしゃいますが、地元からさまざまな相談ごと、依頼ごとが寄せられてまいります。当然、先生の事務所だけでは対応しきれないため、わたくしどもがそれをさばくお手伝いを、させていただいております」

「具体的に言うと」

「たとえば、そうした陳情に対する回答やアドバイスの作成、出版物やイベントの企画立案、などでございます」

まほろの口調は、少しも崩れない。

「スタッフは何人くらい、いらっしゃるんですか」

原田は、追及の手を緩めなかった。

まほろが、唇の端をぴくり、とさせる。

「わたくし一人でございます。作業はすべて、外注で処理いたしております」

よどみない答えだが、〈オフィスまほろ〉になんの実体もないことは、明らかと思われた。

原田はさらに、話を変えた。

「三重島幹事長は、よくこちらへ顔を出されるのですか」

「いえ。めったに、お見えになりません」

きっぱりした答えだった。

しかし美希の耳には、その反応がいくらか早すぎるように聞こえた。そのため、かえって嘘なのではないか、と疑われた。

原田に代わって、井口がやおら質問する。

「話は変わりますが、首都警備保障の大角第一警備部長が、遺体で発見されたことはご存じでしょうね」

目を伏せたまほろが、しおらしい口調で答えた。

「はい、存じております。新聞で読んで、びっくりいたしました」

「大角部長は稲垣専務の部下で、こちらのお屋敷の警備担当責任者だった、と聞いていますが」

「そのとおりでございます」

「すると、大角部長は常時こちらに詰めておられた、ということですか」

「いいえ、常時ではございません。現場の指揮は、別のかたが執っておられました。大角部長はごくたまに、顔を出されるだけでございました」

美希はそばから、口を出した。

「部長の遺体が、祖師谷公園で発見された日の前夜、つまりおとといの夜のことですが、部長はこちらに詰めておられたんじゃありませんか」

まほろは目を上げ、無感動に美希を見返した。

「わたくしは、承知しておりません。首都警備保障には、ここの表門のリモコンキーを二本、お渡ししてあります。したがって、スタッフのみなさんはいちいち断らずに、出入りすることができます。部長は、来られたかもしれませんし、来られなかったかもしれません。ともかく、わたくしは承知しておりません」

真偽のほどはともかく、揺るぎのない答えだった。

「すると、その日は大角部長の姿を見ておられない、ということですか」

「はい。一度も、お見かけしておりません。おいでになったかどうかは、稲垣専務や警備のみなさんに、お確かめになってください」

＊

鉄柵の内側から、まともにフラッシュライトの光を、浴びせられる。

車田聖士郎は、反射的に肘を上げて、ライトから目を守った。

隣にいる、西新橋署の磯部和正警部補も、同じ姿勢をとる。

しかし、前に立つ大杉良太は身じろぎもせず、ライトと向き合っていた。

そのまま、押し殺した声で言う。

「スギリョウです。豊岡五郎《ごろう》警部と、話をさせていただきたい」

スギリョウが合言葉だ、と車田は聞かされていた。

ライトが消え、門灯の薄暗い明かりだけを残して、周囲が闇に包まれる。

車田は肘を下ろし、鉄柵の向こうに目を凝らした。

黒っぽいスーツを着て、大きめのフラッシュライトを持った男が、一歩前に出る。

「わたしが、豊岡五郎です。大杉さんですか」

「そうです」

大杉が答えると、豊岡五郎と名乗った男は肩の力を緩め、口調を和らげて言った。

「倉木警視から、お話はうかがっています。よろしく、お願いします」

「こちらこそ」

大杉は、車田と磯部を見返り、うなずいた。

二人は前に出て、豊岡にそれぞれの所属、姓名を告げた。

豊岡は挨拶を返し、リモコンキーらしきものを操作して、門扉を解錠した。

鉄柵が、一メートルほどの幅で左右に開き、そこで停止する。

車田と磯部は、大杉に続いて門内にはいった。

門の外側から、三人の様子を見ていた東坊めぐみが、小さく声をかけてくる。

「気をつけてください」

大杉と磯部が、なんの反応も示さなかったので、車田は振り向かずに片手だけ上げ、それにこたえた。

めぐみも直前まで、一緒に中にはいると言い張っていたが、大杉が許さなかったのだ。

三重島茂の別邸に、どのような事態が待ち受けているか分からず、父親として娘を危険にさらすことは、できなかったのだろう。

むろん、車田もめぐみを同行させることには、反対だった。

そもそも、三件の殺人事件の事情聴取を行なう、との口実で警備員全員を一室に呼び集め、代わりに捜査員を邸内に送り込む作戦には、相当無理があると思った。

とはいえ、豊岡警部が三人を中に入れたところをみれば、この作戦はとどこおりなく進んでいる、と考えなければならない。

警察庁の特別監察官、倉木美希警視にどれほどの権限があるのか、車田は知らない。

しかし、警視庁の三人の管理官を引き連れて、民政党の幹事長の別邸に乗り込むなど、並の力でできることではない。

しかもこの作戦は、事情聴取のあいだに自分と磯部、大杉の三人に邸内を探索させ、捜査の端緒をつかもうという、大胆な狙いを秘めているのだ。むろん、正式の手続きによる捜索令状も、とっていない。

これが失敗に終わったら、始末書どころの騒ぎではない。

かりに、端緒となる証拠物を発見したとしても、法的効力を主張できるかどうか、はなはだ疑問だ。

いくら、警察庁が先頭に立っているとはいえ、へたをすると懲戒免職も、覚悟しなければなるまい。

三人のうち、磯部は西新橋署刑事課捜査一係の係長で、為永殺害事件の捜査本部の一員だから、手段はともかく名目上不審な点はない。

車田自身も、生活経済特捜隊の捜査の一環として、為永につながる事件を内偵中だったし、なんとか理由をつけることができる。

ただ、言い訳できないいちばんの問題は、大杉がこの作戦に加わっていることだ。

元警察官とはいえ、大杉は民間の一調査事務所の、所長にすぎない。いかに理由をつけたところで、他人の管理する建造物に潜入する権利は、まったくないのだ。

美希によれば、大杉は一連の百舌事件に最初から関わり、ともに戦ってきた同志だという。しかし、それで建造物不法侵入が許される、というものではない。

百舌事件については、めぐみから大筋の話を聞かされていたが、正直なところよく分からなかった。

めぐみ自身が、大杉から概要を説明されたことがある、というだけの話だから、分からないのは当然だろう。

だいいち、百舌と呼ばれたもともとの殺人者は、すでに死亡している。

それ以後の事件は、ただ単に百舌の手口をまねただけの、いわば模倣犯のしわざにすぎない、というのだ。

まったく、奇妙な事件に引っかかったものだ、と思う。

為永の遺体から、百舌の羽根さえ見つからなければ、こんなめんどうなことにはならなかったのだ。

「それでは、わたしがご案内しましょう」

豊岡が言い、車田はわれに返った。

36

ドアに、ノックの音がする。

稲垣志郎を先頭に、警備員の一団がはいって来た。

稲垣と、すぐ後ろに立つ華奢な男だけが、スーツ姿だった。あとの一団は、そろいの紺の制服と制帽に、身を固めている。

倉木美希も、三人の管理官もソファを立って、稲垣の方を向いた。

「ご無沙汰しています」

美希が頭を下げると、稲垣もこくりとうなずき返す。

「こちらこそ」

稲垣は、何代か前の警察庁特別監察官室の室長で、かつては美希の直属の上司だった。

それ以来の再会だから、あいだに長い空白がある。

当時から、豊かな髪をオールバックになでつけていたが、それは今も変わらない。

ただ、真っ黒だった髪が今では半分以上も、白くなってしまった。

しかも、昔からヘビースモーカーだったせいか、それがうっすらと黄ばんでいるのが、なんとなく不快な印象を与えた。

美希と前後して、岸和田悟と井口博巳、原田周平の三人も、稲垣と名刺を交換する。

稲垣は、背後に控えるスーツ姿の男を見返り、四人に引き合わせた。

「こちらは、〈オフィスまほろ〉の警備の責任者を務める、ミムロ・サンシロウです。亡くなった大角君のあとを継いで、本日付で当社の第一警備部長に、昇格しました。名刺の肩書は、まだ主任のままですが、ご承知おきください」

交換した名刺によれば、名前は御室三四郎となっている。

身長は、おそらく百六十センチそこそこで、今どきの男としてはむしろ、小柄な方だろう。年齢は三十代半ば、というところか。

色が白く、整った顔立ちをしていることもあり、警備の仕事を任せられるような、頼りになる男には見えない。

ただ、目の光だけがときに鋭くなり、じっとこちらを見つめてくる視線に、冷たいものがひそんでいる。

稲垣が、御室にうなずきかけた。

それを受けて、御室は弓削まほろに言った。

「ただ今、警視庁警備部の豊岡警部に邸内、および周辺の警備を引き継ぎました。当社の警備員は、全員こちらにそろっております」

まほろがうなずく。

「ご苦労さまです」

御室は、制服の警備員たちを壁際に並ばせ、一人ずつ名前を呼んで紹介した。

伊沢、梅垣《うめがき》、高橋《たかはし》、藤枝《ふじえだ》うんぬんと、全部で六人の名字が呼び上げられ、そのたびに一人ずつ前に出て、敬礼する。

年齢は、見たところ二十代から四十代まで、まちまちだ。

広い屋敷には違いないが、美希は警備員の数が必要以上に多すぎる、という気がした。

よほど、外部からの不法侵入者を、警戒しているのだろう。

そして、それにはそれなりの理由があるに違いない、と確信する。

稲垣と御室は、警備員たちを壁際に〈休め〉の姿勢で控えさせ、まほろを挟んで美希たちの真正面に、腰を下ろした。

タキが、新たにコーヒーを二つ運び入れ、稲垣と御室の前に置き終わるまで、だれも口をきかなかった。

タキが出て行くのを待って、稲垣は軽く体を乗り出した。

四人を順に見ながら、鷹揚な態度で口火を切る。

「わたしは警察庁長官官房の、特別監察官室を預かっていたころから、三重島幹事長と親しくさせていただいています。本日は、幹事長の公式の代理人とは言いませんが、非公式にその意向を受けた立場で、質問に応じるつもりでおります。幹事長の、プライベート面での警備担当責任者として、お答えできることにはできるかぎり、お答えします。なんでも、聞いてください」

ていねいな口調だが、その長口上は美希がかつて自分の部下だったことを、それとなく思い出させようとする、押しつけがましさを秘めていた。

美希は、ゆっくりとソファの背に体を預け、まっすぐに稲垣を見た。

それは、たとえ以前の上司であろうと、遠慮するつもりはないという、意思表示でもある。

その姿勢を感じ取ったのか、稲垣は少し憮然とした表情で体を引き、同じようにソファにもたれた。

美希は、前置き抜きで言った。

「お尋ねしたいのは、お電話で申し上げた三件の殺人事件の、相互の関係です。そのために、それぞれの事件の担当管理官に、同行していただきました」

稲垣が、あらためて確認するように、テーブルの名刺に目をやる。

美希は続けた。

「そのうちの一件は、首都警備保障の幹部のお一人が殺害された事件ですから、専務と関わりがあることは明白だと思います」

稲垣は、名刺から目を上げた。

「それについては、あなたの言うとおりですな。大角君は、わたしの部下の一人だから、当然関わりがある。しかし、あとの二件については、われわれはなんの関わりもない。それだけは、言っておきましょう」

「そうでしょうか。専務は、三件の殺人事件の遺体すべてに、百舌の羽根が残されていたことを、ご存じではありませんか。マスコミにはいっさい、公表されていませんが」

単刀直入な問いに、一瞬稲垣の視線が揺れる。

しかし、稲垣は表向き動じた様子を見せず、ゆっくりとうなずいた。

「それについては、確かに承知していますよ。情報源は、申し上げられないが」

思ったとおりだ。

警察の大物OBという立場から、稲垣がそうした極秘情報を入手するルートは、いくらでもあるだろう。

「専務は、その三つの事件のすべてに、関わりを持っておられる、と思います。いかがですか」

美希が突っ込むと、稲垣は余裕のある笑みを浮かべた。

「それはいったい、どういう意味かな」

「少なくとも、田丸清明の殺害事件については、専務と関わりがあると申し上げても、いいんじゃありませんか」

「なぜかね」

美希は、一呼吸おいた。

「田丸が、東都へラルドの社会部長を務めていたとき、当時青山警察署の刑事だった紋屋貴彦が、百舌になり代わって事件を起こしました。紋屋は長崎の鷲ノ島で、専務の部下でありわたしの先輩でもあった、津城警視正を殺害したのです。その上あの男は、わたしにも重傷を負わせています。あのとき、特別監察官室長を務めておられた専務が、そのことをお忘れになるはずはないでしょう」

稲垣の目を、ちらりと狼狽《ろうばい》の色がよぎる。

「もちろん、忘れてはいない。しかしあの事件は、とうに終わっていますよ」

「いいえ、終わっていません。先ほど申し上げたように、田丸、為永、大角の遺体にはいずれも、百舌の羽根が残されていました。犯人は、百舌事件のことをよく承知していて、それをなんらかの目的で再現しよう、としたのです。百舌の羽根は、そのためのメッセージだ、と考えられます。あの事件と関わりを持ち、そのために警察庁をおやめになった専務とも、大いに関わりがあるのでは」

美希が一気に言ってのけると、稲垣は表情こそ変えなかったものの、膝の上で強く拳を握った。

やがて、その拳をゆっくりと解き放ち、上着の襟のごみを払うしぐさをした。

それから、おもむろに言う。

「田丸事件については、あなたが言うとおりかもしれない。しかし、大角君の事件に関しては、たまたまわたしの部下だったこと以外に、百舌との関連は認められない。まして、為永なにがしの事件については、百舌事件となんの関わりもない。それとも、為永という男がかつて百舌と関わりを持った、という事実でもあるのかね」

美希は、冷めたコーヒーを飲んだ。

「順番に、整理していきましょう。まず、田丸について。彼は、生前編集長を務めていた〈ザ・マン〉という雑誌に、百舌事件を巡る民政党内部の権力闘争や、三重島幹事長にまつわる極秘のリポートを、掲載する準備をしていました。それを阻止するために、何者かが百舌事件を再現するかたちで、田丸を殺害したのです」

稲垣は、その指摘を先刻承知していたように、動じなかった。

「その何者か、というのはだれのことかね」

「分かりません。ただ、その後ろで犯人を操っている、黒幕についてはめどがついています」

突如稲垣の目に、残忍な光が浮かぶ。

「ほう。だれですか」

「そのリポートが記事になると、ダメージを受ける人物です」

稲垣は、いかにも居心地が悪そうに、ソファの上ですわり直した。

それから、その話は終わったというような風情で、唐突に話を変えた。

「田丸事件はそれとして、大角君の事件についてはどうかな」

待っていたと言わぬばかりに、今度は井口が体を乗り出す。

「さっき、弓削さんはおとといこの屋敷に、大角部長が来られたかどうか知らない、とおっしゃった。首都警備保障に、ここの表門のリモコンキーを預けてあるので、警備担当者は自由に出入りできる、とのことです。おととい、大角部長がここへ来られたかどうか、お尋ねしたい。念のため申し上げておきますが、奥さんの話では部長はその日泊まりになる、と言って家を出たとのことです」

それまで、黙ってやりとりを聞いていた御室が、右手を上げて発言する。

「その件については、自分の方からお答えします。大角部長は、おとといの午後にこちらに見えて、警備状況の報告を求められました」

「正確には、何時ごろのことですか」

井口の問いに、御室は壁際に並んで立つ警備員たちに、目を向けた。

「何時ごろだったか、覚えている者はいるか」

御室の口調は、警備員の中に明らかに年長の者がいるのに、横柄なものだった。

左端の、伊沢と紹介された四十過ぎの警備員が、気をつけをして答える。

「はい。当日大角部長は、十五時四十七分に本邸宅の警備員詰所に、到着されました」

「それから、どうした」

「部長より、その日早朝から到着時間までのあいだの、警備状況について報告を求められました。交替で、当番に当たっていた者が、担当時間ごとに警備状況を、報告しました。全員異状なし、とお答えしました」

まるで、練習してきたかのような、型どおりの説明だ。

「その後の、部長の動きは」

「十八時ごろ、番明けの警備員四名とともに夕食として、用意の焼肉弁当を召し上がりました。ちなみに、ビール等のアルコール類はいっさい、摂取されませんでした」

それを聞いて、井口が割り込む。

「ほんとうですか。いっさい、飲まなかったと」

伊沢は、緊張した面持ちで顎を引き、繰り返した。

「いっさい、召し上がりませんでした」

「しかし、解剖の結果大角部長の胃の内容物から、それほど大量ではないものの、アルコールが検出されている。いつ、飲んだんですかね」

伊沢が答える前に、また御室が手を上げて、発言する。

「それについては、自分からお答えします。夕食後、自分の方からあらためて大角部長に、今後の警備の見通しや見直し等について、報告いたしました。そのあと部長は、邸内の要所要所の警備状況を、実地に検分されたのです。自分も、同行しました。それから詰所のある別棟へもどり、雑談したりテレビのニュースを見たりして、しばらくくつろがせていただきました。部長が、その夜は泊まると言われましたので、ふだん自分が寝泊まりしている、二階の寝室を提供しました。自分自身は、警備員が控える一階の大部屋に移って、仮眠ベッドを使用しました。寝室の隣には、部長と自分がくつろいだ休憩室があって、弓削さんのご好意でアルコール類も、多少用意されています。部長は、おそらくそれを召し上がったのだ、と思います。翌朝、様子を見に上がったところ、テーブルにブランデーグラスが、のったままになっていましたので」

よどみのない説明だった。

井口が、少しいらだった様子で、追及する。

「御室さんが上がったときには、大角部長はもういなかったわけですね」

「はい、姿が見えませんでした。ベッドには、横になられた形跡がありました。ただ、部長はふだんから現場では、スーツのままお休みになります。たぶん、何か急用ができて夜のうちに、引き上げられたのだろう、と思いました」

井口は、壁際に並ぶ警備員の列に目を向け、質問した。

「どなたか、大角部長が夜中にこの屋敷を出て行くのを、見た人はいませんか」

伊沢が、右手を上げる。

「自分が見ました。自分は当夜、午前零時から三時まで表門の内側で、警備に立っていたのであります。午前二時七分に、大角部長が別棟の方から回って来られて、急用ができたので引き上げる、と言われました。自分で車の手配をしたから、心配しなくていいとのことでしたので、自分は門をあけて部長を送り出しました。それきり、部長の姿はお見かけしておりません」

井口は、稲垣と御室を交互に見ながら、不機嫌な口調で言った。

「大角部長の遺体からは、ケータイが見つからなかった。犯人が、百舌の羽根を突っ込んだかわりに、持ち去ったものと思われます。部長の言った急用が、どういう内容のものだったのか、心当たりはありませんか。たとえば、稲垣専務が呼び出しをかけた、とか」

稲垣は苦笑して、首を振った。

「いや、わたしは呼び出しなど、かけていませんよ」

美希の隣で、原田が口を出す。

「大角部長が、自分で車の手配をしたということなら、タクシー会社に当たる必要もありますね」

「むろん、そうするつもりです」

井口は、ぶすっとした表情で言い、ソファの背にもたれた。

少しのあいだ、静寂が流れる。

＊

豊岡五郎は、イヤホンに軽く指を触れてから、襟元の小型マイクに口を寄せた。

「巡回を始める」

豊岡の、フラッシュライトの明かりを見ながら、車田聖士郎は大杉良太、磯部和正と歩調をそろえ、和風の母屋沿いに右方向へ回って行った。

打ち合わせのおり、車田は倉木美希からこの別邸の見取り図を、手渡された。

したがって、邸内の建物の配置などはおおむね、頭にはいっている。

そんな見取り図が、そう簡単に手にはいるとは思えないが、どうやら美希には極秘の情報を入手する、特別なルートがあるらしい。

母屋の西側に出たとき、幅十メートルほどの植え込みを隔てて、二階建ての別棟が建っているのが見えた。

母屋と違って、こちらは小ぶりの洋風の建物だ。一階の窓から、明かりが漏れている。

豊岡は言った。

「ここが、警備員の詰所です。ミムロ、という首都警備保障の責任担当が、ここを拠点にして六人の警備員を、指揮しています」

磯部が、口を開く。

「全部で七人か。二十四時間態勢としても、少々人数が多すぎますね」

車田は聞いた。

「ミムロというと、どんな字を書くんですか」

「名刺には、御中のオンでミ、室内のシツでムロ、となっています。名前はサンシロウ、夏目漱石《なつめそうせき》の小説と同じです」

御室三四郎か。

それにしても、はるか先輩の豊岡のていねいな応対に、車田はかえって恐縮した。

豊岡が続ける。

「中に明かりがついていますが、警備員は全員母屋に集められたので、だれもいないはずです。入り口には、鍵がかかっています」

大杉が、口を挟んだ。

「合鍵は、ありませんか」

「あいにく、鍵は渡されていません」

「なんとか、はいれませんかね」

豊岡が、少し間をおいて聞き返す。

「中をごらんになりたい、と」

「ええ、できれば」

「それじゃ、なんとかしましょう」

豊岡は、襟元の小型マイクに、口を寄せた。

「橋本。西側の別棟へ来てくれ。おまえの出番だ」

間なしに、建物の南側にフラッシュライトの光が現れ、足音が小走りに近づいて来た。

顔は見えないが、橋本と呼ばれた男はわりと小柄で、黒い服に身を固めている。闇の中で、眼鏡のレンズがきらり、と光った。

豊岡が指示すると、橋本は別棟の玄関ポーチに上がり、ドアの前にかがんだ。

車田は、豊岡や大杉の後ろからのぞき込み、橋本が鍵穴と取り組むのを見た。

豊岡が言う。

「古い建物なので、電子錠を使用していません。橋本の手にかかれば、あっと言う間にあきます」

この言葉どおり、ドアは一分としないうちに、解錠された。どうやら、橋本は鍵を専門に扱う、プロらしい。

豊岡と橋本は外に残り、車田たち三人だけで中にはいる。

建物の中は、外から見るよりも広かった。

手前に、簡易ベッドが六つ置かれた、大部屋。キッチンにトイレ、シャワー室が付属している。

フラッシュライトをつけ、二階に上がってみた。

とっつきに、ぜいたくなインテリアが施された、リビングルーム風の部屋がある。酒、グラスが並んだサイドボード、カップボードに、テレビやオーディオの装置も、そろっている。

さらに奥のドアの向こうには、大きなダブルベッドが置かれた、寝室があった。ベッドはメーキングしてあり、ここ数時間は人が寝た気配はない。

ウォークイン・クローゼットも含めて、別棟の中には確かに人の気配がなかった。

外に出ると、橋本が玄関のドアにあらためて、施錠する。

五人はさらに、邸内を丹念に調べて歩いた。

南側も含めて、母屋を取り囲むように木立が連なり、昼間でも見通しが悪そうだ。

別棟は一つだけで、ほかには庭の手入れ用具が収まった物置小屋、煙突のついた自前のごみ焼却場が、目につくくらいだった。

用心のために、ドーベルマンでも飼っていそうな気がしたが、幸いにもその気配はなかった。人間の警備員に、すべてを任せているらしい。

南側を抜けて、四人が東側の木立にはいったとき、厚い雲間がにわかに切れて、上弦の月が顔を出した。

大杉が手を上げ、母屋の方を示す。

「あれは」

車田が目を向けると、暗い空の下に黒ぐろと横たわる、新たな別棟らしき建物がぼんやりと、照らし出されていた。

37

わずかな静寂を破って、弓削まほろが口を開く。

「申し訳ございませんが、わたくしには関わりのないお話と存じますので、しばらく席をはずさせていただきます。よろしいでしょうか」

了解を求めながら、すでに心は決まっているというように、すっくとソファを立った。

倉木美希は、稲垣志郎と井口博巳のやりとりに気を取られ、まほろに注意を向けていなかった。

不意打ちを食らった気分だった。

三人の管理官も、いささか虚をつかれた様子で、申し合わせたように美希を見る。

少したためらったが、美希はまほろを引き留める理由を、思いつかなかった。

「ええ、かまいません。どうぞ、お引き取りください」

「何かございましたら、テーブルの押しボタンで、お呼びください。すぐに、もどってまいります」

まほろが頭を下げたとき、右隣にすわっていた御室が急に立ち上がり、慇懃無礼な口調で言った。

「自分も、弓削さんと警備上の打ち合わせがありますので、少しのあいだ席をはずさせていただきます。用がすみましたら、またもどってきますので、どうぞよろしく」

承諾を得ようともせず、まほろを促してドアへ向かう。

壁の前を通るとき、警備員がいっせいに御室に敬礼したが、それにも応じなかった。

二人が出て行くと、稲垣は何ごともなかったように美希を見て、話を続けた。

「あなたはさっき、大角君の遺体に百舌の羽根が残っていたのは、百舌事件を再現しようとする犯人のメッセージだ、と言いましたね」

「はい」

「それはつまり、かつて百舌事件と関わったわたしへの挑戦か、あるいは」

稲垣はそこで一度言葉を切り、いかにも芝居がかった口調で、あとを続けた。

「三重島幹事長に対する、警告のメッセージではないか、と思う。違いますか」

井口が、ソファから体を起こして、美希の顔を見る。

美希は、答えあぐねた。

かりに、三重島茂が一連の事件の黒幕だとしたら、田丸はともかく身内に等しい稲垣の部下を、百舌のやり方で始末するとは思えない。目先をそらすためだとしても、そこまではやらないだろう。

あるいは、大角を始末しなければならない、別の事情が出てきたのだろうか。

「なんとも言えませんね。ともかく、大角部長の一昨夜の足取りを追って、殺害現場を特定するのが先決だ、と思います」

美希の、答えになっていない返事に、稲垣は不満そうに小鼻をふくらませた。

原田がふたたび、口を開く。

「それでは次に、為永の殺害事件について、お尋ねします」

稲垣は手を上げて原田を制し、テーブルに並べた名刺をもう一度、見直した。

「原田さんは、生活安全部の管理官ですね。捜査一課の担当管理官は、どうしてお見えにならないのかな」

「本件には、生活経済特捜隊が極秘内偵中の、不正武器輸出事件が絡んでいます。そのため、わたしが当該捜査本部に、投入されたのです。捜査一課の管理官からは、別途捜査協力の要請があるはずですので、よろしくお願いします」

稲垣が、どうにも納得がいかないという顔つきで、首をかしげる。

「すると、為永の一件はいわゆる百舌事件とは、関係がないということですな」

「それはまだ、分かりません。為永の遺体に、百舌の羽根が残されていた以上は、なんらかの関係がある、と考えるべきでしょう」

「そうかな。あるいは、この三件は同一犯の犯行ではなく、模倣犯が混じっている可能性も、あるんじゃないですか」

美希は、原田に指を立てて合図し、口を出した。

「確かに、為永と百舌との関連性は今のところ、明らかになっていません。ただ、為永と専務とのあいだに、なんらかのつながりがあることは、分かっています」

稲垣は、肩をすくめた。

「為永などという男とは、一度も会ったことがありませんよ。なんの接点もない」

「直接には、ご存じないでしょう。でも、複数の人物を介してつながっていることは、携帯電話の通話記録の追跡により、明らかになっています」

稲垣の頰が、引き締まる。

「携帯電話のチェックは、それなりの令状か所有者の承諾がなければ、許されないはずだが」

原田が、横から割り込む。

「詳しい話は、あらためて捜査一課の担当官から、させることにします。かいつまんで申し上げると、おとといの夜、為永は生活経済特捜隊の車田、という刑事を週刊鉄鋼情報の編集部に、呼び出しました。そのおり、同じ午後十時に明鋼商事という貿易商社の、坂東重行なる輸出管理室長を、同じく編集部に呼びつけています。つまり、その場で不正武器輸出を立証する、のっぴきならぬ証拠を突きつけて、坂東室長を車田刑事に引致《いんち》させようとした、と考えられます」

稲垣は、薄笑いを浮かべた。

「一介の、業界紙の編集長がそんなだいそれたことをする、とは思えませんな」

「業界紙だけでなく、東都ヘラルド新聞も同じ事件を追いかけ、しのぎを削っています。為永は、それをどこかで感知して焦りを覚え、先駆けしようと考えた形跡があります」

稲垣の眉が、きゅっと寄せられる。

「東都ヘラルドというと、田丸が社会部長を務めていた新聞ですな」

「そうです。事件を追っていたのは、かつて田丸の下で働いていた残間龍之輔、という記者です」

美希は、そばから補足した。

「ちなみに、田丸が〈ザ・マン〉に掲載する予定だった記事は、残間記者が書くことになっていました。ただ、それを察知した利害関係者が、百舌事件になぞらえて何者かを動かし、田丸を殺害して証拠物件を奪い取ったのです」

稲垣は、しかつめらしい顔をして腕を組み、ソファにもたれた。

「すると、残間という記者もへたをすると、百舌に襲われるかもしれんな」

「おっしゃるとおりです」

美希が応じると、稲垣はさも心配そうな顔をこしらえ、事ごとしく言った。

「それどころか、百舌や百舌のなりすましと渡り合った、あなたや探偵の大杉なにがしという男も、狙われる可能性があるだろう」

なにがし、などと呼ばれたと知ったら大杉は、稲垣をぶちのめすかもしれない。

美希の沈黙に、稲垣がソファから背を起こして、先を続ける。

「わたしが言いたいのは、百舌が直接関わりのない為永を殺害したのは、残間に対する警告ではないか。ひいては、あなたや大杉に対する警告ではないか、ということなんだ。そんなふうに、考えられないかね」

美希は、とっておきの微笑を、浮かべてみせた。

「犯人は、というより犯人の背後にいる黒幕が、そのように思わせたかった可能性は、あるでしょうね」

稲垣は鼻白んで、またソファにもたれた。

原田が逆に、膝を乗り出す。

「話をもどしましょう。為永に呼び出されて、車田刑事が西新橋にある編集部に着いたときは、すでに為永は殺されたあとでした。発見者は、たった今専務が口にされた大杉さんで、彼は残間記者に頼まれて為永を監視中だったのです。ほとんどすれ違いで、犯人は編集部のビルから逃げ出すとき、車田刑事と大杉さんのアシスタントに、姿を見られています」

「つかまえそこなった、ということですか」

稲垣の、いかにもいやみな質問にも、原田は顔色を変えなかった。

「いや。車田刑事らは、そのときまだ為永が殺されたことを、知らなかったのです。犯人は、呼び出された坂東重行のかわりに編集部へ行き、もどって来た為永を刺殺して、証拠物件を奪ったと考えられます」

「坂東のかわりに、とはどういうことですか。坂東が殺し屋を差し向けた、とでもいうんですか」

原田は、わざとらしく横を向いて咳をし、稲垣に目をもどした。

「為永が、当夜坂東に電話連絡をしたことは、為永のケータイのサーバーに、記録が残っています。したがって坂東も、為永から電話で呼び出しを受けたことは、認めました。ただ、理由をつけて呼び出しには応じなかった、と供述しています。そこで、坂東からケータイの番号を教えてもらい、電話会社を特定して問い合わせをしました。すると、坂東は為永からの電話を受けた直後、別の番号にかけたことが判明しました」

美希はそれとなく、稲垣の顔色をうかがった。

目がしだいに緊張し、頰のあたりが硬くなるのが分かる。

原田は続けた。

「坂東がかけた相手は、経産省の機械製造産業局長の北本則雄でした。専務も、北本局長のことは、ご存じでしょう」

稲垣は顎を引き、あまり気の進まない様子で、うなずいた。

「ああ、北本局長ね。ええ、知っていますよ。わたしは北本局長の長兄と、中学高校が一緒だったものだから」

「サーバーの記録によれば、その北本局長からおととい の夜、専務のケータイに電話があったはずです。むろん、ご記憶と思いますが」

稲垣は、目を天井に向けて記憶をたどるか、たどるふりをした。

結局、否定するのは賢明ではないと判断したのか、あいまいな口調で言った。

「そう、電話をもらいましたね、北本君から」

「どういうご用件だったんですか」

むきつけな問いに、稲垣はじろりと原田を見た。

「プライベートな用事ですよ。そんなことまで、聞かれる筋合いはないな」

強い口調に、にわかに険悪な空気が流れる。

美希は、先に席を立ったまほろと御室のことを、思い出した。

二人とも、もどって来るような口ぶりだったが、それにしては時間がかかりすぎる。

今ごろ、大杉良太たちは豊岡五郎の手引きにより、邸内の探索に当たっているはずだ。

まほろと御室が、その邪魔をするような展開になったら、めんどうなことになる。

美希は迷わず、立ち上がった。

「失礼します。洗面所を、拝借します」

返事を待たず、ドアへ向かう。

＊

いや、別棟ではない。

母屋と、細長い筒状の渡り廊下でつながった、離れのようだった。光はいっさい漏れておらず、廊下も離れも闇に包まれたままだ。

車田聖士郎は、念のため倉木美希から手渡された見取り図を、広げてみた。

そこへ、豊岡五郎がフラッシュライトを当て、確認するように言う。

「母屋と、渡り廊下でつながっている、離れですね」

大杉良太が、見取り図をのぞき込んだ。

「この離れには、専用の玄関がついてるようだな」

そう言って、離れの先端を指で示す。

なるほど、離れの南側に出入り口のマークが、ついていた。

大杉を先頭に、そのあたりを検分する。

確かに、離れの端に目立たぬ玄関ポーチがあり、頑丈そうなドアが見えた。

窓も、東側と西側に一つずつあったが、ブラインドがおりている。

大杉が、橋本にささやいた。

「あのドアも、あけられますか」

橋本は、眼鏡をきらりと光らせた。

「電子錠じゃなさそうだし、たぶんだいじょうぶでしょう」

そう言って、さっそく作業に取りかかる。

やはり、一分とかからずに、ドアがあいた。

大杉が言う。

「ここは、わたしと車田警部補に、任せてもらいます。豊岡警部と磯部警部補は、ここで待機してください。全員そろってはいれば、警察全体の違法行為とみなされます。民間の調査員のわたしと、まだキャリアの浅い車田警部補の二人なら、なんとか言い訳が立つ」

車田は、そっと首を振った。

そんな言い訳が、通用するとは思えない。

しかし豊岡は、長くは考えなかった。

「了解しました。わたしたちは、このあたりをぶらぶらしています。何か、助けが必要になったときは、呼んでください」

続いて、磯部が言う。

「大杉さん。あまり、無茶をしないように。キャリアは浅いにせよ、車田君も警察官ですから」

「分かってるって」

大杉は、仲間内のような口調で言い返し、豊岡からフラッシュライトを借りた。

それを車田に渡し、逆に見取り図を取り上げて、豊岡に預ける。

車田の肘をつついて、大杉はぶっきらぼうに言った。

「おまえさんから、先にはいれ」

あまり気は進まなかったが、車田は言われたとおり玄関のドアを引き、ライトで中を照らした。

そこは、むき出しのコンクリートの、たたきだった。茶色のサンダルが、ぽつんと一足置いてあるだけで、ほかには何もない。横手に、下駄箱。

一段低い式台と、その向こうに板張りの狭いホールが、延びている。右手には、洗面所らしいドアがある。

ライトを上げると、突き当たりの壁に額入りの抽象画がかかり、その横にやや小さめのドアが見えた。

靴を脱ごうとした車田の肘を、大杉がむずとつかんでくる。

「脱がなくていい。土足で上がるんだ」

「でも、庭を歩いて来たから、靴が泥だらけですよ」

「どうせ、不法侵入だ。気にするな」

「でも」

「何かあったとき、はだしで外へ飛び出せるか。だれかを蹴飛《けと》ばすとき、はだしで相手を倒せるか」

大杉は言い捨て、つかんだ車田の肘をぐいと押した。

しかたなく、車田は式台に土足で上がった。

板張りに泥がこすれ、いやな音を立てる。

大杉がささやいた。

「ドアをあけると、たぶん取っ手側の内壁に、スイッチがあるはずだ。中にはいったら、まずそいつを探して、明かりをつけろ」

「明かりなんかつけて、いいんですか」

「かまうものか。まず、おれがドアをいっぱいに、引きあける。おまえさんは、ドアの脇からライトだけ突き出して、部屋を照らすんだ。何も反応がなければ、壁のスイッチを探って、明かりをつける。分かったか」

「はい」

車田は、先輩の刑事に命令されているような、妙な気分になった。

二人そろって、ドアにすり寄る。

「いくぞ」

大杉は、車田がライトで照らした取っ手をつかみ、ドアを引きあけた。

車田は、指示されたとおり壁に身を寄せて、ライトだけ戸口に突き入れた。

なんの反応もない。

身をかがめた車田は、部屋にもぐり込んで内側の壁を探り、手に触れたスイッチを押し上げた。

天井に取りつけられた、重そうな時代ものの小型のシャンデリアが、ぼんやりと点灯する。

幅四・五メートルに、奥行き三・五メートルくらいか、和室でいえば十畳ほどの、殺風景な洋室だった。

擦り切れた、しかしいかにも値の張りそうな絨毯が、敷いてある。

手前に、かなり横幅のある茶色の長椅子の背が見え、その向かいに同じ革の大きなソファが二つ、置かれていた。

東側、西側にそれぞれブラインドがおりた、小さめの窓。

壁には、間接照明のカバーがいくつか並ぶほか、正面にこれまた時代がかった、四〇号ほどの静物画が、かかっている。

その壁の横手に、少し奥へ引っ込んだスペースがあり、また別のドアが見えた。

車田はフラッシュライトを消し、念のため長椅子のところまで行った。

のぞいてみたが、長椅子の上にもソファの下にも、人のいる気配はない。

「だれもいませんね」

そう言って振り向くと、大杉は奥のドアに向かって、顎をしゃくった。

「あのドアの向こうは、なんだろうな」

「母屋に通じる、渡り廊下じゃないですか」

大杉が、さも気に入らぬという様子で、眉根を寄せる。

「外から見たとき、離れはこの部屋よりもう少し、奥行きがあった。ここと渡り廊下のあいだに、別の部屋があるんじゃないか」

車田も、そのドアに目を向けた。

見たところ、いかにも重そうな木のドアで、あちこちに傷痕がある。

「かもしれませんね」

「あくかどうか、試してみろ。鍵がかかっていたら、また橋本を呼ぼう」

大杉に言われ、車田はうなずいた。

「分かりました」

ドアに近づき、そっと取っ手を回す。

ゆっくりと、引いてみた。

38

ドアは重おもしく、しかし音もなく開いた。

車田聖士郎が、ホテルのドアボーイのように、愛想笑いをして言う。

「あきましたよ」

大杉良太は、そこに黒ぐろと口をあけた空間と、洋室の明かりに四角く切り取られた、薄暗い床を見つめた。

そこにはやはり、洋室と同じような古い絨毯が、敷いてあった。

車田が中へ踏み込み、黙って壁の内側を探る。

今度は、スイッチが見つからなかったらしく、眉をひそめて見返った。

「スイッチがないですね」

「フラッシュライトで、中をあらためろ」

そう指示して、大杉は車田のそばに行った。

車田がライトをつけ、ぐるりと内側を照らす。

六畳ほどの、通路と控室を兼ねたようなスペースで、正面に渡り廊下につながると思われる、別のドアが見える。

左手の壁は、分厚そうな濃緑色のカーテンでおおわれ、右手の壁にはもう一つ別のドアが、ついている。

「見取り図には、手前の洋室が描いてあっただけで、このスペースは載ってませんでしたね。いきなり、渡り廊下につながっていた」

車田が言ったが、大杉は別のことを考えていたので、答えなかった。

右手のドアの、取っ手を試してみる。

鍵がかかっていた。

次に、左手のカーテンのところへ行って、片側に寄せてみる。

そこは、物置がわりに使われているらしい、窓のない壁のくぼみだった。

折り畳んだパイプ椅子や脚立、からの本棚や柳行李《やなぎごうり》、傷だらけの古いトランクなど、がらくたに近いものが雑然と、積み重ねてある。

そして、その中央に縦横一メートル、高さ一・五メートルほどの、大きな段ボール箱が鎮座していた。

大杉が、箱の表面を指先で叩くと、空洞らしい軽く乾いた音がした。

箱の下部に、車田がライトを当てる。

床から十センチほど、隙間があいているのが見えた。

どうやら、段ボール箱の一面を切り取り、上からすっぽりとかぶせたものらしい、と分かる。

床に這いつくばった車田が、ライトを動かしながら言った。

「なんだか、車輪のようなものが見えますね。ベビーカーか、それとも」

そこで言葉を切り、自信なさげに続ける。

「車椅子かもしれない」

大杉はもう一度、段ボール箱を叩いた。

「こいつをどけてみれば、分かるだろう」

「ええ。がらくたが邪魔ですから、そっちの広い部屋へ移動した方がいいかも」

「それじゃ、引っ張り出してみよう」

大杉が言うと、車田は這いつくばったまま、箱の下に手を差し入れた。

少しのあいだ、何か操作しているようだったが、やがて体を起こして言う。

「やっぱり、車椅子みたいですね。ストッパーをはずしましたから、動くと思います」

車田は、フラッシュライトを消して床に置き、段ボール箱のてっぺんを軽く叩いた。

大杉は車田に手を貸して、一緒に段ボール箱を壁のくぼみから、通路へ引き出した。

二人でそれを前後から支え、ドアを抜けて洋室に移動させる。

長椅子の横の、少し広いスペースまで運んで、そこに据えた。

車田が、大杉を見る。

「段ボール、どけますか」

大杉は、気持ちにわずかな迷いを生じたが、結局うなずいた。

「うん。どけてみてくれ」

車田は、長い腕を伸ばして段ボール箱の上端を支え、ゆっくりと上へずらしていった。

箱を抜き上げると、下から現れたのは白い布におおわれた、椅子らしきものだった。

裾から、ちらりとホイールの端がのぞいているので、車椅子に間違いないようだ。

白い布は、まるでその下に人間の頭と肩が隠れているような、おぞましい形に盛り上がっていた。

車田は、長椅子の上に段ボール箱をほうり投げ、ぞっとしない顔で大杉を見た。

「このカバー、取りますか」

「ああ、取ってみろ」

大杉が応じると、車田は気乗りのしない除幕式でもやるように、無造作に白い布をはぎ取った。

とまどった顔で、大杉を見る。

白い布の下に、今度は頭から両の肩口までかかる、黒い頭巾が現れた。

さらにその下は、別の黒いガウンですっぽりおおわれており、何が隠れているのか分からない。

しかし、人の上半身の形がさらに生なましく、見て取れた。

大杉は、車田の喉が音もなく動くのを、目の端で見た。

大杉自身も、念の入ったその車椅子の隠しように、とまどいを覚える。

車田は、布を段ボール箱の上に投げ捨て、鼻の下をこすって言った。

「ずいぶん、ごていねいな扱いですね。この下に、だれかいるのかな」

「いるわけがないだろう。人がいたら、あんな物置に入れておくものか」

「でも、なんとなく人がすわってるような、そんな形をしてますよ」

車田が言いつのるほど、大杉は逆に否定したくなる。

「人がいたら、とっくに動いてるさ」

「死んでるかもしれないじゃないですか」

どうでも、人がすわっていると思いたいらしい。

大杉は、なんとなく車田の気持ちが分かり、辛抱強く言った。

「考えてもみろ。こいつを押して来たとき、やけに軽かったじゃないか。人間がすわっていたら、もっと重いはずだ」

そう言いながらも、一抹《いちまつ》の不安を覚える。

黒い頭巾とガウンの下から、邪気のようなものが漂い出てくるのを、肌で感じ取ったからだ。

車田が、また鼻の下をこすって、元気よく言う。

「とにかく、かぶりものを取ってやりましょう」

そのとき、二人がはいって来た玄関側のドアが、静かに開いた。

ぎくりとした様子で、車田がすばやく車椅子から離れ、大杉の隣に身を引く。

ドアからはいって来たのは、紺のスーツにきちんと身を包んだ、小柄な男だった。

「だれだ」

大杉が言うと、男は目にあざけるような色を浮かべて、指を立てた。

「それは、こっちのせりふですよ。あんたたちこそ、どこのどなたですか」

小柄な男に、言い返す。

口を開こうとする車田を、大杉は手を上げて制した。

「表にだれか、人がいなかったか」

「いませんよ。警視庁の捜査員が、何人も庭を見回っているはずなのに、だれもいなかった。もしかして、あんたたちも捜査員のお仲間ですか」

「いや、われわれは民間人だ」

小柄な男は、嘲笑を浮かべた。

「民間人ね。だとしたら、捜査員があんたたちの不法侵入を見落としたのは、とんでもない大失態だ。それとも、見て見ぬふりをしたのか。どっちにしても、これは問題になりますよ」

大杉も、負けずに応じた。

「連中はきっと、ほかを回ってるんだろう。この別邸は、むだに広いようだからな」

「広いだけに、ここで何か起きても気づかれない、という長所もある」

男はそう言って、意味ありげに笑う。

「何が起こるか知らないが、捜査員の連中も異変が起きたら、すぐに駆けつけて来るさ」

大杉が言うと、相手は首を振った。

「外からここへは、もうはいれませんよ。ドアを中から施錠して、鍵穴に鍵を差し込んだままに、しておきましたからね。万能キーだろうと、マスターキーを持って来ようと、あけることはできない。ドアを破る道具でも、かついで来ないかぎりはね」

見たところ、小柄な男は手に何も持っておらず、スーツの下に何か隠しているような、そんな気配もない。

それにしてはずいぶん強気で、しかも落ち着き払っている。

車田が、電流を当てられたように半歩下がり、指で大杉に合図した。

大杉は、車椅子をおおう黒いガウンの下で、何かが動くのを見た。

さすがに驚き、一瞬体が固まる。

黒い頭巾の内側から、人間のものとは思えぬ金属的な、きしんだ声が流れてきた。

「ミムロ。この男たちを、片付けてしまえ。警察であろうとなかろうと、ここへもぐり込んだからには、不法侵入になる。たとえ殺したとしても、気にすることはない。後始末は、こちらで引き受ける」

大杉は、頭巾とガウンの下に人がいるとは信じられず、その場に立ち尽くした。

なおも声が続く。

「しばらくだな、大杉さん。だいぶ、年を取ったようだが、元気そうで何よりだ」

「だれだ。おまえは、だれだ」

つい、相手に乗せられたかたちで、大杉は問いかけてしまった。

こんな、子供だましのトリックに、まともに応じる自分が、ばかばかしくなる。

「ずいぶん前に、あんたから体中に弾を撃ち込まれた男だ、といえば分かるかね。それだけじゃない。同じときに倉木美希に、喉を串刺しにされた男だよ」

頭の中で、目まぐるしく記憶が回転する。

あの、長崎の鷲ノ島で対決した紋屋貴彦は、確かに死んだはずだ。

いろいろと、不審なことがあって死体が消えたのは確かだが、あの傷で生き延びられるわけがない。

車田が、急に肝っ玉がすわったように背筋を伸ばし、言ってのけた。

「大杉さん。こいつは人工喉頭を使った、代用音声ですよ。喉に器具を当てたりして、自分の話し声を代用音声に、換えるんです」

大杉は、肩の力を抜いた。

代用音声のことは、どこかで聞くか読むかした覚えがある。車田の言うとおりだろう。

それでもまだ、黒い頭巾とガウンの下に人が隠れている、とは思えなかった。

かりに、紋屋がなんらかの方法で生き延びたにせよ、人一人を乗せた車椅子があれほど軽いことは、ありえない。

しかし、ガウンの下で何かが動いたのも、確かだった。

黒い頭巾が言う。

「ミムロ。遠慮しなくていいぞ。わたしも大杉には、さんざん痛めつけられたからな。たっぷり、礼をしてやってくれ」

それを聞いて、車田が小柄な男に問いかけた。

「ミムロというと、あんたが豊岡警部と交替した、首都警備保障の御室三四郎、というわけか」

大杉も、それに思い当たった。

小柄な男が、薄笑いを浮かべる。

「そう、自分が御室三四郎です。首都警備保障の第一警備部長で、このお屋敷の警備責任者を務めています。警備のためなら、たいていのことをしても、大目に見られる。手加減なんかしませんよ、自分は」

大杉は、御室三四郎と名乗った小柄な男を、つくづくと見た。

どこから、そのような自信たっぷりのせりふが、出てくるのか。

背後に、元警察庁の特別監察官室長だった、稲垣志郎がついているからか。

そして、さらにその後ろに民政党の幹事長、三重島茂が控えているからか。

しかし、車田は大杉のように背景を考える余裕も、また知識もなかったらしい。

大杉を見て、御室に負けぬ自信たっぷりな口調で、言い捨てた。

「車椅子のおもちゃは、大杉さんに任せます。わたしは、このちび野郎をとっちめますから、見ていてください」

大杉は、いやな予感がした。

「気をつけろよ、車田。そいつ、何か武器を隠しているかもしれんし、格闘技の心得もありそうだ」

車田はそれに答えず、車椅子の脇をゆっくりと回って、御室に迫った。

大杉は、御室の気をそらすために一歩踏み込み、車椅子のガウンに手をかけた。

それを引きはぐのと、御室が手を上げて壁のスイッチを下げるのと、ほとんど同時だった。

車椅子に乗ったものが、ちらりと目に映った次の瞬間、部屋の中が闇にとざされた。

大杉はその残像に、めったにないショックを受けた。

しかし、気を取り直してガウンを投げ捨て、床に身を沈めた。

絨毯の上を這いながら、背後のドアに向かう。

物入れの前の、床に置いたフラッシュライトを、回収するのだ。真っ暗闇では、自分も車田も動きが取れない。

控室にもぐり込み、壁のくぼみのあたりに這い寄って、床を必死に手探りした。

思わず、ののしる。

置いたはずの、フラッシュライトがない。車椅子を動かしたとき、どこかへ転がったのかもしれない。

大杉は、四つん這いになったままそのあたりを、あちこちと探り回った。

しかし、フラッシュライトはどこにもなかった。

そのとたん、背後の洋室で激しい物音が起こり、うなり声が聞こえた。

車田と御室の、取っ組み合いが始まったのだ。

大杉は、フラッシュライトをあきらめて、洋室へ這いもどった。

格闘の物音は、玄関に近い床で続いている。

大杉は、壁伝いにそっちへ行こうとして、手に触れた車椅子を横へ押しのけ、西側の窓のブラインドにつかまった。

体を起こしたとたん、甲高い叫び声が起こる。

どちらの声か、分からなかった。

「車田、気をつけろ」

大杉はどなり、われを忘れて目の前の闇へ、頭から突進した。

何かに足を取られ、そのまま床にどうと倒れる。

しかし、わずかに手に触れたスーツをつかみ、力任せに引き寄せた。同時に、横たわった胴のあたりに、強烈な蹴りを食らう。

一瞬息が詰まったが、手は離さなかった。

つかんだスーツの下に、引き締まった体と強靭《きようじん》な筋肉を感じ取り、それが御室だと分かる。

小柄な体にもかかわらず、御室は鋼鉄のような腕と脚をからみつけ、大杉を締め上げにかかった。

これは、格闘技のプロだ、と直感する。

武器など必要とせず、たとえ相手がナイフなどを持っていても、素手で返り討ちにできる男だ。

大杉は、首にかけられた手首をつかみ、闇に向かって叫んだ。

「車田。手を貸せ」

叫びにならず、かすれた声がわずかに喉の奥から、漏れただけだった。

「う、腕をや、やられました」

車田のかすれ声が、かろうじて耳に届く。

大杉は、体をよじって逃れようとしたが、相手の脚が胴にしっかり巻きついて、動きが取れない。万力《まんりき》で、全身を締めつけられるような、恐ろしい力だった。

そのとき、何かが風のように暗闇の中を駆け抜ける、異様な気配がした。

事実、その風がすぐ顔の上を吹き過ぎたような、生なましい感触があった。

一瞬、大杉の胴を締めつける御室の脚に、耐えられぬほどの力が加わる。

同時に、首に食い込んだ手が鉄の爪のように、喉を押しつぶそうとした。

大杉は、無我夢中で空気をむさぼろうともがいたが、息ができなかった。

意識が遠のこうとした瞬間、突然御室の体が電気に触れたように、びくりと動いた。

胴と首の締めつけが、ほんの二秒か三秒強まったと感じた次の瞬間、御室の体から急激に力が抜ける。

大杉は大きく息を吸い込み、喉から御室の手を振りほどいた。

深呼吸を繰り返し、必死に酸素を補給する。

そのとき頭の上で、軽いスイッチの音がした。

室内が、ぼんやりと明るくなる。

大杉は、かがみこんで自分の顔をのぞき込む、和服姿の女を見た。

*

倉木美希は、廊下を急いだ。

応接間を抜け出してから、すでに何分か過ぎている。

どこにも、まったく人けがない。

屋敷の見取り図は、ひととおり頭の中に入れたつもりだが、実際にたどってみると微妙な相違があり、しばしば足が止まった。

長い回り廊下を、あてずっぽうにぐるぐる歩き回ったあと、ようやく小窓の外に離れとつながる、渡り廊下を見つけた。

最初に見取り図を見たとき、この屋敷に何か秘密が隠されているとすれば、渡り廊下でつながった離れに違いない、という直感が働いた。その見取り図は、例の内田明男が首都警備保障の協力者から、手に入れてくれたものだ。

回り廊下のとっつきに、窓のない畳敷きの小部屋が、隠れていた。

用意のペンライトを、手でおおうかたちで一瞬点灯し、すぐに消す。

その残像で、渡り廊下につながる引き戸の存在が、確認できた。

ペンライトをしまい、手探りで引き戸を静かに引きあけると、暗い渡り廊下に踏み込んだ。

どこかに、照明のスイッチがあるかもしれないが、つけるわけにはいかない。

両側に、間をおいていくつか窓があるらしく、かすかな明かりが差し込んでくる。どうやら厚い雲間から、月が顔を出したようだ。

離れに向かって、廊下は心持ちくだりの傾斜がかかり、絨毯が敷かれている。

美希は足探りで、廊下を進み始めた。

幅は二メートルほどで、離れまでの距離はおよそ十メートル、と見当をつける。絨毯のおかげで、足音はまったくしない。

途中まで進んだとき、廊下の先から何かがぶつかり合うような、くぐもった音が聞こえてきた。

美希は足を止め、ジャケットの下に手を入れた。スラックスの、後ろ腰に差し込んだスタンガンを、そっと抜き取る。

それを右手にかまえ、左手を上げて前方の障害物に備えながら、ふたたび進み始める。その間にも、格闘しているらしい物音が漏れてきて、美希は足を速めた。

やはり、離れになんらかの秘密が隠されている、との確信が強まる。そこに、異変が起きたのだ。

左手が、突然分厚い羽目板らしきものにぶつかり、足が止まった。

すばやくそれをなで回すと、左の腰の高さに取っ手らしきものが触れ、ドアにぶつかったのだと分かる。

美希は取っ手を回し、ためらわずに押した。

重いドアが音もなく開き、一寸先も見えぬ闇が立ち塞《ふさ》がる。

その闇の、だいぶ奥の方から激しい息遣いとうなり声、格闘する物音が耳に飛び込んできた。

美希は、ドアの内側に近い壁を手で探ったが、どこにもスイッチがない。

前方の闇から、苦しげな声が届いた。

「車田。手を貸せ」

大杉良太の声だ。

「う、腕をや、やられました」

そのかすれ声は、車田聖士郎だった。

大杉と車田が、何者かと争っている。

美希は焦った。

とっさに身を沈め、絨毯が敷かれたその場に手と膝をついて、物音のする方に這い進んだ。

だれのものか分からないが、苦しげなあえぎ声とうなり声が耳を打ち、ますます焦る。

唐突に物音がやみ、激しい息遣いだけが残った。

動きを止め、様子をうかがう。

その瞬間、一陣の風が体のそばを吹き抜けたような、ぞっとする気配を皮膚に感じ取って、美希はひやりとした。

すぐ近くで、ドアが開閉する重い音が響き、気味の悪い静寂がそれに続く。

前方で、いきなり黄色い明かりが点灯し、美希は思わず身を伏せた。

目の前に、開いたままの戸口が見える。

その向こうに、茶色の長椅子らしきものがのぞいており、それと並ぶようにして車椅子が一台、置いてあった。

スタンガンを持ち直し、美希はそろそろと体を起こして、片膝立ちになった。

長椅子のさらに奥の、別の戸口に立っていた和服姿の女が、壁のスイッチからゆっくりと、手を下ろすのが見える。

弓削まほろだった。

美希は立ち上がり、戸口の木枠に片手をかけて、体を支えた。

まほろは、ちらりと美希の顔に目を向けたものの、すぐに視線を下に落とした。

大杉が、もつれていただれかの体をもぎ離し、横に転がって大きく息をつく。

その相手を見て、取っ組み合っていたのは御室三四郎だ、と分かった。

御室の首筋には、千枚通しかアイスピックの柄のようなものが、突き立っていた。

ブラインドのおりた窓の下で、車田がぶらりとなった左腕を押さえながら、よろよろと立ち上がる。

美希はほっとして、肩の力を抜いた。

どうやら二人とも、無事だったようだ。

あらためて、手前に置かれた車椅子の人物に、目をもどす。

驚愕のあまり、われ知らず喉から声を漏らした。

そこにすわっていたのは、ミイラ化した人間の体だった。

39

東都ヘラルド新聞の論説記事（一）

過日、府中市白糸台の〈オフィスまほろ〉で、首都警備保障の第一警備部長御室三四郎さんが、殺害される事件があった。

この事件は、先に発生した田丸清明さん（〈ザ・マン〉編集長／元本紙社会部長）、為永一良さん（週刊鉄鋼情報編集長）、大角大介さん（首都警備保障前第一警備部長）の、三件の殺害事件と関連がある、との見方が強い。事件当夜は、〈オフィスまほろ〉でそれぞれの捜査官による、関係者への事情聴取が行なわれていた。なお、このオフィスの敷地と建物は、民政党の三重島茂幹事長の事務所の所有、とされている。

事情聴取を受けたのは、〈オフィスまほろ〉の弓削まほろ代表、警備を担当していた大角前部長の上司で、首都警備保障の専務を務める稲垣志郎氏らの、関係者だった。その事情聴取のさなかに、大角前部長の部下で現場の指揮を執っていた御室部長が、何者かに千枚通しで首筋を刺され、殺害される事件が発生した。

このとき、離れで御室部長と争いになったのは、調査事務所を営む大杉良太所長だったが、所長がなぜその場にいたのかについては、まだ明らかにされていない。事件当夜、警視庁警備部と刑事部の警察官数名が、邸内の警備に当たっていたものの、大杉所長が離れに潜入したことには、気がつかなかったという。事情聴取が始まる以前に、潜入していた可能性もあるが、所長はその点について何も供述していない。凶器の、千枚通しには一つも指紋が残っておらず、所長が手袋をはめていた事実がないことから、御室部長の死には直接関係がない、とみられる。捜査本部は、事件を最初に発見した弓削代表にも、前後の事情を聞いている。

供述によれば、弓削代表は御室部長と事情聴取の席を中座し、邸内の警備に当たっていた捜査員に、警備状況を確認しようとした、という。そのおり、離れから明かりが漏れていることに気づき、離れ専用の玄関ドアを確認したところ、鍵がはずれていることが分かった。不審に思った御室部長は、弓削代表をその場に残して様子を見に、離れの中にはいった。

ほどなく明かりが消え、内部から争うような物音が聞こえたため、弓削代表が中にはいって点灯すると、大杉所長と御室部長がもつれ合って倒れ、部長は首筋に千枚通しを刺されて、すでに息がなかったという。

ちなみに同じ離れから、一部ミイラ化した遺体が乗った車椅子が、発見された。今のところ、事件との関連は不明のままであり、遺体の身元も特定されていない。死後、かなり長い年月を経ているが、適切なサンプルによってＤＮＡ鑑定を行なえば、身元も判明するだろう。

いずれにせよ、これら四件の事件は相互に関係があるとみられるが、現時点では捜査関係者の口が重く、真相は明らかにされていない。

（編集委員・残間龍之輔）

東都ヘラルド新聞の論説記事（二）

先週末、週刊鉄鋼情報の為永一良編集長が殺害された事件で、新しい事実が明らかになった。

為永編集長は、ほぼ半世紀前の一九六七年に、当時の佐藤栄作首相が表明して以来、歴代内閣によって維持されてきた、いわゆる〈武器輸出三原則〉に違反する、不正武器輸出事件を追及していたことが、判明した。

鉄鋼専門の貿易商社A商事は、取引のある鉄鋼メーカーB、C、Dなど数社に対して、小火器やレーダー、各種防御機器、民生用を装った軍用品のパーツを、それぞれ個別に発注して製造させ、それを複数の国へ輸出していた。

部品を輸入した海外商社は、それらを取引のあるX国に対して別途再輸出し、X国はそのパーツを仕様書どおりに組み立てて、最終的に武器を完成させる。もし、このX国が共産主義国や現在戦争中、ないしは国際紛争中の当事国である場合は、あきらかに武器輸出三原則に、違反することになる。

外国為替及び外国貿易法（外為法）の解釈では、たとえ武器そのものでなくとも、武器の部品となりうるものの輸出は、経済産業大臣の許可を受けなければならない。しかし、Ａ商事がこうした手続きを踏んだ形跡はなく、無許可の輸出は明らかに輸出貿易管理令、またＣＯＣＯＭ《ココム》（対共産圏輸出統制委員会）を引き継いだワッセナー協約にも、違反するとみられる。為永編集長は、上記のような手の込んだ抜け道を暴く、地道な追跡取材を行なっているさなかに、殺害されてしまった。

周知のように、武器関連産業にとって武器輸出の解禁は、悲願ともいえる目標だ。悲願達成のため、今も与党民政党への政治献金を含めて、関連企業による水面下のロビー活動が、さかんに行なわれている。その影響は、経産省の機械製造産業局等、関連所管部門のトップにも及び、官民こぞっての運動に発展しつつある。こうした状況から、武器輸出三原則の見直しが行なわれて、近い将来〈防衛装備移転三原則〉（仮称）等の名のもとに、新たな方針が国家安全保障会議にかけられ、さらに閣議決定に持ち込まれる可能性が、高まってきた。

それを促進するかたちで、「武器輸出三原則は、あくまで政府の基本方針にすぎず、当該行為の禁止を目的とする法律ではない」とか、「憲法の中に、武器輸出を禁止するという条文は、どこにもない」などという議論も、おおやけに行なわれつつある。

これをもって、日本が軍国主義に突き進もうとしている、とみるのは早計だろう。しかし、すでに成立した〈特定秘密保護法〉や、にわかにクローズアップされてきた、

〈集団的自衛権〉の行使容認の動きなど、安全保障法案に絡む政府の動きが先鋭化しつつあることは、確かなように思える。

　このような状況下で、本紙もひそかに週刊鉄鋼情報とは別個に、不正武器輸出問題を追及していた。その矢先に、為永編集長が殺害されたことはまことに遺憾、としか言いようがない。この事件によって、関係者による内部告発の動きが鈍ることは必至で、警視庁生活安全部による内偵捜査にも、ある程度の支障をきたすものと思われる。

　いずれにせよ、為永氏の殺害事件、あるいは先般の田丸清明氏の殺害事件等によって、過去からつながる民政党の不祥事が、表面化せずに収まったことは事実、と言わなければならない。

　本紙は、政府によるあいまいなかたちでの幕引きを許さず、今後も粘り強くこうした不明朗な動きを監視して、歯止めをかける努力を惜しまない方針である。

（編集委員・残間龍之輔）

＊

　午後七時。

　それぞれ十五分の間隔をおいて、総勢五人が井《い》の頭《かしら》線《せん》池ノ上の焼き肉店、〈カンテラ〉に集合した。

　二階の座敷に大杉良太、倉木美希、残間龍之輔、東坊めぐみ、そして車田聖士郎が顔をそろえ、掘りごたつ式のテーブルを囲む。

車田は、まだ骨折の回復が進んでおらず、左腕を三角巾で吊ったままだ。毎日登庁してはいるが、外へ出る仕事にはついていない。

めぐみが、メニューを見ながら迷いもせず、カルビ、ロース、ヒレ、ハラミと、次つぎに肉を注文していく。

大杉が、それに豚足とハチノスを追加すると、めぐみは鼻の上にしわを寄せて、露骨に渋い顔をした。

大杉は、まったく頓着しない。

車田は、そうした遠慮のない父娘の振る舞いを、ほほえましく眺めた。

つまみのキムチ、ナムル、チヂミなどがきて、テーブルがにぎやかになった。

ビールで乾杯する。

のっけから、美希が残間に言った。

「今度もまた、どこのテレビも新聞社も百舌の名前を、出さなかったわね。東都へラルドも含めて」

残間は、苦笑した。

「しょうがないでしょう。今さら出したところで、どうなるものでもない。過去の解説をしていたら、紙面がいくらあっても足りませんよ」

美希は、小さく肩をすくめただけで、そのまま口を閉じた。

この中で、車田が初めて会う相手は、残間だけだ。

残間は、車田よりいくらか背丈が低いものの、けっこう肩幅の広い男だった。

新聞記者にありがちな、押しの強さはさほど感じられないが、人を見る視線はかなり鋭い。

大杉が言う。

「百舌に言及するときは、民政党を徹底的に叩くだけの十分な証拠を、手に入れておく必要がある。今の段階では、とうてい無理だがな」

「この先ずっと、無理かもしれないわね」

美希が付け加え、だれもが黙り込んだ。

気まずい空気を破るように、めぐみが口を開く。

「新聞に出ないことが、ほかにもたくさんありましたよね」

「それはつまり、警察が事実を発表するのをいやがった、ということさ」

大杉が応じると、美希は瞳をくるりと回して、あきれたという顔をした。

「わたしがそう仕向けた、と言うんじゃないでしょうね」

「きみにはまだ、それほどの力はないだろう」

残間が、好奇心をあらわにして、大杉と美希を見比べる。

「例の、三重島の別邸の離れで起きた出来事を、詳しく話してもらえませんか。何がどうなってるんだか、霧の中でキャッチボールをしてるような、落ち着かない気分なんでね」

大杉と美希が、それとなく目を見交わすのに気づき、車田は少し緊張した。

車田自身、御室三四郎に左腕を折られるはめになり、救急車で近くの病院へ運ばれたため、その後の展開を直接目にしていない。

あとになって、めぐみから事件の概要を聞かされたが、要領を得なかった。

めぐみ自身が、邸外の警備担当に配置されていたため、自分の目では何も見ておらず、人づてに聞いた話ばかりだった。

管理官の原田周平にしても、事情聴取をしていた応接間から一歩も出ておらず、離れで何が起きたかについて、何も知るところがなかったという。

美希が、残間に言った。

「これからの話は、いっさい記事にしないと約束してもらわないと、何も言えないわ」

残間は何も言わず、大杉に目を向けた。

大杉が首筋を掻き、あまり気の進まない口調で言う。

「まあ、おれも同じ意見だな。例によって、何も具体的な証拠がないわけだから、どうせ記事にはならんだろう」

「それは、承知しています」

残間はそう応じて、美希に目をもどした。

「少なくとも、今のところ記事にするつもりは、ありませんよ」

今度は、めぐみが言う。

「ついでに、不正武器輸出の件についても、先日の論説でお書きになったあの程度に、とどめておいていただけますか。今後も粘り強く、捜査を続ける方針ですし」

残間は、むずかしい顔をした。

「石島敏光から預かった、武器の部品と思われる写真と設計図が、手元に残っています。ただ、これだけでは証拠として、弱すぎる。百舌に殺されないうちに、もう少し証拠を集めてみますよ。記事にするのは、それからです」

めぐみはうなずき、それ以上何も言わなかった。

注文した肉と、それを包んで食べるサンチュが運び込まれ、火桶《ひおけ》が忙しく働き始める。

残間はさっそく箸を取り上げ、肉を網の上に載せようとした。

めぐみが、肉ばさみを手に膝立ちになり、残間に声をかける。

「わたしがやりますから、話を続けてください」

残間は、おとなしく箸を置いてすわり直し、大杉を目で促した。

大杉が、口を開く。

「まず、離れで見つかった車椅子の、ミイラ状の死体のことを言っておく。DNAは取れたが、それと照合するサンプルが見つからなくて、特定するのに時間がかかった。最終的に、岐阜県在住の紋屋貴彦の兄から、サンプルを取って照合したところ、血縁関係があることが判明した。したがって、あのミイラが紋屋だということは、まず間違いない」

車田は、裏返そうとしたハラミを網に置き直し、ビールを飲んだ。

一時的に、食欲が低下する。

自分自身は、ほんの少しのタイミングのずれで、車椅子の死体を目にしなかった。しかし、その場面を想像するだけで、気分が悪くなった。

残間が、首をかしげる。

「長崎の、鷲ノ島で死んだはずの紋屋の死体が、なぜミイラ化して三重島の別邸に、保存されていたんですかね」

大杉は肩を揺すり、ぶっきらぼうに応じた。

「それは分からん。ただ、当時特別監察官室長だった、稲垣が関わっていたことは、確かだと思う。当時おれが調べたところでは、稲垣の父親は名の知れたエジプト学者だった。その影響で、稲垣自身も大学で考古学をやったらしいから、ミイラの知識があっても不思議はない」

美希が言う。

「そのミイラには、いろいろな装置が仕込んであったのよね」

「そうだ。まず、頭や手や肘が遠隔操作で、動く仕掛けになっていた。さらに、口の中に代用音声を発するスピーカー、耳のあたりには音を拾うマイクが、それぞれ仕込んであった。いずれも超小型の、高性能製品だ」

しだいに肉が、焼けてきた。

残間が、サンチュで包んだ肉を口にほうり込み、平気な顔で聞く。

「要するに、紋屋がまだ生きているように見せかける、いろいろな工夫が施されていた、ということですね」

「そういうことになるな」

「だれが、なんのためにそんな仕掛けを、こしらえたんですか」

「首都警備保障の稲垣は、厚かましくもまったく心当たりがない、と言っている。別邸に詰めていた、御室三四郎なら知っていたかもしれないが、こちらはもはや死人に口なし、というやつだ」

「弓削まほろは、なんと言ってるんですか」

車田の質問に、大杉はおもしろくなさそうな顔で、首を振った。

「離れに、車椅子に乗ったミイラがいたことなど、いっさい承知しておりません、と言い張った。おれは、信じちゃいないがね」

「それはやはり、おかしいですよ。そもそも、どさくさまぎれに御室を刺したのは、あの女じゃないんですか」

車田が畳みかけると、大杉はそれを手で制した。

「その点については、彼女の供述もそれなりに、筋が通っている。暗闇でもつれ合う、おれたち二人のうちから御室を見分けて、首筋に千枚通しを打ち込むなどというわざは、並の人間にはできないだろう。あるいは、刺す相手がおれと御室のどちらでもよかった、というなら話は別だ。それなら、弓削まほろのしわざということも、ありうるだろう」

「お父さんが、千枚通しを隠し持っていて刺した、という可能性もあるわよね」

めぐみが真顔で言ったので、車田は驚いて大杉を見た。

大杉が苦笑を漏らし、負け惜しみのように言い返す。

「まあ、あらゆる可能性を検討するのが、デカの基本だからな」

残間が笑い出したので、なんとか座がしらけずにすんだ。

車田は、わざと咳払いをして、それに便乗した。

「弓削まほろでも、大杉さんのしわざでもないとしたら、残るわたしが犯人ですかね」

大杉が、にべもなく言い捨てたので、全員が笑い出した。

「引き算をすれば、そうなるな」

車田もほっとして、一緒に笑った。

一転して、美希がむずかしい顔になり、口を開く。

「暗かったから、はっきりしたことは言えないけれど、控室のスペースに這いつくばっているとき、だれかがわたしの上を飛び越えたような、そんな気配がしたの。その直後に、すぐ近くでドアが開閉する音が、確かに聞こえたわ」

「渡り廊下につながる、あのドアのことですか」

車田の問いに、美希は首を振った。

「いいえ。あの音は、背後じゃなかったわ。わたしが這いつくばった場所の、すぐ左側のドアだと思うの。あとで調べたら、中は三畳ほどの狭い作業室だった。電気で、何かを動かす操作盤とか、ハンドマイクがデスクの上に、並んでいたわ」

大杉がうなずく。

「その作業室は、おれも調べた。表の部屋をのぞく、レンズを仕込んだのぞき穴も、見つかった。そののぞき穴は、壁にかかった静物画の花びらの中に、仕込んであった」

ウエートレスが、追加注文した肉と野菜、きのこの盛り合わせを、運び上げてくる。

皿が並び終わるのを待って、車田は疑問を口にした。

「その操作盤というのは、例の仕掛けを動かすための電動装置、ということですか」

「たぶん、そうだろう。のぞき穴から、部屋の様子をうかがいながら、車椅子の人物が応答しているようにみせる、子供だましの仕掛けさ」

大杉はぶっきらぼうに応じ、出て行こうとするウエートレスを呼び止めて、サンチュの追加を頼んだ。

だれもが口を閉ざし、大杉の次の言葉を待つ。

大杉は、いかにも気分が乗らないという表情で、また口を開いた。

「警備部の豊岡警部に聞いたところによると、その作業室にはもう一つ仕掛けがあった。隅っこの絨毯の下に、床下へ抜ける上げ蓋が見つかったそうだ。そこから、渡り廊下の下をくぐって母屋へもどり、さらに勝手口から隣接する神社へ抜ける、隠し通路があったというのさ」

それを聞いて、全員がしんとなった。

めぐみが、おずおずと手を上げる。

「わたしは、離れで事件が発生した直後の二十二時過ぎに、その神社の境内にいました。別邸の周辺を、警戒パトロールしていたんです。そうしたら、どこからか現れた小さな人影が、境内を小走りに走って行くのを、目撃しました。ただ、別邸から抜け出して来たとは思わなかったし、野球帽をかぶった少年のように見えたので、追わなかったんです。もし、あのとき」

そこで言葉を切り、唇を引き締める。

大杉が言った。

「そいつが、西新橋のビルの階段でめぐみを突き飛ばした、張本人かもしれないな」

そう指摘されて、めぐみがうつむく。

車田は、助け船を出した。

「しかし、大杉さん。それは、東坊の責任じゃない、と思います。あれだけ、大勢の捜査官やSPが庭を固めていたのに、だれかが外へ抜け出すのに気がつかないなんて、考えられないでしょう。隠し通路か何か知らないけど、それこそ中にいた警備陣の失態ですよ」

めぐみが、ひそかに感謝を込めたまなざしで、車田を見る。

車田はあえて目をそらし、大杉の様子をうかがった。

大杉は、車田の発言が聞こえなかったように、骨つきカルビと格闘していた。

美希が、思慮深い口調で言う。

「もし、わたしの勘に狂いがなかったとしたら、あの離れにわたしたち以外にもう一人、だれかがいたということよね。わたしの上を飛び越えて行った、あの空気の動きは気のせいではない、と思うの」

大杉の頰が、引き締まる。

「だとしたら、そいつが隠し部屋にひそんで、紋屋のミイラを操っていた張本人、とも考えられるな」

追加のサンチュが届き、車田はさっそく手を伸ばした。

肉を巻きながら言う。

「でも、だれを相手にそんなまねをしていたのか、それが謎《なぞ》ですね」

「あんな、子供だましの仕掛けに踊らされるやつは、いわばカルト教団の信者のように、理屈抜きでご主人さまに心服しているやつ、としか考えられんな」

大杉が言うと、美希がそれに続けた。

「それなら、あの別邸の持ち主の三重島幹事長と、首都警備保障の現場の警備担当者、という関係が、それに当たるんじゃないかしら。稲垣専務を通じて、少しのミスも手抜かりもないよう、文句なしの服従とかなりの緊張を、強いられていたはずよ」

大杉はうなずいた。

「そのとおりだ。幹事長の三重島は、稲垣と古くから肝胆相照《かんたんあいて》らす仲だが、死んだ大角や御室にとっては、雲の上の存在だっただろう。稲垣が、紋屋のミイラに三重島の代言《だいげん》人《にん》を務めさせて、二人を操ることはできたかもしれんな」

ちなみに、殺された夜の大角の足取りは、まったくつかめていない。大角や、〈オフィスまほろ〉に配車を頼まれた、というタクシー会社も現れなかった。

「でも、なんのために」

車田が疑問を呈すると、大杉は首筋を搔いた。

「それは、おれにも分からん。今度のように、三重島に捜査の手が伸びてきたとき、一連の事件を紋屋のしわざに見せかけるため、大角たちを証人に仕立てるつもりだった、とも考えられる」

美希が補足する。

「鷲ノ島の事件当時、警察庁の幹部の一人だった稲垣なら、長崎でひそかに紋屋の遺体を手に入れて、東京へ搬送することもできたはずよ。偶然か、意図的かはともかくとして、遺体をミイラ化するのも不可能ではない、と思うわ」

「つまり、稲垣は車椅子の茶番を考え出して、大角や御室に相手をさせていた、ということですか」

車田の問いに、大杉は事もなげに応じた。

「そう考えるのが、妥当だと思うがね」

美希もうなずく。

「大角や御室が殺されたのは、その秘密を知ったからかもしれないわ。三重島も稲垣も、あの車椅子の仕掛けを本物の紋屋だ、と思わせておく必要があったのよ。とうに死んだ紋屋に、罪を押しつけるためにね」

車田は、そのあたりの事情をよく理解できず、めぐみをちらりと見た。

めぐみの顔にも、なんとなく納得できないという色が、浮かんでいる。たとえ、よく知る美希や父親の発言でも、すぐには信じられない様子だ。

いずれにしても、そうした筋書きは単なる推測にすぎず、真実がどこにあるのかは不《ふ》明瞭《めいりょう》のままだった。

黙って聞いていた残間が、背伸びをして言う。

「その辺にしておきましょう。いくら議論しても、堂々巡りになるだけだ。それより、骨つきカルビをもう一人前、追加していいですかね」

エピローグ

子供だましといえば、確かにそのとおりだろう。

しかし、大角はかなり長いあいだその子供だましに、引っかかったままでいた。

紋屋貴彦を、まるで生きているように思わせたのは、愉快極まるお芝居だった。電気仕掛けを利用して、好き放題にからかってやった。隠しカメラと隠しマイクで、大角たちの様子をチェックしながら、隠し部屋を出たりはいったりするのは、実に楽しかった。ことに、紋屋が立って歩いているように見せかけた、あの一幕はおもしろかった。大角もさぞ、度肝を抜かれたことだろう。

一方、御室は最初からあの仕掛けを、疑っていたようだ。しかし大角と違って、真実を確かめようなどという、愚かな考えを起こさないだけ、分別があった。

もっとも、あの夜大角を始末した段階で、御室にも真実を知られてしまったから、いずれは死んでもらわなければ、ならなかったのだ。

そう、死んでもらわなければならぬ人間は、まだほかにもいる。

その筆頭は、弓削ひかるだ。

そう、あの女の本名は〈ひかる〉であって、〈まほろ〉ではない。〈まほろ〉はただ、わたしの名前を使い回したにすぎない。

ひかるは、いろいろと知りすぎてしまった。

頭もよく、肚のすわった女だが、どこまでそれが続くか、知れたものではない。三重島に忠実なのは確かだが、なんといっても実の父娘なのだから、当然だろう。

首都警備保障の稲垣も、三重島にとってもはや獅子《しし》身中《しんちゅう》の虫《むし》、といってよい存在だ。

かつて稲垣は、長崎から紋屋の死体をひそかに搬出し、三重島の別邸へ持ち込んだ。そのとき、刺された喉の傷口から流れ出した脳は、すでに取り去られたあとだった。さらに、搬送しやすいように体を縮めるため、内臓も抜き取られていたらしい。

稲垣は、もともとエジプト学者の息子だったから、紋屋をミイラ化しようというとっぴな考えが、最初からあったようだ。それを利用して、いずれ百舌伝説をよみがえらせる機会を作り、三重島のために一肌脱ぐ計画を、温めていたに違いない。

実際、稲垣は邸内のごみ焼却場に死体を持ち込み、退官して再就職するまでのあいだ、ミイラ作りの作業を続けていたそうだ。

ミイラの存在を知ったのは、三重島のお声がかりで別邸にはいったあと、ほどなくのころだった。

初めてそれを見たとき、そのおぞましさにぞっとするより、むしろ感動したものだ。われながら、それには驚いた。ミイラを使って、車椅子の仕掛けを作るアイディアがわいたのは、そのときのことだった。

むろん、ひかるも協力した。

ちなみに、ひかるは日常こそ支配者として、傲慢《ごうまん》に振る舞った。しかし、ベッドの中では徹底的に、わたしに服従した。三重島は、たまにお忍びで来るだけだったから、自分の愛人と娘がそういう仲になっている、とは夢にも思わなかっただろう。

三重島は隠し子、ひかるの存在をカムフラージュするために、弓削まほろと名前を変えて、愛人のように装わせた。そして実の愛人であるわたしを、使用人に仕立ててしまった。まったく、並の神経ではない。

山口タキか。笑わせてくれる。

もっとも、そのことに苦情を言うつもりはない。目立たないことが、わたしの願いでもあるからだ。

姉のかりほは、警察という複雑怪奇な組織によって、抹殺された。

もちろん、直接手を下した大杉良太と、倉木美希への怒りも忘れてはいない。美希については、警察官を殺すことで騒ぎを大きくしたくない、という三重島の用心深い意向に従って、ただ脅しをかけるだけにとどめた。しかし、あのときいっそ息の根を止めておいても、よかったのだ。

ともかく、利用するだけ利用してかりほを見捨てた、警察の仕打ちを許すことはできない。むろんその陰にいた、三重島をはじめとする民政党のお偉方も、同様だ。

三重島が、いずれ稲垣を始末してほしがることは、予想がつく。

ただ、そのあとに自分の番が回ってくることを、三重島は察しているだろうか。

稲垣、三重島を殺すのはたやすいことだが、まだ機が熟していない。その機会は、これからいくらでもある。二人を生かしておいたのは、まだ利用価値があると思うからだ。

とはいえ、いずれは決着をつけなければならない。

当分は身をひそめ、生き残った連中がどのように振る舞うのか、しばらく様子をみよう。かりほの供養は、それからでも遅くない。

かりほもわたしも、子供のころから小動物の息の根を止めることに、異常な喜びを見いだしていた。ことに、延髄に刃物を突き立てると、どの動物も一撃で死ぬことを知り、それが病みつきになったのだ。

しかしかりほは、最後の最後までその得意わざをふるえずに、非業の最期を遂げてしまった。

大杉と美希には、いずれ報いを受けさせてやらねばなるまい。

そう、美希の目をくらますために、今日は久しぶりに化粧をした。

あれこれ考えるのは、これくらいにしておこう。

そろそろ、追加注文のカルビを、運ばなければならない。

解説

大矢博子

逢坂剛の〈百舌《もず》シリーズ〉、十三年ぶりの新作である。大杉が、美希が、帰ってきた。かなり久しぶりでもあるし、本書の内容には既刊の事件や人物が大きく関わってくるので、少々長くなるがまずはこれまでの流れをまとめておこう。

シリーズ第一作『百舌の叫ぶ夜』（集英社文庫、以下同じ）の単行本版が刊行されたのは一九八六年（その前に前日譚があるが後述）、今から三十二年も前のことだ。新宿の路上で起きた爆破事件と、能登半島の岬で発見された記憶喪失の男性の一件が並行して語られる。鍵を握るのは〈百舌〉と呼ばれる殺し屋の存在だ。倉木と、同じく公安部の明星美希、そして捜査一課の刑事・大杉良太の出会いが描かれた一作である。

続く第二作『幻の翼』（一九八八年）は、前作の事件が巧妙にもみ消された場面から始まる。それを不服とした倉木は、外事二課に異動になった美希や、捜査一課から新宿大久保署に左遷された大杉も巻き込んで、告発を計画。一方、北朝鮮の工作員として日本に潜入したらしい男が、前作で死んだはずの〈百舌〉に似ているという情報が入る。

この『百舌の叫ぶ夜』と『幻の翼』は続き物と考えた方がいい。派手な展開が畳み掛けるように続く冒険小説としての面白さはもちろんのこと、細部に凝ったギミックが用意され本格ミステリとしても読ませるのが特徴だ。

それにしても、この二作を今読むと、まさに隔世の感がある。携帯電話もネットもなく、地方で起きた事件は東京にいてはなかなか知ることができない。公衆電話を探し、文書はフロッピーに保存。不良少女はツッパリと呼ばれる。これもまた長期にわたるシリーズを読み返す楽しさだろう。

閑話休題。第三作『砕かれた鍵』（一九九二年）では、美希の名字が倉木に変わっている。大杉は前作のあとで警察を辞め、個人で調査事務所を開業しているなど、序盤から大きな変化が読者に知らされる。物語の核にあるのは警察官による不祥事と病院爆破事件。その裏に秘められた陰謀に三人が迫っていくという図式だ。本書には〈ペガサス〉と呼ばれる殺し屋が登場。〈百舌シリーズ〉が第一期から第二期へ進む境目の一作だ。

第四作『よみがえる百舌』（一九九六年）からは大杉と美希、そして新たに登場した東都へラルド新聞社の記者・残間龍之輔の三人が中心となる。第二期の始まりだ。シリーズ第一作から美希の上司として登場してきた津城警視正が本書のキーマン。

実は津城は本シリーズ以前に逢坂剛の長編デビュー作『裏切りの日日』（一九八一年）に登場する最も古いキャラクターなのである。『百舌の叫ぶ夜』で倉木が津城に「何年か前に私の同僚だった桂田という刑事が、あなたに」云々と語りかける話がそれに当たる。そのため『裏切りの日日』は本シリーズの〈エピソード0〉と位置付けられている。

六年のブランクを経て刊行された第五作『鷲の巣《のすり》』（二〇〇二年）は、女性刑事・洲走かりほを中心に物語が進む。『よみがえる百舌』のあとで地方に飛ばされていたらしい残間も東京に戻ってきた。そしてこの『鷲の巣』事件が、今回の新刊『墓標なき街』へと続くことになる。

ああ、やっとこれで『墓標なき街』の話に入れる。

『墓標なき街』は、『鷲の巣』から「何年か」経ったあとが舞台。おっと、作中の時の流れについて少しだけ説明しておこう。大杉の娘・めぐみがその指標になる。『百舌の叫ぶ夜』では中学三年生、十五歳だっためぐみは、二十八歳の若手刑事として本書に登場する。つまり『百舌の叫ぶ夜』から『墓標なき街』までの時間経過は十三年ということになる。

さて、物語の始まりは、残間龍之輔が元上司の田丸と待ち合わせる場面だ。田丸は『よみがえる百舌』のあとで残間が書いた〈百舌〉に関する記事を差し止めた人物である。ところが現在田丸が携わっている雑誌に、その〈百舌〉の記事を寄稿するよう残間に頼んできたのだ。一度は自分が握りつぶした記事を、なぜ今になって書かせようとするのか。

それと並行して描かれるのが、武器用部品を輸出しているらしい会社の一件。内部告発と思しきタレコミを受けた残間は、その密告者の身元調べを大杉に依頼する。ところがその人物が、警視庁生活安全部生活経済特捜隊に勤務する娘のめぐみの捜査対象であることが判明。父と娘は、はからずも同じ対象を追うことになる。

――というのが本書の導入部である。もちろん、例によってプロローグの位置に〈百舌〉を彷彿とさせる人物の独白があり、雰囲気満点なのだが、今回は今までになく事件が起きるのが遅い。最初の殺人が起きるのは実に全体の半分近くになってから。それまで、大杉と残間、そして『鵟の巣』から登場した大杉の助っ人・村瀬による密告者追跡と、同じ人物を追うめぐみとの駆け引きや協力の様子などで話が進む。

地味だと思いきや、面白いから驚く。序盤から派手な事件を起こさずとも、人間模様を織り交ぜながら隠されているものに向かって網を狭めていく様子だけで、逢坂剛の筆力なら充分すぎるほどエキサイティングな物語になるのだとあらためて蒙《もう》を啓《ひら》かれた思いだ。これは十三年の時を経た、著者自身の変化と言えるかもしれない。

と言いつつ、最初の殺人が起きてからはそれまでと一変、一気に怒濤の展開となる。黒い頭巾とガウンで全身を隠した車椅子の謎の人物が登場したり、以前の事件の関係者が相次いで〈百舌〉方式の殺人の餌食になったりと、息つく暇もない。

最後にエピローグがつくのもいつものことだが、今回はこのエピローグに特に注目。最後の一文でゾッとするぞ。なんというフィニッシング・ストロークか。そしてそれは、この事件が本書だけでは終わらないことを示唆している。つまり、〈百舌シリーズ〉はまだまだ続くということだ。実に嬉しい。

さて、「この事件が本書だけでは終わらない」とさも特別なことのように書いたが、考えてみればこれまでもずっとそうだった。本書は前作『鷲の巣』の続きであるとともに、事件は『よみがえる百舌』に端を発している。そしてそれら既刊もまた、それより前のシリーズ作品から続く因縁によって構成されているのだ。

短いスパンでどんどん続刊が出るようなシリーズならまだしも、何年も間があく作品でこの様式は、商業的には決して有利とは言えない。それなのに逢坂剛は敢えてその方法を選んだ。なぜか。

そもそも本シリーズが〈終わらない問題に立ち向かう姿〉を描いているからだ。シリーズ作品の構造は基本的に同じである。殺人や汚職といった事件の背後に、警察権力を思うがままに操ろうとする巨悪がある。その巨悪の正体は、何が起きようとそれをもみ消せる立場にある者たちだ。

これまでのシリーズ作品で、倉木は、美希は、大杉は、残間は、そしておそらく津城も、その巨悪と闘ってきた。その結果、目の前の敵を倒し、背後の陰謀も一時的に止められた。だが権力者によりトカゲのしっぽだけが切られ、陰謀の存在も彼らの闘いもなかったことにされる。こんなことが起きている、権力の中にはこんな考えを持った者が粛々と思惑を進めているという最も大事なことは、隠蔽されたままだ。

そしてその巨悪は、たとえ誰かひとりを倒せたとしても、同じことを考える権力者がまた登場するのである。事件などなかったのだから、反省もない。だから彼らの闘いは何度も繰り返される。それに合わせて〈百舌〉の亡霊も何度も蘇る。なぜなら、〈百舌〉の存在も死もなかったことにされたから。終わった印たる墓標がないから、何度でも蘇るのである。

そんな世界で、彼らは闘っている。だから本シリーズは、一巻完結にできないのだ。

これまで爆破テロや北朝鮮からの密入国、警官の不祥事などを、逢坂剛は世間が注目する前に本シリーズに取り入れてきた。本書も然りだ。本書の単行本刊行は二〇一五年だが、作中に「三重島茂ほどの大物になると、みずから指図をしないでもその意を汲《く》んで、本人の代わりに過激な行動に出る者が、いないとも限らない」とあって苦笑した。それは二〇一七年の流行語にもなった「忖度」ではないか。また本書には「〈特定秘密保護法〉や、にわかにクローズアップされてきた、〈集団的自衛権〉の行使容認の動きなど、安全保障法案に絡む政府の動きが先鋭化しつつある」という一節がある。それを背景にして著者が選んだモチーフが武器輸出だ。

そして特に今になってリアリティを強めてきたのが、本シリーズ初期から描かれてきた〈権力者は情報や世論、時には警察や司法をも操作できる〉という点なのである。現実世界で、今、警察や政治家を信頼できないと感じる事件は後を絶たない。私たちはもう、彼らに自浄作用なんて期待できないとどこかで諦めてしまっている。

けれど、本シリーズを読むと。もしかしたら、私たちには届かないところでこうして闘っている人がいるのかもしれない、と思えてくるのだ。権力者からみれば蟷螂《とうろう》の斧だが、それでも必殺の一撃を以って正義を貫こうとしている人が、いるのではないかと。自分が諦め、立ちすくんでいたことに、向かっていく人々がここにいる。だから本シリーズは読者を惹きつけるのである。

闘いが簡単ではないことは、主人公である倉木が三作目で、主要人物だった津城が四作目で退場したことからも見て取れる。ひとりふたりのヒーローですべてが覆せるような問題ではない、ということだ。大杉も美希も年齢を重ねている。

だが、そこに残間が加わった。そしてめぐみが登場した。これは、彼らの思いを引き継ぐ者がいるという描写に他ならない。倉木も津城も去ったけれど、正義を旨とする者は次々と出てくる。彼らが目指しているのは、闘いがなかったことにされず、斃《たお》れた者の墓標がちゃんと立てられる日だ。

だから〈百舌シリーズ〉は終わらないのである。


（おおや・ひろこ　書評家）

本書は、二〇一五年十一月、集英社より刊行されました。

初出

「小説すばる」二〇一四年三月号～二〇一五年十月号

逢坂　剛の本

幻の翼

かつて、能登の断崖に消えた〝百舌〟が、復讐を誓い、北朝鮮の工作員として日本へ潜入した。巨大な陰謀を追う倉木警視。宿命の対決に大都会の夜が膨張する！

集英社文庫

逢坂　剛の本

砕かれた鍵

倉木警視と美希の子どもが爆殺された！　闇を支配する恐るべき人物〝ペガサス〟とは何者か？　愛児を失った悲しみを憤りに変えて、倉木のあくなき追跡が始まる——。

逢坂　剛の本

よみがえる百舌《もず》

後頭部を千枚通しで一突き。そして現場には鳥の羽が一枚。あの暗殺者・百舌が帰還したのか？　警察の腐敗を告発し、サスペンスの極限に挑む大ヒット・シリーズ第４作。

集英社文庫

逢坂　剛の本

鵟《のすり》の巣

警察内で多くの異性関係を結ぶ女警部・かりほ。彼女が体を使って実行しようと目論む陰謀を、探偵・大杉と特別監察官・美希が追う！　大人気「百舌シリーズ」、待望の第5作。

集英社文庫

集英社文庫

墓標《ぼひょう》なき街《まち》

2018年2月25日　第1刷
2022年3月16日　第6刷

定価はカバーに表示してあります。

著　者　逢坂《おうさか》　剛《ごう》

発行者　徳永　真

発行所　株式会社　集英社
東京都千代田区一ツ橋2-5-10　〒101-8050
電話　【編集部】03-3230-6095
【読者係】03-3230-6080
【販売部】03-3230-6393（書店専用）

印　刷　凸版印刷株式会社

製　本　凸版印刷株式会社

フォーマットデザイン　アリヤマデザインストア　　マークデザイン　居山浩二

ISBN978-4-08-745699-8 C0193